명랑한 이시봉의
짧고 투쟁 없는 삶

명랑한
이시봉의   짧고 투쟁 없는
                  삶

이기호 장편소설

문학동네

* 이 소설에 등장하는 사람, 강아지, 고양이, 사건은 모두 허구이며, 실제 인물이나 실제 강아지, 실제 고양이, 실제 사건과는 아무 관련이 없음을 밝힙니다.

차례

명랑한 이시봉의 짧고 투쟁 없는 삶 007

작가의 말 525

2024년 6월 9일

ancien-house · 오전 10:46

갑작스럽게 연락드려서 대단히 죄송합니다.

긴히 여쭤보고 싶은 게 있어서 DM 드려요.

j_rida_* · 오전 10:52

네:) 얼마든지요

ancien-house · 오전 10:53

어제 올라온 '고양이를 구한 노숙견!' 견주 되시는지요?

j_rida_*** · 오전 11:15

어머>< 제가 올린 릴스 보셨구나! 고마워요!!!
한데 그 '노숙견'은 제 강아지가 아니랍니다
저는 따로 예쁜 말티즈를 키우고 있어요:)
그 노숙견ㅋㅋㅋ은 그냥 저랑 친한 사이예요♥

ancien-house · 오전 11:16

혹시 저희가 찾아가면 그 '노숙견'을 만나볼 수 있을까요?
아주 중요한 일 때문에 그렇습니다.

j_rida_*** · 오전 11:46

네>< 아무 문제 없어요♥♥ 근데, 여기 광주광역시인데ㅠ
프로필 보니까 서울이신 거 같은데;;

ancien-house · 오전 11:47

저희가 지금 바로 출발하도록 하겠습니다.

1

 그러니까 그날 그들이 나와 이시봉을 찾아온 것은 전적으로 리다 때문이었다. 오, 나의 사랑, 나의 불행, 나의 한숨, 리다.

 저녁 무렵 리다가 초인종을 눌러 나가보니 그녀 뒤에 웬 낯선 사람 세 명이 서 있었다. 한 명은 감색 재킷에 흰 와이셔츠, 검은색 선글라스를 쓰고 있었고, 나머지 두 명은 똑같은 반팔 폴라티에 똑같은 검은색 야구 모자를 쓰고 있었다.
 '앙시앙 하우스'
 모자엔 그런 문구가 적혀 있었다. 야구 모자를 쓴 사람 중 한 명은 흰 면장갑을 끼고 있었는데, 그래서 마치 무슨 상조회사에서 나온 직원처럼 보이기도 했다.

"자기야, 이분들이 이시봉을 꼭 한번 만나보고 싶다는데? 뭔지 모르겠는데 되게 중요한 일이래."

리다가 현관 신발장 쪽으로 비켜서면서 말했다. 뭔지 모르겠는데 되게 중요한 일이라면…… 그러면 뭘 좀 알아보고 데려와야 하지 않을까? 나는 리다에게 그렇게 묻고 싶었지만, 차마 말하진 못했다. 이시봉도 궁금했는지 어느새 내 옆에 와 섰다. 우리는 잠깐 그렇게 대치하고 서 있었다. 이윽고 감색 재킷이 우리 쪽을 향해 한 발 더 다가서더니 정중하게 허리 숙여 인사했다.

이시봉은 나와 함께 살고 있는 올해 만 네 살이 된 수컷 비숑 프리제다. 시봉이라고 부르면 알은척을 안 하고, 꼭 이시봉이라고 성까지 불러야지만 뒤돌아보거나 꼬리를 흔드는 강아지. 리다는 종종 이시봉을 '노숙견'이라고 불렀다. 물론 이시봉이 없는 자리에서 그랬다. 이시봉이 일 년 넘게 미용실을 가지 않아서 그렇게 부르는 것 같은데, 그렇다면 나도 '노숙자'라고 불러야 마땅하다(혹 모르지, 나 없는 곳에선 그렇게 부를지). 나 또한 일 년 반 넘게 머리를 자르지 않았다. 우리 둘 다 심한 곱슬머리라서 크게 불편한 것은 없다. 다만 둘 다 어깨에 비해서 얼굴이 좀 커 보인다는 것, 그래서 이시봉을 품에 안은 채 멀거니 거울을 바라보면(엘리베이터를 탈 때마다 그런다) 츄파춥스 두 개가 허공에 둥둥 떠 있는 것처럼 보이기도 한다. 때론 양을 안고 있는 예수님처럼 보이기도 하고.

 이시봉과 나는 거의 매일 새벽 세시에서 다섯시 사이 아파트 단지 뒤쪽에 있는 야산으로 산책을 나갔다. 목줄 없이 산책을 나가려면 꼭 그 시간이어야만 했다. 이시봉은 목줄 하는 것을 싫어했고, 나 역시 목줄 잡는 것을 좋아하지 않았다. 강아지 목줄을 하지 않은 채 산책을 나가면, 그 모습을 보고 누군가 신고라도 한다면, 벌금을 내야 한다(이시봉은 구청에 반려견 등록도 되어 있지 않았다. 등록되지 않은 반려견을 데리고 산책을 나가도 벌금을 내야 한다). 이시봉은 특히 네댓 살쯤 되는 아이들을 보면 아주 환장을 했는데, 그러니까 자기 딴엔 반갑고 같이 놀고 싶고 통성명이라도 하자고 달려가는 것인데, 대부분의 아이는 그런 이시봉을 무서워했다. 아이들의 부모는 질색을 하며 발길질로 위협하기도 했다(이해가 되기도 했다. 얼굴만 큰, 눈도 제대로 보이지 않는, 무슨 말미잘처럼 생긴 생명체가 갑자기 달려오면 그럴 수도 있다). 그러니 우리의 산책은 언제나 야밤일 수밖에 없었다. 비가 오는 날은 쉬었지만, 눈이 오는 날엔 나갔다. 우리는 서로 적당한 거리를 두고 야산을 올랐다. 간격이 조금 벌어질까 싶으면 이시봉이 마치 뒤처진 어린 새끼를 바라보는 어미처럼 가만히 한자리에서 기다려주었다. 그러다가 내가 시야에 들어오면 다시 혼자서 앞으로 달려나갔다.

야산은 아파트 단지 입주민뿐만 아니라 인근 동네 주민들까지도 즐겨 찾는 산책로였다. 구청에서 정상 근처까지 나무 계단과 가로등을 설치해주었다. 그래서 심야에도 산책에 어려움은 없었다. 이시봉과 나는 단 한 번도 정상까지는 가본 적이 없다. 우리는 늘 야산 중턱에 있는 쉼터까지만 갔는데, 나는 그곳 벤치에 앉아 술을 마셨고, 이시봉은 벤치 옆 잡목 사이 땅을 파헤쳤다. 굴을 파려는 것일까? 이시봉은 집요하고 격렬하게 땅을 팠다. 거기 뭐가 있니? 나는 술을 마시면서 이시봉에게 묻기도 했다. 그때마다 이시봉은 잠깐 하던 일을 멈추고 나를 바라보았다. 쉼터엔 키 큰 소나무와 밤나무가 많았고, 나는 그 가지 너머 어두운 밤하늘을 자주 올려다보았다. 거기 뭐가 있나? 이시봉도 나를 보며 그렇게 묻는 것 같았다. 나는 주로 맥주에 소주를 타 마셨다. 때때로 막걸리나 편의점에서 산 값싼 와인을 마시기도 했다.

내 친구 정용은 내가 일 년 내내 등산을 하는데도 몸무게가 72킬로에서 81킬로로 변해버린 것은 다 술 때문이라고 했다. 또 다른 친구 수아는 시습이 넌 이제 완벽한 알코올중독자가 되어버렸다고 말했다. 이제 겨우 만 스무 살인데, 네 얼굴은 마흔두 살처럼 보인다고 덧붙이기도 했다. 다 맞는 말이다. 나 또한 가끔 샤워하고 나서 거울을 보다 어? 하고 놀라 뒷걸음질치곤 했다. 거기엔 눈꼬리가 처지고 턱과 목의 경계가 사라지고 머리칼은 어깨까지 닿은, 얼굴 큰 남자가 서 있었다. 키 173센티에 가슴은 아래로 처지고 배는 부풀어오른 몸매, 그래서 다리는 더 짧아 보이는 체형. 나는 한참 동안 거울 속 내 몸을 바라보다가 하아, 입김을 불었다. 그러곤 손가락으로 천천히 이시봉의 얼굴을 그렸다. 나 또한 내가 알코올중독자가 되어버렸다는 것을 잘 알고 있다. 이젠 술 없인 잠들지 못하는 것도 사실이다. 하지만 나는 그만큼 내 상태를 잘 인식하고 있다. 술을 마시면 더 긴장하게 된다. 술을 마시면 생활에 대해서 더 생각하게 된다. 그래서 좀 취한 상태에서도 열심히 집안 청소를 하고 세탁기를 돌리고, 이시봉의 배변 패드를 갈고 설거지를 해치우고 내 동생 시현의 아침 밥상을 차린다. 술이 그나마 나를 생활인으로 만든다는 것, 내 친구들은 그 사실을 알까? 내가 술이라도 마시지 않으면, 그러면 이 모든 것을 그냥 다 놓아버리고 한순간 무너져버릴지도 모른다는 것, 그 마음을 알까? 그러나 나는 한 번도 친구들에게 그런 말을 한 적은 없다.

바로 그제도 나는 좀 취한 상태로 야산을 내려왔다. 6월에 접어들자 오전 다섯시만 돼도 주위가 환해졌다. 초록은 더 초록으로, 갈색은 더 갈색으로, 각자 자기 색깔을 드러내면서 자꾸 풍경 밖으로 나를 밀어냈다. 서두르지 않으면 이른 산책을 나온 사람들과 맞닥뜨릴 수밖에 없는데, 그래서 오전 네시 삼십분 이

전엔 내려왔어야 했는데, 그날은 내가 좀 방심했다. 오랜만에 보드카를 마셨기 때문이었다. 원래는 토닉 워터를 섞어서 반병만 마시고 다음날 또 마실 생각이었는데, 그게 잘 안 됐다(깜빡하고 토닉 워터를 안 갖고 올라갔다). 평소처럼 이시봉이 앞장서고 나는 빈 보드카 병이 든 검은색 비닐봉지를 손가락에 걸고 느적느적 걸어내려왔다. 아침엔 어묵탕을 끓여야지. 냉장고에 무랑 쑥갓이 있던가? 시현은 곧 기말고사인데, 비타민도 미리 주문해둬야지. 그런 생각을 하면서 정신을 차리려고 노력했다. 외할머니는 종종 내게 외할아버지는 술만 마시면 개가 되었다고 말해주었다. 그러니 술은 적당히 마셔야 한다고. 외할아버지는 왜 술만 마시면 개가 되었을까? 네 발로 걸어서 그랬을까? 아니면 같은 말을 반복해서 그랬을까? 글쎄, 외할머니가 외할아버지의 어떤 모습을 보고 그런 말을 했는지 알 순 없지만, 내 경우엔 이랬다. 술을 마시면 개의 목소리가 조금 느리고 선명하게 들려왔다. 이시봉의 표정도 더 분명하게 보였다. 그래서 나는 술을 마시고 이시봉과 대화하는 것을 좋아했다. 평소 이시봉에게 서운했던 마음도, 예전 안 좋았던 기억도 서슴없이 말했다. 이시봉은 그런 내 말을 가만히 들어주었다. 그러니, 나 역시 술을 마시면 개가 되는 게 맞았다. 나는 그 점에 대해선 아무 불만 없었다.

한데, 그날은 좀 달랐다. 다른 날 같았으면 거의 나란히 야산을 내려와 보도블록이 깔린 인도로 접어들었을 텐데, 그날은 아파트 단지 후문이 눈에 들어올 때부터 이시봉이 앞으로 달려나가기 시작했다. 왜 그래, 이시봉! 나는 뒤에서 이시봉을 불러보았다. 하지만 이시봉은 멈추지 않고 더 맹렬한 속도로 달려나갔다. 뭘 봤나? 나는 좀 서운한 마음이 들어 괜스레 비닐봉지를 허공에 휘휘 휘둘렀다. 봉지에선 붕붕, 벌 소리가 들렸다.

그날 이시봉이 무엇을 보았는지, 그건 리다가 찍은 영상에 자세히 나와 있다.

리다의 인스타그램엔 삼십 초 분량의 짧은 릴스만 올라왔지만, 후에 나는 육 분이 넘는 원본을 볼 수 있었다. 말하자면 '형집행인'이 놀이터에 등장했다가 황급히 퇴장하고 이어서 이시봉이 출현하는 전 과정, 그 새벽의 추격전을 모두 보게 된 것이다.

형집행인은 우리 동네에선 모르는 사람이 거의 없는 악질 흉악 범죄자인데, 분기나 반기에 한 번꼴로 나타나 꼭 길고양이들에게만 몹쓸 짓을 한 뒤 사라지곤 했다. 작년 가을엔 아파트 단지 앞 호수공원 중앙무대 철제 조명 프레임에 길고양이 두 마리를 목매단 후 사라졌고, 올해 초엔 초등학교 교문 옆 담벼락에다 새끼 길고양이 한 마리를 역시 교수형시킨 후 모습을 감춰 등교하던 아이들을 단체로 충격에 빠뜨렸다. 형집행인은 죽은 고양이 주변의 보도블록이나 담벼락에 붉은색 래커로 '밥 주지 마라고 씨발년들아! 형집행인 씀'이라고 휘갈겨놓는 잔혹함을 보이기도 했다.

경찰에도 이미 오래전에 신고가 들어갔고, 동네 몇몇 커뮤니티에선 자체적으로 전단지를 만들어 그의 뒤를 쫓고 있었다. 특히 우리 아파트 입주자대표회의가 열심이었는데, 그런 인간들 때문에 아파트값이 떨어진다는 것이 주된 이유였다. 내 친구 정용 또한 개인적으로 형집행인을 쫓는 사람 중 한 명이었다. 정용은 고등학교 다닐 땐 일주일에 육 일씩 헬스클럽을 빠지지 않고 나갔던, 언더아머 슬리브리스 마니아였는데(한겨울에도 점퍼 안에 언더아머 슬리브리스 하나만 입고 다녔다. 식당에 들어가면 점퍼부터 벗어서 의자에 척 걸쳐놓았는데, 수아나 나나 그런 정용과 같은 테이블에 앉는 것을 무척이나 부끄럽게 여겼다), 한편으론 갈색 고등어 고양이인 '마짱'과 '파니'의 집사이기도 했다. 큰 손실이 우려된다는 이유로 고등학교 수학여행까지 빠졌던 정용이 헬스도 관두고 주짓수 도장에 다니기 시작한 것은 오로지 형집행인에 대한 분노 때문이었다(대신 홈트를 열심히 하는 모양이었다). 정용은 인터넷으로 경찰들이 쓰는 삼단봉과 전기충격기까지 구입해 가지고 다니는 열의를 보였다. 나와 수아는 그게 살짝 걱정이 되기도 했다. 저러다간 정말 사람 하나 잡겠군. 형집행인이 정용에게 먼저 걸리면, 그러면 정용이 전과자가 될지도 몰라…… 정용은 그런 우리의 우려에도 불구하고 일 년 전부턴 아예 직업까지 바꾸면서 그를 쫓고 있었다. 정용은 지금 라이더 일을 하고 있다(정용은 아니라고, 단지 벌이가 더 나아서 시작한 것뿐이라고 말했지만, 수아와 나는 분명히 보았다. 배달 오토바이 짐칸에 삼단봉과 전기충격기가 들어 있는 것을. 정용의 전 직장은 BBQ였다. 거기 주방에서 저녁 내내 닭을 튀겼다).

하지만 동네 사람들의 노력에도 불구하고 형집행인은 쉽게 검거되지 않았다. 그는 CCTV에도 잡히지 않을 만큼 치밀하게 움직였는데, 경찰의 말에 따르면 방범 카메라의 위치나 사각지대를 잘 아는 사람의 소행이라고 했다(전단지에 쓰인 사진도 주차되어 있던 차량의 블랙박스에 찍힌 모습이었다. 야구 모자 위에 다시 후드를 뒤집어쓰고, 거기에 마스크까지 했으니, 무슨 가오나시처럼 보이기도 했다). 키 170~175센티미터, 호리호리한 체격에 등산화 착용. 그게 그때까지 사람들에게 알려진 형집행인의 모든 것이었다.

리다의 릴스에 등장한 형집행인의 모습도 크게 다르지 않았다. 그는 마치 전기 안전 점검을 나온 한전 직원처럼 한 손에 둥글게 감긴 비둘기색 범용 케이블을 들고 있었다. 다른 손으론 커피색 새끼 고양이 한 마리를 소중한 듯 가슴 쪽에 품고 있었는데, 멀리서도 분홍색 젤리 발바닥이 얼핏얼핏 카메라에 잡혔다(리다는 아파트 삼층 자신의 방에서, 커튼 뒤에 몸을 감춘 채 그 동영상을 찍었다. 리다네 집은 놀이터 바로 앞 912동이었다). 형집행인은 주위를 두리번거리지도, 망설이지도 않고 곧장 미끄럼틀 앞으로 걸어갔다. 그러곤 거기에서 새끼 고양이의 목에 케이블을 감았다. 후에 경비 아저씨의 진술에 따르면 그는 고리가 풀리지 않게 케이블 타이로 마무리하는 꼼꼼함과 치밀함을 보였다고 한다.

 사위는 멀리 야산 너머에서부터 서서히 밝아오고 있었다. 연무가 꼈지만 그렇게 심하진 않았다. 바람도 거의 불지 않았다. 놀이터의 녹색 우레탄 바닥은 소독약을 잔뜩 풀어놓은 수영장 물빛을 닮아 있었는데, 한때 나는 그 바닥에 주저앉아 울었던 기억이 있다. 내가 리다와 친해지게 된 것도 그 무렵부터였다.

 잠깐 쪼그려앉아 있던 형집행인은 새끼 고양이의 머리를 쓰윽 쓰다듬어준 후, 혼자 성큼성큼 미끄럼틀 위로 올라갔다. 케이블은 충분히 길었고, 그래서 그때까진 새끼 고양이의 네 발이 놀이터 지면에 닿아 있었다. 자신이 지금 여기 왜 있는지, 자신 앞에 놓인 운명이 무엇인지, 아무것도 모르는 새끼 고양이는 가만히 웅크린 채 몇 번 울었는데, 동영상에선 그 소리까진 들리지 않았다. 미끄럼틀 위에 올라간 형집행인은 허리를 펴고 숨을 한 번 길게 내쉬었다. 천천히 사방을 둘러보기도 했다. 그러곤 거침없이 케이블을 끌어당기기 시작했다. 새끼 고양이는 너무도 쉽게 허공으로 끌려올라갔고, 이내 고통스럽게 네 발을 허우적거렸다.

화면 속 형집행인이 눈에 띄게 허둥거리는 모습을 보이기 시작한 것은 바로 그때부터였다. 그는 미끄럼틀 위 난간에 케이블을 묶다 말고 자꾸 아파트 후문 쪽으로 고개를 돌렸는데, 그러면서도 두 손은 매듭을 마무리지으려고 황급히 움직였다. 하지만 생각처럼 잘 안 되는 모양이었다. 리다의 아이폰 카메라가 형집행인의 시선을 따라 아파트 후문 쪽으로 방향을 틀었다. 그리고 그 시점부터 이시봉이 릴스에 등장하기 시작했다.

이시봉은 마치 점심 종소리가 들리자마자 이제까지의 모든 에너지를 끌어모아 급식실을 향해 돌진하는 고등학생처럼 야산 쪽에서부터 뛰어내려왔는데, 희미하게 잡힌 얼굴 표정만 봐도 '컹컹컹컹!' 시끄럽게 짖고 있다는 것을 알 수 있었다(동영상엔 '어머, 이시봉이다!'라는 리다의 음성이 섞여 들어갔는데, 릴스엔 그 부분이 삭제돼 있었다). 곱슬거리는 털은 갈기처럼 날리고 있었고, 그래서 얼굴이 더 커 보였다. 마치 얼굴만 통통 스프링처럼 튕겨오르면서 놀이터 쪽으로 날아드는 것 같았다. 그러니 형집행인 또한 방금 전까지의 단호함을 잃고 계속 어찌할 줄 몰랐던 것 같다. 그는 몇 번 더 아파트 후문 쪽을 바라보다가 결국 이시봉이 놀이터로 접어들자마자 유치원생처럼 미끄럼틀을 타고 내려와 재활용품 수거장 뒤편으로 도망치기 시작했다.

놀라운 것은 이후 이시봉의 행동이었다.
이시봉은 도망치는 형집행인을 따라가는 대신, 그때까지도 계속 허공에 매달려 있던 새끼 고양이 쪽으로 다가갔다. 매듭을 제대로 묶지 못해 케이블이 조금 풀렸다고는 해도 여전히 새끼 고양이는 지상에서 30센티쯤 위에 매달려 있었다. 고양이의 몸은 그 상태에서 계속 이리저리 뒤틀리고 있었다.

이시봉은 그 새끼 고양이의 엉덩이를 자신의 콧잔등으로 **척 받쳐주었다.**

턱을 위로 치켜들고, 앞발은 꼿꼿이 디딘 채, 마치 자기가 스핑크스라도 되는 양 제자리에 앉아, 고양이의 몸무게를 자신의 큰 얼굴로 온전히 받아냈던 것이다. 덕분에 새끼 고양이는 이시봉의 얼굴 위에 편안하게 올라탄 형국이 되었고, 목을 팽팽하게 조르던 케이블도 느슨해졌다. 말미잘이나 샤워볼 위에 고양이가 올라탄 모습. 이시봉과 새끼 고양이는 경비 아저씨가 놀이터에 등장할 때까지 그 자세 그대로 움직이지 않은 채 자리를 지켰다.

 나는 그 모습을 보고 누구에게도 말하진 않았지만 살짝 이런 생각을 했다. 이시봉은 평소 다른 강아지의 엉덩이 냄새 맡는 것을 좋아했다. 지금보다 더 어렸던 시절, 목줄을 하고 산책을 나갈 때마다 이시봉은 다른 강아지의 꼬리 쪽에 코를 들이대며 계속 추근거렸다. 대부분의 강아지는 질색하며 그런 이시봉을 밀어냈는데, 어쩌다 한 번씩 신경이 둔하고 사는 게 지겨운 듯한 개들을 만날 때가 있었다. 그 개들은 이시봉이 뭔 짓을 하든 가만히 내버려두었다. 그때마다 이시봉은 코를 킁킁거리며 욕심껏 냄새를 맡았다. 심야 산책을 하면서부터 이시봉은 그런 기회를 아예 잃어버리고 말았다. 그러니 어쩌면…… 동영상 속 이시봉은, 새끼 고양이의 엉덩이에 가려 잘 보이지 않는 그의 얼굴은, 최대치의 만족감을 느끼고 있었을지도 모른다. 계속 킁킁 소리를 내며 냄새를 음미하고 있었을지도 모른다. 새끼 고양이는 이게 뭔 개 같은 경우인가 수치심을 느꼈겠지만, 어쨌든 목에는 여전히 케이블이 묶여 있으니, 이러지도 저러지도 못했을 것이다.

 그런 내 짐작과 상관없이 리다의 인스타그램을 찾아온 사람들의 반응은 폭발적이었다.

rieses86.k 아, 아침부터 눈물이ㅠㅠ 이게 뭐죠??

haeju_yun 들개인가요?? 저 개도 구조해야 하는 거 아닌가요?

junsung_20181302 @l_siwoo0430 이거 봐봐!!

justice_olive 미친ㅠㅠ 제가 저 노숙견한테 시저 캔 30개 쏠게요!!! 노숙견이 밥도 못 먹었을 텐데ㅠㅠ 좌표 찍어주세요!!!

bbaeggom_jung 진심ㅠ 심장 아파ㅠㅠ

h_31_dh 이건 마치 놀이터에 갑자기 재림한 심바 같다.

roehd_speak 한국 정치 상황은 개 같다. 개똥 같은 인간들이 이 나라를 개판으로 만들었다. 기성의 정치를 모조리 뒤집고 새로운 판을 짜야 한다. 혁신적인 아젠다를 찾기 원하는 사람은 나의 혁명적인 저서 『한국 미래 정치의 주요 의제』를 참조하길 바란다. 뜻이 있는 사람만이 세상을 구원한다. 개망나니 같은 인물들을 모조리 쓸어버릴 수 있다!!!

moter12_kj @roehd_speak 님아. 여기서 이러시면 안 됩니다.

roehd_speak @moter12_kj 너 누구야? 어린놈의 자식이!!!

사흘 전까지만 해도 불과 152명이 전부였던 리다의 팔로어 수는 이시봉의 동영상이 올라간 그날만 530명 넘게 늘어났다. 좋아요를 눌러준 사람도 800명이 넘었고, 댓글은 130개 이상 달렸다. 그때까지 게시물을 600개 가까이 올리고 팔로잉을

1000명 넘게 했는데, 그런데도 좀처럼 관심을 받지 못했던 리다의 계정이, 벼락을 맞은 듯, 신의 호명을 받은 듯, 하루아침에 모든 게 변해버리고 만 것이다. 리다의 SNS 생활 십여 년 만에 처음으로 터져버린 관심. 그러니…… 그때 리다는 좀 흥분한 상태가 맞았다. 아마도 그 흥분과 떨림 때문에 낯선 사람들의 이상한 DM에도 이런 거 저런 거 따지지 않고 친절하게 답장해주었으리라. 대부업체 사람들이 DM을 보냈어도, 스미싱 사기꾼들이 DM을 보냈어도, 아마도 그녀는 다정하게 답장했을 것이다. 그리고 그 이상한 사람들 중 한 무리가 직접 찾아오기까지 했고……

한데, 리다…… 넌 왜 그 새벽에 잠들지 않고 깨어 있었던 거니?

나와 리다는 감색 재킷을 입은 남자와 거실 소파에 마주앉았다. 그는 집안에 들어오고 난 뒤에도 선글라스를 벗지 않고 있었다. 야구 모자를 쓴 나머지 두 명은 주방 식탁 의자에 앉았는데, 그들은 자리를 잡자마자 들고 온 커다란 가방에서 카메라와 흰색 구급 의약품 상자를 꺼냈다. 내 무릎 위에 얌전히 앉아 있던 이시봉이 누가 부르지도 않았는데 식탁 쪽으로 다가갔다. 야구 모자 중 한 명이 육포 간식을 꺼냈기 때문이었다. 나는 그게 살짝 창피했다.

"이렇게 뵙게 돼서 영광입니다."

감색 재킷이 나한테 명함을 건네며 그렇게 말했다. 그는 오십대 중반쯤 되어 보였는데, 와이셔츠 위로 보이는 목엔 굵은 힘줄이 불거져 있었다. 짧은 머리칼은 왁스로 잘 정돈되어 있었고, 목소리는 허스키하지만 조금 높은 톤이었다. 나는 목이 늘어난 지오다노 반팔 티에 잠잘 때 입는 형광색 고무줄 반바지 차림이었다. 리다가 한쪽으로 눌린 내 머리칼을 몇 번 손가락으로 쓸어넘겨주었다. 그 와중에도…… 나는 그게 좋았다.

비숑 프리제 전문 켄넬 〈앙시앙 하우스〉
수석 브리더 미셸 김

나는 그 명함을 말없이 내려다보았다. 나에겐 그의 이름도, 직책도, 상호도, 모두 낯설었다. 업체 주소는 서울시 강남구 청담동으로 되어 있었다.

"비행기를 놓치고 차를 몰고 오는 바람에 조금 늦었습니다."

그는 거실을 빠르게 한번 훑어보았다.

"다른 분들은……?"

"원래 언니도 있는데 지금은 얘하고 얘 동생하고 이시봉만 같이 살아요."

리다가 내 대신 대답해주었다. 리다는 우리 엄마를 '언니'라고 불렀다. 엄마도 리다가 그렇게 부르는 것에 크게 개의치 않았다. 나는 별로였다.

"아, 강아지 이름이 시봉인가요?"

감색 재킷이 이시봉을 바라보면서 물었다.

"프랑스식 이름이군요."

야구 모자 중 한 명이 플래시까지 터뜨리면서 이시봉의 사진을 연속으로 찍었다. 이시봉은 육포를 먹느라 정신이 없었다. 나는 그때부터 기분이 좀 상했다. 제정신이 돌아왔던 것이다. 뭐야, 이 사람들은? 왜 내가 내 집에서 낯선 사람들에게 이렇게 주눅든 채 앉아 있는 거지? 도대체 이 사람들은 지금 뭔 짓을 하고 있는 거야?

감색 재킷이 다시 나를 보며 말을 꺼냈다.

"혹시 들어보셨는지 모르겠지만……"

"이시봉이에요."

내가 그의 말을 끊었다.

"네?"

"시봉 아니고, 이시봉이라구요."

"아, 네……"

감색 재킷이 나를 보며 고개를 끄덕거렸다. 그는 내 말을 건성으로 듣는 것 같았다.

명랑한 이시봉의 짧고 투쟁 없는 삶

"상민씨!"

감색 재킷이 야구 모자 중 한 명을 보고 고갯짓을 하자, 카메라를 들고 있던 남자가 가방에서 카탈로그 하나를 꺼내 우리 앞에 가져왔다. 표지에 새끼 비숑 프리제 세 마리가 잔디에 앉아 놀고 있는 사진이 실린, 꽤 두툼한 카탈로그였다.

"살펴보면 아시겠지만, 저희 켄넬이 국내 최초로 프랑스에서 정식으로 비숑 프리제를 들여와 브리딩한 업체입니다."

카탈로그를 넘기던 리다가 "어머, 애네 좀 봐" 하며 손을 모았다. 나는 여전히 식탁 의자 앞에 앉아 육포를 오물거리는 이시봉을 바라보았다. "이시봉!" 하고 낮은 목소리로 불러봤지만, 이시봉은 꼬리만 몇 번 흔들 뿐 고개는 돌리지 않았다.

"프랑스 비숑 프리제 협회하고도 긴밀한 관계를 유지하고 있구요, 아시아에선 유일하게 순수 비숑 프리제 혈통을 이어나가고 있는……"

"지금 뭐하시는 거예요!"

나는 소파에서 벌떡 일어나면서 소리쳤다. 야구 모자 중 한 명이 슬쩍 이시봉의 앞발에서 피를 뽑는 것을 분명히 보았기 때문이었다. 모두의 시선이 그쪽으로 향했다.

"아, 저건 저희가 간단한 검사 차원에서……"

감색 재킷이 야구 모자를 향해 미간을 모으며 검지를 휘저었다. 그러자 야구 모자가 바로 내게 고개를 숙여 사과했다. 나는 계속 야구 모자를 노려보았다. 무언가 아픈 척이라도 하면 좋으련만, 이시봉은 완전히 정신을 놓은 채 야구 모자만 바라보고 앉아 있을 뿐이었다.

"단도직입적으로 말씀드리자면, 지금 선생님께서 키우고 있는 비숑은 보통 비숑이 아닙니다."

나는 다시 소파에 앉았다. 리다가 감색 재킷 쪽으로 허리를 더 숙이며 다가앉았다.

"정확한 것은 검사 결과가 나와봐야 알겠지만…… 두부의 크기나 안면부의 털만 봐도 저희가 오랫동안 찾고 있던 바로 그 비숑이 맞는 거 같습니다."

감색 재킷은 잠깐 말을 끊었다.

"후에스카르 계열의 비숑이죠."

"누구요? 에르메스요?"

리다가 눈을 크게 뜨며 물었다.

감색 재킷의 말에 따르면 이 땅에 최초로 비숑 프리제가 들어온 것은 1997년의 일이라고 한다. 그때 몇몇 한국인들의 노력으로 어렵게, 비공식적인 절차로 프랑스에서 들여온 비숑 프리제가 바로 희귀한 혈통인 후에스카르 계열의 후손이었다는 것. 생후 육 개월도 채 되지 않았던 암수 두 마리의 새끼 비숑 프리제. 하지만 이후 알 수 없는 사정에 의해 그 비숑 프리제들은 모두 모습을 감춰버렸다고 한다. 지금 한국에 퍼져 있는 비숑 프리제는 대부분 카나리아 군도 계열의 자손이고, 그 혈통이 현재 비숑 프리제의 스탠더드가 되었다고 한다.

"사실 저희는 사라진 후에스카르 계열의 비숑을 꽤 오랫동안 찾고 있었습니다."

감색 재킷은 두 손을 깍지 낀 채 말했다.

"프랑스 비숑 프리제 협회에서도 저희 작업이 매우 중요하다고 여기고 있구요."

"그럼 이시봉이…… 비숑의 왕인 거예요?"

리다가 이시봉을 바라보면서 물었다. 이시봉은 이제 아예 홀러덩 배를 까고 누워 애교를 부리고 있었다. 야구 모자는 식탁 의자에서 내려와 거의 무릎을 꿇은 자세로 이시봉의 배를 천천히 쓰다듬어주고 있었다.

"DNA 검사 결과가 나와봐야 알겠지만…… 그럴 가능성이 꽤 높습니다."

말도 안 되는 소리.

나는 마음속으로 감색 재킷을 비웃었다. 이 사람들이 지금 어디 와서 사기를 치고 있나.

이시봉은 전라남도 나주시 왕곡면 출신이다. 태어난 지 삼 개월밖에 되지 않은 이시봉을 아빠가 처음 집으로 데려온 날, 그날 아빠의 표정을 나는 똑똑히 기억하고 있다. 그때 아빠는 이렇게 말했다. 얘는 전라도 출신답게 홍어회도 잘 먹고, 배춧잎도 생으로 와그작와그작 잘 씹어먹는다고, 오리지널 면 소재지 출신 강아지라고…… 프랑스니, 후에스카르 계열이니, 다 헛소리였다. 이시봉은 그저 전라도 출신의 얼굴이 좀 큰 강아지일 뿐.

그러나 나는 그 말들을 입 밖으로 꺼내진 않았다. 그래봤자 말만 더 길어질 거였다. 그냥 무표정한 얼굴로 팔짱을 낀 채 가만히 앉아 있기만 했다. 하지만 마음은 좀전보다 편해졌다. 그들이 괜한 발걸음을 했다는 생각 때문이었다. 다시 서울로 차를 몰고 올라가고, 프랑스에서 검사 결과가 도착하기를 손꼽아 기다리고, 그러다가 실망하고…… 그 모든 과정이 머릿속에 그려졌다.

짜증나는 건 이시봉의 태도였다.

저거 진짜 똥개 아닌가? 의리라곤 찾아볼 수도 없는 놈 같으니라고……

이시봉은 그런 내 마음도 모른 채 같은 자리에서 뒤집기 동작을 연거푸 시전하고 있었다. 육포여서 망정이지 육회를 주면 아주 삼단 점프라도 할 기세였다.

"저희가 하는 검사는 미토콘드리아 DNA 검사라서 프랑스에

샘플을 직접 보내야 합니다. 거기 남아 있는 모계 유전자와 비교해봐야 하는 거라서요."

감색 재킷은 열흘 남짓 시간이 걸린다고 했다.

"자, 그리고 이건."

감색 재킷은 지갑에서 또 한 장의 명함을 꺼내 내게 건넸다.

〈앙시앙 하우스〉
대표 정채민

"검사 결과가 나오면 저희 대표님이 직접 만나 뵙고 설명하실 겁니다."

그게 내가 정채민의 이름을 처음 접한 순간이었다.

일은 그렇게 시작되었다.

2

6월 둘째 주가 되자 경기도 가평에서 엄마가 집으로 돌아왔다. 6월 둘째 주니까. 나는 달력에 표시된 날짜를 보면서 중얼거렸다. 엄마는 가평역에서 ITX를 타고 용산역까지 간 후, 다시 그곳에서 KTX로 갈아타고 저녁 여덟시쯤 광주에 도착했다. 무슨 등산객처럼 챙이 짧은 모자를 쓰고 커다란 배낭을 멘 모습이었다. 배낭 안에는 동그랑땡과 잡채, 부침개가 밀폐 용기 가득 담겨 있었다. 배와 자두도 있었다. 음식들 상하지 말라고 아이스 팩도 세 개나 함께 넣었는데, 그게 녹았는지 배낭 겉면 포켓이 축축하게 젖어 있었다. 엄마는 그 배낭을 식탁 의자에 내려놓으면서 집안을 한 번 휘 둘러보았다. 그러곤 내 어깨를 주먹으로 툭, 치면서 말했다.

"살림 잘하네, 우리 아들."

엄마와 나는 바로 제사상 차릴 준비를 했다. 식탁에 마주앉아 엄마는 과일을 깎고, 나는 엄마가 가져온 전을 프라이팬에 올려 데웠다. 시현은 아침만 해도 오늘 하루 영어학원을 쉬겠다고 하더니 오후 늦게야 아무래도 안 되겠다고, 수업 끝나고 되도록 빨리 가겠다고 다시 문자를 보내왔다. 그러면 밤 열한시쯤 제사를 지내면 될 것 같았다. 서두를 필요는 없었지만 나는 미리 거실에 상을 펴고 한지도 깔았다. 이시봉이 내 방에서 문을 열어달라고 계속 낑낑거렸지만 나는 모른 척했다. 모른 척하면서도 자꾸 엄마 눈치를 살폈다. 엄마는 무표정한 얼굴로 배를 깎기만 했다. 배 껍질이 뱀처럼 식탁 위에 똬리를 틀었다.

"네 외할머니 아무래도 암이 아닌 거 같아."

엄마는 깎은 배를 잘라 접시에 담았다. 제사상에 올릴 배는 아니었나보았다.

"뭔 암환자가 밥을 그렇게 잘 드신다니. 내가 밥상 차리다가 하루가 다 가."

나는 다시 엄마 맞은편에 앉아 삶은 고사리에 들기름을 둘러 볶기 시작했다. 다 엄마한테 배운 방식이었다.

"어제는 내가 맥주 한 캔 마셨다고 잔소리를 해대더라. 내가 아직도 미성년자인 줄 알아. 야, 나이 쉰둘이 맥주도 한 캔 못 마시냐? 나이 쉰둘이 뭐 장난이야?"

 엄마가 외할머니 사시는 경기도 가평 집으로 들어간 것은 작년 가을의 일이었다. 추석 무렵 우리집에 들른 외할머니가 밥만 먹으면 소화가 잘 안 되고 속이 화끈거린다고 해서, 엄마와 내가 모시고 병원을 찾았다. 진료를 마치고 모두 같이 팥죽을 먹으러 갈 작정이었다. 하지만 외할머니는 병원에서 예정에 없던 CT까지 찍게 되었고, 거기에서 그만 담낭암 3기 선고를 받고 말았다. 이미 주변 장기와 뼈까지 전이가 되었다는 진단과 함께. 담낭? 그게 어디를 말하는 거냐? 외할머니는 집으로 돌아오는 택시 안에서 작은 목소리로 내게 물었다. 아주 어린 시절, 외할머니는 나를 앞에 앉혀두고 자주 이렇게 말하곤 했다. 할머니는 우리 시습이가 어떻게 자랄지, 그게 제일 궁금하네. 그러고 나선 항상 당신 뺨에 내 뺨을 비비면서 궁금해, 궁금해, 장난스럽게 말했다. 내가 고등학교 졸업을 불과 오 개월도 안 남기고 자퇴했을 때도, 그리고 스무 살이 되었을 때도, 외할머니는 당신 뺨에 내 뺨을 비비면서 같은 말을 했다. 할머니는 계속 궁금하단다. 네가 앞으로 어떻게 자랄지. 궁금해, 궁금해……

"그게 아마 쓸개일 거예요……"

나는 좀 자신 없는 목소리로 말했다.

"쓸개? 쓸개라면…… 옛말에 노루는 쓸개가 없다고 하던데…… 개가 그래서 그렇게 겁이 많았나보다."

외할머니는 그렇게 말하곤 슬쩍 웃어 보였다. 당연히 우리는 팥죽을 먹으러 가지 못했다. 아예 생각조차 하지 못했다. 그만큼 모두 얼이 빠져 있었다.

외할머니는 당신의 몸속에 암이 자리잡았다는 사실을 알게 되자마자 일체의 치료를 거부하고 원래 살던 가평 집으로 돌아가버렸다. 그리고 그곳에서 한 걸음도 나오지 않았다. 외할아버지는 돌아가신 지 이미 오 년이나 지났고, 자식이라곤 엄마밖에 없는데…… 엄마는 며칠 동안 외할머니와 긴 통화를 거듭하더니 짧고 단호하게 결심을 알렸다.

"엄마는 외할머니를 저렇게 혼자 놔두지 않을 거야."

엄마는 나와 시현 앞에서 그렇게 말했다. 직장도 그만두고 당분간 가평으로 올라가서 외할머니와 함께 지낼 것이라고 했다. 우리는 잠자코 엄마 말을 듣기만 했다.

"시습이는 다 커서 걱정이 없는데…… 시현이한테 미안하구나. 이제 곧 고3인데…… 엄마가 이것저것 챙겨줘야 하는데."

나와 두 살 차이 나는 여동생 시현은 성격도 나와는 아주 딴판이었다. 엄마의 그 말에도 시현은 별다른 표정 변화가 없었다.

"다음달부턴 한 시간 일찍 등교할 작정이었어. 학교 끝나고 학원 갔다가 독서실까지 들르면 새벽 한시나 돼야 돌아올 거야. 그 시간에 엄마가 식탁에 앉아 우울한 표정 하고 있으면 그게 더 신경쓰일 거 같아. 그러니까 내 말은, 내 걱정은 하지 말라는 거야."

나는 멀거니 시현의 얼굴을 바라보았다. 솔직히 그땐 시현이 좀 재수없어 보이기도 했다. 쟤는 T가 맞는 거 같아……

"그래. 걱정하지 않을게. 아니, 걱정이 되는 건 맞는데 그래도 엄마는 가야 할 거 같아. 외할머니한테 엄마가 필요해서 가는 건 아니고…… 엄마에게 지금 외할머니가 필요해서 그래."

나는 순간적으로 엄마 대신 내가 가평 집으로 가겠다고, 가서 외할머니를 돌보겠다고 말할 뻔했다. 하지만 결과적으로 말하지 않은 게 다행이라는 생각이 든다. 내가 가서 뭘? 내가 외할머니한테 가게 된다면 이시봉도 데려가야 할 텐데, 그럼 또 둘이서 밤마다 산책을 나갔겠지. 산책을 쉴 수도 없으니까…… 그러면 또 술을 마실 테고…… 그 모습을 외할머니가 보면 마음만 더 아파지겠지. 내가 어떻게 자랄지 계속 궁금해했는데, 자라서 겨우 강아지나 데리고 다니면서 술이나 퍼마시는 인간이 되어 버렸으니……

"에이, 이놈의 원통한 외동딸 신세."

엄마는 접시에 썰어둔 배를 손으로 들고 우걱우걱 씹기 시작했다. 나한텐 먹어보라는 말도 하지 않았다.

고사리를 다 볶고 나서 나는 잠깐 망설였다. 피자를 어떻게 해야 하나? 아무리 그래도 제사상에 올릴 피자인데 배달을 시킨

다는 게 어쩐지 마음에 걸렸다.
"피자도 올리자."
 엄마는 작년 아빠의 첫 제사상을 차릴 때부터 피자 얘기를 꺼냈다. 우리가 무슨 예법 따질 필요 있니? 좋아했던 거, 잘 먹었던 거 차려주면 되는 거지. 나도 엄마와 같은 마음이었다. 시카고 피자. 도우는 좀 두툼하고, 토마토소스와 치즈만 토핑된 것으로. 그 피자를 아빠의 영정 사진 앞에 놓으니 진짜 무슨 생일상을 차린 것 같았다. 콜라도 한 잔, 잡채와 동그랑땡, 부침개도 좋아했으니 그것도 한 자리씩. 그렇게 첫 제사가 끝난 밤 나 혼자 식탁 의자에 앉아 맥주와 함께 피자를 먹었다. 엄마와 시현은 각자 방으로 들어가 나오지 않았다. 방에선 아무런 소리도 들리지 않았다. 식어버린 피자에서는 밀가루 냄새와 기름냄새가 났다. 아빠, 아빠가 만든 게 더 나아요. 나는 아빠가 세상을 뜬 지 근 일 년 만에 처음으로 아빠에게 말을 건넸다. 피자가 너무 커서 맥주를 계속 마실 수밖에 없었다. 그러곤 좀 취한 상태로 빈 술병을 치운답시고 재활용품 수거장까지 가다 말고, 놀이터 우레탄 바닥에 주저앉아 울고 말았다. 갑자기 터진 울음이었다. 한참을 그렇게 울고 있을 때 누군가 내 어깨에 손을 얹었다. 돌아보니 리다가 서 있었다. 아이 씨, 쪽팔려 진짜⋯⋯ 나는 한참을 더 고개 숙이고 앉아 있었다. 그러자 리다도 내 옆에 쪼그려앉아 훌쩍훌쩍 울기 시작했다. 아이 참, 이 누난 도대체 왜 이러는 거야…… 나는 좀 짜증이 났다. 그래도 덕분에 울음을 그칠 수 있었다. 나중엔 그 밤이 자꾸 떠오르기도 했다.

아빠는 2022년 6월에 세상을 떠났다.

운영하던 피자집 바로 앞 4차선 도로를 무단횡단하던 아빠는 노란색 신호를 놓칠까 속도를 높여 달려오던 레미콘 차량에 그대로 치이고 말았다. 툭, 마치 트럭 짐칸에서 떨어진 스티로폼 박스처럼 아빠는 도로 위를 몇 번이나 나뒹굴었다고 한다. 그리고 병원에 도착하자마자 사망 판정을 받았다. 다발성 장기 손상. 그게 아빠의 사인이었다. 사고 후 닷새가 지난 뒤에야 나는 겨우 피자집 앞에 가봤는데, 그때까지도 아빠가 누워 있던 자리에 그려놓은 하얀색 스프레이 마킹은 지워지지 않고 남아 있었다. 나는 그쪽을 보지 않으려고 노력했다. 한데도 자꾸 눈길이 갔다. 저건 너무 작지 않나? 나는 피자집 주변을 둘러보며 중얼거렸다. 저러면 마치 아이 같잖아. 나는 미간을 확 구겼다. 괜스레 더 크게 이시봉의 이름을 부르기도 했다. 이시봉, 이시봉! 도대체 어디 있는 거야!

아빠의 장례식이 모두 끝난 후, 그제야 나는 이시봉을 떠올렸다. 이시봉은 평소 아빠와 함께 피자집에 출근했다. 아빠가 도우를 반죽하거나 오븐 앞에 서서 시계를 보고 있을 때, 이시봉은 피자집 유리문에 바싹 붙어앉아 인도를 지나다니는 사람들이나 가로수에 내려앉은 새들을 구경했다. 그러다가 누군가 문을 열고 피자집 안으로 들어오면 꼬리를 살랑거리며 그 앞에 배를 까고 누웠다. 지금보다 어리고 작았던 이시봉은 사람들에게 인기가 꽤 좋았다(그땐 미용실도 한 달에 한 번씩 갔다). 어머, 얜 이름이 뭐예요? 사람들이 물으면 아빠는 주방에서 "이시봉이요!"라고 크게 소리쳤다. 꼭 성도 함께 불러줘야 해요. 걔가 우리집 막내거든요. 아빠는 항상 그 말도 덧붙였다. 나는 학원이 일찍 끝난 날엔 피자집에 들러 이시봉과 함께 먼저 집으로 돌아왔다. 그때도 나는 이시봉과 거의 항상 같이 샤워했는데 헤어드라이어로 이시봉의 젖은 털을 말려주다보면, 그러다가 흰자위가 한 점도 보이지 않는 이시봉의 까만 눈을 가만히 들여다보고 있으면, 정말이지 내 막냇동생처럼 느껴지기도 했다. 나는 이시봉과 똑같은 자세로 팬티만 입은 채 배를 까고 누워 있기도 했다. 엄마는 그런 나와 이시봉을 보곤 "뭐야, 개 옆에 또 개야" 하며 혀를 차기도 했다.

아빠의 장례 기간 내내 나는 이시봉을 잊고 있었다. 아빠가 사고를 당한 그날도 분명 이시봉은 피자집에 있었는데…… 나뿐만 아니라 그 누구도 이시봉의 행방을 궁금해하지 않았다. 전화를 받고 병원으로 달려간 뒤로, 병원에 딸린 장례식장에서 삼

일장을 치르고, 화장장과 추모공원을 다녀오는 동안 단 한 번도…… 집으로 돌아와 오 일 만에 처음 샤워를 하는데 뭔가 마음 한구석이 계속 묵직했다. 그 무게가 다 아빠 때문이라고, 슬픔에 빠진 엄마 때문이라고 여겼는데, 헤어드라이어로 머리를 말리다가 비로소 그게 이시봉 때문이라는 것을 알게 되었다. 나는 당분간 그쪽으론 가고 싶지 않았지만, 어쩔 수 없었다. 달리 방법이 없었다. 나는 처음 아빠의 사고 소식을 알리는 전화를 받았을 때처럼 전력을 다해 달려갔다.

다행히 이시봉은 아빠의 피자집 바로 옆 영산강횟집에 있었다. 횟집 뒤쪽 화장실 옆에 누군가 놓아둔 박스가 있었고, 그 안에 이시봉이 웅크리고 있었다. 박스에는 헌옷들이 깔려 있고 그 바로 옆엔 우그러진 양은 냄비가 놓여 있었다. 이시봉은 눈곱이 덕지덕지 낀 꾀죄죄한 몰골이었는데, 나를 보자마자 홀러덩 배를 까고 누워 꼬리를 흔들었다. 나는 그런 이시봉을 가만히 바라보다가 조용히 안아들었다. 뭘 먹었는지 주둥이 털이 갈색으로 딱딱하게 뭉쳐 있었다. 나는 횟집 사장님한테(이시봉에게 홍어회를 주었던 바로 그분이다) 인사를 하러 주방에 들렀다. 아빠와 동년배인 횟집 사장님은 턱수염을 지저분하게 기른 아저씨였는데, 마침 커다란 식칼을 들고 무를 썰고 있었다. 그는 말없이 내 어깨를 토닥거려주었다. 그러곤 이시봉을 쓱, 한 번 쳐다보고 나서 아빠의 사고에 대한 또다른 이야기를 들려주었다.

 작년엔 시현이 집에 있어서 내가 잠깐 피자집에 다녀올 수 있었다. 하지만 올해는 내가 자리를 비우면 엄마와 이시봉만 집 안에 남게 된다. 내가 집에 없으면 이시봉은 계속 낑낑거리겠지…… 그렇다고 이시봉을 품에 안고 가서 피자까지 들고 오기도 힘들고…… 결국 배달을 시켜야 하나? 입을 꾹 다문 채 스마트폰 화면을 내려다보고 있을 때, 누군가 현관문을 열고 들어오는 소리가 들렸다. 시현이었다. 학원에서 수업을 들을 시간인데, 시현의 손엔 피자 박스가 들려 있었다.
 "작년에 오빠가 사온 데는 아빠가 싫어하는 브랜드였어. 또 그럴까봐."
 우리는 모두 제사상 앞에 모였다. 나는 오랜만에 와이셔츠에 정장 바지를 차려입었는데, 그새 또 살이 쪘는지 바지 단추가 잘 채워지지 않았다. 숨을 참고 손톱이 하얗게 변할 때까지 힘을 줬는데도 겨우 지퍼만 올릴 수 있었다. 어쩔 수 없이 그 위에 그냥 허리띠를 채웠다. 거울을 보니 정장 바지가 아니라 무슨 레깅스를 입은 것처럼 보였다. 시현은 교복 차림 그대로였다.
 "절하자."
 엄마의 말에 시현과 나는 절을 올렸다. 엄마는 절하지 않고 제사상 왼쪽에 무덤덤한 표정으로 앉아 있었다. 나는 절을 하고 난 뒤 손을 모은 채 아빠의 영정 사진을 바라보았다. 영정 사진 속 아빠는 스포츠머리에 회색 공장 작업복 차림이었다. 멀리, 어딘가를 바라보고 있는지 턱이 좀 들려 있었고, 하얀 치아가 반쯤 드러나 있었다. 장례식장에서 아빠 얼굴 사진이 빨리 필요하다고 해서 아빠 카톡 프로필 사진을 보여줬더니, 그게 그대로 영정 사진이 되고 말았다. 작년 제사 때 그 사진을 바꾸려고 아빠 휴대폰 사진첩을 뒤져봤는데(엄마는 아빠 휴대폰을 거실 서랍장에 그대로 보관하고 있었다) 셀카도, 독사진도 따로 없었다. 대부분 나와 시현의 어릴 적 사진이거나 엄마와 팔짱 끼고 찍은 사진, 이시봉 사진, 공장 동료들과 어깨동무하고 찍은 사진, 그리고 피자집 전경 사진뿐이었다.

아빠는 피자집을 차리기 전, 광주에 있는 한 타이어 공장에서 이십 년간 현장 노동자로 일했다. 지금도 선명하게 기억나는 건 일요일 오후마다 아빠가 식탁 의자에 무릎을 오므린 자세로 앉아 세탁한 작업복을 정성껏 개키던 모습이다. 아빠는 일주일에 한 번씩 공장에서 입던 작업복을 집으로 가져와 욕실에서 손빨래했는데, 왜 세탁기를 사용하지 않느냐는 말엔 '그냥 너희 빨래랑 같이 돌리면 안 될 거 같아서'라고 대답했다. 그럼 아빠 작업복만 따로 돌리면 되지 않느냐고 하자, 그래도 세탁기에 안 좋은 거 다 남는다고 말했다. 아빠는 개킨 회색 작업복을 덮개에 버클이 달린 류색에 넣어 다녔다. 일이 바쁠 땐 잔업을 하느라 새벽에 들어오기도 했고, 이른봄엔 동료들과 함께 파업 투쟁에 참여하느라 며칠씩 집에 들어오지 못하기도 했다. 그렇다고 아빠가 노조 일에 열정적으로 참여하는 것 같지는 않았다. 아빠는 어느 편이었는가 하면 시위대 옆에서 노조 깃발을 들고 말없이 서 있는 사람, 마이크를 잡는 사람이 아닌 앰프 선을 정리하는 사람이었다. 아빠와 친하게 지내던 동료들이 대부분 그랬다. 대열의 세번째나 네번째 줄에 서서 구호를 외치는 노동자들, 그러다가 파업이 끝나면 언제 그랬냐는 듯 컨베이어 벨트 앞이나 발효 작업장에서 타이어와 고무를 뽑아내는 아저씨들이었다. 내가 열세 살 때였던가, 아빠와 짜장면을 먹다 말고 왜 봄만 되면 그렇게 머리를 빡빡 미는지 물은 적이 있었다. "음, 그건…… 공장 사람들하고 아빠 마음이 같다는 것을 사장한테 보여주려고 그래." 아빠는 잠깐 고민하더니 그렇게 말해주었다. "그래야 다 비슷해 보이거든. 그러면 파업 끝나고 나서도 함부로 못해." 아빠는 공장을 쉬는 날엔 대량으로 사온 표고버섯을 하루종일 주방에서 다듬거나(아빠는 그것으로 종종 버섯밥을 지었다), 엄마와 단둘이 산책을 나가곤 했다. 밤늦게까지 내 책상에 앉아 빌려온 만화책을 쌓아놓고 읽기도 했다. 그러고 또 다음날이면 새벽 여섯시에 도착하는 통근 버스를 타기 위해 서둘러 집을 나섰다.

그런 아빠가 타이어 공장을 갑자기 그만두겠다고 했을 때, 우리 가족은 좀 걱정이 되었다. 아빠가 어디 아픈가? 타이어 공장 노동자들이 솔벤트에서 나오는 발암물질 때문에 여럿 백혈병을 앓고 있다는 뉴스를 본 적 있었다. 고무를 가열할 때 나오는 분진 때문에 폐 기능이 망가져버린 아빠 동료도 몇 명 있다고 들었다. 실제로 아빠네 공장 내부는 여름에도 겨울에도 통풍을 잘 안 한다고 했다. 찬바람이 들면 그만큼 고무가 잘 변형되지 않기 때문이었다. 언제나 덥고 축축할 것.

"아니야. 그냥 나 하고 싶은 게 따로 있어서 그래."

아빠는 식탁 옆에 서서 우리에게 비빔면을 덜어주며 담담한 목소리로 말했다. 파채와 골뱅이가 들어간 비빔면이었다. 아빠가 우리에게 종종 해주는 음식이었다.

"이십 년 넘게 했으니까…… 이제 그만하려고."

엄마는 젓가락을 든 채 그런 아빠를 가만히 바라보다가, 다시 나와 시현을 둘러보며 "먹자"라고 짧게 말했다. 그것으로 끝이었다. 그후 엄마와 아빠 사이에 어떤 다른 이야기들이 더 오갔는지 알 수 없지만, 우리가 들은 것은 그 말이 전부였다. 그게 2019년 2월의 일이었다.

아빠는 공장에서 받은 퇴직금으로 제일 먼저 지금 우리가 살고 있는 아파트를 계약했다. 원래 살던 아파트는 18평형으로 방이 두 개밖에 없었는데, 새집은 32평형에 방이 세 개, 화장실이 두 개 딸린 아파트였다(원래 살던 아파트에서 걸어서 채 십 분도 안 걸리는 곳이었다. 정용과 수아가 이사한 우리집에 제일 먼저 놀러왔는데, 방문 하나하나 열어보며 우와! 우와! 우와! 한 옥타브씩 높여가며 소리지르기도 했다. 정용은 그 와중에 내 방 문틀을 잡고 갑자기 턱걸이를 하기도 했다). 그리고 다시 팔 개월쯤 지난 뒤엔 이사한 아파트에서 걸어서 이십 분 정도 떨어진 한 사립대학교 교차로 앞 일층 상가에 피자집을 개업했다. 프랜차이즈가 아닌, 아빠 이름을 내건 피자집.

이성현 피자

아빠가 피자집을 개업한 지 보름쯤 지났을 때, 시현이 나를 소파로 따로 불러냈다.

"잘 들어봐. 내가 알아보니까 아빠 피자집 보증금이 이천만원이래. 월세는 칠십만원이고. 거기가 원래 비어 있던 상가라서 권리금 없이 싸게 들어갈 수 있었다고 하는데, 그래도 부가세는 따로 내야 한대."

시현은 자기가 쓰는 연습장 맨 뒷장에 하나하나 숫자를 적어가면서 말했다. 나는 그때만 해도 권리금이니 부가세니 하는 것들을 잘 몰랐다. 사실, 지금도 잘 모른다.

"그리고 나머지 아빠 퇴직금은 이 아파트 사는 데 다 들어갔 대. 엄마가 월급을 받지만, 예전에 아빠 엄마 둘이 벌 때랑 많이 달라진 거지. 아빠 피자집이 자리잡는 데도 몇 개월 더 걸릴 거고…… 그러니까 내 말은 오빠도 나도 학원을 하나씩 줄여야 한다는 거야. 영어 수학 둘 중 하나는 인강으로 돌리는 게 나을 거 같아."

당시 중학교 1학년이었던 시현은 나한테 둘 중 하나를 선택하라고 했다.

"나? 나는 둘 다 안 다녀도 되는데……"

"오빠는 수학이 바닥이니까 그걸 다니는 게 좋겠어."

나는 그때 중학교 3학년이었다. 얘 대체 오빠를 어떻게 알고…… 오빠가 수학만 바닥인 줄 아니? 오빤, 영어도 엄청나. 나는 속으로 그렇게 생각했지만, 아무런 말도 할 수 없었다. 그만큼 시현의 얼굴이 심각했기 때문이다.

아빠의 피자집은 시현이 예상한 대로 처음 몇 개월 동안은 손님이 거의 없었다. 그래도 아빠는 정말 열심이었다. 마치 오래전 로마에 살던 피자 장인 롬바르디 씨가 우리 동네에 환생한 것처럼 하루종일 피자집 주방에만 틀어박혀 살았다. 페퍼로니 피자나 슈프림 피자처럼 다른 가게에 있는 메뉴들도 열심히 만들고 연습했지만, 브로콜리 피자 같은 아빠만의 시그니처 메뉴를 개발하기도 했다(오직 브로콜리와 치즈만으로 토핑한 피자였다. 아빠는 그걸 처음 만든 날 내게 시식을 부탁하기도 했다. 나는 조심스럽게 한입 먹어보았다. 그 맛은…… 뭐랄까, 마치 브로콜리들이 입안에서 서로 '헤이, 브로!' 한 뒤 갑자기 주먹을 날리는 듯한 맛이었다. 물론 아빠에겐 그렇게 말하지 못했다). 반년 정도 지나자 그래도 꼬박꼬박 찾아오는 단골이 생기기 시작했는데, 그 단골들에게 가장 인기 있었던 메뉴가 시카고 피자였다(브로콜리 피자는 메뉴판에서 아예 사라져버렸다). 그래서였는지 몰라도 아빠가 가장 좋아하는 메뉴도 시카고 피자가 되어버렸다. 아무래도 사장이었으니까, 가장 많이 팔리는 게 가장 고마운 피자라고 했다.

아빠가 나주시 왕곡면까지 가서 이시봉을 데려온 것도 그즈음의 일이었다.

"거기에서도 우리 잘 지켜보고 있는지, 한번 물어봐라."

엄마가 아빠 영정 사진 쪽으로 시선을 돌리면서 말했다. 나와 시현은 동시에 엄마를 바라보았다. 농담인가? 진짜 물어보라는 말인가? 나와 시현은 다시 절을 올렸다. 하지만 엄마 말대로 아빠에게 뭘 묻지는 않았다. 물어봐야 마음만 아플 뿐. 그건 그냥 엄마의 원망이라는 것을 이제는 잘 알기 때문이었다.

제사가 끝나고 음식을 하나둘 식탁으로 옮기고 있을 때, 내

방에 있던 이시봉이 컹컹컹컹 큰 소리로 짖어대기 시작했다. 밤 열시가 다 된 시간이었다. 밤이었으므로, 이시봉의 소리는 더 크고 길게 울려퍼졌다. 이시봉의 입장에선 충분히 그럴 만도 했다. 평상시 같았으면 나와 나란히 거실 소파에 누워 있어야 할 시간이었다. 그러다가 한쪽 발로 내 얼굴이나 가슴을 툭툭 치면서 어서 빨리 비스킷이나 오리 목뼈를 내놔, 간식을 달라고 조르는 시간. 그래도 내가 아무런 반응을 보이지 않으면 이시봉은 낙담한 얼굴로 거실 유리창 앞에 서서 아파트 단지 정문을 드나드는 자동차들을 바라보거나 혼자 고무공을 갖고 놀았다. 그리고 그것도 지겨워지면 현관 앞으로 천천히 걸어가 허공을 바라보며 컹컹컹컹 시끄럽게 짖어댔다. 짖으면서도 자주 내 쪽을 바라봤다. 밤에, 그것도 아파트에서 개가 짖으면 여러 가지 귀찮은 일이 생기고 만다(나는 그 때문에 몇 번 관리사무소로부터 인터폰을 받기도 했다). 엘리베이터엔 '반려견 주의 사항' 같은 안내문도 붙어 있다. 이시봉이 그런 주의 사항을 알 턱이 없으니, 내가 움직일 수밖에 없었다. 나는 헝겊으로 만든 기린 인형을 손에 들고 쪼그려앉아 이시봉이 지칠 때까지 터그 놀이를 해주곤 했다. 그게 이시봉과 나의 패턴이었다. 그러니, 이시봉으로선 방에 갇혀 있는 현실이, 문밖에선 분명 사람들의 발소리가 들리고 음식냄새가 나는데, 그런데도 자기를 모른 척하고 있는 현실이, 이상하고 억울할 수밖에 없었을 것이다. 그래도 이시봉…… 오늘은 그러면 안 되는 날이야. 네가 그러면 안 되는 날이라고…… 나는 마음속으로 계속 이시봉을 달래고 다그쳤다.

"음식 차리는 건 오빠가 했으니까, 치우는 건 내가 할게."

시현이 개수대 앞에서 고무장갑을 끼며 말했다. 시현은 눈치가 빠른 애니까, 나는 시현이 일부러 그런다는 것을 잘 알았다. 엄마는 말없이 거실 소파에 앉아 있었다. 마치 화가 난 사람처럼 팔짱을 낀 채 음식이 다 치워지고 영정 사진만 남은 제사상을 바라보고 있었다. 나는 잠깐 쭈뼛거리며 시현 옆에 서 있다가 내 방으로 들어왔다. 이시봉은 내 침대 옆에 서 있다가, 내가 들어오자마자 바로 꼬리를 흔들기 시작했다.

영산강횟집 사장님은 모두 이시봉 때문이라고 했다.

아빠가 4차선 도로로 뛰어든 것은 느닷없이 달려나간 이시봉을 쫓아나갔다가 그렇게 된 것이라고 했다. 초여름이었으니까, 가게 문이 잠깐 열렸을 수도 있었을 것이다. 전단을 돌리는 사람이 쓱 열어봤을 수도 있고, 피자를 받은 손님이 바삐 나가느라 이시봉을 신경쓰지 못했을 수도 있다. 아니, 어쩌면 이시봉이 직접 제 발로 문을 열고 나갔을지도 모른다. 그즈음 이시봉은 다리도 길어지고 힘도 더 붙기 시작했으니까. 이시봉은 그때도 여전히 명랑하고, 호기심이 많았으니까…… 그 마음으로 꼬리를 살랑살랑 흔들다가 도로를 향해 신나게 달려갔을 수도 있었다. 도로 반대편 인도에 서너 살쯤 된 아이가 지나갔을 수도 있고…… 야, 네 이름은 뭐니? 내 이름은 이시봉이야, 하는 마음으로.

나는 그제야 아빠의 사고를 좀더 정확하게 이해할 수 있었다. 무단횡단이라니. 차가 달려오는 도로에 무작정 뛰어들다니…… 어린아이도 아니고…… 어떻게 그럴 수 있었지? 나는 아빠의 장례를 치르는 내내 그 모든 게 좀처럼 이해되지 않았다. 뭐지? 도대체 왜? 하지만 이시봉 때문이라면, 아빠가 이시봉을 구하기 위해 도로에 뛰어든 것이라면, 그러면 모든 게 이해됐다. 어쨌든 아빠에게 이시봉은 우리집 막내였으니까.

*

　엄마 또한 나중에 그 사고의 전후 사정에 대해서 보다 자세한 설명을 들은 모양이었다.
　나한테 말은 하지 않았지만, 대신…… 이시봉을 대하는 태도가 눈에 띄게 달라졌다.

　예전에 엄마는 투덜거리면서도 이시봉에게 최선을 다하는 사람이었다. 뭐야? 내가 힘들게 일하고 돌아와서 네 똥까지 치워야 하는 거야? 응? 네 엄마 어딨어? 네 엄마 좀 오라고 그래. 네 엄마보고 여기 와서 같이 살면서 네 똥도 치우라고 그래! 엄마는 이시봉의 배변 패드를 갈아주면서 그렇게 말하기도 했다. 그러면서도 또 작게 엄마도 없이 어린것이 낯선 곳에…… 하면서 측은한 눈길로 이시봉을 바라보기도 했다. 나는 엄마가 티내지 않고 따로 달걀을 삶아 으깨서 이시봉의 사료에 섞어준다는 것도 알고 있었다. 이시봉은 때때로 무언가를 잘못 먹고 토하기도 했는데, 그때마다 엄마가 이시봉을 안고 욕실로 들어가 입 주위를 닦아주고 배를 문질러주었다. 나에겐 그런 엄마의 존재가 은근한 자부심이었다. 이시봉도, 나도 안전하다는 느낌. 우리가 나중에 어떤 존재가 된다 해도 버려지거나 외면당하지 않을 거라는 믿음. 이시봉도 그걸 알고 있었는지, 엄마가 아무리 투덜거려도 그 앞을 떠나지 않았다. 둥근 엉덩이를 좌우로 흔들면서 꼬리를 살랑거렸다.

 그런 엄마가 변해버렸다.
 무엇이 변했나?
 무엇보다 엄마는 이시봉에게 말을 걸지 않았다. 아빠의 장례를 치르고 보름이 지난 뒤부터 엄마는 다시 직장에 출근하기 시작했는데, 이시봉은 엄마가 퇴근해서 현관 도어록을 누르는 소리가 들리면 재빠르게 그쪽으로 달려가 제자리에서 빙빙 돌기까지 하며 꼬리를 흔들어댔다. 그러다가 엄마가 안으로 들어서면 앞발을 들어 빨리 안아달라고 떼를 썼다. 그러나 엄마는 이시봉을 못 본 척했다. 이시봉의 이름을 부르지도 않았고, 이시봉의 머리를 쓰다듬어주지도 않았다. 옷을 갈아입고 다시 주방으로 나와서도 엄마는 이시봉을 거들떠보지 않았다. 배변 패드에도 이시봉의 밥그릇에도 관심을 갖지 않았다. 그리고 무엇보다 엄마는…… 자주 깜짝깜짝 놀랐다. 소파에 혼자 앉아 있을 때 이시봉이 예전 버릇 그대로 엄마의 허벅지 위로 뛰어올라오면 어깨까지 움찔하며 놀란 표정을 지었다. 마치 징그러운 무엇인가가 피부에 닿은 듯, 죽은 누군가를 마주한 듯, 이전과는 전혀 다른 태도와 행동을 보였다. 그렇다고 소리를 지르지는 않았다. 그 소리마저 참는 모습이었다. 이시봉이 그것을 눈치챘으면 좋으련만…… 사정을 알 턱 없는 이시봉은 계속 엄마에게 친한 척을 해댔다. 앞발을 든 채 뒷발로만 콩콩 뛰며 엄마를 쫓아다녔다.

나는 그런 엄마가 이해되면서도 또 한편으론 화가 났다. 엄마는 정말 이시봉을 원망하고 있는 것일까? 정말 이시봉을 미워하고 있는 것일까? 그건 아닐 거라고 믿고 싶었다. 이시봉이 뭘……? 정말 이시봉 때문에 아빠가 사고를 당했다고 생각하는 것일까? 설사 그렇다고 해도 그건 이시봉의 잘못이 아니었다. 이시봉은 도로가 무엇인지, 인도가 무엇인지, 규칙이 무엇이고 도로교통법이 무엇인지, 알지 못하는 존재가 아닌가? 그러니 저렇게 계속 명랑한 것이 아닌가? 이시봉을 원망한다는 것은 자연을 원망하는 것. 나는 엄마가 곧 그렇게 생각을 정리하길 바랐다. 또 곧 그렇게 되리라고 믿었다. 엄마는 지금 이시봉이 아닌 세상을 원망하고 있는 것이라고, 하지만 그래도 그 화풀이를 이시봉에게 해선 안 되는 것이라고…… 이해와 원망은 엄연히 다른 거니까.

하지만 그런 내 바람과는 달리 엄마는 쉽게 변하지 않았다.

그리고, 그 밤이 있었다.

아빠가 세상을 뜬 지 두 달쯤 지난 8월의 어느 밤.

여름방학이어서 나는 학교도 가지 않고 하루종일 집에만 틀어박혀 지냈다. 더이상 학원도 다니지 않았다. 시현은 밤늦게까지 스터디 카페에서 공부하다가 돌아왔고, 엄마도 퇴근이 늦었다. 이상하게 나는 계속 잠이 쏟아졌는데, 그러다보니 이시봉도 잠이 늘었다. 낮에 계속 잤으니까 밤엔 좀 깨어 있으면 좋으련만, 소파에 앉아 유튜브를 봐도, 게임을 해도, 눈이 자꾸 감기기만 했다. 낮에 정용과 수아가 잠깐 놀러오기도 했는데, 걔네들이 옆에 있는데도 나는 꾸벅꾸벅 졸았다. 수아가 그것도 일종의 우울증이라고, 너에게 지금 필요한 건 전문적인 상담이라고 말했다. 정용은 그 전에 스트레칭이 도움이 될 거라고 등뒤에서 나를 껴안고 힘을 주기도 했다.

"너 때문에 이시봉도 우울증 걸린 거 같아."

친구들이 돌아간 뒤, 나는 계속 수아의 말을 떠올렸다. 이시봉을 데리고 산책을 나간 게 언제인가, 그것도 잘 생각나지 않았다. 머릿속에선 분명 씻고 이시봉을 데리고 현관문을 나선 것 같았는데, 눈을 떠보면 그대로 침대인 경우가 많았다. 이시봉은 주둥이를 베개에 묻은 채 슬쩍 나를 쳐다보았다. 목욕을 한 게 언제인지도 잘 떠오르지 않았다. 그래서 이시봉의 정수리를 만져주었다. 이시봉에게 무슨 말인가를 해주고 싶었는데, 딱히 떠오르는 게 없었다. 그래서 계속 말없이 이시봉의 머리를 만져주었고, 이시봉의 눈이 스르르 감기자 나 역시 다시 잠에 빠져들었다.

내가 잠에서 깬 건 깊은 밤이었다. 누군가 방문을 열고 들어오는 소리를 들었다. 나는 일어나는 대신 다시 눈을 감고 벽을 향해 모로 누웠다. 방엔 불이 꺼져 있었고 창문도 닫힌 상태였다. 등이 축축하게 젖어 있었고 몸에서 시큼한 냄새도 났지만, 나는 덥다고 느끼지 않았다. 내 베개 바로 옆에서 부스럭거리는 소리가 들렸다. 이시봉도 문소리에 잠이 깬 모양이었다. 하지만 이시봉은 다시 눕지 않았다. 나는 정신을 차리진 못했지만, 다 느낄 수 있었다. 얼핏 술냄새가 났고, 누군가 나와 이시봉을 가만히 내려다보고 있다는 것, 곧 무슨 일이 벌어질 것만 같은 침묵, 그런 것들이 온전히 느껴졌다. 가위인가? 눈을 뜨고 싶고 자리에서 일어나고 싶은데, 몸이 움직이질 않았다.

그리고 이윽고 들려온 목소리.

"개새끼······"

작고 낮은 목소리였다. 나는 그 목소리가 누구의 것인지 잘 알고 있었다. 또 그 목소리가 누구를 향하고 있는지도 알 것만 같았다. 그런데도 이시봉은 고개를 들고 앞다리를 세우고 앉아 계속 꼬리를 흔들었다. 어둠 속에서도 명랑함을 잃지 않고, 계속.

"이 개새끼야."

그 누군가가 이시봉을 들어올렸다. 안은 것이 아니었다. 목덜미를 잡고 들어올렸다. 그 누군가는 그 상태로 몇 걸음 걸어가 내 방 창문을 열었다. 내가 자리에서 일어난 것은 그 순간이었다. 그리고 어둠 속에서 그 누군가를 노려보았다. 이시봉은 다리를 허우적거리지도 않았다. 몸을 비틀지도 않았다. 그저 주둥이를 조금 더 앞으로 빼려고 노력하며, 그 누군가에게 다가가려 애썼다. 잠시 후 털썩, 그 누군가가 이시봉을 방바닥에 내려놓았다. 그러곤 아무 일 없었다는 듯 조용히 방밖으로 나갔다.

그것은 꿈이었을까?

그럴 수도 있다. 그렇게 믿고 싶었던 날이 많았다.

하지만 그뒤로 나는 좀처럼 밤에 잠을 이루지 못했다. 잠을 자는 대신 이시봉과 함께 산책을 나갔고, 그때부터 조금씩 술을 마시기 시작했다. 아침이 되어 엄마가 출근하고 시현도 등교하고 난 뒤에야 겨우 잠을 이룰 수 있었다.

내가 고등학교를 그만둔 것은 그로부터 한 달 뒤의 일이었다.

*

 자정 무렵, 나는 이시봉을 안고 아파트 단지 바로 앞에 있는 편의점으로 나갔다.
 그 편의점은 수아가 저녁 타임 알바를 하는 곳이기도 했다. '맥주나 한잔하자.' 수아가 그렇게 문자를 보내왔다. 내가 다음에, 라고 답문을 보내자마자 바로 '리다도 나온다는데?'라는 문자가 도착했다. 나는 욕실에 들어가서 양치를 하고 면티도 새것으로 갈아입었다. 엄마와 시현은 잠들었는지 안방과 맞은편 방에선 아무런 소리도 들리지 않았다. 이시봉을 어떻게 하지? 나는 잠깐 망설이다가 그냥 안고 가기로 했다. 어차피 이시봉도 밤엔 잠을 잘 안 자니까. 정용도, 수아도, 리다도, 이시봉과는 모두 친한 사이니까. 나는 이시봉의 눈곱도 떼주었다.

 친구들은 모두 편의점 앞 파라솔 아래에 앉아 있었다. 테이블엔 이미 맥주 피처 두 병이 올라와 있었고, 하리보와 프링글스, 구운 오징어도 눈에 띄었다. 수아는 막 알바를 마쳤는지 고개를 뒤로 꺾은 채 담배를 피우고 있었고, 정용은 빨대로 단백질 음료를 마시고 있었다. 리다는 나와 이시봉을 보며 반갑게 손을 흔들어주었다. 모두 일부러 나 때문에 모였을 것이다. 친구들은 오늘이 아빠의 제삿날인 것을 잘 알고 있었으니까. 혼자 마시지 말라는 배려였을 것이다.

나는 빈 의자에 앉았다. 이시봉도 바로 옆 빈 의자에 내려놓았다. 리다가 이시봉에게 덴탈껌 하나를 물려주었다.

"정말이라니까? 이 사람들이 찾아와서 거의 절을 했다니까."

리다는 자신의 스마트폰 화면을 정용과 수아에게 내밀면서 말했다. 나는 리다가 무슨 얘기를 하고 있었는지 대번에 눈치챘다. 리다는 이틀 전에도 나에게 링크를 보내주었다. 앙시앙 하우스의 인스타와 유튜브 링크였다. 낯익은 연예인들이 새끼 비숑 프리제를 분양받고 활짝 웃으면서 인터뷰하는 영상들이었다. 나는 말없이 종이컵에 맥주를 따랐다.

"무슨 고귀한 신분 대하듯이 그랬다니까."

"그럼 이시봉은 이제 프랑스에 가는 건가?"

정용이 이시봉을 바라보면서 말했다.

"헛소리. 그거 다 장사치들 속셈이야."

수아가 담배를 끄며 말했다.

"하여간, 계급을 만들지 않으면 못 견디는 인간들이라니까."

수아는 광주에 있는 교대를 1학년까지만 다니고 현재는 휴학 중이었다. 우리 중 공부를 제일 잘했던 수아는, 성격도 가장 불같았다. 교대를 다니면서도 수아는 "아오, 개빡치네"라는 말을 달고 살았다. 교수들이 너무 꼰대 같아서 '개빡쳤'고, 동기들이 너무 모범생이어서 '개빡쳤'다. 아니, 너는 무슨 초등학교 선생님이 될 애가, 동심을 소중하게 가꿔야 할 애가, 그렇게 '개빡치'면 어떻게 하냐고 우리가 타박하자, 수아는 그게 정말 나를 '개빡치'게 하는 현실이라고 되레 분통을 터뜨렸다. 초등학교 선생 될 인간들을 다 점수로만 뽑으니까 모범생들만 아이들을 가르치게 되고, 그 모범생들이 모범생 아닌 아이들을 전혀 이해하지 못하는 상황이 반복된다는 것이었다. 아니, 그래도 그렇게 자꾸 '개빡친'다는 말을 쓰면 듣는 이시봉이 얼마나 기분 나쁘겠냐, 너 그거 강아지 비하야, 라고 정용이 말하자, 수아는 머리를 한 번 쓸어올린 후, 이래서 국어교육이 중요한 거라고, 그건 네가 명사와 접사를 잘 몰라서 하는 소리라고 말하며 자신의 스마트폰을 내밀었다.

> 개(명사): 갯과의 포유류. 가축으로 사람을 잘 따르고 영리하다.
> 개-(접사): '정도가 심한'의 뜻을 더하는 접두사. '헛된' '쓸데없는'의 뜻을 더하는 접두사.
> 예) 개망나니, 개잡놈, 개수작, 개죽음, 개지랄 등.

그러니까 자신의 '개빡침'은 이시봉이나 다른 '갯과의 포유류'들과는 아무런 상관이 없다는 뜻이었다.

"아니, 이건 그런 게 아니고, 희귀종 같은 건 보호해야 하잖아? 프랑스에도 이시봉 같은 비숑은 거의 없다고 하니까……"

리다는 그러면서 이시봉은 일종의 벵골호랑이나 판다와 비슷한 것이라고 말했다.

"언니, 참 나, 내가 이시봉 앞에서 이런 말 안 하려고 했는데…… 쟤, 수술했잖아요?"

수아가 이시봉을 턱으로 가리키면서 말했다. 정신없이 덴탈껌을 씹어 먹고 있던 이시봉은 우리의 시선이 일순 자신에게로 향하자 어리둥절한 표정으로 고개를 갸웃거렸다. 그러곤 이내 다시 덴탈껌에 집중했다. 불쌍한 놈, 그래 그냥 껌이나 계속 씹으렴.

"쟤가 희귀종이면 뭐해요? 쟤는 그냥 단종되는 앤데…… 그 사람들이 그걸 몰랐을 거 같아요? 그 전문가들이? 척 보면 알지."

이시봉이 중성화 수술을 받은 것은 우리집에 온 지 칠 개월도 채 되지 않았을 때의 일이다. 학교에서 돌아와보니 이시봉이 머리에 꼬깔콘 같은 깔때기를 쓰고 있었다. 그냥, 더 어릴 때 해주는 게 좋다고 해서. 아빠는 그렇게 말했다. 이시봉은 하룻밤 정도 시무룩하고 풀죽은 모습을 보이더니, 다음날부턴 다시 예전 성격 그대로 명랑해졌다.

"아니, 그래도 그렇지, 너는 이시봉 앞에서 단종이 뭐니, 단종이……"

명랑한 이시봉의 짧고 투쟁 없는 삶

정용이 작은 목소리로 투덜거리자, 수아가 냉정하게 말했다.

"쟤도 알 거 알아야지. 그게 뭐, 다 인간들이 한 짓인데."

"나는 그래도 이시봉이 고귀한 신분이었으면 좋겠어."

리다가 이시봉 앞에 쪼그리고 앉으면서 말했다. 그러더니 휴대폰 카메라로 계속 이시봉의 사진을 찍었다.

"그러면 우리하곤 완전히 다른 삶을 살게 되는 거잖아. 나는 그런 게 좋더라."

리다. 오, 나의 사랑, 나의 불행, 나의 한숨, 리다.

이제 리다의 이야기를 할 때가 되었다.

리다는 엄밀히 따지자면 엄마의 오래된 제자였다. 엄마는 가평으로 떠나기 전까지만 해도 광주에 있는 한 학습지 회사의 남구 지역 관리팀장으로 근무했는데, 그전엔 십 년 가까이 같은 회사의 방문 교사로 일했다. 리다는 바로 그 시절 엄마의 제자였다. 엄마를 처음 만났을 땐 초등학교 6학년이었다고 하는데, 지금 리다는 서른한 살이 되었다. 광주에 있는 국립대학교 문헌정보학과를 졸업하고 벌써 육 년째 사서직 공무원 시험을 준비하고 있다는 리다. 엄마와 리다는 사 년 전 아파트 단지에서 조금 떨어진 곳에 새로 오픈한 대형 마트에서 우연히 조우했다. 엄마는 리다를 알아보지 못했는데, 리다가 먼저 말을 걸었다고 한다. 혹시 조영은 선생님? 세상에, 조영은 선생님 맞으시죠?

저예요. 저. 하영이. 권하영.

"그런데 왜 엄마한테 선생님이라고 안 하고 언니라고 그래요?"

나는 엄마한테 그렇게 물었다. 엄마와 마주친 이후(알고 보니 리다네 집은 912동이었다. 우리집은 914동. 리다네 또한 사 년 전 이곳으로 이사왔다고 한다), 리다는 사흘에 한 번꼴로 우리집에 놀러왔다. 그리고 은근슬쩍 엄마에 대한 호칭도 '선생님'에서 '언니'로 바뀌었다.

"냅둬라. 엄마도 젊어 보이고 좋지, 뭘."

"아니, 그래도 선생님한테……"

"쟤나 나나 다 외동딸이잖아. 쟨 엄마도 없는 외동딸이었어…… 다 외로워서 그런 거지, 뭘."

후에 알게 된 사실이지만, 리다의 부모님은 그녀가 다섯 살이 되던 해 이혼했다고 한다. 그후 그녀는 줄곧 아버지하고 단둘이서 살았다. 그녀가 졸업한 대학교의 철학과 교수로 있다 퇴임한 리다의 아버지는 이제 칠순이 얼마 남지 않았다고 했다.

"얘하고도 인사해. 얘가 진짜 리다야."

리다는 우리집에 자신과 함께 사는 강아지를 데려오기도 했다. 마치 상투처럼 가운데 머리칼만 빨간색 방울끈으로 질끈 묶은, 나이 많은 몰티즈였다.

"이름이 리다예요?"

"응. 성은 '데'씨야."

"데……리다요?"

"우리 아빠가 그렇게 지었어. 무슨 유명한 해체 철학자래. 난 촌스러워서 그냥 성은 빼고 불러."

데리다는 작고 귀여운 강아지였지만, 나와 이시봉만 보면 유독 시끄럽게 짖어댔다. 정말이지 그 앞에 있다보면 내 정신이 온전히 다 해체될 것만 같았다. 그래서 한동안 우리는 데리다를 피해 다녔다. 아빠가 세상을 뜨고 난 뒤부터 리다는 더 자주 우리집을 찾아왔다.

"누난 공부 안 해요?"

"너는 왜 안 하니?"

"나는 이제 학교를 그만뒀으니까요."

"나도 이제 더이상 학교를 다니지 않아도 되는데?"

리다는 우리집 소파에 비스듬히 누운 채 TV를 보면서 말했다.

"누난 공무원 시험 봐야 한다면서요?"

"아유, 넌 아빠도 없는 애가 왜 자꾸 아빠처럼 말하니?"

리다는 그러면서 삐죽, 내게 혀를 내밀었다.

"너한테 지금 필요한 건 이런 피야."

리다는 언젠가 나에게 그런 말도 해준 적이 있었다. 주방 바닥에 점점이 찍힌 핏자국을 물끄러미 내려다보면서 한 말이었다.

그 피는 모두 나에게서 나온 것이었다. 엄마가 아직 가평 집으로 떠나기 전의 어느 저녁이었다. 이시봉이 식탁에 있던 유리컵을 툭툭, 앞발로 건드려 바닥으로 떨어뜨리고 말았다(이시봉은 점 프해서 일단 식탁 의자로 올라간 다음, 다시 그곳에서 이단 점프 해서 식탁으로 올라가는 고약한 재주를 가지고 있었다. 단, 식탁에 올라가면 스스로 내려오지 못한다는 게 약점이었다. 뛰어내릴 용기는 없었던 것이다). 컵 깨지는 소리가 짧고 매몰차게 울렸다. 나는 이시봉을 먼저 걱정했다. 리다와 함께 거실 소파에 앉아 휴대폰을 보고 있다가 식탁 위에서 쩔쩔매는 이시봉을 안아 내 방으로 옮겼다. 그건 거의 반사적인 움직임이었다. 엄마가 오기 전에 흔적을 지워야 한다. 나는 그 생각뿐이었다.

"네가 지나간 길을 좀 봐."

거실로 돌아온 나에게 리다가 식탁 바로 옆에 서서 말했다. 뒤돌아보니 마치 말줄임표 같은 핏자국이 바닥에 일정하게 찍혀 있었다.

"거기 그대로 앉아."

리다는 명령조로 말했다. 그러곤 거실 서랍장에서 구급상자를 꺼내왔다. 오른쪽 발바닥 아치 부위에서 피가 흐르고 있었다. 리다는 아무 말 없이 내 발을 자신의 무릎 위에 올려놓고 소독약을 발라주었다.

"아픈 감각도 없지?"

리다는 밴드를 찾으면서 말했다. 그 말을 하는 리다의 표정은 평상시와는 조금 달랐는데, 마치 방금 막 어떤 숲을 통과한, 그러느라 금세 나이를 더 먹은 사람처럼 보이기도 했다. 나는 자꾸 얼굴이 화끈거리고 손바닥에 힘이 들어갔다. 내 발의 무게가 최대한 리다의 무릎에 전해지지 않게 허벅지에 힘을 주었다. 그러면서도 계속 리다의 미간을 바라보았다. 그 미간을 손가락으로 만져보고 싶어서, 주먹을 꽉 움켜쥐기도 했다.

"자기가 어떤 상태인지 자기 자신은 잘 모를 때가 있거든."

리다는 그렇게 말하곤 내 발을 다시 바닥에 내려놓았다. 나는 괜스레 발바닥을 문질러보았다. 그제야 밴드를 붙인 부위에서 통증이 느껴졌다.

"그래서 일부러 강아지 걱정만 하고."

리다는 잠깐 말을 끊었다.

"너한테 지금 필요한 건 이런 피야."

나는 리다의 그 말도, 그 말을 하던 리다의 표정도 오랫동안 잊지 않았다. 산책을 할 때도 술을 마실 때도 계속 그 말이 떠올랐다. 그 말 또한 내겐 도움이 되었다.

하지만 그보다 더 많은 순간, 리다는 나에게 고통을 주었다.

"너, 저 언니 좋아하지?"

작년 가을인가, 집에 놀러온 수아가 대뜸 그렇게 물어왔다.

리다는 그때도 우리집 주방에서 카르보불닭 떡볶이를 만든다고 수선을 피우고 있었다. 냉장고에 생크림이 없다고, 불닭 소스에 그걸 섞어야 하는데, 이러면 떡볶이들이 상처를 받고 마는데, 라며 한참을 투덜거렸다. 하지만 침착해, 우리에겐 바닐라 아이스크림이 있으니까, 그걸 넣으면 돼. 리다는 이내 알 수 없는 노래를 허밍으로 불러댔다.

"내가? 에이, 아니야……"

나는 일부러 이시봉의 턱을 만지작거렸다. 이시봉의 턱을 만지면 이시봉이 아닌 내 마음이 차분해졌다. 이시봉이 어떤지는 잘 모른다.

"너, 저 언니 진짜 개빡치는 게 뭔지 알아?"

수아는 목소리를 낮춰 말했다.

"저 언니…… 아직도 아빠한테 맞고 살아."

그게 무슨 소리야? 나는 말로 하지 못하고 눈을 크게 떠서 수아를 바라보았다. 하지만 우리의 대화는 거기에서 멈추고 말았다. 리다가 냄비째 떡볶이를 들고 거실로 왔기 때문이다. 수아와 나는 말없이 떡볶이를 먹었다(그 전에 리다가 사진을 다 찍을 때까지 기다려야 했다). 그리고 저녁에 헤어지고 나서 문자로 계속 이야기를 이어갔다.

―아까 그게 무슨 말이야?

―무슨 말이긴? 내가 본 게 있으니까 그렇지.

─뭘 봤는데?

─그 언니하고 그 언니 아빠하고 편의점에 온 거. 부녀가 다정하게 과자니 음료수니 고르는 거 같아서 그냥 그런가 했더니, 갑자기 그 언니 아빠가 손바닥으로 그 언니 뒤통수를 냅다 후려갈기더라구. 장난으로 친 것도 아니고, 있는 힘껏 풀스윙으로…… 그 언니가 넘어지면서 컵라면도 바닥으로 우르르 떨어지고…… 아무튼 내가 그걸 직접 봤다구.

─왜? 왜 그랬는데?

─나야 모르지. 카운터에 있었는데. 근데 너 졸라 개빡치는 게 뭔지 알아? 그 언니가 아무 일도 없는 것처럼 다시 일어나서 하리보를 고르고, 꼬북칩을 집어서 아빠랑 같이 카운터로 왔다는 거야.

─무슨 사정이 있었나보지……

─야, 너도 졸라 개빡치는 말 좀 작작 해. 사정이 있든 없든 그게 말이 되는 일이야! 그 언니도 그래. 그 나이를 먹고도 그게 뭐니? 야, 요즘은 열두 살만 돼도 안 그래! 당장 집 뛰쳐나간다고!

나는 수아에게 더이상 답문을 보내지 않았다. 그러자 수아가 다시 문자를 보내왔다.

─괜히 상처받을 짓 하지 말라고. 그 언니, 아직 유아기야. 반은 성인이고, 반은 아이라고.

나는 수아의 그 문자를 아직도 지우지 않고 있다. 그 문자를 볼 때마다 나는 마음이 아팠다. 내 옆에 쪼그리고 앉아 같이 울어주던 리다의 옆모습과 내 발에 소독약을 발라주던 리다의 미간, 또 혼잣말을 하면서 떡볶이를 만들던 리다의 목소리. 그 제각각 다른 모습들이 번갈아가며 떠올랐다. 어느 땐 그 모습들이 모두 연결되어 있었고, 또 어느 땐 울고 있는 리다만 오롯이 떠올랐다. 그래서 나는 일부러 수아의 말을 기억하지 않으려고 애썼다.

하지만 이렇게,

"그러면 우리하곤 완전히 다른 삶을 살게 되는 거잖아. 나는 그런 게 좋더라."

리다의 그런 말을 들을 때마다 나는 마치 자동 알람이 설정되어 있는 오르골처럼 수아와 나눈 문자가 저절로 떠올랐다. 그게 내겐 고통이었다.

그날 밤, 나는 좀 취했다.

리다는 졸린다고 새벽 두시가 되기 전에 먼저 일어났고, 정용은 술을 거의 마시지 않았다. 수아와 나는 새벽 세시까지 마셨다(중간에 수아가 소주를 세 병 더 사와 맥주와 섞어 마셨다).

친구들이 모두 돌아간 후, 나는 이시봉을 안고 아파트 정문 안으로 터덜터덜 걷다가 바로 집으로 들어가지 않고 주차장 옆 벤치에 앉았다. 이시봉은 좀 지루한 표정으로 내 무릎에 턱을 괴고 엎드렸다. 비가 오려는지 하늘엔 별이 하나도 보이지 않았다. 곧 장마가 시작될 텐데, 그러면 한동안 산책도 나가지 못할 텐데…… 작년 장마 땐 낮부터 취해 있었다. 엄마한테 그 모습을 들키지 않으려고 저녁이 되기 전에 꼭 한 시간씩 샤워를 하곤 했다. 그때 이시봉은 무엇을 하고 있었나? 영문도 모른 채 거실 유리창 앞에 앉아 멀거니 비 내리는 아파트 단지를 바라보고 있었다. 나는 수건으로 머리를 말리며 이시봉의 배변 패드를 새것으로 갈았다. 청소기로 소파 아래와 문틈, 베란다 앞을 꼼꼼히 훑고 다녔다. 그러고도 혹시 식탁 의자나 다용도실 앞에 이시봉의 털이 남아 있지는 않나, 확인하고 또 확인했다. 엄마는 내게 체크카드 한 장을 건네주면서 필요할 때마다 쓰라고 했다. 나는 그 체크카드에 든 돈이 아빠의 사망 보험금이라는 것을 잘 알고 있었다. 지금도 생활비는 그 체크카드로 쓰고 있다. 나는 그 돈으로 술을 사는 것에는 별다른 미안함이 들지 않았다. 옷을 사거나 신발을 주문하는 데, 미용실에 가거나 버스를 타려고 쓰는 돈이 거의 없었으니까. 그 정도는 내가 써도 된다고 생각했다. 하지만…… 이시봉의 시저 캔을 사거나 오리 목뼈를 구입할 때, 배변 패드를 주문하고 사료를 고를 때마다 마음이 무거워졌다. 안 그러려고 하는데도 저절로 주눅이 들었다. 카드 명세서를 내가 받으면 좋을 텐데, 그건 항상 엄마의 이메일로 왔으니까. 산책을 못 나가면 자꾸 그런 생각만 들었다. 주눅이 들면 우울해지고, 우울해지면 이시봉에게 미안해지곤 했다. 올해도 또 그러겠지. 엄마가 없어도, 엄마가 늘 지켜보고 있는 것과 마찬가지이니까.

나는 벤치에 앉아 두 손으로 이시봉의 가슴을 잡고 안아들었다. 침대에 누워 있던 아이를 들어올리듯, 그 아이를 비행기 태우듯 안아들었다. 이시봉은 별로 놀라지도 않았고, 버둥거리지도 않았다. 이시봉의 큰 얼굴이 내 얼굴 바로 앞에 있었다. 밤하늘을 가렸다.

우리는 여기 그대로인데, 너만 혼자 고귀한 신분이 되는 거니?

나는 이시봉과 눈을 맞춘 채 속엣말을 했다.

우리를 떠나 완전히 다른 삶을 살게 되는 거니?

술기운이 계속 올라왔고, 나는 이상하게도 자꾸 화가 났다. 이시봉이 나만 여기 남겨두고 어디론가 떠나버릴 것만 같아서, 그게 억울하고 불안하고 원망스러워서, 이시봉을 잡은 손에 점점 더 힘을 주었다. 힘을 주고 있는 줄도 몰랐는데, 그랬던 모양이었다. 예전에 내 방에 들어왔던 그 누구처럼, 나 역시 그랬던 모양이었다.

허공에 떠 있던 이시봉은 내 얼굴 가까이서 나를 물끄러미 보다가 고개를 한껏 빼서 내 턱을 핥았다. 한 번, 두 번, 어린 새끼의 털을 핥아주는 것처럼, 놀라지도 두려워하지도 않는 표정으로, 그러고는 조용히 내 얼굴을 바라보았다.

그제야 나는 내 무릎 위로 이시봉을 내려놓았다. 어깨에 힘이 쭉 빠지면서 몸이 자꾸만 아래로 미끄러져 내려가는 듯했다. 하지만 나는 어쩐지 위로를 받은 듯한 기분이 되었다. 이시봉이 나를 떠나지 않을 거라는 생각. 장마가 와도 산책을 못 가도, 우울할 때나 주눅들 때도, 계속 우리가 함께할 거라는 생각. 그 마음이 무언가를 견디게 해주었다. 나는 이시봉을 품에 안은 채 오랫동안 그 자리에 앉아 있었다.

앙시앙 하우스에서 전화가 온 것은 그로부터 닷새가 지난 후의 일이었다. 엄마가 다시 가평으로 떠난 지 사흘째 되는 날 오후.

"맞습니다! 우리가 찾던 후에스카르 비숑! 방금 막 프랑스에서 이메일이 도착했어요!"

미셸 브리더의 목소리가 휴대폰 너머에서 들려왔다. 나는 그 목소리를 듣는 둥 마는 둥 계속 이시봉만 바라보았다. 이시봉도 갸우뚱, 내 얼굴을 쳐다보았다.

3

후에스카르 계열의 비숑 프리제 중 가장 유명한 선조는 아무래도 '베로니카 코레데라 히아단스Veronica Corredera Giadans'일 것이다. 왕궁에서 태어나 가장 비극적으로 목숨을 잃은 비숑 프리제. 사람들은 그 개를 '베로'라고 불렀다.

베로는 1792년 스페인 마드리드 왕궁에서 태어났다. 그의 선조는 프랑스 부르봉 왕가의 사랑을 독차지했던 비숑 프리제 '페르디낭 드 마르타'였으며, 그의 할머니의 할머니의 할머니 격인 비숑 프리제 '이사벨'과 그 가족들은 펠리페 5세가 스페인 국왕에 즉위할 무렵 함께 파리에서 마드리드로 거처를 옮겼다. 이후 페르난도 6세와 카를로스 3세가 차례로 스페인 국왕에 즉위하는 동안 베로의 선조들 역시 궁정의 호화롭고 아늑한 방에서 번식과 사망을 반복했다(카를로스 3세는 베로의 모견이었던 '홀리아 라몰리노'를 늘 꽃으로 치장한 바구니에 넣어 다녔다).

　베로가 태어났을 무렵, 스페인의 국왕은 카를로스 4세였다. 왕세자 시절부터 아버지인 카를로스 3세로부터 '바보! 멍청이!' 소리를 귀가 닳게 들었던 카를로스 4세는 비숑 프리제의 매력을 전혀 몰랐던 진짜 바보 멍청이였다. 그가 좋아했던 것은 딱 두 가지. 레슬링, 그리고 할 줄 아는 일이라곤 냄새를 쫓아 냅다 뛰어다니는 것뿐인 사냥개들이었다. 그는 그 사냥개들과 몇 달씩 아란후에스 별궁에 머물면서 토끼와 노루를 쫓았다. 때는 프랑스대혁명이 일어나고, 영국과 프랑스가 사사건건 충돌하고, 나폴레옹이 쿠데타로 집권하고, 포르투갈은 노골적으로 영국 편을 들면서 프랑스를 자극하던, 유럽의 정세가 마치 그날 처음 만난 사냥개 다섯 마리를 한 방 안에 풀어놓은 것처럼 어지럽고 정신 사납게 흘러가던 시절이었다. 그럼에도 카를로스 4세는 '어제 그 토끼는 너무 빨랐어. 거기 토끼굴이 있었단 말이지', 온통 그런 생각에만 골몰해 있었다.

　그렇다면 스페인의 국사國事는? 바로 그 대목에서 베로와 그의 후손들의 운명을 뒤바꿔놓은 문제적 인물이 등장한다.

마누엘 데 고도이 Manuel de Godoy

우리는 이 남자의 이름을 잘 기억해야 한다. 그에 대한 유럽 역사학자들의 판단이 어떠하든, 그가 어떤 식으로 스페인 민중을 탄압하고, 또 어떤 식으로 권력을 사유화했는지, 그런 건 우리의 관심사가 아니다. 후에스카르 계열 비숑 프리제의 혈통사적 관점으로 보자면 그는 한 명의 훌륭한 집사이자, 끝까지 신의를 지킨 브리더였으며, 스페인 마드리드에서 다시 프랑스 바욘까지의 수고로운 이동을 마다하지 않은 충실한 포터였을 뿐이다. 때때로 인간의 역사와 동물 혈통의 역사는 이런 식으로 다르게 기술된다. 인간의 역사는 사건을 중심에 둔 채 쓰이지만, 동물 혈통의 역사는 필연적으로 생존과 번식에 방점이 찍힌 채 기록되기 때문이다. 누가 태어나고, 누가 인간들 틈바구니에서 살아남았는가? 누가 돌봐주었고, 누구와 짝짓기를 했는가? 죽는 순간, 바로 옆에 누가 있었는가? 그 사실이 핵심을 이룬다. 그래서 이 역사는 사적이고 생략이 많으며 편협할 수밖에 없다. 생존을, 번식을, 모든 가치의 중심에 두기 때문이다. 하지만 눈 밝은 사람이라면 잘 알 것이다. 인간의 역사 또한 한 꺼풀 벗겨 보면 그와 다르지 않다는 것을. 인간의 역사 또한 구구절절 변명은 많지만, 늘 그런 식으로 진행되어왔다는 것을. 그걸 숨기고 감추기 위해 이따금씩 엉뚱하게도 동물에게 화풀이해왔다는 것을…… 그래서 인간의 역사는 늘 그렇게 투쟁적이며, 피냄새가 진동한다.

　마누엘 고도이는 스페인의 작은 지방 도시인 카스투에라에서 태어났다. 그의 아버지는 몰락한 하급 귀족이었는데, 그래서 딱히 돈벌이도, 할 줄 아는 일도 없었으며, 근근이 다른 친척들의 도움을 받으며 살아갔다. 당연히 그 자식들 또한 변변한 교육을 받지 못한 채 성장했다(작은 수도원에서 교육을 받은 게 전부였다고 한다). 고도이는 어린 시절부터 기타를 잘 쳤으며, 노래도 무척 잘 불렀다고 전해진다(하지만 나중에 스페인 총리가 되고 난 뒤에는 이 사실을 계속 부인했다고 한다). 거기에다가 외모가 눈에 띄게 수려했다(그의 별명은 '나르시스'였다). 이것이 그의 장점이었다.
　너는 신이 보낸 아이야.
　그의 하나뿐인 누이는 종종 그렇게 말해주었다. 목소리와 얼굴은 타고나는 거니까. 그건 누구도 너에게서 빼앗아갈 수 없는 거야. 그는 평생 그 말을 잊지 않고 기억했다. 극악한 무리들에게 쫓겨 다락방에 숨어 있을 때도, 나폴레옹과 마주앉아 비굴하게 자신의 안위를 부탁할 때도, 다른 어떤 말들이 아닌 누이의 그 목소리만 머릿속에서 계속 떠올랐다. 그 말이 그에겐 수치심을 이기는 힘이 되어주었다.

1784년, 고도이는 형의 도움으로 고향을 떠나 마드리드 왕실 근위대에 들어간다. 왕실의 경호와 왕궁의 경비가 주업무였는데, 그 안에는 왕실의 소중한 재산인 비숑 프리제 가족을 돌보는 일도 포함되어 있었다(주로 비숑 프리제의 먹이를 주는 일과 배설물을 치우는 일, 목욕을 시키고 향수를 뿌리는 일이었다). 그때부터 고도이가 비숑 프리제에게 마음을 빼앗겼는지는 정확히 알 수 없다. 다만 그가 근무하기 시작한 이후 왕실의 비숑 프리제 개체수가 눈에 띄게 증가한 것은 확실하다. 기록에 의하면 1784년 여섯 마리에 불과했던 스페인 왕궁 소유의 비숑 프리제는 1789년 열여덟 마리까지 늘어났다. 왕실에서 소수의 귀족들에게 호의의 표시로 비숑 프리제를 하사하기 시작한 것도 그때부터였다(테바 백작과 오르티스 백작에게 베로의 이모와 삼촌 뻘인 비숑 프리제들이 보내졌다).

왕궁에 근무한 지 몇 년 지나지 않아 고도이는 국왕인 카를로스 4세의 아내이자 왕비인 마리아 루이사의 눈에 띄게 되었다(이 여자의 이름 또한 우리는 잘 기억해두어야 한다). 마리아 루이사 왕비. 파르마 공작과 프랑스의 공주 엘리자베트의 딸. 파르마 공녀라 불렸던 여자. 그녀는 열네 살이 되던 해 자신의 사촌오빠인 아스투리아스 공 카를로스와 결혼했다(비숑 프리제들 역시 혈통 보전을 위해 사촌끼리의 교배를 장려한다). 그리고 그 사촌오빠가 오랜 왕세자 생활을 끝내고 카를로스 4세로 스페인 국왕에 즉위하자, 그녀 역시 왕비가 되었다. 그녀 나이 서른일곱 살 때의 일이다. 그녀는 고도이 이전에도 몇몇 다른 귀족들과 염문을 뿌린 적이 있었다(그 대표적인 사람이 테바 백작, 오르티스 백작 등이다. 왕실에서 그들에게 비숑 프리제 한 쌍을 내린 것은 의미하는 바가 크다). 그녀는 애인들에게 종종 이런 말을 하곤 했다.

"우리 사촌오빠가 사람은 참 좋아. 원래 개 좋아하는 사람치고 심성 안 좋은 사람이 없으니까. 한데, 우리 사촌오빠는 심성이 좋아도 너무 좋아서 문제야. 국왕 말고 그냥 동네 빵집 아저씨가 되었으면 좋았을 텐데…… 그러면 정말 크게 성공했을 텐데……"

남편을 사냥개에게 빼앗긴 마리아 루이사는 자신의 감정을 드러내는 데 거침이 없었다(자신의 연적이 사냥개였으니까). 마치 길가에 내놓은 한 마리 비숑 프리제처럼 모두에게 호기심을 보였고, 모두에게 친절했으며, 또 그 명랑함을 숨기지 않았다. 그런 그녀 앞에 미소년 마누엘 고도이가 나타난 것이다(그녀는 마누엘 고도이가 비숑 프리제를 안고 걸어가는 모습을 보고 첫눈에 반했다고 한다). 고도이보다 열여섯 살 연상이었던 그녀는 이후 다른 귀족들과의 관계를 말끔하게 정리하고 오로지 그에게만 집중했다. 그만큼 그녀는 고도이에게 푹 빠져버리고 말았다(왕비의 이 사랑은 그녀가 사망할 때까지 변함없이 지속되었다). 그녀는 종종 고도이를 자신의 거처로 따로 불러들였으며, 그가 근무시간에 묶여 제때 오지 못하자 곧장 근위대 대령으로 승진시켜버렸다(그리고 일 년 뒤엔 중장으로 진급시켰다. 보직도 그녀의 경호 책임자로 바꾸었다). 고도이는 왕비가 자신에게 원하는 것이 무엇인지 정확하게 이해했다. 왕비와 함께 있을 때마다 누이가 해줬던 말, 너는 신이 보낸 아이야, 그 말이 떠올랐다. 그 말이 그의 두려움을 없애주었다. 궁정에는 곧 그들의 스캔들이 파다하게 퍼져나갔다. 오직 한 사람, 사냥개만 좋아했던 남자, 카를로스 4세만 그 사실을 알지 못했다.

1792년 고도이는 스페인의 총리로 지명되었다. 스물다섯 살, 최연소 총리였다. 왕비가 국왕인 카를로스 4세에게 고도이의 총리 임명장을 내밀자, 국왕은 자신의 배를 툭툭 두들기며 '이 친구 참 괜찮은 젊은이지!' 하면서 흔쾌히 서명해주었다.

베로가 태어난 것은 바로 그 무렵이었다(그의 이름을 지어준 것은 마리아 루이사 왕비라고 알려져 있다). 왕실에서 따로 작성해둔 서류에는 1792년 11월 8일생, 성별은 암컷, 모견은 '훌리아 라몰리노', 부견은 '세르히오 로드리게스' 혹은 '호세 칼데론'이라고 기재되어 있다. 같이 태어난 형제자매는 모두 네 마리.

베로는 태어난 지 채 오 개월도 지나지 않아 1793년 4월, 자신의 부모 형제가 사는 마드리드 왕궁을 떠나 갑자기 산루카르 성으로 옮겨지게 되었다. 베로의 사촌 격인 수캐 '누녜스'와 함께였다. 당시 산루카르성에는 메디나 공작과 그의 아내인 알바 공작부인이 요양차 머물고 있었다. 느닷없이 왕궁에서 비숑 프리제 두 마리가 도착해서 그들 부부는 적잖이 당황할 수밖에 없었다. 비숑 프리제와 함께 도착한 총리의 서신에는 '지난번 연회에 참석해주신 귀한 발걸음에 대한 감사의 인사로 왕실의 소중한 재산인 비숑 프리제 두 마리를 선물로 드립니다'라는 문장이 적혀 있었다. 지난번 왕실 연회라면 고도이의 총리 취임 기념 연회였다. 그 연회에는 국왕과 왕비, 총리가 된 고도이가 모두 참석했다(스페인 민중들은 그때부터 그들 세 사람을 일컬어 '삼위일체'라고 불렀다). 귀족으로서 당연히 참석해야 할 연회인데 새삼스럽게 감사 인사를? 그것도 왕실의 소중한 재산을 총리가? 이래도 되나? 메디나 공작과 알바 공작부인은 베로와 누녜스 앞에서 한참 동안 말없이 서 있기만 했다. 어떤 시험에 든 것처럼 두려움과 의구심이 그들 부부를 동시에 사로잡았다. 그 사실을 알 리 없는 베로와 누녜스는 낯선 공간과 낯선 사람들을 두리번거리며 쳐다보다가 이내 살랑살랑 꼬리를 흔들며 이곳저곳 뛰어다니기 시작했다. 나는 그런 거 몰라. 그냥 놀고 싶을 뿐이야. 베로와 누녜스는 서로 엉겨붙기도 했다. 뭐지, 이게? 공작부인은 정신이 하나도 없었지만, 그럼에도 계속 비숑 프리제들에게 시선이 갔다. 뭐야, 너무 귀엽잖아!

사실, 그 선물의 정확한 수신인은 메디나 공작이 아닌 알바 공작부인이었다. 알바 공작부인이 누구인가? '마리아 델 필라르 테레사 카예타나 데 실바 이 알바레스 데 톨레도.' 이것이 그녀의 이름이었다. 12대 알바 공작인 돈 페르난도의 유일한 핏줄이기도 한 안달루시아 출신의 이 아름다운 여성은, 그 미모에 대한 명성이 스페인뿐만 아니라 유럽 전역에 쫙 퍼져 있었는데, 영국 남자들이 스페인으로 여행을 떠나는 것은 오로지 그녀의 얼굴을 한번 보기 위해서라는 말이 떠돌 정도였다. 그녀는 할아버지의 영향으로 어린 시절부터 장자크 루소의 사상에 깊숙이 빠져 있었으며(그녀의 할아버지와 장자크 루소가 절친이었다), 당대의 다른 귀족들과는 달리 가난한 농부나 투우사, 학생들과 어울리기 좋아했고, 흑인 가정부의 딸을 마치 자신의 딸인 양 돌보기도 했다. 인습에 구애받지 않는 행동, 쾌활하고 구김 없는 성격, 그리고 무엇보다 그녀는 자신이 얼마나 아름다운지, 그것이 다른 사람에게 어떤 감정을 불러일으키는지, 스스로 알지 못했다. 당연히 많은 귀족 남자들이 그녀에게 접근하기 위해 애썼다(당시의 귀족 남자들은 발정기의 수캐와 비슷했다. 수캐와 다른 점이라곤 의복을 입고 다녔다는 것과 거짓 연기를 할 줄 알았다는 점, 오직 그 두 가지뿐이었다). 그녀의 남편을 만나러 온 척 산루카르성으로 뻔질나게 찾아오기도 했고(그녀의 남편은 오랜 지병을 앓고 있었다), 괜스레 며칠씩 그곳에 머무르기도 했다.

여러 정황으로 짐작해보건대, 총리에 막 취임했던 고도이 역시 그런 남자 중 한 명이었다. 왕실이 주최한 연회에서 처음 알바 공작부인을 본 후 사랑에 빠져버린 그는(당시 고도이는 괴테의 『젊은 베르테르의 슬픔』을 막 읽은 직후였고, 한동안 작품 속 베르테르처럼 노란색 조끼만 입고 다녔다고 한다), 그러나 왕비의 눈치를 보느라 산루카르성으로 직접 찾아가지는 못했다. 대신 자신의 마음을 담아 베로와 누녜스를 보낸 것이다. 소중한 내 새끼들이여, 가서 내 마음을 전해주렴. 가서 마음껏 사랑하고 마음껏 뛰어놀렴. 자유를, 사랑을 말해주렴. 고도이에게 베로와 누녜스는 한 통의 연애편지와도 다름없었다. 왕비인 마리아 루이사는 그 사실을 한참 뒤에야 알아챘지만, 딱히 어떻게 하지는 못했다. 그때는 이미 그들 사이의 권력관계가 완전히 뒤바뀌어 있었기 때문이다.

1795년, 궁정 수석 화가 프란시스코 고야(세상에 널리 알려진 바로 그 고야가 맞다)는 알바 공작부인의 초상화를 한 점 그려줄 것을 부탁받는다(그 부탁의 주체가 고도이라는 말도 있다). 그 무렵 고야는 수막염을 앓아 청력을 거의 잃어버린 상태였다. 사라고사에서 태어나 궁정 수석 화가까지 오른 이 야심 많은 예술가는 당대에는 드물게 여든두 살까지 장수했는데(또

한 그는 일생 동안 아내를 스무 번 임신시킨 짐승 같은 사내이기도 했다), 몸이 아프고 마음이 심란할수록 작품에 더 몰입하는 다소 자학적인 면모를 지니고 있었다.

알바 공작부인의 초상화 작업은 마드리드 카예 델 데셍가뇨 1번지, 고야의 개인 화실에서 이뤄졌다. 그리고 그 작업을 통해 우리는 베로의 모습을 처음으로 직접 확인할 수 있다.

우리는 이 그림을 보다 자세히 살펴볼 필요가 있다.

우선 알바 공작부인의 모습을 보라. 풍성한 머리숱과 약간 처진 눈꼬리, 비현실적인 허리 라인과 가슴에 큼지막하게 달린 리본 장식까지. 어느 것 하나 살아 있는 사람의 모습처럼 보이지 않는다(공작부인의 무표정한 얼굴을 보라!). 멀리 보이는 둔덕과 나무들과 푸른 하늘을 배경으로 키만 불쑥 큰 인형 하나가 서 있는 듯한 모습이다(고야가 야외 풍경을 배경으로 인물 초상화를 그린 것은 이 작품이 처음이다). 고야는 왜 이런 식으로 알바 공작부인을 그렸던 것일까? 고야의 의도는 과연 무엇이었을까?

그 해답은 바로 베로가 쥐고 있다. 다시 베로의 모습을 자세히 살펴보자.

하트 모양에 가까운 윤기 흐르는 검은 코와 수직으로 곧게 뻗은 앞다리, 순백의 털과 30센티미터가 채 되지 않을 것 같은 체고, 척추와 조화를 이루며 우아한 커브를 그리고 있는 꼬리까지. 고야가 그린 베로는 완벽에 가까운 후에스카르 계열 비숑 프리제의 모습이다. 당당하지만 어딘가 모르게 굴욕을 견디고 있는 듯한 표정(아마도 뒷다리에 묶인 리본 때문이리라). 그러니, 우리는 의문을 품을 수밖에 없다. 이 초상화의 주인공은 분명 알바 공작부인인데, 더 사실적이고 기품이 흐르며 내면이 드러나는 쪽은 베로다. 이것은 무슨 뜻일까? 왜 이런 구도가 된 것일까?

두말할 것도 없이 이 초상화의 주인은 바로 베로임을 암시하는 것이다(얼핏 보면 알바 공작부인은 베로가 갖고 노는 인형과도 같다). 공작부인이 오른손으로 베로를 지목하고 있는 것, 공작부인이 베로보다 한 걸음 뒤에 위치하는 것.

'나는 지금 이 비숑 프리제의 충실한 집사 노릇을 하고 있어요.'

고야는 수많은 초상화 작업을 통해 모델의 내면에 깃든 여러 감정들을 무서우리만큼 정확하게 포착해낸 사람이었다. 불안과

시기, 욕망과 체념, 허위와 분노까지. 고야는 모델의 안색과 시선, 손동작만으로도 그의 실존에 가까이 다가간 사람이었다. 그런 고야가 직관적으로(짐승처럼) 읽어낸 알바 공작부인의 내면이 바로 그것이었다. 충실한 집사, 그 이상도 이하도 아닌 공작부인. 알바 공작부인은 그렇게 후에스카르 비숑 프리제의 혈통사에 기록되었다. 그녀의 미모가 어떠하든, 그녀가 장자크 루소를 읽고 감명을 받았든 말았든, 영국 남자들이 뻔질나게 그녀를 찾아왔든 말았든, 그런 건 중요한 게 아니었다. 집사로서 최선을 다한 삶. 오직 그것만 중요했다.

이런 베로와 그의 후손들의 운명을 뒤바꾼 것은 바로 프랑스의 나폴레옹이었다.

—피에르 퓌졸, 『후에스카르 비숑 프리제의 빛과 그림자』,
정채민 옮김, 앙시앙 하우스, 2012.

4

호텔에서 멀지 않은 곳이라고 했다.

"걸어가도 되긴 하지만."

남궁상민 브리더는 말을 멈추고 뒷좌석에 앉아 있는 이시봉과 나를 돌아보았다.

"아무래도 안전한 게 좋으니까요."

그는 카니발에 시동을 걸었다. 이시봉은 그 소리에 놀랐는지 재빠르게 내 무릎 위로 뛰어올라왔다. 이시봉의 심장박동이 고스란히 느껴졌다. 세상 모든 개들의 심장박동은 다 슬프다. 까닭 없이 나는 그런 문장이 떠올랐다. 새삼 나도 긴장되기 시작했다. 괜히 왔나? 어디 엉뚱한 곳으로 끌려가는 것은 아닐까? 나는 숨을 한 번 크게 들이마셨다. 그러자 내 몸 어딘가에 숨겨져 있던 마개가 열린 것처럼 훅 술냄새가 올라왔다. 나는 그대로 숨을 참았다.

영동대교를 건너자마자 보이는 수입 자동차 전시장 바로 옆으로 난 길을 따라 200미터쯤 더 올라가면 나오는 빨간색 벽돌의 삼층 건물. 지상 삼층 지하 이층, 대지 면적 150평에 연면적은 500평이 넘는 규모의 건조물. 주차장엔 자갈이 깔려 있고, 그 바로 옆엔 배롱나무 다섯 그루를 일정한 간격으로 심어둔 작은 정원이 있었다. 건물 정면엔 마치 오래된 성당처럼 세로로 길쭉하게 난 창문이 세 개 있는데, 건물 전체를 따져봐도 창문은 오직 그것이 전부라고 했다.

앙시앙 하우스 홈페이지에는 건물을 설계한 프랑스 건축가의 인터뷰가 실려 있었다.

'이 건물 설계를 처음 의뢰받았을 때 건물주의 특별한 요청이 있었습니다. 도심과 단절된 공간에서 강아지들이 고요한 시간을 보내면서 서로 교감하길 바란다는 것, 외부는 단단하게, 내부는 자연에 가깝게. 그것이 우리가 이 건물 내부 벽면과 바닥을 원목으로 마감하고 지하에서부터 삼층까지 모두 나선형 오르막길로 이은 이유이지요. 생각해보세요, 강아지들에게 계단은요, 길이 아닙니다. 그건 그냥 벽일 뿐이에요. 개들은 그걸 계속 넘어다니는 겁니다. 아무 영문도 모른 채 말이에요.'

이시봉과 나는 지금 그곳을 향해 가고 있었다. 남궁상민 브리더의 말처럼 호텔을 출발한 지 채 이 분도 지나지 않아서 카니발이 유턴을 하더니 대로변 옆길로 들어섰다. 차 두 대 정도가 지나다닐 수 있는 길이었는데, 편의점과 제주 물횟집 간판이 제일 먼저 눈에 들어왔다. 화강석으로 마감한 빌라들을 몇 채 지나치고, 작은 근린공원이 나오는가 싶더니, 이내 커다란 붉은색 벽돌 건물이 모습을 드러냈다. 앙시앙 하우스였다. 미셸 브리더가 양복 차림에 선글라스를 쓰고 건물 앞에 나와 있는 모습이 보였다.

―

어제 오후, 이시봉과 나는 앙시앙 하우스에서 보내준 차편으로 광주를 출발했다. 리다가 아파트 주차장까지 나와 우리를 배웅해주었다. 이게 필요할지도 모른다며 새로 산 리드 줄과 하네스도 건네주었다.

"나도 같이 가고 싶다."

리다의 말에 나는 최대한 퉁명스러운 목소리로 말했다.

"그럼 뭐, 같이 가면 되겠네요."

나는 말을 하고 나서 괜스레 귓불이 뜨거워졌다. 3박 4일 일정이었다. 앙시앙 하우스에서 따로 호텔을 잡아준다고 했다.

"그럴까?"

리다는 신이 난 표정으로 말하더니 이내 '아니다' 하면서 시무룩한 얼굴이 되었다.

"이시봉, 잘 다녀와야 해. 강남 갔다고 쫄지 말고, 누가 물어보면 프랑스에서 왔다고 그래!"

리다는 이시봉의 이마에 뽀뽀를 해주었다. 나한텐 그냥 손만 열심히 흔들어주었다.

광주에서 서울까지는 남궁상민 브리더가 운전했다. 그는 지난번 미셸 브리더와 함께 우리집에 들어와 이시봉의 사진을 찍었던 야구 모자 중 한 명이었다. 이번엔 야구 모자를 쓰고 있지 않아서 전혀 다른 사람처럼 보였다. 광대뼈가 좀 튀어나온 얼굴에 푸른색 계열의 반팔 와이셔츠를 입고 있었다. 그는 이시봉과 내가 아파트 주차장에 내려가자 카니발 뒷문을 열어주고 정중한 태도로 인사했다. 나는 회색 라운드 티셔츠에 감청색 반바지 차림이었다. 거기에 배낭을 메고 뉴발란스를 신었다. 서울에 간다고 오랜만에 꺼내 신은 운동화였다.

고속도로에서는 정안알밤휴게소 딱 한 군데에서만 쉬었다. 그곳엔 따로 강아지 쉼터나 산책로가 없었다. 평일 오후였지만 사람도 차도 많았다. 차에 그냥 있을까 생각했지만 아무래도 이시봉이 걱정이었다. 이시봉은 이렇게 오랜 시간 차를 타본 적이 없었다. 나는 리다가 준 하네스를 이시봉의 가슴에 채워주고 리드 줄을 연결했다. 벨크로가 달려 있어 붙였다 뗐다 할 수 있는 하네스였다. 나는 이시봉을 안고 휴게소 건물 뒤편, 커다란 탱크로리가 있는 쪽으로 갔다. 그쪽이 사람의 왕래가 가장 드물었다. 그 앞에 내려놓자 이시봉은 바로 시멘트 화단 쪽으로 걸어가 몇 번 냄새를 맡고는 시원하게 오줌을 눴다. 그 모습을 보자 그제야 나도 요의가 느껴졌다.

나는 화장실에 가지 않고 바로 차로 돌아왔다.

"대표님이 각별하게 모시라고 했습니다."

남궁상민 브리더가 뒷좌석 바닥에 배변 패드를 깔아놓은 채 기다리고 있었다. 저는 아무래도 상관없지만 혹시 마음이 쓰이실까봐요. 그는 내겐 포도 주스 한 병을 건넸고, 이시봉에겐 큐브형 소고기 육포를 주었다. 이시봉은 그걸 한번 받아먹더니 운전석 쪽으로 넘어가려고 계속 앞발을 들었다. 나는 조용히 이시봉을 끌어안았다.

"오늘 대표님을 만나게 되나요?"

나는 처음으로 그에게 말을 걸었다. 카니발은 매끄럽게 휴게소를 빠져나와 다시 고속도로에 진입했다.

"오늘은 호텔에 도착해서 그냥 쉬시면 되구요, 내일이나 모레쯤 만나실 거 같습니다."

남궁상민 브리더는 식사도 호텔 이층 식당에 미리 예약을 해두었다고 말했다.

"저희 대표님, 잘 모르시죠?"

그가 룸미러로 흘깃 나와 이시봉을 바라보면서 물었다.

"아, 네……"

"만나보면 아시겠지만…… 진짜 좋은 분이세요. 좋은 일도 많이 하시고요."

남궁상민 브리더의 목소리 톤이 조금 올라갔다. 알고 보니 그는 말이 많은 사람이었다.

"유기견 보호소에도 후원을 많이 하시고, 동물 보호 단체에도 따로 지원금을 내고 계세요. 그리고 결정적으로…… 저희 브리더들에게 잘해주세요. 사실 이쪽 업계가 열악한 곳이 꽤 많거든요. 부당노동행위도 많고…… 한데 저희는 그런 게 없어요. 대우도 업계 최고 수준이고, 미셸 수석님 같은 프랑스 유학파도 따로 채용하고……"

"저기…… 이시봉도 저랑 같이 오늘 호텔에서 자는 게 맞죠? 다른 곳에 떨어져 있는 게 아니고……"

"그럼요. 다 말해두었습니다. 사실 오늘 가시는 호텔도 저희 대표님 지분이 좀 있거든요."

"저는 호텔은 강아지랑 같이 못 들어간다고 들어서……"

"그 호텔 사장님이 저희 대표님 사촌이세요."

나는 그 대목에서부터는 그냥 고개만 끄덕거렸다.

"저희 대표님이 엄청 기다리고 계세요. 그렇게 흥분하신 모습을 본 건 처음이에요. 그래서 저희 브리더들도 덩달아서 흥분 상태예요."

이시봉이 후에스카르 비숑 프리제의 후손이 맞다고 알려준 이후, 미셸 브리더는 계속 내게 전화를 걸어왔다. 그는 꼭 한번 이시봉과 함께 서울에 올라와달라고 부탁했다. 왜 그래야 하죠? 나는 좀 까칠하게 되물었다. 그러면서 계속 속엣말을 했다. 후에스카르든 나주시 왕곡면 출신이든 그런 거 다 필요 없다고 그래. 우리는 그냥 우리끼리 조용히 산책하면서 살면 된다고······ 나는 그가 전화를 걸어올 때마다 불안했다.

하지만 미셸 브리더는 쉽게 물러나지 않았다.

"다른 뜻은 전혀 없습니다. 저희는 단지 걸맞은 예우를 해드리고 싶을 뿐입니다."

"예우요?"

나는 소파 아래에서 내 고등학교 체육복 바지를 물고 뜯으며 혼자 놀고 있는 이시봉을 내려다보았다. 폭설을 그대로 맞은 강아지처럼 눈이 보이지 않는 이시봉. 아무리 더워도 발바닥에만 땀이 나는 이시봉. 이시봉은 자꾸 체육복 바지 밑단 안으로 고개를 집어넣으려고 애쓰고 있었다. 거기 뭐가 있니? 그건 또 어디서 주워온 거야?

"건강검진도 받고, 또 이곳에서 친구들도 사귀고…… 아, 미용도 한번 받구요."

"이시봉은 건강해요."

"이시봉은 보통 비숑이 아닙니다."

미셸 브리더의 허스키한 목소리가 조금 갈라졌다.

"프랑스 비숑 협회에서도 계속 연락을 해오고 있어요."

"저희는 그냥…… 조용히 지내고 싶어요."

"이시봉한테 더 좋은 일일 수도 있잖아요?"

"아니요……"

"혈통을 보존해줘야죠."

미셸 브리더도 나도 잠시 침묵을 지켰다.

"이시봉은…… 이미 중성화 수술도 받았어요……"

나는 살짝 목소리를 낮추며 말했다.

"알고 있습니다. 한데 이시봉 엄마 아빠는요? 형제도 있었을 거 아닙니까?"

나는 거기에서 그만 말문이 막혔다. 그건 내가 미처 생각해보지 못한 문제였다. 아빠는…… 이시봉의 엄마 아빠를 만나봤을까? 이시봉의 형제도 보았겠지. 한데 왜 이시봉만 데리고 왔을까?

"시습씨가 조금만 도와주시면 저희가 이시봉의 형제를 찾도록 노력해보겠습니다. 저희는 그 가능성을 믿고 있거든요. 이시봉도 자기 엄마 아빠나 형제를 만나면 좋지 않겠습니까?"

이시봉이 갑자기 체육복 바지에서 고개를 쑥 빼 나를 바라보았다. 체육복 밑단 고무줄에 머리가 눌렸는지 헤어스타일이 역삼각형 모양으로 변해 있었다. 네가 무슨 삼각김밥이니? 누드 삼각김밥이야? 삼각김밥 옆엔 언제나 또다른 삼각김밥 형제들이 있지…… 나는 그 모습을 한동안 바라보다가 미셸 브리더에게 말했다.

"딱 한 번만…… 갔다 오면 되는 거죠?"

어젯밤, 나는 호텔 침대에 누워서도 쉽게 잠을 이루지 못했다.
이시봉은 피곤했는지 내 옆에 가만히 웅크려 있다가 금세 쌕쌕 소리를 내며 잠들었다. 하얀 베개와 시트 때문인지 이시봉은 더 작고 어려 보였다. 편안한가? 아무래도 내 방 침대보다는 훨씬 더 포근하고 푹신하겠지. 이시봉에겐 이게 더 좋은 건가? 다 내 욕심인가?

나는 조용히 자리에서 일어나 창가에 놓인 의자에 앉았다. 호텔에서 자는 건 이번이 처음이었다. 지금보다 더 어렸을 때, 아빠와 엄마, 시현과 함께 여수나 화순에 있는 콘도에서 자본 적은 몇 번 있었다. 그땐 이시봉과 함께 살 때가 아니었다. 콘도나 호텔이나 그게 그거라고 생각했지만, 그러나 확실히 냄새와 조명이 달랐다. 호텔에선 어디선가 계속 구운 식빵 냄새가 났다.

명랑한 이시봉의 짧고 투쟁 없는 삶 93

조명도 캐러멜색에 가까웠는데, 그래서인지 식빵 냄새가 더 진하게 느껴지는 것 같았다. 도산대로라고 했나? 창밖으로 보이는 도로는 왕복 10차선도 넘어 보였다. 차들은 뜸하게 지나다녔고, 사람들의 모습도 거의 보이지 않았다. 중학교 2학년 때 정용과 수아와 함께 서울에 갔던 적이 있었다. 엄마가 다니는 학습지 회사에서 학생 회원들을 대상으로 청와대 견학 프로그램을 진행했는데, 버스에 자리가 남는다고 우리도 끼게 된 것이다. 청와대 앞마당 분수대에서 사진을 찍고 경복궁을 둘러보고 돌아오는 일정이었다. 참여한 학생들 중 나이가 가장 많았던 우리는 일정 내내 'ㅇㅇㅇ교육 광주 지사 서울 견학'이라고 적힌 커다란 플래카드를 들고 다녀야 했다. 사진을 찍을 때도, 건널목을 건널 때도, 광화문 정문 앞에서도, 이순신 동상 앞에서도, 교보빌딩 앞에서도. 그때 수아가 말했다. 야, 졸라 쪽팔리지 않니? 사람들이 계속 우리만 쳐다보는 거 같아. 그래서 나도 정용도 수아도 내내 고개를 숙이고 다녔다. 우리가 서울을 보러 간 게 아니라, 서울 사람들에게 우리를 보여주러 간 거 같았다.

나는 물을 마실까 하고 냉장고를 열었다. 그리고 그 안에 가지런히 늘어선 위스키와 맥주와 음료수를 보았다. 나는 잠시 팔짱을 낀 채 그것들을 바라보았다. 이건 뭐지? 앙시앙 하우스에서 따로 준비해둔 건가? 한데 왜 술을 넣어둔 거지? 나는 고민하다가 냉장고 문을 닫고 다시 창가로 갔다. 그러곤 멀거니 도산대로를 바라보았다. 그 길 건너편 빌딩 유리창에 비친 호텔의 간판을 쳐다보았다. 옥상 점멸등 너머 어두운 하늘엔 구름이 가득했다. 도시의 빛 때문인가, 구름이 온통 회백색으로 보였다. 나는 유리창에 하아, 입김을 불었다. 그리고 그곳에 정성껏 사람 얼굴 하나를 그렸다. 다 그리고 보니까 사람 같지 않고 그냥 곰돌이 푸 같았다. 나는 그것을 다시 손등으로 지웠다. 가만히 서 있는데도 자꾸 숨이 차오르는 것 같아서 심호흡을 크게 한 번 했다. 앉았다 일어났다, 반복운동을 하기도 했다. 아, 맞다, 나 물 마시려고 했지. 나는 듣는 사람도 없는데 일부러 소리 내어 말하곤 다시 냉장고 문을 열었다. 그리고 물 대신 맥주 한 캔과 한 뼘 크기의 앙증맞은 양주병 하나를 꺼내 창가 앞으로 돌아왔다. 이시봉은 잠깐 눈을 뜨는가 싶더니 그냥 그대로 다시 잠들었다. 나는 시현에게 문자를 보냈다. 들어왔니? 시현은 채 일 분도 지나지 않아서 답문을 보내왔다. 이제 자려고. 나는 다시 문자를 보냈다. 잘 자. 시현이 삼 분쯤 지나서 또다른 문자를 보내왔다. 딴짓하지 말고 일찍 자. 엄마한테는 말 안 했어.

나는 서울에 올라오기 전전날 밤, 시현한테 의견을 물었다.

"뭐, 비용도 그쪽에서 다 대는 거라면 바람이나 한번 쐬고 와."

시현은 좀 심상한 목소리로 말했다.

"아니, 난…… 그 사람들이 자꾸 이시봉을 어떻게 할까봐……"

내가 계속 걱정하자 시현은 이어폰을 끼면서 등을 돌렸다.

"반려견은 민법상 물건이야. 이시봉을 어떻게 하면 재물손괴죄라고."

그러곤 노트북 화면에서 시선을 떼지 않은 채 인강을 재생했다. 얘는 왜 말을 항상 저렇게 어렵게 하는 걸까? 나랑 더이상 대화하기 싫어서 그러는 걸까?

나는 시현의 문자를 확인하고 맥주 캔을 땄다. 재빨리 삼분의 일쯤 마시고 캔 안에 양주를 탔다. 그걸 마시자 비로소 내가 지금 낯선 도시, 낯선 방에 와 있다는 것이 실감났다. 정신을 더 차려야 한다는 생각도 들었다. 테이블 위엔 남궁상민 브리더가 건넨 책 한 권도 놓여 있었다. 정채민 대표가 직접 번역한 후에스카르 비숑 프리제에 대한 책이라고 했다. 나는 술을 마시면서 그 책을 읽어나갔다. 그리고 얼마 지나지 않아서 그대로 의자에 등을 기댄 채 잠들고 말았다.

―

앙시앙 하우스 일층엔 직원 사무실과 동물병원이 자리잡고 있었다. 이층은 비숑 프리제 전용 유치원, 삼층은 비숑 프리제 전용 호텔이었는데, 두 곳 다 연중무휴로 운영된다고 했다. 지하 일층엔 비숑 프리제 전용 미용실과 스파가 있었다.

"네가 이시봉이구나!"

미셸 브리더의 안내를 받으며 일층으로 들어서자 의사 가운을 걸친 여자가 다가와 말을 걸었다. 검은색 뿔테 안경을 쓰고 왼쪽 앞머리를 커다란 은색 집게 핀으로 고정시킨, 키가 좀 작은 여자였다. 앙시앙 하우스 전속 수의사 권성희라고 했다.

"생각보다 멍청하게 생겼네."

그녀는 분명 이시봉을 보면서 그렇게 말했지만, 나는 어쩐지 나를 보고 하는 말인 것처럼 들렸다. 그녀가 내 품에 안겨 있던 이시봉을 받아들었다. 이시봉은 잠깐 나를 바라보는가 싶더니 순순히 그녀 품에 안겼다. 나나 이시봉이나 좀 주눅든 상태였다.

"자, 가서 이빨도 보고 똥꼬도 보고 엑스레이도 찍어보자. 오늘 할 게 많다."

권성희 수의사가 이시봉을 안고 사무실 반대편에 나 있는 문으로 사라지자, 미셸 브리더가 내 어깨를 가볍게 툭툭 쳤다. 나는 그와 함께 나선형 복도를 따라 이층으로 올라갔다.

"잠깐 이 친구 좀 보실래요?"

미셸 브리더가 걸음을 멈추고 벽에 붙은 액자를 가리켰다. 원목으로 마감한 벽에는 마치 미술관처럼 커다란 액자들이 일정한 간격으로 걸려 있었다. 액자 바로 위에는 둥근 LED 조명이 달려 있었는데, 빛이 닿는 경계에 진 원목 무늬 그림자가 물결처럼 보였다. 나는 미셸 브리더가 가리키는 액자를 바라보았다. 거기에는 비숑 프리제 한 마리가 파란색 단상에 올라가 정면을 바라보고 있는 사진이 들어 있었다. 비숑 프리제 양옆에는 콧수염을 기른 백인 남자 한 명과 양복 차림의 선글라스를 쓴 동양 남자 한 명이 웃는 얼굴로 서 있었다. 자세히 보니 그 동양 남자는 미셸 브리더였다.

"얘는 올리브라는 아이인데, 사 년 전 FCI 도그쇼에서 베스트 인 쇼에 선정됐어요."

내가 무슨 말인지 제대로 알아듣지 못한 걸 눈치챘는지, 미셸 브리더가 짧게 덧붙였다.

"올림픽 같은 곳에서 금메달을 딴 거죠."

올리브는 육 년 전에는 퍼피 조에서 우승했고, 오 년 전에는 주니어 조에서 상을 받았다고 했다. 나는 고개를 옆으로 기울인 채 올리브를 바라보았다. 잘 다듬은 털에 뒷다리 근육이 단단해 보이는 비숑 프리제였다.

"이 친구도 여기 있나요?"

내 물음에 미셸 브리더가 고개를 가로저었다.

"얘는 용인에 있어요."

"용인이요?"

"거기가 진짜 앙시앙 하우스죠. 여긴 일종의 서비스 기관 같은 곳이고."

미셸 브리더는 발걸음을 옮겼다. 나도 반걸음쯤 뒤에서 그를 따라 움직였다.

　"내일은 이시봉과 함께 그곳을 방문하실 거예요. 대표님도 거기에서 기다리고 계시구요."

　이층에 올라가니 제일 먼저 눈에 들어온 것은 커다란 소파였다. 하얀색 가죽소파였는데, 그 크기가 압도적이었다. 마치 애니메이션에나 나오는 대왕조개 예닐곱 개가 입을 벌린 채 한 줄로 죽 늘어선 것처럼 보이기도 했다. 소파들은 모두 한쪽 방향을 바라보고 있었다. 그리고 그 소파 정면에 비숑 프리제들이 뛰어놀고 있는 유치원이 있었다. 유치원과 소파가 놓인 방은 투명한 폴딩 도어로 분리되어 있었는데, 유치원 쪽 바닥엔 진청색 미끄럼 방지 매트가, 이쪽엔 베이지색 카펫이 깔려 있었다.

　소파에는 모두 세 명이 앉아 있었다. 두 명은 여자였고 한 명은 나와 나이 차가 얼마 나지 않을 것 같은 젊은 남자였다. 여자 중 한 명은 사십대쯤 되어 보였는데, 머리에는 검은색 헤어밴드를 하고 형광색 레깅스에 바람막이 점퍼를 입고 있었다. 막 운동을 마치고 그대로 온 것 같았다. 또다른 한 명은 오십대 중반쯤 되었을까, 조금 통통한 얼굴에 커다란 선글라스를 머리에 얹은 모습이었다. 젊은 남자는 흰색 반바지 차림에 나이키 조던 운동화를 신고 있었고, 검지에 자동차 열쇠고리를 끼고 정신 사납게 계속 돌리고 있었다.

미셸 브리더가 그들에게 깍듯하게 인사를 하자, 헤어밴드 여자가 손가락으로 유치원 쪽을 가리키며 말했다.

"미셸 수석님, 좀 들어가보셔야 할 거 같은데요."

미셸 브리더의 시선이 그쪽을 향했다. 한 여자 브리더가 비숑 프리제 한 마리를 바쁘게 쫓아다니고 있었다. 여자 브리더는 뛰어다니면서도 힐끔힐끔 이쪽을 계속 쳐다보았다.

"무슨 일이 있었나요?"

미셸 브리더가 묻자, 젊은 남자가 신이 난 목소리로 말했다.

"루크가 알프레드에게 또 그 짓을 했어요."

"쟤는 어째…… 수술이 잘못된 거 아니야?"

선글라스 여자가 고개를 절레절레 흔들면서 말했다.

"수술이 문제가 아니죠. 게이 비숑이 우리 애들과 함께 유치원에 다닌다는 게 더 큰 문제죠. 수캐가 수캐한테만 저러니, 원……"

여자의 말이 끝나자마자 브리더에게 쫓기던 비숑 프리제가 구석에 있던 다른 비숑 프리제 엉덩이 위로 올라탔다. 그러곤 맹렬히 허리를 움직였다.

"어머, 어머. 알프레드 어떻게 해!"

미셸 브리더가 나에게 잠깐 앉아 있으라고 말했다. 그러곤 다른 사람들을 바라보았다.

"죄송합니다. 우리 신입 브리더가 이제 입사한 지 사흘도 안 돼서요."

폴딩 도어 너머 다른 두 명의 브리더들이 바쁘게 달려오는 모습이 보였다. 루크라는 비숑 프리제를 쫓던 여자 브리더는 멍한 표정으로 한쪽 구석에 서 있기만 했다. 루크와 알프레드는 다른 브리더들이 분리했다.

"수캐들은 가끔 저렇게 서열 정리를 합니다."

미셸 브리더는 그렇게 말하곤 천천히 유치원 쪽으로 넘어갔다. 후에 나는 미셸 브리더의 그 말을 다시 한번 떠올리게 되었고, 그 말 때문에 미셸 브리더가 더 두렵게 느껴졌지만, 그것은 훨씬 나중의 일이었다.

"그래도 우리 위니는 세상모르고 뛰어놀기만 하네."

"개들이나 인간이나 다 올라타는 놈들이 문제인 거지."

두 명의 여자는 마치 사파리에 온 듯 유리창 너머를 계속 주시하고 있었다. 시스템 에어컨 온도가 너무 낮게 설정되어 있는지, 금세 등이 서늘해졌다. 신발 밑창에 닿은 카펫은 푹신했고, 셋 중 누군가에게서 로즈메리 향수 냄새가 진하게 났다. 나는 소파 등받이에 기대지 못한 채 어정쩡한 자세로 앉아 있었다. 두 명의 여자와 젊은 남자는 나를 신경쓰지 않는 눈치였다.

"그건 그렇고…… 여기 정대표도 혹시…… 게이 아니에요?"

"정대표가 게이래?"

선글라스 여자가 헤어밴드 여자를 보면서 물었다.

"아니, 난 좀 이상해서요. 정대표처럼 부족한 게 없는 사람이…… 아직도 미혼이잖아요? 딱히 사귀는 사람이 있는 거 같지도 않고……"

"정대표가 올해 몇이지?"

"아마 쉰 살쯤 됐을걸요?"

"그래? 그렇게 안 보이던데."

"그러니까 더 수상하다는 거예요. 매너도 깔끔하지, 프랑스 유학파지, 나는 뭐 한 번 갔다 온 줄 알았지 뭐예요?"

"게이라고 해도…… 정대표 같은 남자랑은 한 번쯤 살아보는 것도 나쁘지 않다고 봐."

두 여자는 그렇게 말하곤 짧게 웃었다. 그러자 옆에 있던 젊은 남자도 따라 웃었다. 헤어밴드 여자와 선글라스 여자는 웃음을 멈췄는데, 젊은 남자는 계속 키득거렸다.

"농담이야, 농담."

선글라스 여자가 젊은 남자에게 말했다.

"아이 참, 누가 뭐래요?"

젊은 남자는 그러면서도 웃음을 멈추지 않았다.

"우리 정사장님이 졸지에 게이가 되시고……"

"요즘 뭐 그게 흠인가?"

헤어밴드를 한 여자가 투덜거리듯 말했다.

"누가 흠이래요? 그냥 우리 정사장님은 여자를 아주 좋아하는 분인데, 여자분들이 그렇게 보시니까 그게 안타까워서 그러는 거죠."

"레베카 아빠는 정대표를 잘 아나봐요?"

선글라스 여자가 젊은 남자에게 물었다. 젊은 남자의 비숑 프리제 이름이 레베카인 모양이었다.

"뭐 잘 안다고도 볼 수 있죠."

젊은 남자는 그렇게 말하곤 또 한번 소리 내 웃더니, 허리를 숙이고 무슨 은밀한 비밀이라도 털어놓듯 작은 목소리로 말했다.

"사실은 제 사촌형이에요."

헤어밴드 여자와 선글라스 여자는 별로 놀라지 않았다. 그냥 고개만 몇 번 끄덕거렸다. 그러자 젊은 남자는 더 작은 목소리로 말했다.

"그리고 여기 이 앙시앙 하우스도 여자한테 잘 보이려고 만든 거래요. 개가 아니고, 여자 때문에……"

미셸 브리더가 돌아오자 그들의 대화는 중단되었다. 점심시간이 가까워지고 있었다. 유치원 안에선 브리더들이 굴리는 커다란 고무공을 쫓아 여러 마리의 비숑 프리제들이 이리저리 뛰어다니고 있었다. 브리더들은 좀 지친 표정이었다.

"자, 이제 가시죠."

미셸 브리더가 나에게 말했다.

"새로운 브리더인가봐요."

선글라스를 머리에 얹은 여자가 미셸 브리더에게 물었다.

"아닙니다. 이분은 제가 일전에 말씀드렸던 후에스카르 비송 프리제 견주 되시는 분입니다."

두 여자는 그제야 나를 바라보았다. 조금 놀란 표정이었다.

"어머, 어머. 난 그냥 여기서 일하는 분인 줄 알았는데……"

나는 어쩐지 그 말이 더 이상하게 들렸다.

*

돌아보면 그날은 내가 역대급으로 취한 날들 중 하루가 분명했다.

왜 그렇게 많이 마셨던 것일까?

왜 멈추지 못했을까?

별다른 일이 있었던 것도 아니었다. 앙시앙 하우스에서의 일정은 오후 다섯시쯤 모두 끝났고, 이시봉과 나는 바로 호텔로 돌아왔다. 밖은 아직 대낮처럼 환했고, 도산대로는 양방향 모두 차가 막혔다. 오전엔 흐렸지만, 점심 무렵부터 해가 나기 시작하더니 오후엔 구름 한 점 찾아보기 어려웠다. 폭염이었다. 인도까지 올라와 달리는 배달 오토바이들은 자주 경적을 울려댔고, 정차한 택시의 유리창들은 태양의 잔광을 받아 저마다 번쩍이고 있었다. 전단지를 든 노인 한 명이 플라타너스 그늘 아래 우두커니 서 있는 모습이 보였다.

이시봉은 호텔로 돌아오자마자 내가 떠준 물을 양껏 마시고는 슬리퍼를 물고 욕실과 침대 사이를 바쁘게 뛰어다녔다. 무언가를 찾는 듯 계속 고개를 두리번거리기도 했다. 처음에 나는 이시봉이 호텔이 낯설어 그러는구나 생각했지만, 이내 그게 아니라는 것을 깨달았다. 친구를 찾고 있구나, 여기도 계속 앙시앙 하우스인 줄 아는구나……

미셸 브리더와 제주 물횟집에서 점심을 먹고 돌아와보니 이시봉은 지하 일층 스파에서 목욕 준비를 하고 있었다. 세탁기 크기만한 강아지 전용 월풀 욕조는 정면과 좌우 양쪽 면이 모두 투명한 재질로 되어 있었다. 나는 전속 미용사 뒤에서 그 욕조 안에 서 있는 이시봉의 모습을 지켜보았다. 이시봉은 나를 발견하고도 별다른 반응이 없었다. 점심은 먹었니? 나는 이시봉에게 자꾸 말을 걸고 싶어졌다. 하지만 말할 수 없었다.

"정말 혈통이 다른가봐요. 어쩜 이렇게 의젓한지."

해바라기 문양이 들어간 커다란 앞치마를 두른 미용사가 욕조에 입욕제를 타며 말했다.

"아로마 탄산 스파를 하는 겁니다."

미셸 브리더가 내게 말했다.

"스트레스 해소에 좋아요."

연두색에 가까운 물이 이시봉 가슴 높이까지 차오르고 거품이 일자, 전속 미용사는 욕조 안으로 허리를 굽혀 마사지를 하기 시작했다. 양손 엄지를 펴 이시봉의 미간을 부드럽게 눌러주는가 싶더니, 목과 귀, 앞다리와 허리 순으로 천천히 이동했다. 이시봉은 턱을 약간 든 채 제 몸을 미용사에게 온전히 맡기고 있었다. 미용사의 팔뚝에 거듭 단단한 굴곡이 나타났다 사라졌다. 귀밑머리로 땀이 흐르기도 했다. 전속 미용사는 정말이지 열심이었다. 마치 누군가의 충직한 하인처럼 보이기도 했다. 뭐지, 저 거만한 자세는? 나는 속으로 이시봉에게 화를 냈다. 이시봉의 눈이 게슴츠레 감기고 있었다. 욕조에선 끊임없이 자글자글 물방울 터지는 소리가 났다.

목욕을 마치고 나서 이시봉은 이층 유치원으로 올라갔다. 오전에 소파에 앉아 있었던 두 여자와 젊은 남자의 모습은 보이지 않았다.
"대표님이 미용은 천천히 하면 좋겠다고 하십니다. 원래 모습 그대로 이시봉을 만나고 싶다고 하시는데, 괜찮지요?"
미셸 브리더가 내게 물었다. 나는 말없이 고개를 끄덕였다.
유치원에서는 노란색 앙시앙 하우스 유니폼으로 갈아입은 남궁상민 브리더가 이시봉을 전담해서 따라다녔다. 이시봉이 유치원 안으로 들어가자, 거기에 있던 다른 모든 비숑 프리제들이 이시봉 쪽으로 우르르 다가왔다. 이시봉은 조금 놀랐는지 꼬리를 뒷다리 사이로 내린 채 자꾸만 옆으로, 벽 쪽으로만 가려고 했다. 그럴수록 비숑들은 꼬리를 흔들면서 더 가까이 이시봉에게 다가가려고 애썼다. 그중 한 마리가 앞발을 들어 이시봉의 목을 끌어안으려고 하자, 남궁상민 브리더가 재빠르게 밀쳐냈다. 떠밀린 비숑이 바닥에 모로 넘어지자, 그제야 다른 비숑들도 놀라 흩어졌다. 저래도 되나? 괜스레 내가 미안해졌다. 넘어졌던 비숑은 일어나서 잠깐 남궁상민 브리더를 바라보다가 슬금슬금 다른 강아지들 쪽으로 걸어갔다.

"뭐, 걱정했던 것보단 상태가 괜찮네요."

권성희 수의사가 한 손에 태블릿 PC를 든 채 이층으로 올라왔다.

"귀도 괜찮고 심장도 심잡음 없이 깨끗하고, 슬개골도 문제없고…… 알칼리뇨가 조금 의심되긴 하는데, 이건 그렇게 심각한 건 아니니까…… 뭐, 이 정도면 건강한 거예요."

나와 권성희 수의사의 눈이 잠깐 마주쳤다. 나는 서둘러 유치원 쪽으로 시선을 돌렸다.

"에이, 그런데 이시봉 보호자가 더 문제인 거 같다."

권성희 수의사는 나를 계속 쳐다보면서 말했다.

"술을 마시나? 젊은 사람이 눈빛도 탁하고, 몸매 관리도 너무 안 하는 거 같고……"

나는 아무 말 없이 유치원 쪽만 바라보았다. 미끄럼 방지 매트의 이음매를 눈으로 하나하나 좇아가면서 선을 연결해보기도 했다. 선은 계단이 되기도 했고, 거대한 요철이 되기도 했다.

"저렇게 훌륭한 강아지를 데리고 살면서…… 에이, 너무했다."

이시봉은 남궁상민 브리더의 종아리 바로 옆에 붙어서서 천천히 다른 비숑 프리제들 곁으로 걸어갔다. 꼬리도 원래대로 올라와 있었고, 혀도 살짝 내밀고 있었다. 이시봉은 무리와 떨어져 뼈다귀 모양의 장난감을 갖고 놀고 있던 강아지 쪽으로 다가갔다. 이제 막 한 살이나 되었을까? 좀 작은 비숑이었는데, 그 아이는 이시봉이 다가오자 몸을 낮추고 경계하는 자세를 취했다. 하지만 다른 곳으로 움직이진 못했다. 그 아이 바로 앞을 남궁상민 브리더가 막아섰기 때문이었다. 이시봉은 앞다리를 쭉 내밀고 상체를 조금 낮춘 상태에서 그 아이의 엉덩이 냄새를 맡았다. 꼬리는 좌우로 경쾌하게 흔들렸고, 뒷다리는 조금 구부린 자세였다. 이시봉에게 엉덩이를 내준 아이는 계속 안절부절 고개를 돌려 뒤를 돌아보고 다른 개들을 바라보았지만, 그러나 아무도 근처로 다가오지 않았다. 다른 비숑들은 하나같이 명랑하게 저희들끼리 놀고 있었다. 의도적으로 외면하는 것처럼 보이기도 했다.

"좋은 보호자 아래서 개들도 행복한 거예요."

권성희 수의사는 그렇게 말하곤 미셸 브리더에게 짧게 귓속말을 건넸다. 그러곤 다시 일층으로 내려갔다. 남궁상민 브리더가 제자리에 쪼그리고 앉아 이시봉에게 엉덩이를 내준 아이의 머리를 쓰다듬어주는 게 보였다. 이시봉은 천천히 고개를 들어 또다른 비숑 프리제들을 바라보았다.

나는 냉장고에 있는 술을 모두 꺼내와 창가에 앉아 마시기 시작했다. 하얀 커피잔 옆에 있던 비스킷 두 개를 안주 삼아 마셨다. 거리에 있는 사람들은 저 위 호텔의 어느 객실에서 얼굴도 크고 뚱뚱한 한 남자가 지금 화난 표정으로 술을 마시고 있다는 사실을 알지 못하겠지. 하긴 나도 내가 왜 이러고 있는지 도무지 알 수 없었다. 나도 알 수 없는 감정이 마치 영화가 모두 끝난 후 비좁은 출입구로 한꺼번에 몰려든 사람들처럼 빽빽하고 더디게, 식도를 타고 자꾸 위로 올라오는 느낌이었다. 그 감정을 모른 척하고 싶어서 나는 화를 내고 있는 게 아닐까? 화를 내는 게 차라리 편하니까. 이시봉은 입에 물고 다니던 슬리퍼를 내려놓고 내 발 옆에 엎드렸다.

좋은 보호자 아래서 행복한 개.

이시봉은 지금 행복한가? 나는 이시봉과 내가 지금까지 별다른 문제 없이 잘 지내왔다고 생각했다. 이시봉은 명랑했고, 나는 이시봉에게 귀를 기울였으니까. 어떤 사고가 있었고, 그 사고가 우리를 조금 특별한 관계로 만들어주었다고 여겼다. 하지만 그건 단지 내 입장이 아니었을까? 이시봉은 내가 없어도, 아니 나 없는 곳에서 더 명랑하고 행복하게 살 수 있는 게 아닐까? 이시봉은 그게 어떤 사고인지도 알지 못하고 있는 게 분명하니까…… 나는 위스키와 맥주를 계속 섞어 마셨다. 예약되어 있는 호텔 이층 식당으로 내려가지도 않았고, 이시봉의 밥을 챙겨주지도 않았다. 창밖은 서서히 어두워지는가 싶더니 전혀 다른 빛이, 시끄럽고 산만하고 어지러운 불빛들이 진회색 커튼을 물들이면서 번져나갔다. 그럴수록 내가 있는 방은 더 조용하게 느껴졌다. 시간도 그대로 멈춰버린 것만 같았다. 나는 쉬지 않고 마셨다. 그리고 그렇게 마시다가 나도 모르게 침대에 엎드려 잠이 들고 말았다. 새벽 무렵엔 욕실 변기 앞에 주저앉아 내내 토했다. 머릿속에서 누군가 계속 셀로판지를 구깃거리고 있는 것처럼 두통이 찾아왔고, 다리에 힘이 풀려 제대로 서 있을 수가 없었다. 한참을 그렇게 변기 앞에 앉아 있을 때, 이시봉이 조용히 등뒤로 다가왔다. 꼬리를 내리고 그 자리에 앉아 무심히 나를 바라보았다. 졸음에 겨워 끔벅거리면서 나를 바라보는 이시봉의 눈. 안쓰럽게, 쓸쓸하게 바라보던 그 눈.

결과적으로, 내가 그다음날 정채민 대표 앞에서 하지 않아도 될 말을 하게 된 것은 어쩌면 그 눈 때문이었는지도 모른다. 숙취 때문에 잠시 판단 착오를 일으킨 것이 아니라, 이시봉의 그 눈 때문에, 그 눈이 계속 마음에 남아서, 불쑥 그 말을 꺼내게 된 것이었다.

그 말들이 이시봉에게 어떤 상처를 남기게 될지, 그땐 미처 생각하지 못했다.
몇 번을 말해도, 그건 모두 다 내 잘못이었다.

5

"개고기를 먹어본 적이 있어."

아빠는 내게 그런 말을 한 적이 있었다. 내가 고등학교 2학년일 때였고, 가을이었다. 추석 연휴 첫날이어서 아빠와 나 그리고 이시봉이 함께 아파트 단지 앞 호수공원 벤치에 앉아 멀거니 산책 나온 사람들을 바라보고 있었는데, 그때 툭 튀어나온 말이었다. 9월의 하늘은 9월답게, 잔뜩 바람이 들어간 풍선처럼 완만한 곡선을 그리고 있었다. 주름도 흠집도 보이지 않았다. 대기에는 설탕을 불에 달구면 나는 냄새, 그 탄 냄새가 섞여 있었다.

호수공원엔 강아지와 함께 나온 사람들이 많았다. 치와와도 보였고, 사모예드도 있었고, 시바견도 눈에 띄었다. 당시 한 살이었던 어린 이시봉은 강아지들이 지나갈 때마다 꼬리를 흔들며 그쪽으로 다가가려고 애썼다. 중음으로 짧게 몇 번 짖기도 했다. 그 무렵 나는 나름대로 이시봉의 말을 한창 열심히 연구하고 있었다. 휴대폰에 이시봉의 말을 녹음하고 그 상황을 따로 메모장에 적어두기도 했다. 연속해서 짖으면서 끝소리가 높아질 때와 두음을 약간 뭉개면서 짧게 짖는 경우, 고음이 아닌 중음으로 한두 번 짖는 상황 같은 것들. 중음으로 짧게 몇 번 짖었다면…… 내 연구에 따르면 그건 '안녕!'이란 뜻이었다. 안녕! 얘들아! 안녕! 안녕!

"그것도 한두 번 먹어본 게 아니야."

아빠의 목소리도 중음에 가까웠다. 오후 네시 무렵이었다. 아빠의 이마엔 벤치 바로 뒤쪽 벚나무 가지가 반쯤 그늘을 내렸는데, 그 때문인지 좀 우울해 보이기도 했다. 시간이 지나고 나니까 그런 것들이 더 선명하게 기억이 날 때가 많았다. 당시엔 별거 아니라고 생각했던 거, 평범하게 지나쳤지만 평소와는 약간 달랐던 모습 같은 것들.

아빠는 초등학교에 입학할 무렵부터 줄곧 강원도 영월에서 할머니(그러니까 나에겐 증조할머니)와 단둘이 살았는데, 그때 그걸 처음 먹어봤다고 했다. 그게 개고기인지 돼지고기인지 소고기인지도 모른 채 살점을 받아먹고, 그 국물에 밥을 말아 먹었다고.

아빠가 잊지 못하는 강아지는 쫑이었다. 발목과 엉덩이, 꼬리만 갈색 털이고 나머지는 모두 윤기나는 검은 털이었던 강아지 쫑. 쫑이는 아주 어린 시절부터 쇠줄에 묶여 대문 바로 옆 합판으로 얼기설기 만든 집에서 살았는데, 그땐 동네의 모든 강아지가 다 그렇게 지냈다고 한다. 개들에겐 이름이 없고, 개들이 방안으로 들어오는 일도, 개들을 씻기는 일도 상상할 수 없었던 시절. 그 개집 옆에 돼지우리가 있었고, 닭들도 몇 마리 있었고, 때때로 소도 한두 마리 키웠다고 한다. 쫑이의 엄마는 아마도 옆집에서 키우던 강아지였을 것이다. 그게 아빠의 추측이었다. 그 어미 강아지가 새끼를 대여섯 마리쯤 낳았고, 그중 한 마리를 할머니가 데려왔으며, 그 대가로 들기름이나 조청이 다시 그 집으로 갔으리라고. 그게 일반적인 관례라고 했다.

"나중에 따져보니까 내가 쫑이 엄마도 먹은 모양이더라구."

아빠의 말에 나는 인상을 찌푸리면서 이시봉을 꽉 끌어안았다. 아빠에겐 아무런 대꾸도 하지 않았다.

"할머니는 그걸 줄 때마다 꼭 육개장이라고 그랬거든. 그래서 나도 그런가보다 했지. 하지만 나중에 보니까…… 역시 육개장은 아니었어."

고기가 귀했던 시골인지라 그땐 돼지나 개를 잡으면 이웃과 조금씩 나누는 게 예의였다. 아빠는 개뿐만 아니라 족제비도 먹었고, 토끼도 먹었고, 개구리와 메뚜기도 먹어봤다고 말했다. 다

이웃이 나눠준 음식이었고, 그 음식을 귀하게 여겼다고 했다.

 쫑이가 다른 개들에 비해 오래 살아남을 수 있었던 것은 그나마 아빠 덕분이었다. 강원도 춘천에서 살다가 부모님의 이혼으로 갑작스럽게 영월로 전학 온 아빠에게 친구는 오직 쫑이뿐이었다. 아침에 눈을 뜨면 꼭 쫑이에게 먼저 인사했고, 학교를 마치면 쫑이를 데리고 야트막한 뒷동산과 개울을 쏘다니다가 저녁 무렵에야 집으로 돌아왔다. 아빠는 까닭 없이 자주 울곤 했는데, 그때마다 항상 쫑이가 곁에 있어주었다.
 쫑이 쇠줄 단단하게 묶어놔라.
 증조할머니는 아빠에게 자주 그런 말을 했다. 아빠는 그 말을 듣는 게 나쁘지 않았다. 할머니가 쫑이의 이름을 불러주었으니까, 또 그 말이 무엇을 의미하는지 아빠는 잘 알고 있었으니까. 그 시절엔 빈집에 혼자 남아 있는 개들을 노리는 개장수들이 많았다. 그 사람들은 낡은 트럭이나 오토바이를 타고 천천히 동네 한 바퀴를 돌았다. 묶여 있지 않은 개가 그들의 주 타깃이었다.
 아니, 난 주인 없는 개인 줄 알았죠.
 그게 그들의 변명이었다. 주인이 잠시 자리를 비운 집에 아무렇게나 들어가 개들의 목덜미를 움켜쥐고 끌고 가는 사람들. 아무리 사나운 개라고 해도 그들 앞에서는 이상하게도 꼬리를 내리고 몸을 낮추고 낑낑거리는, 마치 새끼 강아지가 어미 개를 찾는 듯한 소리를 냈다. 어른들은 그게 그 사람들에게서 나는 냄새 때문이라고 했다. 뼈를 몇 날 며칠 푹 곤 듯한 냄새, 핏물을 제대로 빼지 않아 비린내와 누린내가 그대로 남아 있는 듯한 냄새. 아빠는 할머니의 말을 잘 들었다. 어린 쫑이를 쇠줄에 묶어두는 것이, 그것이 쫑이를 지켜주고 아끼는 길이라고 생각했다. 아빠는 이런 말을 했다.

"그게 할머니가 아빠한테 하는 말처럼 들리기도 했거든. 마음 단단하게 묶어놓으라는……"

쫑이는 몇 해 동안 무사했다. 동네에 있던 또래의 개들이 한 마리 두 마리 모두 사라졌지만, 쫑이는 안전했다. 그사이 아빠도 영월 생활에 완벽하게 적응해 친구들과 축구를 하느라 미꾸라지를 잡느라 학교에서 늦게 돌아올 때가 많았다. 여름과 가을에는 할머니와 오랫동안 감자밭과 배추밭에 나가 있기도 했다. 그래도 쫑이는 여전히 아빠에겐 첫번째 친구였다. 쫑이는 어느새 아빠의 허리춤까지 키가 자라 있었다. 밤에 무언가를 보고 혼자 짖을 때가 잦았는데, 그럴 때면 동네 다른 개들이 꼭 쫑이를 따라 짖어대곤 했다. 할머니는 댓돌 위에 있던 고무신이나 손에 들고 있던 파리채를 마당으로 내던지면서 욕을 했다. 저놈의 개새끼! 조용히 안 해! 그때마다 아빠는 할머니의 눈치를 보면서 쫑이 앞에 쪼그리고 앉았다. 뭘 봤니? 누가 찾아온 거야?

네가 짖으면, 할머니도 누군가를 기다리게 되잖아…… 쫑이는 아빠가 그렇게 한참 동안 달래고 나면 그제야 조용해지곤 했다.

그런 쫑이가 잘못된 건 전적으로 아빠의 작은 실수 때문이었다.
아빠 나이 열두 살 때의 일이었다. 아빠는 그날을 정확하게 기억하고 있었다. 할머니가 읍내에 사는 여동생의 아들 결혼식에 간 날이었다. 아무래도 늦을 수밖에 없을 거 같아서, 할머니는 저녁까지 미리 차려놓고 나갔다. 닭죽이었다. 한차례 푹 삶은 다리와 가슴살에다 찹쌀을 넣어 뭉근하게 끓인 닭죽. 꼭 곤로에 데워먹어라. 할머니는 몇 번을 당부했다. 아빠는 할머니가 자신을 왜 결혼식에 데려가지 않는지 잘 알고 있었다. 아무래도 친척들이 많이 모이는 자리이니까. 그러면 꼭 누군가의 안부를 서로 묻게 되고, 거기에 다른 말들까지 끼어들게 마련이니…… 아마도 할머니는 그래서 큰맘 먹고 닭을 잡았을 것이다. 전날 저녁 아빠는 쫑이와 함께 할머니가 마당에서 닭을 잡는 모습을 유심히 지켜보았다. 닭 모가지를 단숨에 비틀고, 뜨거운 물에 불려 털을 하나하나 잡아뜯는 모습, 닭 내장을 따로 모아 삶는 과정까지. 쫑이는 입을 벌리고 그 모습을 보다가 질질 침까지 흘리기도 했다. 하아하아, 헐떡거리는 소리도 들렸다.

아빠는 뜨겁게 데운 닭죽을 정확하게 반반 나눠 담았다. 먹다가 욕심이 날까봐 미리 자신의 국그릇과 쫑이의 밥그릇을 곤로 옆에 나란히 놓고 나 한 번, 쫑이 한 번, 숫자를 세어가면서 조심조심 국자로 퍼 담았다. 닭다리는 내 것, 가슴살은 쫑이 것. 아빠는 옷소매로 밥그릇을 받쳐들고 대문 옆 쫑이에게로 다가갔다. 점심을 굶은 쫑이는 아빠가 다가가기 전부터 제자리에서 펄쩍펄쩍 뛰어오르며 흥분했는데, 그 모습을 본 아빠의 마음은 더없이 기쁘고 뿌듯했다. 할머니가 집에 있었으면 꿈도 꾸지 못할 일이었다. 아빠는 김이 펄펄 올라오는 닭죽을 쫑이 앞에 조심스럽게 내려놓았다. 많이 먹어, 쫑이야. 할머니 오기 전에 깨끗하게 먹어야 해. 아빠는 쫑이에게 다짐이라도 받아내듯 말했다. 쫑이는 아빠의 말을 듣지도 않고 허겁지겁 가슴살과 닭죽을 먹기 시작했다. 씹지도 않고 주둥이를 아예 닭죽에 파묻다시피 하면서 꿀꺽꿀꺽 삼켰다. 아빠는 그런 쫑이의 머리를 가만히 쓰다듬어주며 달랬다. 뜨거워, 천천히 먹어.

그게 아빠가 본 쫑이의 마지막 식사 모습이었다.

쫑이는 닭죽을 먹은 지 채 십 분도 지나지 않아 모로 누웠다. 아빠는 마루에 앉아 닭죽을 먹으면서 그런 쫑이를 바라보았다. 쟤가 벌써 자려고 저러나? 아빠는 별일 아니라고 생각했다. 닭죽은 그때까지도 따뜻했고, 부드러웠다. 종종 혼자 장독대에 올라가 있던 수탉이었다. 쫑이가 근처에 가기만 해도 호들갑을 떨며 사방팔방으로 흩어지던 다른 닭들과는 달리 느긋하고 여유롭게 옆으로 비켜서기만 하던 수탉. 아빠는 잠깐 숟가락을 든 채 고기가 된 그 수탉을 생각했다. 주변을 바라보니 날은 이미 어둑어둑해져 있었다. 대문 바로 앞에 있는 늙은 미루나무 잎사귀들이 쏴아, 파도 소리를 내며 흔들리는 게 보였다. 옆집 할아버지가 유언으로 당장 잘라버리라고 손가락으로 가리켰다는 미루나무. 그 할아버지는 죽기 며칠 전부터 미루나무 위에 웬 사람이 한 명 서 있는 것이 보이지 않느냐고 식구들에게 계속 물었다고 했다. 아빠는 조금 무섬증이 일었고, 그때부터 무언가 잘못되었다는 것을 깨달았다. 쫑이의 신음소리가 들리기 시작한 것이다. 쫑이의 눈동자는 이미 모두 넘어가고 흰자위만 보였다. 어두운 마당 끝에 떠 있는 선명한 두 개의 흰 눈. 그 상태에서 쫑이는 거친 숨을 내쉬며 헐떡거렸다. 괴로운 듯 주둥이를 흙바닥에 문지르기도 했고, 경련이 이는 듯 네 다리가 부르르, 떨리기도 했다. 아빠는 숟가락을 내려놓고 쫑이 곁으로 달려갔다. 하지만 쫑이의 몸을 만지지도, 말을 걸지도 못했다. 두 발짝쯤 떨어진 곳에 서서 쫑이를 내려다보기만 했다. 그러다가 서서히 뒷걸음질쳐 방으로 들어가버리고 말았다. 너무 무서웠기 때문이었다. 손써볼 수 없으면 두려워지고 만다는 것. 아빠는 그것을 처음으로 느꼈다고 했다.

할머니는 집으로 돌아오자마자 쫑이의 상태를 살폈다. 쫑이는 그때까지도 숨이 완전히 넘어가진 않았지만, 할머니는 이미 마음속으로 결정을 내린 것처럼 보였다. 아빠에겐 화를 내지도, 별말을 하지도 않았다. 그저 안방으로 들어가 전화기를 들고 읍내에 사는 고모부를 찾았을 뿐이다. 자네가 좀 와봐야겠네. 애가 개한테 뜨거운 걸 먹였나봐. 할머니는 무뚝뚝한 목소리로 그렇게 말했다. 아빠는 할머니가 통화를 끝내자 비로소 훌쩍훌쩍 울기 시작했는데, 쫑이에 대한 미안함이나 안쓰러움보다는 자신의 실수와 잘못이, 그에 대한 억울함과 분노가 더 컸다고 했다. 나는 그때 왜 미안해하지 않고 억울해했을까? 아빠는 살면서 그 말을 자주 떠올렸다고 한다. 미안한 것과 억울한 것을 뒤섞지 말 것. 나와 시현을 키울 때도, 공장에서 동료들과 일하고 투쟁할 때도, 아빠는 자주 그 말을 생각했고, 또 주문처럼 입안에서 중얼거리기도 했다. 아빠에겐 그게 쉽지 않은 일이었다고 했다.

고모부는 한 시간쯤 지나 일 톤 트럭을 몰고 집 앞에 도착했다. 읍내에서 철물점을 운영하던 고모부는 또래의 뚱뚱한 남자와 함께 왔는데, 걸걸한 목소리가 안방에까지 다 들릴 정도였다.

"이럴 줄 알았으면 아까 장모님하고 이쪽으로 올 걸 그랬어요."

"술 마셨는데 운전해도 되겠는가?"

할머니의 근심어린 목소리도 들렸다.

"시골에 살면서 술 안 마시고 어떻게 운전해요? 술 안 마시고 운전하면 사고 나요."

고모부는 그렇게 말하고 크게 웃었다.

철퍼덕, 트럭 짐칸에 무언가를 부리는 소리가 들렸다.

"개가 꽤 실하네."

고모부 친구의 목소리도 들렸다.

"숨도 아직 남아 있는데?"

할머니가 부엌에서 식혜를 떠와 이거라도 들고 가게, 권하는 소리가 이어졌고, 내일 잠깐 들를게요, 하는 고모부의 말도 들려왔다. 그러곤 트럭의 엔진소리가 멀어져갔다.

아빠는 끝까지 방밖으로 나가지 않았다. 얼굴을 무릎에 묻은 채 가만히 할머니의 처분을 기다렸다. 얼른 이불 깔고 자라. 울면 금세 배 꺼진다. 할머니는 방으로 돌아와서 그렇게 말했다. 그러곤 결혼식에 입고 갔던 한복을 그제야 갈아입었다. 할머니 몸에선 진한 후추 냄새가 났는데, 아빠는 그게 술냄새였다는 것을 나중에야 알게 되었다고 한다.

"그리고 다음날 저녁에 또 육개장이 올라온 거야……"

아빠는 이시봉의 턱을 만져주면서 말했다.

"그걸…… 또 먹었어요……?"

내가 그렇게 묻자, 아빠는 어깨를 한 번 으쓱 올리곤 다시 호수공원 쪽을 바라보았다.

아빠는 이 이야기를 나한테 왜 해주는 걸까? 나는 잠깐 생각해보았다. 추석이라서 그런가? 아빠가 왜 뜨거운 걸 입에 잘 대지 못하는지, 그 얘기를 하고 싶었던 것일까? 영월에서 고등학교까지 마친 아빠는 이후 전주에 있는 피혁 공장에 취직했다가 내가 태어나기 사 년 전 광주에 있는 타이어 공장으로 직장을 옮겼다. 나는 태어나서 단 한 번도 아빠의 엄마와 아빠, 그러니까 할머니 할아버지의 얼굴을 본 적이 없는데, 그건 엄마도 마찬가지라고 했다. 추석이나 설날 같은 명절이 되면 우리집은 늘 가평에 있는 외갓집으로 갔다. 아빠는 그게 좋다고 말했다. 외갓집에 가서도 다른 아빠들처럼 방에서 나오지 않거나 TV만 보고 있는 게 아니라 전을 부치고 송편이나 만두를 만들고 설거지를 도맡아 했다. 따로 외할머니와 외할아버지 두 분만 모시고 장에 가서 메밀국수를 먹고 돌아오기도 했다. 그런 아빠는 내내 유쾌하고 행복해 보였지만, 그러나 아빠가 세상을 뜨고 난 뒤로는 그게 전부가 아니었을 거란 생각이 들 때가 종종 있었다. 내내 아무렇지도 않거나 유쾌하진 않았을 거라고. 가끔 춘천 생각이, 영월 생각이 날 때가 많았을 거라는, 아빠의 어린 시절은 그냥 거기에 계속 머물고 있었겠구나, 하는 생각들 말이다.

"시습아."

아빠가 계속 이시봉을 안고 있는 나를 보며 말했다. 아빠의 이마가 벚나무 가지 그늘에서 완전히 벗어나고 있었다. 노을 때문에 호수의 수면 가장자리와 그 주위의 나무들이 불그스름하게 변해갔고, 바람은 선선해졌다. 지팡이를 짚은 노인의 팔짱을 끼고 내 또래의 여자아이가 천천히 발맞춰 걸어가는 게 보였다.

"사랑은 예측 불가능한 일을 겪는 거야."

아빠는 무덤덤하게 말했다.

"강아지를 사랑하는 건 더 그래."

아빠는 그러면서 자신이 다시 강아지를 키우게 될 줄은 몰랐다고 말했다. 어떤 예측 불가능한 일이 자신을 찾아왔고, 그렇게 이시봉을 만나게 되었다고.

"그게 어떤 일이었는데요?"

내가 묻자 아빠는 거기에 대해선 대답하지 않았다. 대신 내 품에 있던 이시봉을 안아 자신의 무릎 위에 올려놓았다. 이시봉, 작은 목소리로 불러보기도 했다. 이시봉은 몸을 세워 아빠의 가슴 위에 앞발을 짚고 기지개를 켜듯 고개를 뒤로 젖혔다. 하품을 한 번 하기도 했다.

"근데 있잖아…… 강아지 입장에서도 그럴까? 인간과 같이 지낸다는 게 그런 일일까?"

아빠는 이시봉과 눈을 맞추면서 그렇게 말했다.

"이것만 잊지 마. 강아지 입장에선, 인간과 같이 사는 게 썩 좋은 일만은 아닐 수도 있다는 걸…… 아무리 인간이 잘해준다고 해도 말이야."

아빠는 그 이상은 말하지 않았다. 그래서 나도 그 이상은 생각하지 않았다.

분명 그때는 그러고 넘어갔다. 아빠가 개고기를 먹어봤다는 사실만 생각하면서, 그걸 불편하게 생각하면서, 며칠 동안 아빠의 얼굴을 제대로 쳐다보지 못하고 지냈다. 아무리 어려도 어떻게 그럴 수 있지? 자기가 사랑한 개를…… 나는 그런 생각이 들 때마다 괜스레 이시봉을 꼭 끌어안았다. 이시봉은 영문도 모른 채 내 품에 안겨 있다가 벗어나려고 온몸을 버둥거렸는데, 그래도 나는 이시봉을 놓아주지 않고 계속 그렇게 있었다.

내가 널 지켜줄게. 걱정하지 마.

나는 그렇게 중얼거리기도 했다.

*

사랑은 예측 불가능한 일을 겪는 것.

용인IC 표지판이 눈에 들어오자 불현듯 아빠의 그 말이 다시 떠올랐다. 왜 그 말이 떠올랐을까? 그건 아마도 내가 지금 이시봉과 함께 용인이라는 낯선 도시를 향해 가고 있기 때문일 것이다. 용인이라니. 나는 살면서 그 도시를 가본 적도, 혼자 떠올려본 적도 없었다. 서울 인근이라는 것, 그 도시에 에버랜드가 있다는 것, 그것이 내가 알고 있던 용인의 전부였다(고등학생 시절, 정용과 수아와 함께 몇 번 에버랜드에 갈 계획을 세우긴 했었다. 하지만 아무리 예산을 깎아봐도 차비를 포함해 일 인당 이십만원이 넘게 필요했다. 그래서 대신 우리는 매번 광주에 있는 '패밀리랜드'를 가곤 했다. 그 놀이공원은 대낮에도 귀신이 출몰한다는 소문이 돌았다. 그만큼 오래되고 시설이 낡은 곳이었다).

한데 나는 지금 용인을 향해 가고 있었다. 이건 내가 전혀 예상하지 못한 전개였다. 나는 왜 이 사람들이 가자고 하는 곳으로, 이 사람들이 이끄는 곳으로, 이렇게 속수무책 따라다니는 것일까? 어쩌면 그 이유는 간단하지 않을까? 이 사람들이 내 경비를 다 대고 있기 때문이겠지. 호텔도, 식사도, 그리고 술까지도…… 그건 어디까지나 이 사람들이 멋대로 베푸는 호의였지만, 어쨌든 그 호의를 받는 처지에선 따를 수밖에 없는 입장이라는 것이 있었다. 그게 호의의 속성이었다. 따를 수밖에 없는 입장. 그것도 입장이라고 할 수 있을까? 하지만 또 그게 전부가 아니라는 것을 나는 잘 알고 있었다. 호의니, 호텔이니, 식사니, 술이니 하는 것들은 다 엿이나 먹으라고 하지. 그건 전부 핑계였다. 사실 이 모든 속수무책에는 이시봉이 있었다. 그러니까 이 모든 일정은 내가 아닌, 온전히 이시봉을 위해 준비되었다는 것. 이시봉에게 더 나은 일정, 이시봉에게 더 나은 삶, 거기에 대한 예우…… 그러니 나는 잠자코 따를 수밖에 없었다. 나는 아무것도 아니니까. 나는 그냥 이시봉을 사랑하는 한 사람에 불과하니까…… 그러나 더 솔직하게 말하자면 그런 생각들보다 당장 더 급한 것은 내 속이었고, 내 위장이었다. 그걸 티내지 않으려고 노력하다보니 등뒤에서 계속 식은땀이 흘렀다. 발목 근처가 저리기도 했다. 아침 내내 나는 식사도 거른 채 호텔 주변 편의점을 뒤지고 다녔다. 초록매실을 마셔야 하는데, 그게 내 유일한 숙취 해소 방법인데, 편의점을 세 군데나 돌아다녀봐도 초록매실은 보이지 않았다. 왜 광주엔 있는 것이 강남에 없는가? 왜 여긴 다 예측 불가능한 것들뿐인가? 나는 검지와 중지로 왼쪽 관자놀이를 하염없이 문지르면서 어쩔 수 없이 녹차 음료수를 집어들었다. 더이상 다른 편의점을 둘러볼 수도 없었다. 호텔방에 혼자 남겨둔 이시봉이 걱정되었기 때문이다. 나는 편의점을 나오면서 녹차 음료수의 마개를 땄다. 떫은맛이 위장을 또 한번 뒤집었다.

카니발엔 나를 포함해 모두 네 명이 탔다. 남궁상민 브리더가 운전대를 잡았고, 그 옆에 미셸 브리더가 앉았다. 뒷좌석엔 권성희 수의사가 먼저 자리를 잡고 있었는데, 그녀는 의사 가운이 아닌 선글라스에 하늘색 계열의 반팔 티셔츠, 하얀색 짧은 반바지 차림이었다. 내가 이시봉과 함께 차에 올라타자마자 그녀는 "어머, 어제 또 마셨나보네? 에이, 이 사람 진짜 어마어마한 술꾼이었구나"라며 자신의 코를 잡는 시늉을 했다. "네가 고생이 참 많다." 그녀는 이시봉에게도 작은 목소리로 말했다. 나는 말없이 이시봉을 안고 앞유리창만 바라보았다. 이 여자는 수의사가 아니라 혹시 무슨 신경정신과 의사가 아닐까? 그것도 아니면 어디 청소년 심리상담센터 같은 곳에서 몰래 알바라도 하고 있나? 투잡러인가? 나는 그러지 않으려고 하면서도 자꾸 숨을 참았다. 두통이 더 심해지고 가슴이 답답해졌다.

용인시 양지면 대대리.

그곳이 정채민 대표가 있는 곳이라고 했다. 용인IC를 빠져나온 카니발은 시내 쪽이 아닌 98번 지방도 표지판을 따라 움직였다. 드문드문 오리구잇집과 칼국숫집 간판이 보이는 한적한 2차선 도로를 이십 분쯤 달리자 작은 다리를 낀 삼거리가 나왔다. 카니발은 그곳에서 좌회전했다. 그때부터는 줄곧 일방통행 도로였다. 도로 옆으론 키 큰 아카시아나무와 밤나무가 군락을 이룬 숲이 보였고, '사유지—무단출입 금지'라고 적힌 빨간색 팻말도 이따금 눈에 띄었다. 아스팔트 노면이 제대로 관리되지 않아서인지, 카니발은 자주 흔들렸다. 경사도 있는 도로였다. 그러니 내 속이 말이 아니었다. 신경을 다른 곳으로 돌리려고 했는데 그때마다 권성희 수의사가 내 쪽으로 고개를 돌렸다. 이시봉도 멀미가 나는지 자꾸 하품을 했다. 그러면 안 된다, 이시봉. 네가 지금 멀미를 하면 나는 그 자리에서 기절할지도 몰라. 아니, 차라리 기절하는 게 나을지도 모르지…… 나는 이시봉의 배를 쓰다듬어주었다. 이시봉도 그런 내 손목을 핥아주었다. 조금만 참아. 이시봉이 내게 그렇게 말해주는 것 같았다.

카니발이 천천히 속도를 늦추는가 싶더니, 정면에 거대한 철문이 나타났다. 아무런 장식도 손잡이도 없는 검은색 직사각형 철문은 너비가 족히 4미터는 돼 보였다. 철문 양쪽 기둥엔 CCTV가 달려 있었고, 그 바로 아래엔 커다란 개구리 눈알을 닮은 조명이 각각 두 대씩 설치되어 있었다.

탕.

무언가 튕기는 소리를 내며 철문이 열리고 다시 카니발이 움직였다. 갑작스럽게 다른 세계 안으로 접어든 것처럼 주변 풍경이 확 달라졌다. 나무가 사라지고 대신 평평하고 넓은 잔디밭이 눈앞에 나타났다. 또다른 앙시앙 하우스였다. 먼 곳에서 개 짖는 소리가 들렸다. 이시봉이 놀란 듯 고개를 들어 창밖을 두리번거렸다.

카니발에서 내리자 제일 먼저 다가온 것은 덩치가 좀 있는 비숑 프리제 한 마리였다. 다른 비숑 프리제에 비해 머리 하나 정도가 더 컸는데, 곱슬거리는 하얀 털은 정돈이 잘되어 있었고, 앞다리와 뒷다리는 굵고 탄탄해 보였다. 그 비숑은 미셸 브리더를 보자마자 그의 가랑이 사이로 들어가 얼굴을 비비면서 반가워하다가, 이내 내 쪽으로 다가왔다. 더 정확하게는 이시봉 쪽으로 다가온 것이었다. 이시봉도 무서워하지 않고 그 비숑에게 다가가려고 앞다리를 허우적거렸다. 나는 그런 이시봉을 놔주지 않았다. 내가 지레 겁을 먹었기 때문이었다. 이시봉이 짧게 중음으로 몇 번 짖었다. 안녕! 안녕!
"올리브, 올리브! 예의를 지켜야지!"
잔디밭 저쪽에서 한 남자가 뛰어오면서 말했다. 그렇다고 급히 달려오는 것은 아니었고, 마치 교체 출전을 기다리며 가볍게 워밍업을 하는 축구 선수처럼, 숨이 차오르지 않을 만큼의 속도였다. 키가 꽤 큰 사람이었다. 180센티는 족히 넘어 보였다. 무릎까지 오는 통이 넓은 검은색 반바지에 갈색 플립플롭을 신고 있었고, 어깨 부위에 파란색 물감을 아무렇게나 흩뿌린 듯한 무늬가 들어간 하얀색 면티를 입고 있었다. 왼쪽 손목에는 시계를, 오른쪽 손목에는 묵주를 차고 있었다. 그가 올리브 옆에 멈춰 서자 나머지 사람들이 고개를 숙여 인사했다.

그가 바로 정채민 대표였다.
정채민 대표는 나를 보며, 아니 내 품에 안긴 이시봉의 눈을 오롯이 바라보며, 한참 동안 말없이 서 있었다. 쉰을 넘긴 나이라고 들었지만, 그는 전혀 그렇게 보이지 않았다. 숱이 많은 검은 머리는 방금 막 감고 나온 것처럼 눈썹 근처에서 잘 정돈되어 있었고, 턱은 수염 자국 하나 없이 매끄럽고 깨끗했다. 왼쪽 눈썹 바로 옆에 세로로 난 작은 주름이 하나 있었지만, 이마나 눈가엔 잔주름 하나 없었다. 내 또래라고 해도 전혀 어색하지 않은 얼굴이었다.
"너구나……"
그는 양손을 깍지 낀 채 약간 떨리는 목소리로 말했다. 그러곤 아랫입술을 살짝 깨물었다. 그는 무언가를 간신히 참고 있는 것처럼 보였다. 아니, 참고 있다기보다는 최선을 다해 감정을 감추려고 애쓰는 것 같았다. 그것은 다른 사람들 앞에서 그 감정을 들킬까봐 감추는 것이 아닌, 자신을 위해서, 조금이라도 그 순간을 더 지속시키기 위해서, 계속 미루고 미루려는 의지처럼 보이기도 했다.

"잠깐 안아봐도 될까요?"

그가 처음으로 내게 말을 건넸다. 정중하고 부드러운 목소리였다. 내가 뭐라고 대답하기도 전에 이시봉이 먼저 반응을 보였다. 이시봉은 마치 평소 잘 알고 지내던 사람을 만난 것처럼 그에게 다가가려고 앞발을 내밀었다. 그도 내 쪽으로 손을 내밀었다. 하얗고 긴 손가락이었다. 그러니 나도 어쩔 수 없이 그에게 이시봉을 안겨줄 수밖에 없었다.

"잘 있었니?"

그가 다정하게 이시봉에게 물었다. 이시봉은 그의 턱을 핥으면서 꼬리를 흔들었다. 그는 두 눈을 감고 이시봉을 꼭 끌어안았다.

"아이 참, 나 이거 어떻게 하면 좋지……"

정채민 대표가 눈을 감은 채 말했다.

"눈물이 다 나려고 하네."

권성희 수의사가 휴대폰으로 그와 이시봉의 사진을 찍었다. 미셸 브리더와 남궁상민 브리더는 말없이 그런 그를 바라만 보았다. 남궁상민 브리더는 어쩐지 좀 감동받은 표정이었다.

나는…… 그들 뒤에 조금 물러나 있었다. 분명 나 역시 같은 자리에 서 있었지만, 나는 어쩐지 없는 사람처럼 느껴졌다. 물건을 막 전달한 다음에도 자리를 뜨지 않고 머뭇거리고 있는 택배 기사처럼, 나 자신이 애매하게 여겨지기도 했다. 그런 애매한 마음으로 나는 이시봉을 바라보았다. 정채민 대표의 품에 안겨 있는 이시봉은 낯설어 보였다. 전혀 다른 존재가 되어버린 것처럼, 어린 이시봉이 되어버린 것처럼, 귀도, 다리도, 꼬리도 평소보다 작아 보였다. 이시봉은 꼬리를 계속 살랑거렸다. 정채민 대표의 표정에서도 그 어떤 어색함이나 사악함은 찾아볼 길 없었다. 그는 계속 미소 짓고 있었고, 그 미소는 어쩐지 이시봉을 닮아 있었다. 그렇구나, 둘이 좀 닮았구나……

나는 그들에게서 시선을 돌렸다. 무언가 내 종아리를 가볍게 툭툭 건드리는 게 느껴졌다. 올리브였다. 그 강아지가 무표정한 얼굴로 나를 쳐다보고 있었다. 나는 그 자리에 쪼그리고 앉아 올리브의 머리를 쓰다듬어주었다. 하지만 마음은 계속 다른 곳에 가 있었다. 속도 더이상 쓰리지 않았다. 그게 올리브에게 좀 미안했다.

나는 미셸 브리더의 안내를 받아 잔디밭 왼쪽에 있는 집으로 들어갔다. 검은색 박공지붕을 얹고 벽면은 모두 붉은색 벽돌로 마감한 이층집이었는데, 바로 옆에 똑같은 형태의 단층집이 하나 더 자리잡고 있었다. 단층집은 정채민 대표가, 이층집은 비숑 프리제들이 머무는 공간이라고 했다. 두 집은 검은색 새시를 두른 복도로 서로 연결되어 있었다.

"자자, 이시봉은 좀 뛰어놀라고 합시다. 산책도 제대로 못했을 텐데……"

나는 미셸 브리더의 말에 이시봉을 힐끔 바라보았다. 이시봉은 정채민 대표와 함께 잔디밭을 뛰어다니고 있었는데, 가끔씩 컹, 컹, 단음으로 짖기도 했다. 그건 내가 알기로 또! 또! 하는 의사 표현이었다. 때에 따라선 더! 더! 라는 뜻이기도 했고…… 남궁상민 브리더는 올리브와 테니스공을 갖고 터그 놀이를 하고 있었고, 권성희 수의사는 잔디밭 가장자리의 살구나무 아래 그늘에 서서 팔짱을 낀 채 그런 그들을 가만히 바라보고 있었다. 모두들 평화로워 보였고, 또 아무렇지 않아 보였다. 아무렇지도 않아 보인다는 것, 원래 그 자리에 있었던 것처럼 자연스러워 보인다는 것, 그게 나를 좀 속상하게 만들었다. 나는 아무런 대꾸 없이 미셸 브리더를 따라갔다.

이층집 현관문을 열고 들어서자 두 마리의 비숑 프리제가 꼬리를 흔들며 다가왔다. 올리브보다 조금 작은 강아지들이었는데, 나이는 더 들어 보였다. 한 마리의 목에는 주황색 손수건이 묶여 있었고, 다른 한 마리는 하트 모양의 은색 펜던트를 하고 있었다.

"벤과 세미입니다. 올리브의 아빠 엄마죠."

미셸 브리더가 그 아이들의 목덜미를 만져주었다. 나는 그 자리에 선 채 강아지들을 그냥 내려다보기만 했다. 이틀 사이에 너무 많은 비숑 프리제를 만났다. 나는 이제 그들의 차이를 제대로 알아볼 수가 없었다. 벤과 세미도 나를 계속 쳐다보았지만, 짖지도 안아달라고 보채지도 않았다. 그저 의심 가득한 눈초리로 자신들의 거처에 들어온 낯선 사람을 관찰할 뿐이었다.

층고가 높은 이층집이었다. 거실에서 올려다보면 이층 난간이 한눈에 다 들어오는 복층 구조였다. 천장 중앙엔 거대한 실링팬이 천천히 돌아가고 있었고, 그 옆으론 두 대의 시스템 에어컨이 작동되고 있었다. 소파도 TV도 장식장도 놓여 있지 않은 거실엔 오직 푹신한 강아지용 방석 네 개만 띄엄띄엄 놓여 있었다. 나는 이렇게 큰 집엔 처음 들어와보았다. 아니, 따지고 보면 이층집 자체도 처음이었다. 내가 가본 집들은 대부분 아파트이거나 연립주택이었고, 하나같이 24평이거나 32평이었다. 그곳에서 세 명, 혹은 네 명의 가족들이 살아가고 있었다. 하지만 이곳은 달랐다. 미셸 브리더의 말에 따르면 이곳 일층은 온전히 비숑 프리제들만의 공간이라고 했다. 이층에 전담 브리더와 살림을 도와주는 아주머니의 방이 있다고 했는데, 아무래도 일층보다는 훨씬 작은 면적을 차지하고 있는 것처럼 보였다. 그러니 나는 또 이상한 감정에 사로잡힐 수밖에 없었다. 나보다 더 큰 집에서 사는 비숑 프리제들. 그 공간에 잠시 들어온 나. 그건 나 자신이 초라해지거나 볼품없어지는 감정이 아니었다. 그냥 멍하고 아무 생각도 나지 않는 상태. 실재하지 않는 공간에 들어선 듯한 어색함과 당황스러움에서 비롯된 감정이었다.

미셸 브리더는 나를 데리고 주방 바로 옆에 있는 방으로 갔다. 그는 방문 앞에 서서 쉿, 자신의 입술에 검지를 갖다대며 나를 바라보았다. 그러곤 턱으로 그 방문을 가리켰다. 자신은 여기 있을 테니 혼자 들어가보라는 신호 같았다. 나는 잠시 망설이다가 최대한 소리를 낮춰 방문을 열었고, 그 안으로 들어갔다.

그곳은 새끼 비숑 프리제들의 방이었다. 태어난 지 이제 한 달 정도 지났을 것 같은 여섯 마리의 비숑 프리제들이 한꺼번에 작은 꼬리를 흔들며 나에게로 다가왔다. 하얀 눈송이들이 굴러오는 것처럼, 그 눈송이들이 뒤뚱거리는 것처럼, 강아지들은 다리가 짧았고, 방금 우유를 먹었는지 배가 볼록했다. 그 눈송이 위에 놓인 오레오 쿠키 조각 같은 눈동자들.

나는 나도 모르게 그 자리에 쪼그리고 앉아 양 손바닥을 내밀었다. 그러자 여섯 마리의 강아지들은 서로 먼저 내 손가락에 다가오겠다고 자리다툼을 했다. 꼬리는 더 빠르게 팔랑거렸고, 엉덩이도 같이 실룩거렸다. 강아지들은 이빨도 나지 않은 작은 입으로 내 손가락을 핥고 쪽쪽 빨기 시작했다. 작은 혀가 닿은 내 손가락은 금세 따뜻해졌고, 또 금세 축축해졌다.

"에이 씨발, 진짜……"

그 강아지들을 보다가 나도 모르게 욕이 튀어나왔다. 그건 나로서도 의외의 반응이었다. 화가 나서 그런 것은 결코 아니었다. 화가 나다니, 나는 오히려 내 손가락을 빨고 있는 아이들이 너무도 사랑스러워서 견딜 수가 없었다. 하나하나 품에 안고 그 온기를 느끼고 싶었고, 하나하나 그 작은 코와 발을 깨물어주고 싶었다. 그래서 이를 악물고 있을 정도였다.

"씨발 진짜 나한테 왜 이러냐……"

그런데도 계속 욕이 나왔다. 아이들이 너무 예뻐서, 내가 너무 못나게 느껴져서, 그 감정을 어떻게 표현할지 알 수 없어서, 욕만 자꾸 터져나왔다. 아이들에게서 눈을 떼지 못하고, 계속 웅얼거리듯 욕을 했다. 내가 그렇게 욕을 하는데도, 그런데도 강아지들은 명랑하고 즐겁게 내 손가락을 빨아댔다. 아무 걱정도 미움도 없는 상태로, 오직 세상엔 나와 자신들이 전부라는 듯.

나는 그 앞에서 나 자신이 점점 작아지고 있다는, 이상한 감정에 사로잡히고 말았다.

―

나는 정채민 대표와 마주앉았다.

그의 단층집 주방과 맞붙어 있는 다이닝 룸의 원목 테이블 앞이었다. 테이블 상판은 꽤 두꺼웠는데, 등고선을 닮은 나무의 물결무늬가 그대로 드러나 있었다. 의자는 모두 여덟 개였지만 권성희 수의사와 미셸 브리더, 남궁상민 브리더는 함께 앉지 않았다. 그들은 식사를 따로 하겠다고 했다.

"이게 볼품은 없어 보이지만 그래도 꽤 정성이 들어간 거예요."

정채민 대표는 내 앞에 커다란 감청색 접시를 내려놓으며 말했다. 파스타였다. 두툼한 가리비 관자 세 개가 곁들여진 파스타. 정확하게는 바질 페스토 파스타라고 했다.

"사람들이 잘 모르는 건데, 이 바질 페스토를 만들려면 제일 중요한 게 절구거든요. 꼭 화강석으로 만들어진 절구여야 하는데……"

그는 말을 하다 말고 주방 냉장고 옆에 난 문을 열고 들어가 전기밥솥보다 조금 작은 절구를 들고 나왔다. 그는 내 옆에 서서 절구의 안면을 직접 보여주기까지 했다.

"보이죠, 여기 이 거친 면. 바질을 여기에 넣고 갈아야 향이 제대로 나거든요. 그다음에 잣하고 치즈하고 올리브유를 넣는 거고."

정채민 대표는 절구를 식탁 옆에 내려놓고 다시 자기 자리에 앉았다. 그는 파스타를 먹지 않고 바로 앞에 놓인 빵을 집어들었다. 나도 그와 똑같이 빵을 집어들었다. 빵 바로 옆에 샐러드도 있었지만 별로 먹고 싶은 생각은 들지 않았다.

"아, 맞다! 술을 좋아하신다고 했지!"

그는 다시 자리에서 일어나 이번엔 내 뒤쪽에 있는 와인 셀러에서 병을 꺼내왔다. 그러곤 또 잔을 찾는다고 개수대 위 상부장과 와인 셀러 옆 원목 서랍을 뒤지기 시작했다. 그는 처음 잔디밭에서 봤을 때와는 달리 어쩐지 좀 산만하고 부산스러워 보였는데, 그래서 더 내 또래처럼 보이기도 했다.

"보자…… 샤펠 샹베르탱!"

그가 와인병의 라벨을 읽으며 말했다.

"이게 나폴레옹이 좋아했던 와인이래요."

그가 내 잔에 와인을 채워주었다. 술을 보자, 나는 정신이 좀 맑아지는 듯한 기분이 들었다.

"그래봤자 와인이지만, 사람들은 그런 걸 좋아하죠. 그래야 맛도 달라진다고 믿으니까."

나는 일부러 와인을 조금만 마셨다. 맛도 그저 그랬다. 편의점에서 파는 와인이나 나폴레옹이 마셨다는 와인이나, 내겐 그저 다 똑같은 술일 뿐이었다. 그래도 술이 조금 들어가자 긴장이 풀리고 비로소 숨이 쉬어지는 느낌이 들었다.

"일정은 힘들지 않았구요?"

그가 파스타를 먹으면서 물었다. 나도 파스타를 한입 먹었다. 풀냄새가 약간 나는 파스타였다.

"차를 오래 타는 게 처음이라서……"

나는 이시봉 입장에서 말했다. 이시봉도 지금 점심을 먹고 있다고 했다. 오늘 점심 메뉴는 구운 연어와 닭가슴살이라고 들었다.

"서울 앙시앙 하우스도 가봤죠?"

나는 대답 대신 와인을 한 모금 더 마셨다.

"거기 이상한 강아지들이 꽤 많아요."

정채민 대표는 그러면서 자신의 잔으로 손을 뻗었다.

"이상한 강아지요?"

내가 묻자, 그가 살짝 미소를 지었다. 약간 비웃음이 섞인 듯한 미소였다. 그가 와인을 조금 마셨다.

"잡종들이요."

"아……"

"거기가 원래 우리가 브리딩한 비숑들을 위해 만든 공간이거든요. 여기서 태어나서 우리가 분양해준 강아지들, 개네들을 계속 보살펴주려고 서울에 낸 건데…… 자꾸 이상한 강아지들이 찾아오기 시작하는 거예요."

"저기…… 한 잔만 더 마셔도 될까요?"

나는 와인병을 바라보며 물었다. 그가 흔쾌히 한쪽 손을 내밀었다. 알아서 따라 마시라는 신호였다. 나는 내 잔 가득 와인을 채웠다. 넘칠 것 같아서 얼른 입을 가져다댔다.

"뭐 나름대로 이유도 많아요. 우리가 분양해준 강아지가 다른 비숑을 건드렸다. 그래서 태어난 강아지가 바로 얘다…… 무슨 소리냐, 나는 분명 우리 비숑이 여기 앙시앙 하우스 출신이라고 해서 구입한 거다. 그러면 내가 지금 사기를 당했다는 거냐, 등등……"

나는 잠깐 서울 앙시앙 하우스 이층에서 만난 두 여자와 젊은 남자를 떠올렸다. 그들이 했던 말도 기억났다.

"그래도 우리가 다 받아주고 있어요. 그냥 속아주는 거죠. 그 사람들이 왜 그러는지 아니까……"

"왜 그러는 거죠?"

"뭐, 앙시앙 하우스에 다니는 것만으로도 어떤 신분이 생긴다고 믿나보죠. 그 사람들은 강아지를 사랑하는 게 아니에요. 강아지를 사랑하는 자기 자신을 사랑하는 사람들이죠. 그러니 비숑들만 불쌍한 거예요. 그 불쌍한 비숑들을 우리도 모르는 척 받아주는 거고."

나는 고개를 끄덕거렸다.

"아 참, 보여줄 게 있는데……"

그는 그러더니 다시 테이블에서 일어나 거실 제일 안쪽에 있는 방으로 걸어갔다.

빛이 잘 들어오지 않는 집이었다. 거실엔 소파와 테이블, 그리고 대여섯 개의 스피커가 전부였다. 스피커들은 모두 크기가 제각각이었는데, 내 키만한 것도 있었고, 아빠 피자집에 있던 오븐만한 것도 있었다. 소리를 내지 않는 스피커들 때문에 거실 전체가 어쩐지 더 어둡고 우울해 보였다. 작은 관들이 이곳저곳 세워져 있는 것처럼 보이기도 했다.

"이걸 좀 봐봐요."

정채민 대표가 방에서 오래된 액자 세 개를 가지고 나왔다. 그는 그 액자들을 테이블 위에 나란히 내려놓았다.

"어때요? 놀랍죠?"

그가 물었다. 나는 그 액자들을 보고 바로 대답하지 못했다. 생각보다 훨씬 더 놀랐기 때문이었다.

액자에는 오래된 컬러사진이 들어 있었다. 한 명의 여자와 두 명의 남자가 함께 찍은 사진이었다. 셋 다 비슷한 또래로 보였고, 여름이었는지 모두 반팔 면티 차림이었다. 그들은 소파에 앉아 카메라 렌즈를 바라보며 환하게 웃고 있었다. 가운데 앉은 여자는 눈썹 숱이 많고 볼살이 통통했는데, 피부 톤이 전체적으로 까무잡잡했다. 그래서 더 젊고 건강해 보이기도 했다. 여자 오른쪽에 앉은 남자는 짧은 헤어스타일에 선글라스를 쓰고 있었다. 셋 중 나이가 가장 많아 보였고, 여자의 어깨에 자신의 한쪽 팔을 두르고 있었다. 나머지 한 명은 정채민 대표였다. 그는 뒷머리를 길게 기른 것 말고는 지금과 크게 다르지 않았다. 오른쪽 손목에는 지금처럼 묵주를 차고 있었고, 손가락으론 브이자를 그리고 있었다.

그리고…… 그들 사이에 비숑 프리제 두 마리가 앉아 있었다. 부스스한 머리털과 그 사이로 보이는 검은 눈동자, 조금 튀어나온 가슴과 발목 근처의 덥수룩하게 자란 털까지. 그건 영락없는 어린 이시봉의 모습이었다. 마치 오래된 사진 속으로 이시봉이 걸어들어간 것처럼, 이시봉을 거기에 합성해놓은 것처럼, 서로를 빼닮은 두 마리의 비숑 프리제가 그들과 함께 앉아 있었다. 사진 아래 표시된 날짜는 '97. 7. 13.'이었다. 나머지 두 액자에는 강아지들의 독사진이 각각 들어 있었다.
"카이와 루시예요."
정채민 대표가 좀 가라앉은 목소리로 말했다.
"우리나라로 들어온 최초의 후에스카르 비숑 프리제."
나는 와인잔에 남아 있던 술을 한 번에 다 마셔버렸다. 그런데도 목은 점점 더 마르는 느낌이었다. 내가 외면할 수 없는 이야기가 이제 막 시작되려는 것 같았다. 이시봉의 엄마와 아빠 이야기, 그 혈통에 대한 이야기.

나는 다시 와인잔에 술을 채웠다.

6

1997년 3월 프랑스 파리8대학에 다니고 있던 정채민 대표에게 두 명의 한국인이 찾아왔다. 그들의 이름은 김상우와 박유정이었다. 두 사람은 부부였고, 정채민 대표보다는 각각 여섯 살, 네 살 나이가 더 많았다. 둘 다 파리 근교에 있는 베르사유 보자르에서 판화를 전공하고 있다고 소개했는데, 후에 정채민 대표가 알아본 바에 따르면 그 학교에 그런 이름을 가진 한국인 유학생은 존재하지 않았다고 한다. 거주지는 파리 시내에서 조금 떨어진 센생드니주의 보비니시. 그곳 아랍계 이주민 거주 지역에 위치한 오래된 아파트 칠층에 방 한 칸을 세 들어 살고 있었다.

사실 엄밀히 따지자면 그들의 인연은 그 이전 해인 1996년부터 시작되었다고 봐도 무방하다. 그해 10월 파리에 머물고 있던 한 한국인 보자르 입시 준비생이 임시 체류증 연장을 위해 크레테유 경찰청에 찾아갔다가 불법 구금되는 일이 벌어졌다. 언어적 소통 문제였는지, 행정적 착오였는지, 하루아침에 불법 체류자 신분이 된 그 유학생은 이튿날 열린 재판에서 칠 일 후 강제출국 선고를 받고 말았다. 이에 파리 소재 보자르에 다니고 있던 학생들을 중심으로 '한인 유학생 불법구속사건 대책위원회'가 꾸려졌고, 변호사 비용 마련을 위한 일일 찻집 행사가 열렸다. 그 행사에서 정채민 대표와 김상우, 박유정은 처음 만나게 된 것이다.

당시 정채민 대표는 스물네 살이었고, 영화 전공 2학년에 재학중이었다. 대학 입학 준비 기간까지 합쳐 이미 파리에서만 사년째 머물고 있었고, 집은 센강 바로 옆 16구에 위치한 방 세 칸짜리 아파트였다. 영화를 전공으로 선택했지만, 거기에 특별한 의미를 두지는 않았다. 프랑스어 과외를 받을 때 그는 집중적으로 고다르와 트뤼포의 영화를 보았는데, 그 시간들이 그대로 전공 선택에까지 영향을 끼쳤을 뿐이었다(그의 프랑스어 과외 교사가 같은 대학 영화학과 3학년 학생이었다. 그가 정채민 대표의 포트폴리오와 면접시험을 함께 준비해주었다). 서울에서 그의 유학 비용을 대주던 할머니도 딱히 반대하진 않았다.

"영화? 그걸 네가 선택했다는 거지? 그러면 됐다."

그러곤 끝이었다.

그의 할머니는 70~80년대 강남 일대 건설 현장에서 함바집을 운영하며 큰돈을 번 사람이었다. 함바집은 그 어떤 곳보다 인근 부동산 개발 정보를 빨리 얻을 수 있는 장소이기도 했다. 그의 할머니는 목돈이 생길 때마다 부동산 시행사 팀장들이 함바집에서 돼지불백을 먹다가 찍어준 땅이나 상가를 사들였고, 경매로 나온 인근 아파트와 빌라들을 낙찰받기도 했다. 80년대에 이미 수십억의 자산가가 된 그의 할머니는 그럼에도 함바집 운영에서 손을 떼지 않았다. 잠도 함바집 옆 컨테이너 박스에서 잤고, 누구보다 새벽 일찍 일어나 파를 다듬고 양파를 썰고 육수를 우렸다. 그러면서도 또 한편 건물을 사들이고, 경매에 참여하기를 쉬지 않았다(90년대 중반에는 이미 역삼동 사거리에 있는 팔층짜리 건물과 양재IC 인근의 주유소, 그리고 도산대로에 위치한 중급 규모의 호텔 지분 80퍼센트가 그의 할머니 앞으로 되어 있었다. 그 외에도 여러 채의 아파트와 상당량의 채권을 보유하고 있었다). 덕분에 신이 난 것은 할머니의 자식들이었다. 정채민 대표의 할머니는 3남 2녀의 자식을 두었는데, 부산과 청주, 순천에 각각 흩어져 살던 그들은 80년대 말부터 하나둘 서울 강남으로 이주해왔다. 그곳에서 할머니의 건물과 주유소를 관리하면서 새 차를 구입하고 골프를 치러 다니고, 바람을 피우기 시작했다. 할머니의 첫째 아들이 바로 정채민 대표의 아버지였다. 하지만 그의 아버지는 그런 호시절이 오기도 전에 자살로 생을 마감했다. 정채민 대표가 만 세 살 때의 일이었다. 그의 어머니는 식구 중 유일하게 할머니와 함께 함바집 주방에서 일한 사람이었는데, 그녀 역시 정채민 대표가 열일곱 살 되던 해 난소암으로 세상을 등졌다. 난소암 판정을 받은 지 채 반년도 지나지 않아서였다. 그의 할머니가 정채민 대표에게 갖는 애정의 크기는 딱 그만큼이었다. 호시절을 보지도 못하고 죽은 첫째 아들과 끝까지 주방에서 자신을 도왔던 며느리에 대한 안쓰러움과 미안함, 그리고 허무함이 한데 뭉쳐진 만큼의 크기. 정채민 대표는 고등학교를 졸업하기 전부터 유학을 결심했는데, 그건 더이상 자신의 삼촌과 고모와 고모부 들을 보고 싶지 않아서이기도 했다. 그들은 할머니가 정채민 대표에게 가지고 있는 마음의 크기를 누구보다 먼저 알아챘고, 그래서인지 까닭 없이 그를 미워했다. 그가 미국이 아닌 프랑스 유학을 선택한 이유도 거기에 있었다. 미국에는 이미 그의 사촌 몇 명이 유학을 떠나 있었기 때문이었다.

정채민 대표는 대학에 입학했지만, 학교생활에 큰 흥미를 느끼진 못했다. 1학년 땐 주로 영화 이론과 비평 강의를 들었는데,

그때부터 강의에 빠지는 날들이 많았다. 프랑스어를 배우기 위해서 보는 영화와, 텍스트 그 자체를 분석하기 위해서 보는 영화는 당연히 달랐다. 그는 그 시간이 좀 고통스러웠다고 말했다. 강의 시간에 다루는 영화는 주로 서사의 흐름이 뚝뚝 끊기고, 대신 침묵과 이미지와 비약이 많은 프랑스 누벨바그 작품들이 대다수였는데, 그가 고통스러웠던 이유는 그 감정들이 너무도 잘 이해되었기 때문이었다(그는 그 대목에서 잠시 트뤼포의 〈마지막 지하철〉이라는 영화에 대해서 길게 설명했다. 그 영화는 트뤼포의 필모그래피 중 그나마 '말랑말랑한' 편에 속하는 작품이라고 했는데, 이야기 말미에 세 주인공이 손을 맞잡고 커튼콜을 하는 장면에서 그는 주체할 수 없이 많은 눈물을 흘렸다고 한다. 아무도 그 장면을 보면서 울지 않았지만, 그는 그 세 주인공의 맞잡은 손에서, 그 작은 손가락의 움직임에서, 그들의 복잡한 감정을 한꺼번에 느껴버렸다고 한다. 그래서 도저히 참을 수 없었다고 말했다). 마치 감정에 메스를 들이대는 거 같잖아. 그래서 남는 게 뭐지? 잘 도려낸 감정은 어쩐지 감정 같지 않아. 그건 그냥 핏물이 빠진 고기일 뿐이지. 정채민 대표는 그런 말도 했다.

그는 학교에 가는 대신 혼자 12구에 있는 뱅센동물원을 찾을 때가 많았다. 그곳에 있는 식물원과 숲을 산책하다가 마지막엔 꼭 한참 동안 기린을 바라본 후 다시 집으로 돌아왔다. 내가 왜 파리에 있는 거지? 그는 기린을 보면서 종종 그런 생각을 했다. 그곳에 있는 이유도, 의미도 찾을 수가 없었다. 그렇다고 서울로 돌아가고 싶은 마음도 생기지 않았다. 마치 자신도 목만 비대하게 늘어나버린 것만 같은 느낌, 그래서 이곳에 옴짝달싹 못하고 갇혀버린 듯한 기분이 들었다. 기린의 목은 자꾸 써서 길어진 것일까? 그도 아니면 그냥 목 긴 기린들만 살아남은 것일까? 노력하면 무언가 변하기도 하는가? 그런데 기껏 노력한 결과가 목이 길어진 것이라면, 그건 너무 슬프지 않은가. 그는 기린을 보면서 자꾸 그런 생각을 했다고 한다.

그렇다고 정채민 대표가 외톨이처럼 내내 혼자서만 시간을 보낸 것은 아니었다. 그는 오히려 자신의 그런 내면을 들키지 않으려고 한국인 유학생들과도 종종 어울렸다. 그들과 단골 베트남 음식점에 가서 맥주를 마시기도 했고, 20구에 있는 노천시장 해산물 레스토랑을 찾아가 생굴과 문어를 먹고 돌아오기도 했다. 대학교 1학년 겨울 크리스마스 연휴에는 한국인 유학생 두 명, 그리고 그와 잠깐 연인 관계였던 같은 전공 프랑스인 여자친구와 함께 스위스에 다녀오기도 했다. 또 여름에는 스페인 그라나다와 마요르카에서 한 달 넘게 머물다가 돌아오기도 했다. 주말에는 꼬박꼬박 학교 선배와 동료들이 그의 아파트에 찾아와 펜티엄 컴퓨터로 게임을 했다. 그리고 그중 몇 명은 아예 그의 집에서 잠을 자고 돌아갔다. 정채민 대표는 소파에 앉아 그런 친구들을 무심하게 바라볼 때가 많았다. 때때로 그들과 같은 공간에 있다는 것이, 시끄러운 소음 속에 있다는 것이, 그의 마음에 안정을 가져다주었다. 그는 냉장고에 맥주를 채워주고, 그들을 위해 바닥에 매트리스를 깔아주었다. 그런 시간들 덕분인지 몰라도 정채민 대표는 주변 사람들에게 착하고, 여유롭고, 꼬이지 않은 사람으로 통했다. 모 재벌의 아들이라는 소문도 있었고, 여당 국회의원의 혼외 자식이라는 말도 돌았다. 공부에 딱히 열의가 있는 학생으로 비치진 않았는데, 그런 유학생은 주위에 한둘이 아니었다. 술을 진탕 마시고, 당장 죽을 것처럼 연애하고, 돈에 쫓기고, 심지어 약을 하고 사기를 치다가 밑바닥까지 떨어진 사람도 여럿이었다.

당시만 해도 파리에서는 한국인 유학생 커뮤니티가 활발하게 작동되고 있었다. 한인 유학생 신문도 발행되었고, 각 대학교와 보자르마다 한인 학생회가 따로 조직되어 있기도 했다. 정채민 대표가 '한인 유학생 불법구속사건 대책위원회' 주최의 일일 찻집 행사에 나가게 된 것도 그런 관계들의 일환이었다. 그는 동료들과 그 자리에 나가 한인 유학생 신문사 편집국장과 기자가 하는 말을 귀담아들었고, 행사가 끝날 무렵엔 지갑에 들어 있던 현금을 모두 꺼내 성금으로 냈다. 그날 모인 성금은 총 칠천이백 프랑이었는데, 그중 이천오백 프랑이 그가 낸 돈이었다. 정채민 대표는 몰랐는데, 바로 그 자리에 김상우와 박유정도 함께 있었다고 했다.

 정채민 대표는 처음 자신의 아파트로 찾아온 김상우와 박유정의 모습을 또렷하게 기억하고 있었다. 3월답지 않게 몹시 추운 날이었다. 전날부터 하늘이 우중충하더니 기어이 그날 새벽 무렵엔 눈이 쏟아져내렸다. 아파트 거실 창문에서 내려다보이는 센강 선착장과 산책길은 이미 그 경계가 모두 사라져 있었고, 강물은 더 검푸른 빛을 띠고 있었다. 오전 열한시쯤 초인종이 울려 나가보니 머리에 눈을 맞은 그들이 서 있었다. 김상우는 좀 빛바랜 파란색 파카 차림이었고, 박유정은 베이지색 코트에 진회색 털장갑을 끼고 있었다. 둘 다 얼굴은 벌겋게 얼어 있었지만, 두 눈만은 어떤 기대와 흥분과 염려 때문인지, 혹은 그냥 그날 맞은 눈 때문인지 유난히 더 검어 보였다고 한다.
 김상우는 정채민 대표에게 작년 일일 찻집 행사 이후 이야기부터 꺼냈다. 그때 불법 체류자 신분이 된 유학생이 바로 자신들이 다니던 보자르에 입학하기로 한 친구였다는 것, 사실 그 학생의 포트폴리오와 면접시험 준비를 도와주던 과외 교사가 바로 자신이라고 소개했다. 그후 대사관 직원들이 나서서 신원보증을 서고, 법원에서도 강제 출국 조치를 번복했는데, 돌연 그 학생이 그냥 한국으로 출국하겠다는 뜻을 전했다고 했다. 낮선 외국의 경찰청에 구금되어보고 나니, 이곳에 대한 모든 기대와 환상이 그대로 사라져버렸다고, 주위 사람들이 아무리 설득해봐도 통하지 않았다는 것이다. 그러자니 모인 성금이 문제였다. 성금을 낸 사람들한테 다시 돌려주자는 의견과 원래 목적대로 그 학생을 위해 쓰자는 주장이 대립했는데, 결국에는 그 학생의 한국행 비행기 티켓을 사는 데 사용되었다. 김상우는 그 결정이 소수에 의해 내려진, 잘못되고 게으른 판단이라고 말했다. 정채민 대표는 그가 말하는 동안 묵묵히 침묵을 지키고 앉아 있었다. 이따금 고개를 끄덕거렸지만, 머릿속에는 계속 한 가지 생각만 떠올랐다고 한다. 이 사람들은 도대체 누구지? 나한테 뭘 바라고 찾아온 거야?

김상우가 그 궁금증을 바로 풀어주었다.

우선 '펫시터'에 대한 일. 김상우와 박유정은 학교를 다니면서 아르바이트로 펫시터 일을 했다고 말했다. 같은 아파트에 사는 튀니지 출신 관리인의 소개로 일 년 전부터 시작했는데, 휴가를 가거나 급한 출장을 떠나는 사람들을 대신해 그들의 강아지를 일주일, 혹은 이삼 일씩 돌봐주는 일이었다. 때때로 두세 시간씩 강아지 산책을 대신 시켜달라는 의뢰도 들어왔는데, 그건 그리 흔한 일은 아니었다고 한다. 휴가철엔 두세 마리의 강아지를 한꺼번에 돌보기도 했고, 주말에는 오를리공항에까지

나가 강아지를 받아오는 경우도 있었다. 하지만 그렇게 버는 돈은 겨우 방세를 낼 정도의 수준이었다는 게 김상우의 설명이었다. "더 큰 문제는 일이 들어오면 다른 건 아무것도 할 수 없다는 거예요." 박유정도 그때부터 말을 보탰다. 학교를 갈 수도 없고, 다른 아르바이트를 같이 할 수도 없는 일이죠. 강아지들은 예쁘고 육체적으로 그렇게 힘든 일은 아닌데, 그런 단점은 있었어요. 부르면 언제든 강아지처럼 달려가야 한다는 거, 그러고도 돈은 얼마 벌 수 없다는 거……

김상우와 박유정은 번갈아가며 학교를 휴학하고 복학하기를 반복하다가 그냥 모든 걸 다 정리하고 한국으로 돌아갈 마음을 먹었다고 했다. 더이상 쥐가 나오는 방에서 사는 것도 싫고, 수압이 낮은 세면대에 서서 꿈지럭대며 세수하는 것도, 아침마다 고장난 라디에이터에 시린 손을 대보는 것도 지겨워졌다고, 후에 그들의 사이가 좀더 친밀해지고 난 뒤 박유정은 정채민 대표에게 담담한 목소리로 말해주었다. 무엇보다 강아지와 함께 산책을 하고, 그 강아지의 똥을 치우고, 그 강아지의 사료를 챙기다보면, 내가 지금 파리까지 와서 무엇을 하고 있는지, 무엇을 하려고 여기까지 왔는지, 이 강아지는 도대체 나에게 어떤 존재인지, 그러지 않으려고 했는데도 자꾸 멍한 상태가 되었고, 종내에는 알 수 없는 분노가 치밀어오를 때가 많았다고, 이러다가 어떤 사고를 치게 될까봐 두려운 마음도 들었다고 했다.

그렇게 한국행 결정을 내린 후, 집주인한테 방을 빼겠다고 통보까지 한 김상우와 박유정에게 뜻하지 않은 제안이 들어온 것이었다. 가끔 그들에게 비숑 프리제 두 마리를 맡기던 프랑스 남부 뤼베롱 출신의 마리네트 피숑이라는 여자에게서 받은 제안이었다.

"그러면서 그때 나한테 처음 카이와 루시 사진을 보여준 거예요. 태어난 지 채 한 달도 되지 않은 카이와 루시를……"
정채민 대표는 액자 속 사진을 바라보면서 말했다.
"눈도 제대로 뜨지 않은 아가들 사진이었는데, 솔직히 말하면 난 그땐 자세히 보지도 않았어요. 아예 관심이 없었으니까요."

김상우와 박유정이 받은 제안은 이런 것이었다.
특별한 혈통을 지닌 비숑 프리제가 있다. 부르봉 왕가의 보살핌을 받던 강아지인데, 나폴레옹 시대와 제1차세계대전, 제2차세계대전을 거치면서도 소수의 사람들의 각별한 노력으로 어렵게 그 혈통을 이어왔다. 후에스카르 비숑 프리제라고 한다. 1978년부터 프랑스 비숑 프리제 협회에서도 그 강아지의 혈통을 정식으로 인정, 따로 인증서를 발급하기 시작했다. 하지만 아직 사람들에겐 많이 알려지지 않았다. 후에스카르 비숑 프리제를 키우는 사람들이 그 존재를 세상에 알리길 꺼렸기 때문이다. 우리 고향 마을 뤼베롱이 바로 그 후에스카르 비숑 프리제들이 모여 사는 곳이다. 얼마 전, 내 사촌이 키우는 비숑 프리제가 새끼 여섯 마리를 낳았다. 그 사촌은 뤼베롱을 떠나 파리에서 정식으로 헤어 디자이너가 되길 바라고 있다. 헤어 디자이너 스쿨도 다 알아놓은 상태이다. 혹시 주변에 특별한 강아지를 키우고 싶은 사람은 없나? 당신들은 펫시터이니까 그래도 나보단 많이 알 거라고 생각하는데…… 사진도 여기 따로 갖고 있다. 단, 이 강아지는 다른 강아지들에 비해서 가격이 많이 비싸다. 또 은밀하게 거래할 수밖에 없다. 물론 당연히 태어나자마자 인증서를 발급받은 강아지들이다.

"두 마리를 데리고 오는 조건으로 칠만 프랑 얘기를 꺼내더라구요."

정채민 대표가 그렇게 말했을 때, 내가 조심스럽게 물어보았다.

"칠만 프랑이면 우리나라 돈으로……?"

"그때 당시 환율로 따지면 한 천만원쯤 됐을 거예요."

나는 그렇구나, 천만원이구나, 생각하면서 고개를 끄덕거렸지만, 살짝 놀란 것도 사실이었다.

김상우는 마리네트 피숑의 제안을 받자마자 계산을 해보았다. 그 강아지들을 한국으로 안전하게 데리고 들어갈 수만 있다면, 그럴 수만 있다면…… 프랑스 왕가가 보살폈던 강아지, 한국엔 없는 비숑 프리제라는 낯선 품종, 거기에 프랑스 비숑 프리제 협회가 정식으로 발급한 인증서까지…… 그는 그 강아지들은 무조건 돈이 된다고 생각했다. 1988년 서울올림픽 이후, 한국에서도 애견 인구가 서서히 늘어나고 있었다. 여전히 서울 강남이나 신촌, 종로 한복판에선 개고깃집들이 버젓이 간판을 내걸고 영업하고 있었지만, 또 한편에선 몰티즈나 치와와, 슈나우저를 집안에서 키우는 사람들이 생겨나고 있었다. 개를 먹는 사람이 있었고, 개와 함께 잠드는 사람도 있었다. 애견숍도 등장하기 시작했고, 흔하진 않았지만 애견 미용실이 개업했다는 뉴스를 본 적도 있었다. 만약 그 강아지들을 한국으로 데리고 들어가 번식에 성공할 수만 있다면, 개체수를 더 늘릴 수만 있다면…… 김상우는 그 가능성을 고민하다가 정채민 대표를 찾아온 것이었다. 칠만 프랑과 한국으로의 통관 절차를 해결해줄 수 있는 사람, 재벌의 아들이라고 소문난 유학생, 낯선 유학생을 위해 그 자리에서 선뜻 이천오백 프랑을 성금으로 낸 사람.

정채민 대표는 그 자리에서 그 제안에 별 관심이 없다는 의사를 분명히 전했다고 한다. 별안간 강아지라니…… 그는 속으로 비웃었다. 이 사람들이 나를 천진난만하게 보고 있구나, 그럴 수도 있겠지. 하지만 정채민 대표는 끝까지 예의를 갖춰 그들을 대했다. 김상우는 계속해서 그를 설득했다. 그 강아지들은 당연히 모두 정채민 대표의 소유로 할 것이다, 한국으로 돌아가 새끼를 낳을 때까지 우리들이 모두 책임질 것이다, 나중에 강아지들이 새끼를 낳으면 그중 한 쌍만 우리 소유로 돌려주면 된다, 정 미덥지 않으면 차용증을 쓰고 우리에게 돈을 빌려주는 형식으로 해도 괜찮다, 경기도 파주에 아버지가 물려준 내 명의의 땅이 조금 있다, 그걸 담보 잡아도 좋다, 다른 걸 다 떠나서 사실 이건 굉장히 의미 있는 일이라고 생각한다, 어쨌든 새로운 품종을 한국에 전파하는 일이지 않은가.

그날의 대화는 거기에서 끝났다. 정채민 대표는 "제가 아직 학생 신분이라서요. 어쨌든 저도 주변에 관심을 가질 만한 사람이 있는지 알아볼게요"라는 말로 인사를 대신했다. 김상우와 박유정은 차를 한 잔 마시고, 아파트 거실 창밖의 눈 내리는 센강을 잠시 바라보다가 자리에서 일어섰다. 그들이 정채민 대표의 아파트에 머문 시간은 채 한 시간도 되지 않았다. 그들은 다시 지하철을 타고 보비니시에 있는 라디에이터가 작동되지 않는 자신들의 어둡고 추운 방으로 돌아갔다.

이상한 사람들이네……

정채민 대표는 김상우와 박유정이 돌아가고 난 뒤에도 계속 그들의 얼굴을 떠올렸다. 아무리 급하다고 해도 그렇지, 어떻게 저럴 수가 있지? 딱 한 번 본 사이인데, 나는 기억도 안 나는데,

어떻게 느닷없이 찾아와서 그런 부탁을 할 수가 있지? 정말 부부가 맞긴 맞을까? 여유도 없는데, 어떻게 부부가 같이 유학 올 생각을 한 거지? 그러니 결국 저렇게 된 게 아닐까? 여유가 없으면 이상해지고 뻔뻔해지는 것. 거기에까지 생각이 미치자 정채민 대표는 그들 부부가 조금 안쓰럽기도 했다. 가난하고 이상한 사람들, 가난하니까 이상해지는 사람들…… 뭐라도 챙겨서 보낼 걸 그랬나? 그는 순수한 선의로 그들의 뒷모습을 떠올렸고, 또 걱정했다. 자신의 마음속에 남은 어떤 감정의 찌꺼기가 다 그 선의로만 이해되었다. 그는 그런 적이 많았으니까, 그 찌꺼기 때문에 누군가를 돕기도 했으니까.

그렇게 마무리된 줄 알았던 그들과의 인연은 그로부터 삼 주가 지난 3월의 마지막 주 목요일, 김상우가 정채민 대표의 아파트로 찾아오면서 다시 이어지게 되었다. 밤 열시가 막 넘었을 때였고, 이번엔 박유정 없이 김상우 혼자 왔다. 그는 다급하게 뛰어왔는지 아파트 현관 안으로 들어오고 난 뒤에도 계속 호흡을 골랐다. 한 손엔 커다란 켄넬을 들고 있었는데, 정채민 대표는 그땐 그게 무엇인지도 잘 몰랐다고 한다. 김상우는 신발도 벗지 않고 그 자리에 선 채 사정을 설명했다. 사실 마리네트 피송이라는 여자한테서 아예 위탁을 받았다. 한 달 동안 강아지들을 데리고 있으면서 구입할 사람을 알아봐준다면 판매대금의 10프로를 받기로 했다. 한데 지금 우리가 아예 방을 뺀 상태이다. 2구 쪽에 있는 게스트하우스에 임시로 머물고 있는데, 그제까지는 아내가 예전에 일했던 이탈리안 레스토랑 사장이 강아지들을 돌봐주었다. 일과 시간엔 아내가 강아지들을 챙기는 조건으로 식당 지하 창고에 자리를 마련해주었다. 한데, 요 며칠 아내가 몸이 안 좋아서 식당엘 가지 못했다. 나라도 대신 갔어야 했는데, 사실 나도 지금 한국으로 돌아가는 경비를 마련하기 위해 인근의 앙리뒤낭병원에서 의약품 폐기와 야간 청소 일을 하고 있다. 오늘 이탈리안 레스토랑 사장이 강아지들을 데리고 가지 않으면 그대로 동물보호센터에 맡기겠다고 연락을 해와 이렇게 급하게 받아오는 길이다. 정말 미안한데 일주일, 아니 사흘만이라도 강아지들을 맡아줄 수 없겠는가? 사정이 워낙 급해서 그런다······

그 말을 다 들은 정채민 대표는 짜증이 솟구쳤다. 이 사람들이 진짜 나를 어떻게 보고 이렇게 함부로 대하지? 내가 정말 우습나? 내가 개 따위나 돌보고 있을 만큼 한가해 보이나? 이렇게 밤늦은 시간에 찾아와서 기껏 한다는 소리가······ 이 사람들은 이상한 게 아니고, 그냥 무례한 사람들이었구나. 정채민 대표는 인상을 쓰고 화를 내려고 했다. 남 앞에서 자신의 감정을 드러내는 것을 조심스러워했지만, 그땐 정말 폭발할 것만 같았다. 멱살을 잡고 한쪽 벽으로 몰아세우고 싶었다. 하지만 결과적으로 그는 그러지 못했다. 켄넬에서 무언가를 긁는 듯한 작은 소리가 들렸고, 달그락거리는 소리도 들렸기 때문이었다. 저게 뭐지? 신경이 날카로워진 정채민 대표는 그쪽으로 시선을 돌렸다가…… 그만 카이와 루시, 그 작고 어린 아이들과 눈이 딱 마주치고 말았다. 앞발을 든 채 무구한 표정으로 자신을 바라보고 있는 새끼 강아지 두 마리와.

"부탁 좀 드리겠습니다. 제가 지금 출근 시간이 늦어서……"

김상우는 그 말을 남기고 도망치듯 아파트를 빠져나갔고, 정채민 대표는 카이와 루시와 함께 덩그러니 집에 남겨졌다. 그는 켄넬을 그대로 현관문 앞에 둔 채 거실 소파로 돌아와 앉았다. 김상우가 다시 찾으러 올 때까지 그냥 거기에 놔둘 작정이었다. 켄넬 문을 열어보지도 않을 작정이었다. 하지만 얼마 가지 못해 정채민 대표는 다시 그 앞에 다가가 쪼그리고 앉았다. 그리고 한참 동안 카이와 루시를 바라보았다. 그래도 물은 줘야겠지. 그가 천천히 켄넬 문을 열자, 카이와 루시는 잠시 그 자리에 웅크리고 앉은 채 경계하는 눈빛으로 그를 바라보았다. 그러다가 한 발 한 발 그의 거실로 걸어나왔다. 그때 이미 모든 미래가 결정된 것이나 다름없었다. 정채민 대표는 그렇게 말했다. 강아지를 키워본 사람이라면 다 알 거예요. 그러면 다 끝났다는 걸.

물을 다 마신 강아지들은 짐짓 관심 없는 척 소파 아래 앉아 있던 정채민 대표의 다리 위로 꼬물꼬물 기어올라왔다. 그러곤 갸우뚱 고개를 한쪽으로 기울이며 그와 눈을 맞췄다. 손가락만 한 작은 꼬리를 연신 팔랑거렸고, 몸을 한껏 웅크렸다가 자꾸 점프를 하려고 노력했다. 그러다가 또 자기 앞발을 열심히 핥는가 싶더니, 그대로 잠들어버렸다. 정채민 대표는 강아지들이 자신의 다리 위에 올라왔을 때부터 그 자세 그대로 움직이지 못했다. 자신이 지금 꼼짝도 못하고 있다는 것도 의식하지 못한 채, 한곳만 뚫어져라 바라보고 있는 자신의 표정이 어떤지도 알지 못한 채 미소 짓고 있었다. 그는 이런 말을 하기도 했다.

"그러니까 새끼 강아지 두 마리와 같은 공간에 있다는 게, 그게 얼마나 위험한 일인지…… 그땐 미처 몰랐던 거죠."

그는 카이와 루시가 자신의 아파트에 온 처음 일주일 동안 거의 외출하지 않았다. 학교도 가지 않았고, 뱅센동물원 쪽으로 산책하러 나가지도 않았다. 주말에 집으로 찾아온다는 친구들에게도 곤란하다는 말을 전했고, 일주일에 한 번씩은 꼬박꼬박 들르던 단골 쌀국숫집에도 가지 않았다. 딱 한 번 아파트에서 가까운 15구에 있는 애견용품점에 들러 간식과 사료와 장난감을 샀고, 바로 옆 서점에서 『강아지가 좋아하는 모든 것』『우리 강아지 건강하게 키우는 법』같은 책을 구입했다. 그는 바로 아파트로 돌아왔고, 현관문을 열자마자 자신에게로 달려와 그 앞에서 뱅뱅 도는 카이와 루시를 보면서 어찌할 바를 몰랐다. 그건 그가 살면서 한 번도 경험해보지 못한 환대였다. 언제나 빈 집이었는데, 그건 서울에서도 마찬가지였는데…… 정채민 대표는 장을 본 가방을 아무렇게나 내려놓은 채 그 자리에 쪼그려 앉았다. 그러곤 강아지들에게 말을 건넸다. 많이 기다렸니? 아니, 나는 빨리 온다고 했는데…… 정채민 대표는 그러지 않아도 되는데 계속 카이와 루시에게 사과했다. 누군가에게 그렇게 사과를 해보는 것도 그에겐 처음 있는 경험이었다. 그는, 그건 누군가를 사랑해보지 못했다는 말과도 같은 뜻이라고 했다.

"일주일쯤 지난 뒤에 김상우와 박유정이 찾아왔는데, 나는 시간이 그렇게 흘렀는 줄도 몰랐어요. 저 사람들이 왜 벌써 왔지? 의문이 들 정도였죠. 나는 바로 김상우와 박유정에게 내 뜻을 전했어요. 이 강아지들은 내가 데리고 있겠다. 그쪽에서 말한 돈도 내가 다 지불하겠다. 단, 나는 이 강아지들로 돈을 벌 생각은 없다. 한국에 새로운 품종을 소개하고 거기에 무슨 의미를 두고, 그런 거 난 모른다. 새끼를 낳아서 그중 몇 마리를 다른 사람한테 준다? 난 그런 짓도 안 한다. 나는 그냥 이 아이들과 함께 있을 것이다. 온전히 내가 모든 책임을 질 것이다……"

정채민 대표는 그렇게 말했지만, 뜻밖에도 김상우가 그 제의를 거절했다. 김상우는 그렇게는 할 수 없다고 고개를 내저었다. 그건 어떤 고민 끝에 나온 제스처가 아니었다. 이미 단단한 돌처럼 굳어버린 마음 같은 것이 그의 얼굴에서 느껴졌다. 생각이 바뀌었다. 이제 내가 기댈 수 있는 건 이 강아지들뿐이다. 판매대금 10프로를 받고 끝낼 순 없다. 지금 한국의 친척들과 지인들에게 돈을 융통하고 있다. 곧 해결될 것이다. 일주일 동안 강아지들을 돌봐준 건 고맙지만 그렇다고 당신 뜻대로 해줄 순 없다. 우린 이미 학업도 포기한 사람들이다. 이런 식으로 아무것도 없는 상태로 한국에 돌아갈 순 없다…… 김상우가 그렇게 말하는 동안 박유정은 그 옆에서 카이와 루시에게 손을 내주고 있었다. 그녀는 정말 며칠 앓은 사람처럼 핼쑥해 보였는데, 그래서 어떤 자포자기의 심정이 엿보이기도 했다.

"그럼, 내가 어떻게 해야 하죠……?"

어느 정도 시간이 지난 뒤에 정채민 대표는 그 모든 것이 다 김상우의 계획이었을지도 모른다고 생각했지만, 당시에는 그런 의심이나 불신 같은 것을 따질 수 있는 정신이 아니었다. 의심이라니, 그는 이미 비현실적이고 비이성적인 세계에 발을 디딘 상태였고, 자신이 그동안 누리고 있던 현실이라는 것이 얼마나 허약한 것이었는지 실감하고 있었다.

"처음에, 애초에 말한 대로 하면 되는 건가요? 그렇게라도 하면 되는 거예요? 네?"

정채민 대표는 거의 간청하듯 말했다고 한다.

결과적으로 모든 것이 다 김상우의 뜻대로 되고 말았다.

정채민 대표는 생애 처음으로 할머니 몰래, 할머니가 그의 명의로 만들어준 주식거래 통장에 손을 댔고, 그 돈으로 카이와 루시의 몸값을 지불했다. 한국으로의 통관 절차를 손쉽게 할 요량으로 상사 주재원이었던 친구 아버지 앞으로 카이와 루시를 등록했고, 그 일을 위해 따로 전직 세관 직원을 만나 저녁을 먹기도 했다. 그래도 그는 전혀 불만이 없었다. 아파트 현관문을 열면 언제나 카이와 루시가 그를 기다려주고 있었다. 그 작은 혀로 그의 뺨을 핥고, 그의 품에 안기려고 폴짝폴짝 뛰어올랐다. 그는 언제나 카이와 루시가 무엇을 원하고 느끼고 생각하는지 궁금해했고, 그 관심이 자신의 삶을 전에 없는 보람과 기쁨과 근심으로 가득 채운다는 사실을 알게 되었다. 자신의 삶이 이렇게 변할 수 있다는 것이, 그 변화가 불과 한 달 만에 일어났다는 것이 믿어지지 않았다. 침대에서 자다가 문득 발밑을 내려다보면 거기에 잠들어 있는 작은 강아지 두 마리, 그 깜짝 놀랄 만한 존재들. 그는 그 감정을 오랫동안 기억했다. 감정은 언제나 시간과 연결되어 있는 것. 우리가 아무 생각 없이 말하는 순간의 감정이라는 것도 사실은 과거와 현재와 미래가 서로 뒤엉키면서 만들어내는 착각에 불과하다는 것. 그래서 그는 시간이 흐를수록 카이와 루시에 대한 감정은 더 커지고 깊어질 수밖에 없었다고, 자신의 현재는 오직 그 시간으로부터 흘러온 것에 불과했으니까…… 거기에 대해서도 아무런 후회가 없다고 말했다.

김상우와 박유정하고도 그뒤로는 꽤 친한 사이가 되었다. 어쨌든 그들로 인해 카이와 루시를 만나게 되었고, 이후에도 계속 만날 수밖에 없는 상황이 되어버렸으니까. 정채민 대표는 그들을 '상우 형' '유정이 누나'로 불렀다. 김상우와 박유정은 주말마다 그의 아파트에 들러 카이와 루시와 함께 시간을 보냈다.
"파리에 있는 하우스 같은 걸 한국에서도 만들어볼 생각이야. 강아지들을 위한 하우스."
김상우는 자신의 계획에 대해서도 말해주었다. 엄격하게 혈통을 보존하고, 소수의 사람들에게만 분양해주는 사업. 분양하고 난 뒤에도 계속 회원제 서비스를 할 것이고, 강아지들을 위한 호텔도, 병원도, 납골당도 만들 것이라고 했다. 정채민 대표는 지금의 앙시앙 하우스가 그때 김상우가 말한 사업과 크게 다르지 않다는 것을 숨기지 않았다. 그게 카이와 루시를 위해서도 좋은 거라고, 또 의미도 있는 일이라고, 스물네 살의 정채민 대표는 같은 생각을 했다고 덧붙였다.
박유정과도 종종 따로 이야기할 기회가 있었다고 했다.
"사실, 난 상우씨가 하는 일이 마음에 들진 않아."

김상우가 없을 때, 박유정은 그렇게 말했다.
"그게 정말 가능할까……? 우린 아무것도 가진 게 없는데……"

박유정은 묵고 있는 게스트하우스에서 가까운 한국 음식점 주방에서 일하기 시작했고, 김상우는 계속 앙리뒤낭병원에서 일했다. 김상우가 한국으로 들어가기 바로 직전, 그 마지막 보름 동안엔 정채민 대표의 아파트에서 셋이 함께 살기도 했다. 정채민 대표가 그들을 위해서 그렇게 배려했다. 그들은 같이 영화를 보기도 했고(트뤼포의 〈마지막 지하철〉도 그중 하나였다), 소파에 나란히 앉아 술을 마시기도 했으며, 카이와 루시를 데리고 시트로앵공원으로 함께 산책을 나가기도 했다. 정채민 대표는 그들을 데리고 자신의 단골 쌀국숫집을 찾아가기도 했는데, 김상우와 박유정은 파리에 온 이후 처음 쌀국수를 먹어봤다고 말했다.

원래의 계획은 이랬다. 김상우가 먼저 카이와 루시를 데리고 7월 중순에 한국으로 들어가고, 그뒤에 박유정이 파리 생활을 정리하고 따라가는 것(그녀는 한국 음식점에서 8월 말까지 일하기로 계약이 되어 있었다). 정채민 대표는 일단 파리에 머물면서 계속 연락을 주고받다가 크리스마스 연휴 때 한국에 들어가 카이와 루시를 만나기로 했다. 그는 당분간 그런 식으로 방학과 휴가를 이용해 프랑스와 한국을 오갈 작정이었다. 3학년 학부 수업을 모두 마칠 때까지만 김상우와 박유정이 강아지들을 돌봐주는 것. 그에 대해 약간의 수고비를 보태주는 것까지. 그게 애초에 그들이 약속한 내용이었다.

김상우의 한국행 이틀 전엔 카이와 루시를 데리고 단체사진을 찍었다. 그건 김상우의 갑작스러운 제안이었다. 저녁 무렵, 카이와 루시를 목욕시키고 난 뒤였다.

"모두 이쪽으로 모여봐."

김상우는 카메라 삼각대를 세우며 말했다.

"기록으로 남겨놔야지. 한국으로 들어가는 최초의 비숑 프리제인데."

카메라의 타이머가 돌아가는 동안 카이와 루시는 의젓하게 자세를 취하고 앉아 정면을 바라보았다. 김상우가 "무슨 독립운동 하러 가는 것 같네"라고 말해 모두가 소리 내 웃기도 했다. 분명 그런 순간도 있었다. 그 순간에도 정채민 대표는 자꾸 마음이 무거워졌는데, 그건 당분간 카이와 루시와 떨어져 지낼 수밖에 없다는 사실, 오직 그 생각 때문이었다. 학교 졸업하는 게 뭐 대수라고…… 정채민 대표는 자꾸 그런 생각이 들었다.

"그게 거의 마지막이었어요. 그 다음다음 날 김상우가 카이와 루시를 데리고 비행기를 탔고, 박유정도 아파트에서 짐을 빼 한국인 유학생들이 모여 사는 셰어하우스로 들어갔으니까요. 한꺼번에 모두 사라지고 다시 나 혼자 남은 거죠. 그날 내가 술을 좀 많이 마셨어요. 나도 그냥 다음날 비행기를 타고 한국으로 들어갈까? 친척들이 뭐라고 그래도, 그런 거 신경쓸 거 뭐 있다고…… 계속 그런 생각을 하다가 주저앉고, 다시 짐을 쌌다가 크리스마스 연휴까지 날짜를 헤아려보고……"

그래도 처음 한 달 동안은 김상우와 자주 전화 통화를 했다고 한다. 김상우는 한국에 도착하자마자 무사히 잘 들어왔다고 연락을 해왔고, 이틀 뒤에는 파주 부모님 댁에 카이와 루시의 거처를 마련했다는 소식을 전해왔다. 그때는 지금과 같은 인터넷 환경이 아니어서 카이와 루시의 얼굴을 바로 볼 수도, 볼 방법도 없었지만, 때때로 통화 도중 왈왈 짖는 아이들의 목소리는 들을 수 있었다. 그 목소리만으로도 그는 오랫동안 수화기를 붙들고 서 있을 수 있었다.

박유정도 주말 저녁마다 정채민 대표의 아파트에 들러 김상우와 통화하곤 했다. 국제통화료가 신경쓰여서인지 그녀는 짧게 묻고 짧게 대답했는데, 그때마다 정채민 대표는 자리를 피해주었다. 박유정은 정채민 대표에게 막상 한국으로 돌아갈 때가 되니까 여기 생활이 왠지 그리워질 것 같다고, 쓸쓸한 표정을 지어 보이기도 했다. 자기는 이제 파리나 서울이나 다 똑같다고, 별다른 기대도 없다는 말도 했다. 하지만 정채민 대표는 그 말을 귀담아듣지 않았다. 그는 하루라도 빨리 파리 생활을 끝내고 싶어했다. 조금이라도 일찍 카이와 루시를 만나고 싶었다. 한국으로 돌아가고 싶은 마음, 그 마음이 생겼다는 게 그에 겐 중요했다.

하지만, 그 모든 마음이 산산조각난 것은 그로부터 두 달이 지난 9월 초의 어느 날이었다. 김상우와 일주일 동안 계속 연락이 되지 않아 그는 주말이 되기도 전에 박유정이 일한다는 한국 음식점을 찾아갔다. 애들한테 무슨 일이 생긴 것은 아닐까? 그는 내심 불안한 마음이 들었지만, 그래도 별일 아닐 거라고 스스로를 다독거렸다. 어쨌든 박유정도 여기 있으니까. 그는 박유정을 통해서 소식을 전해들을 수 있을 거라고 생각했다. 무슨 일이 생기면 그녀와 함께 한국으로 들어가면 되니까…… 그들은 부부이니까……

오십대 중반의 한국 음식점 사장은 박유정의 이름을 듣자마자 통명스럽게 이런 말을 전했다.

"박유정씨는 이틀 전에 한국으로 떠났는데요? 말 안 했어요?"

정채민 대표는 그 말을 듣고도 한참 동안 움직이지 않고 같은 자리에 서 있기만 했다. 그러다가 다시 천천히 그의 아파트를 향해 걸어가기 시작했다. 모든 게 다 명백해진 순간이었다. 햇볕이 뜨거운 대낮이었는데, 그는 마치 눈이 먼 사람처럼 자주 행인들과 가로수에 부딪혔다. 그래도 울진 않았다. 정채민 대표는 예전에도 그런 감정을 느껴본 적 있었다. 고등학교에 다닐 때였는데, 3교시가 끝나자마자 담임이 어서 빨리 집으로 가보라고 조퇴를 시켜준 날이었다. 그는 혼자 교문을 빠져나와 햇살 가득한 강남의 거리를 걸었다. 평상시와 다르게 도로와 인도는 한가했다. 유치원에 다니는 듯한 아이가 엄마 손을 잡고 걸어가는 것이 보였다. 그는 그 조퇴가 무슨 뜻인지 잘 알고 있었다. 걷다가 어느 순간부터 뚝뚝, 눈물을 흘리기 시작했는데, 그래도 아무도 그에게 다가와 무슨 일인지 묻지 않았다. 엄마가 죽은 날이었다. 그날의 그 감정이 파리에서도 똑같이 찾아왔지만, 그러나 그는 울지 않았다. 아직 모든 걸 잃어버린 것은 아니라고 스스로를 다독거릴 수 있었기 때문이었다. 아직 죽은 것은 아니니까……

―

거기까지 이야기한 정채민 대표는 손가락으로 톡톡 테이블을 두들겼다. 박자를 맞추듯 일정한 속도였는데, 나는 그래서 그가 지금 자신의 마음을 다스리려 애쓰고 있다는 것을 느낄 수 있었다. 그건 누가 봐도 심장박동과 같은 리듬이었다.

"재미없죠, 이런 얘기?"

그가 나를 슬쩍 한번 바라보며 물었다.

나는 대답 대신 빈 잔을 채우려고 와인병을 기울였다가 어느새 그것 또한 비었다는 것을 알게 되었다. 그가 일어나서 새 와인을 가져왔다.

"나도 잘 안 하는 이야기인데……"

그가 내 옆에 서서 와인을 따라주었다.

"그럼 그뒤엔 어떻게 됐죠?"

"뭐, 폐인처럼 살았죠."

정채민 대표는 다시 자리에 앉으면서 말했다. 그는 좀 지쳐 보였다. 그래서 처음과는 달리 차분해 보이기도 했다.

"남들이 보기엔 아무렇지도 않았을 거예요. 좀 오래 걸리기는 했지만 학교도 무사히 졸업했고…… 그렇게 육 년을 거기에서 더 살았으니까요."

나는 고개를 끄덕거렸다.

"한데 공식적인 게 그렇고…… 사실 그 기간 동안 한국에 더 많이 들어와서 지냈어요. 금요일에 한국에 들어왔다가 다시 화요일에 파리로 돌아가고…… 할머니나 다른 친척들은 몰랐죠. 강남 쪽은 얼씬도 안 했으니까. 공항 근처에 있는 허름한 모텔에서 자고, 그러다가 다시 파리로 떠나고…… 그러다보니 몸도 말이 아니었죠."

"그럼 그뒤로 카이와 루시는……?"

"못 만났어요. 흔적도 없이 사라졌죠. 사람을 고용해서 찾아보기도 했는데…… 다 돈만 받고 허탕만 치고…… 계속 기대만 하게 만들고……"

그는 다시 액자 속 사진을 내려다보았다.

"할머니가 돌아가시고, 파리 생활 모두 정리하고 돌아와서 만든 게 앙시앙 하우스예요. 이상하게도 난 그때까지만 해도 얘들을 다시 만날 수 있을 거란 확신이 있었거든요. 얘들을 다시 만나면 어떻게 해줄까? 계속 그런 계획만 세우고…… 우리 직원들이요, 사실은 몇 년 전까지만 해도 카이와 루시를 찾는다고 전국 안 가본 데 없이 다 돌아다녔어요. 울릉도까지 가봤으니까요…… 그러다가 내가 먼저 이제 그만하자고 했어요. 따지고 보면 이십 년이 넘은 일인데…… 이 아이들이 살아 있을 리도 없고…… 직원들한테 미안하기도 했구요."

나는 갑자기 이시봉이 보고 싶어졌다. 이시봉은 점심을 먹고 지금 무얼 하고 있을까? 올리브하고 뛰어놀고 있을까? 이시봉은 내일 또 멀리 차를 타고 가야 하는데……

"그랬는데 갑자기 그쪽 강아지가 기적처럼 나타난 거예요. 난 모든 걸 다 잊고 살았는데……"

정채민 대표가 내 얼굴을 보면서 말했다.

"그게 어떤 의미인지는 아시죠? 카이와 루시가 어딘가에서 잘 살았다는 거, 그 아이들의 아이들이 태어났다는 거…… 그걸 그쪽 강아지가 증명해준 거예요."

정채민 대표와 나는 테이블에서 일어났다.

시간이 꽤 흘러 있었다. 와인 때문인지 나는 살짝 현기증을 느꼈는데, 그렇다고 제대로 걷지 못할 정도는 아니었다. 테이블에는 정채민 대표가 갖고 온 액자가 그대로 남아 있었다. 나는 다시 한번 그 사진을 바라보았다. 웃고 있는 젊은 시절의 정채민 대표 얼굴이 계속 눈에 들어왔다.

"고마워요."

정채민 대표가 악수를 청하면서 말했다.

"나, 오늘 정말 좋았어요."

"네, 저도 덕분에……"

나는 그의 손을 잡았다.

"아니요. 나는 그냥 좋은 게 아니구요, 마음이 아플 정도로 좋았어요."

나는 그 말엔 대꾸하지 않았다. 그건 내가 알지 못하는 영역이었다.

나는 말없이 그를 따라 현관 앞까지 걸어갔다. 그리고 운동화를 신다 말고 조용한 목소리로 말했다.

"나주시 왕곡면이에요."

정채민 대표가 무슨 말인지 모르겠다는 표정으로 나를 바라보았다.

"이시봉이요…… 아빠가 거기에서 이시봉을 처음 데리고 왔다고 했어요."

후에 나는 그날 식탁에서 정채민 대표가 했던 말들 대부분을 믿지 못하게 되었지만, 그때의 내 마음만큼은 진심이었다. 그가 안쓰럽고, 불쌍했다. 그는 돈도 많고, 커다란 집도 갖고 있었지만, 나는 그가 불쌍하기만 했다. 누군가 별안간 떠나가버리고 홀로 남은 마음, 그 마음이 나로 하여금 예정에 없던 말을 하게 한 것이었다.

그가 진짜로 찾아 헤맨 것은 카이와 루시가 아닌 박유정이었다는 것을, 그땐 물론 짐작조차 하지 못했던 것이다.

7

"넌 새끼야, 인간도 아니야."

정용은 나를 노려보며 말했다. 목소리는 크지 않았지만, 말끝이 떨렸다. 잠을 제대로 자지 못했는지 두 눈은 벌겋게 충혈되어 있었다. 정용은 방금 전까지도 콜을 받고 배달을 하다가 왔다고 했다. 귀밑머리가 땀에 흠뻑 젖어 있었다.

"가만있어봐. 의논이라잖아, 의논. 의논 몰라? 아직 정한 게 아니고."

수아가 담배를 입에 물며 말했다. 나는 편의점 간판 바로 아래 설치된 푸른색 전기 포충기를 바라보았다. 날파리들은 쉴새 없이 그쪽으로 몰려들었고, 틱틱, 소리를 내며 죽어나갔다. 포충기 아래엔 마치 후추 알갱이를 흩뿌린 것처럼 죽은 날파리들이 널브러져 있었다. 날파리는 개보다 못한 존재. 개미보다도 못한 존재. 가장 낮은 존재. 죽어나가는 소리를 들으면서도 경쾌해지는 존재. 그 등급은 누가 정한 거지? 나는 쓸데없이 그런 생각을 하며 앉아 있었다.

"의논은 무슨…… 저 새끼 이미 마음이 그쪽으로 가 있는 거 같은데……"

정용은 물러나지 않았다.

서울에 다녀온 지 나흘째 되는 날이었다. 수아가 알바를 마치는 시간에 맞춰 편의점 앞으로 나갔다. 정용과 리다도 나와 있었다. 이시봉은 데려가지 않았다. 서울에 다녀온 이후, 이시봉은 부쩍 잠이 많아졌다. 사료도 잘 안 먹고, 물도 잘 안 마셨다. 어서 오리 목뼈를 내놓으라고 조르지도 않았고, 외출을 나가자고 현관문 앞에 앉아 짖지도 않았다. 오전부터 어디 아픈 강아지처럼 소파에 엎드려 잠만 잤다. 가끔 일어나 거실 유리창을 바라보는 게 전부였다. 그 덕분에 나도 새벽 산책을 나가지 않았고, 술도 마시지 않았다. 그래도 몸은 계속 피곤했고, 머리는 지끈거렸다. 먼 곳을 다녀왔으니까. 나는 그렇게 받아들였다. 이시봉이 태어나서 지금까지 가본 가장 먼 곳. 나는 어쩐지 먼 과거에 다녀온 기분이 들었다.

서울 호텔에서 광주로 출발하던 마지막날, 카니발에 올라탄 나를 미셸 브리더가 잠깐 불러냈다. 나는 이시봉을 차 안에 그대로 둔 채 그 앞에 마주섰다.

"저기, 이건 절대 다른 뜻이 있는 건 아닙니다……"

미셸 브리더는 내게 서류 봉투를 내밀었다. 그는 처음 나를 만났을 때처럼 정중했지만, 어쩐지 좀 머뭇거리는 인상이었다.

"집에 돌아가서 천천히 생각해보시고요, 나중에 꼭 연락 주시기 바랍니다."

나는 그의 말대로 집에 돌아오고 나서도 이틀이 지날 때까지 그 서류 봉투를 열어보지 않았다. 그리고 바로 어제 오후 재활용품을 정리하다가 열어보았다. 거기에는 이런 서류가 들어 있었다.

반려견 분양 계약서

반려견 분양인 이시습(이하 분양인)과 반려견 입양인 앙시앙 하우스(이하 입양인)는 상호 존중과 신의 성실에 입각하여 다음과 같이 반려견 분양 계약을 체결한다.

제1조 분양인은 제2조에서 명시한 반려견을 입양인에게 분양 양도하고 이에 대해 이의를 제기하지 않는다.

제2조 분양인이 입양인에게 양도하는 반려견은 하기 항목과 반드시 일치해야 한다.

1) 견종: 비숑 프리제(후에스카르 계열)
2) 이름: 이시봉
3) 성별: 수컷
4) 생년월일: 2020년 2월 12일
5) 예방접종유무: 유
6) 성품: 명랑

제3조 입양인은 제2조의 반려견을 인수하는 즉시 분양인에게 입양금 삼천만원을 지불한다.

나는 그 계약서를 친구들에게 보여주었다. 이걸 어떻게 받아들여야 할지, 친구들에게 묻고 싶었다. 아니, 친구들이 그 사람들을 욕해주길 바랐다. 또 한편 은근히 우쭐대고 싶은 마음도 있었다. 하지만 정용은 나한테 화부터 냈다. 그는 내가 돈에 눈이 멀어 이시봉을 벌써 팔아넘겼다고 생각했다. 서울에 한번 다녀오더니 사람이 아주 못쓰게 되었다는 말도 했다. 그런 반응은 전혀 예상치 못한 것이었다.

"난 찬성인데?"

리다가 자신의 손톱을 내려다보면서 말했다. 정용은 그런 리다를 잠깐 바라보다가 "에이 씨발!" 하면서 머리를 쓸어넘겼다.

"이시봉을 위해서도, 이시습을 위해서도 그게 더 좋을 거 같아."

리다는 그러면서 "얘네들은 좀 떨어져서 살 필요가 있어"라는 말도 덧붙였다.

"그럼 누나는 리다도 그렇게 보낼 수 있어요? 누나 강아지 말이에요!"

정용이 묻자, 리다는 금세 울상이 되었다. 그러더니 정말 눈가가 촉촉하게 변해버렸다.

"어우, 야…… 넌 무슨 말을 그렇게 하니? 우리 리다와 이시봉은 다르잖아……"

정용이 하 참, 소리를 내며 편의점 간판을 올려다보았고, 리다는 훌쩍거리는 목소리로 계속 말했다.

"나는 이시봉 때문이 아니라 이시습 때문에 찬성이라고…… 쟤 꼴 좀 봐. 너희들 친구라면서? 쟤가 지금 정상 같니? 맨날 술이나 처마시고 이시봉한테만 매달리고 있잖아. 쟤도 이제 정신 좀 차려야지, 안 그래?"

정용과 수아가 안 그렇다고 말해줄 거라고 생각했는데, 친구들은 모두 입을 다물었다. 내가 정말 그 정도인가? 그렇게 엉망인가? 기분이 상했지만 할말은 없었다. 리다 말이 틀리진 않았기 때문이다. 하지만…… 이시봉이 떠나면 내가 더 나은 인간이 될까? 정말 정신을 차리게 될까? 오히려 그 반대가 될 수도 있지 않을까? 나는 그게 자신이 없었다.

"잠깐 있어봐. 개빡치는 상황이긴 하지만, 어쨌든 계약을 한 건 아니잖아? 생각을 해야지, 생각을."

수아가 담배 연기를 내뿜으면서 말했다.

나는 친구들에게 서울에서 있었던 일을 사실대로 말해주었다. 이시봉이 서울에 있는 앙시앙 하우스에서 건강검진과 스파를 받은 일, 용인에 있는 또다른 앙시앙 하우스에서 정채민 대표를 만난 일, 그에게서 들은 이시봉의 할아버지의 할아버지의 할머니뻘 되는 강아지들에 대한 사연까지…… 물론 내가 호텔에서 술을 마신 일은 말하지 않았다.

"그러면 그 사람들이 이시봉의 엄마 아빠를 다시 찾아보겠다는 말이야?"

나는 고개를 끄덕거렸다. 아마도 나주시 왕곡면부터 찾아보겠지. 내가 거기 이야기를 했으니까.

"잘 생각해봐. 삼천만원이면 쟤 다시 검정고시도 보고 대학도 갈 수 있는 돈이라고. 쟤네 엄마도 생각해줘야지. 그리고 이시봉이 뭐, 어디 죽으러 가는 것도 아니잖아? 여기보다 훨씬 더 좋은 곳으로 가는 거고…… 사람으로 따지자면…… 음…… 그래! 잃어버린 재벌 아빠가 나타난 거잖아!"

리다가 흥분한 목소리로 말했다.

"대학 안 나와도 잘 살 수 있거든요."

정용이 이죽거렸다.

"그리고 뭐, 누난 대학 나왔어도 맨날 이러고 있잖아요? 똑같이 개도 키우고……"

"어머, 얘. 난 지금 엄연히 시험 준비중이야. 대학을 안 나오면 그 시험을 아예 볼 수도 없다고."

"시험 준비는 무슨…… 맨날 놀면서."

리다는 기가 막힌다는 표정으로 정용을 바라보았다. 하지만 더이상 말은 하지 않았다.

"아무튼."

정용이 내 쪽으로 고개를 돌리면서 말했다.

"이시봉만 팔아봐. 그러면 나도 너 다신 안 볼 테니까…… 이시봉이 무슨 노예야? 이시봉이 무슨 장고냐고!"

수아가 "거기서 장고가 왜 나와?"라고 물었지만, 정용은 그 말엔 대답하지 않았다. 대신 헬멧으로 편의점 파라솔 테이블을 쿵, 한 번 내려친 후 자신의 오토바이를 몰고 사라졌다.

"놔둬. 쟤 요새 파니 때문에 신경이 예민해."

수아 말에 따르면 정용이 키우는 고양이 중 한 마리인 파니는 지금 신장염 투병중이라고 했다. 얼마 전에도 하루 일을 쉬고 멀리 북구에 있는 동물병원까지 다녀왔는데, 그래도 파니는 나아질 기미를 보이지 않고 하루종일 물을 찾고 소변만 눈다고 했다. 파니는 올해 열네 살이었다. 정용은 자신이 잘못해서 파니가 병들었다고, 그렇게 믿고 있는 눈치라고 했다.

"네 생각은? 네 생각은 어떤데?"

수아가 나를 보면서 물었다.

"나? 나는……"

나는 잘 모르겠다. 바로 좀전까지는, 그러니까 편의점으로 나올 때까지만 해도 그런 상상은 해본 적 없었는데, 아니 그렇다고 믿었는데, 그게 다는 아닌 것만 같았다. 마음속으론 계속 그 생각을 한 것인지도 몰랐다. 이시봉이 없는 삶. 이시봉이 강아지 전용 욕조에서 아로마 스파를 받는 오후. 이시봉이 넓은 잔디밭에서 목줄 없이 뛰어노는 장면. 나 아닌 다른 누군가의 얼굴을 핥고 그의 품에 안긴 채 꼬리를 흔드는 모습까지…… 그 하나하나가 머릿속에서 떠나질 않았다. 더불어 지금 집에서 풀죽은 모습으로 잠든 이시봉의 늘어진 몸이 떠올랐다. 이시봉은 지금 며칠 전의 그곳을 그리워하고 있는 것은 아닐까?

"나는 여기가 좀 의심스러워."

수아가 분양 계약서를 다시 집어들며 말했다.

"이렇게 뭔가를 돈으로 해결하려는 것도 그렇고, 정신 못 차리게 너무 급작스럽게 몰아치는 것도 그렇고……"

"그만큼 이시봉이 중요한 존재라는 거겠지."

리다가 말했다.

"졸라 개빡치네…… 누군 보증금 이천만원에 월세 삼십만원짜리 방에서 살고 있는데…… 아무튼 여긴 내가 좀더 알아볼게. 그러고 나서 다시 얘기해."

수아와는 그렇게 헤어졌다.

아파트로 돌아오는 길에 리다가 물었다.

"내가 그렇게 말해서 서운했니?"

"아니요……"

나는 최대한 담담한 목소리를 내려고 노력했다. 방금 전까지만 해도 이시봉 때문에 우울했는데, 그래도 리다와 함께 이렇게 걸으니 또 좋았다. 아아, 개새끼. 나는 정말 인간도 아닌 것 같았다. 이시봉을 사랑한다고 말할 수도 없을 것 같았다.

"나는 있잖아, 떠나보낼 수 있을 땐 떠나보내야 한다고 생각해."

리다는 또 어른처럼 말했다.

"여기는 강아지나 사람이나 할 수 있는 게 별로 없잖아."

"누나는 여길 떠나고 싶어요?"

나는 되도록 천천히 걸으면서 물었다.

"나? 나는…… 그러고 싶었는데 늦었지, 뭐……"

같이 떠날래요? 나는 속으로 그렇게 물었다. 이시봉도, 데리다도 다 모른 척하고 우리 둘만…… 나는 또다시 예전에 수아가 보낸 문자를 떠올렸다. 리다가 아빠에게 맞고 산다는 이야기. 그래서 좀 우울해졌다.

우리는 912동 앞에 멈춰 섰다.

"너네 엄마 생각도 좀 해."

"돈은 내가 벌어도 돼요."

"아니, 돈 말고…… 너네 엄마도 집에 오면 좀 쉴 수 있게 해줘야지."

나는 바로 부인하지 못했다.

"너네 엄마…… 이시봉만 보면 자꾸 떠오를 거 아니야? 그럼 집에 와도 쉬는 거 같지 않을 거야."

"알아요, 나도."

"그건 누구의 잘못도 아니잖아. 너네 엄마 잘못도, 이시봉 잘못도 아니잖아."

912동 출입구 센서등이 켜졌다. 센서등이 꺼지면 리다가 눈앞에서 사라질 것만 같았다. 나는 좀더 그녀와 함께 있고 싶었다. 그녀가 하라는 대로 다 하고 싶은 마음이었다.

"다른 사람들 말 신경쓰지 말고 네가 결정해. 네가 제일 잘 아는 거지, 뭐."

리다는 그 말끝에 갑자기 "잘 가" 하며 내게 손을 흔들었다. 나는 손을 흔들지 않았다. 좀 서운한 마음이 들었다. 그래서 유리문 너머 그녀가 엘리베이터를 탈 때까지 그 자리를 지키고 서 있었다. 리다는 뒤돌아보지 않았다.

집에 돌아오니 시현은 그 시간까지 잠들지 않고 식탁 앞에 앉아 노트북으로 수학 인강을 듣고 있었다. 전자레인지 시계를 보니 이제 막 새벽 한시 삼십분을 넘어서고 있었다. 시현은 나를 힐끔 한 번 쳐다보고는 다시 노트북 화면으로 시선을 옮겼다. 졸음이 몰려오거나 집중력이 떨어질 때, 시현은 주방 식탁에 나와 공부했다.

"출출하지 않니? 만두라도 구워줄까?"

내가 그렇게 묻자, 시현은 대답 대신 왼손을 들어 가볍게 저었다. 방해하지 말라는 신호였다. 오른손으론 연습장에 무언가를 계속 쓰고 있었다. 나는 내 방문을 살짝 열어보았다. 이시봉이 침대 위에 엎드려 자고 있다가 놀란 듯 고개를 들었다. 그러곤 내 얼굴을 확인한 후, 다시 아무 일 없다는 듯 눈을 감았다. 나는 조용히 방문을 닫았다.

"저기 상의할 게 좀 있는데……"

나는 망설이다가 시현 맞은편에 앉았다.

"말해."

시현은 노트북에서 눈을 떼지 않은 채 말했다.

"내가 이런 걸 받았거든."

나는 식탁 위에 분양 계약서를 올려놓았다. 그제야 시현은 고개를 돌려 식탁을 내려다보았다. 시현은 잠옷 차림에 머리띠를 하고 있었는데, 이마엔 아직도 여드름 자국이 남아 있었다. 시현과 나는 남매이지만 많은 부분에서 서로 달랐다. 나는 심한 곱슬머리이지만, 시현은 그렇지 않았다. 내가 여드름 없이 사춘기를 통과한 보기 드문 인재에 가깝다면, 시현은 자주 얼굴이 벌겋게 뒤집어져 종종 피부과까지 찾아가던 평민 축에 속했다. 음식만 해도 그랬다. 내가 물냉면에 진심이었다면, 시현의 원픽은 비빔냉면이었다. 시현은 낙지와 간장게장 알레르기가 있었지만, 나에게 음식 알레르기란 한 번도 경험해보지 못한 미적분의 세계와도 같았다. 그리고 역시 결정적인 차이는 시현은 공부를 잘하고, 나는 그렇지 못했다는 점이겠지. 예전에 아빠가 살아 있을 때, 엄마가 식탁에 앉아 아빠한테 이런 말을 하는 것을 들은 적이 있었다.

"둘이 학원 성적표를 가져오면, 나는 둘 다 보기 겁나."

그때 나는 소파에 앉아서 TV를 보고 있었다. 엄마는 그 말을 하면서 유쾌하게 웃었는데, 한쪽은 너무 낮아서 보기 겁났고, 한쪽은 너무 높아서 그렇다고 했다.

"낮은 건 이해가 되는데, 높은 건 왜 겁나?"

아빠가 묻자, 엄마가 말했다.

"꼭 우리 자식 아닌 거 같잖아. 누가 이제 와서 산부인과에서 바뀐 거 같다고, 미안하다고 데려갈 것만 같고."

엄마는 그 말을 한 후 또 한번 크게 웃었다. 그러자 아빠도 따라 웃었다. 둘은 그렇게 한참을 웃었다.

나는 그 말을 듣고도 아무렇지 않았다. 아, 그래도 아빠 엄마는 나를 의심하거나 불안하게 생각하지는 않는구나, 그렇게 안심했을 뿐이다. 최근에도 나는 그 말을 떠올린 적이 있었는데, 그러나 그때는 안심보다는 미안한 마음이 들었다. 그게 다 나를 위해서 한 말이었구나, 내가 무안해질까봐 그냥 유머로 넘긴 거였구나, 뒤늦게 깨달았기 때문이다.

"이게 뭐가 문제지?"

시현은 분양 계약서를 다시 내 쪽으로 밀며 물었다.

"아니, 문제라기보다는 이걸 어떻게 받아들여야 할지 몰라서……"

"오빠가 결정하면 되지."

"결정보다도…… 이걸 이렇게 해도 되나? 이 사람들이 이거 너무하는 거 아닌가, 해서 말이야……"

나는 내가 생각하는 진짜 문제가 무엇인지 좀 혼란스럽기도 했다.

시현은 한숨을 짧게 내쉰 후, 노트북을 덮고 수학 연습장을 식탁 가운데로 옮겼다. 그러곤 거기에 숫자를 적어가며 말하기 시작했다.

"두 가지 문제가 있어. 하나는 오빠 개인에 대한 거고, 또하나는 단일주의의 문제야."

나는 시현이 쓴 글씨를 내려다보았다. 모음을 좀 짧게 쓰는 시현 특유의 필체였다.

"우선, 오빠 개인에 대한 문제. 내가 보기에 오빠는 아직도 서정적 태도에서 벗어나지 못한 상태 같아. 유아기적 습성이 그대로 남아 있다는 뜻이야. 이 상태에 머물고 있는 사람들은 사물을 자꾸 자기 자신과 동일시해서 바라보거든. 그러니까 낙엽이 떨어지는 것만 봐도 슬퍼지는 거야. 떨어지는 나뭇잎이 꼭 자기 자신처럼 보이니까. 이제 막 걸음마를 시작한 아이들도 그래. 그래서 걔네들은 장난감하고도 대화할 수 있고, 곤충한테도 말을 걸 수 있는 거야. 하지만 그건 엄밀히 따지면 자기 자신과 대화하는 거거든. 지금 오빠 상태가 딱 그래. 왜 예전에 오빠가 '이시봉과 대화하는 법'이라고 코팅해서 냉장고에 붙여놓은 적 있었잖아? 서너 번 중음으로 짖고 짬을 두는 경우에는 경계, 중고음으로 한 번 날카롭게 짖을 경우는 호기심이나 흥미의 뜻. 그렇게 서른 개도 넘게 적어놓았잖아. 오빠는 그때 나름대로 이시봉의 패턴을 관찰해서 적은 거겠지만⋯⋯ 솔직히 말해서 나는 좀 어이가 없더라구. 개의 언어를 연구한다는 건 어쩔 수 없이 개를 의인화한다는 뜻이 포함된 거거든. 개를 인간과 동일시하고 싶은 욕망도 들어 있는 거고. 객관적으로 보자면 그건 개의 언어가 아니잖아? 개의 반응이나 행동 양식일 뿐인 거지……
물론 이건 비단 오빠 개인만의 문제라곤 할 순 없지만, 어쨌든
오빠는 그만큼 이시봉이라는 타자를 오빠라는 자아의 시선으로
만 보고 있다는 증거야. 이시봉은 오빠라는 자아에게 먹힌 타자
인 거지. 그건 이시봉을 이해하거나 위하는 일이 아니거든. 오
빠는 사실 오빠를 위로하고 있는 거지. 그럴수록 이시봉은 더욱
더 소외되는 거고."

나는 시현이 하는 말 대부분을 이해하지 못했다. 하지만 나를
비난하고 있다는 것쯤은 알아들을 수 있었다.

"그다음. 단일주의 문제는 동물권이나 동물 복지와도 연결된
부분이 있어서 좀 논쟁적이기도 한데, 내가 보기엔 그것도 다
자아와 타자의 문제로 수렴되는 지점이 있는 거 같아. 단일주의
는, 그러니까 인간과 모든 동물이 동등하다고 보는 입장인데,
사실 그것도 다 인간들의 거짓말이거든. 인간과 동물이 고통을
느낄 수 있는 주체라는 점에선 동등하다고 말할 수 있어. 하지
만 다른 존재와 관계를 맺는 방식에선 분명 계층이 나누어지는
게 사실이야. 인간은 고양이를 위해선 자신을 희생할 수 있지
만, 쥐를 위해선 그러지 않거든. 쥐를 살리기 위해서 인간의 목
숨을 희생한다? 그런 경우는 없잖아? 그만큼 인간과 동물 사이,
동물과 동물 사이엔 분명 계층이 존재해. 인간이 만든 계층 말
이야. 문제는 동물권에 대해서 말하는 사람들이 이 문제에 대해

선 제대로 된 답을 내놓지 못한다는 거야. 그러니까 자꾸 우선은 개나 고양이부터, 침팬지나 고래부터라고 말하는데…… 사실 그 말들이 동물의 계층을 더 심화시키고 있는 거거든. 동물 복지라는 말도 지극히 인간적인 관점인 거고…… 내 말은, 이론적으론 인간과 동물은 동등하다고 말할 수 있어. 어쩌면 동물들은 인간을 그렇게 동등한 존재로 바라보고 있을지도 몰라. 하지만 인간은 아니라는 거지. 인간은 자기에게 이로운 존재나 친근한 동물들에게 더 높은 계층을 부여하고, 그 친구들에게만 복지를 부여하려고 애쓴다는 거야. 그게 점점 더 심해지고 심화되고 있다는 게 문제고…… 후에스카르 비숑 프리제? 그런 게 그 증거지. 자본주의 체제 아래에서 인간이 동물을 바라본다는 증거."

"아니, 저기 시현아…… 나는 그냥 이 분양 계약서를 어떻게……"

"그러니까 내 말의 포인트는 이거야. 인간은 자꾸 동물을 인간화시키려고 해. 그것도 자기와 친한 동물들만. 그러면서도 인간의 동물화는 참지 못하는 게 또 인간이야. 그러니까 개만도 못한 인간, 돼지 같은 인간, 이런 말에 심한 모욕을 느끼잖아. 나는 말이야, 그게 자본주의의 핵심이라고 생각해. 무언가를 두려워하게 만들고, 수치심과 모욕을 느끼게 하는 거. 내 말 이해했어?"

시현이 물어서, 나는 고개를 끄덕거렸다. 하지만 이해한 건

하나도 없었다.

"오빠가 이시봉을 사랑한다면 분양 계약서는 말도 안 되는 형식인 거지. 사랑하는 존재를 이렇게 사고팔 수는 없으니까. 하지만 그렇다고 화를 낼 필요도 없는 거야. 이건 그냥 자본주의의 형식일 뿐이니까. 인간은 오랫동안 이렇게 해왔잖아? 그것도 사랑의 이름으로…… 그 사람들도 이시봉을 사랑하고 아낀다면서? 누구보다 사랑하고 아끼니까 그 증거로서 이런 분양 계약서가 필요했던 거야. 이시봉이 아니라 오빠를 믿지 못해서…… 그러니까 그 사람들이나 오빠나 다 똑같다는 거지. 다 똑같은데 뭐가 문제겠어?"

시현은 그 말을 끝으로 다시 노트북을 열었다. 나는 그 앞에 잠깐 앉아 있다가 일어나면서 조용히 물었다.

"만두 진짜 안 먹을 거니?"

"오빠가 먹고 싶은 거잖아? 나 신경쓰지 말고 오빠 먹어."

나는 그 자리에서 머뭇거리다가 그냥 방으로 들어왔다. 이시봉이 또 잠에서 깬 눈으로 나를 바라보았다.

다음날, 나는 시현이 등교하자마자 인터넷으로 나주시 왕곡면을 검색해보았다.

그건 간밤에 꾼 꿈 때문이기도 했다.

나는 이시봉과 함께 나주시 왕곡면을 찾아가는 꿈을 꿨다. 낡은 시외버스를 타고 추수가 다 끝난 논 사잇길을 한참 동안 달리자 '왕곡마을'이라고 적힌 거대한 표시석이 차창 밖에 나타났다. 나와 이시봉은 그곳 정류장에서 내렸다. 팔각형 정자가 있고, 왼쪽 야산 바로 아래에는 단층의 노란색 분교 건물이 자리 잡은 마을이었다. 오래된 기와집들과 마을회관과 자주색 슬레이트 지붕을 얹은 농기구 보관창고도 눈에 들어왔다. 이시봉과 나는 정자를 지나 골목 안으로 들어섰다. 그러자 어느 집에선가 개 짖는 소리가 들렸다. 중음으로 짧게 반복해서 짖는 소리였다. 안녕! 안녕! 이시봉도 고개를 두리번거리다가 그쪽을 향해 엇비슷한 음정으로 짖어댔다. 안녕! 안녕! 우리는 골목 끝까지 걸어갔다가 다시 돌아 나왔다. 그러는 동안 사람은 한 명도 만날 수 없었다. 이시봉은 목줄을 하지 않았는데도 나와 거의 나란한 속도로 걸었다. 다시 팔각형 정자에 다다랐을 무렵, 할머니 한 분이 골목 맨 앞쪽에 있는 집 초록색 대문을 열고 나오는 것이 보였다. 쪽찐 머리에 지팡이를 든 모습이었다. 나보다 이시봉이 먼저 할머니 쪽으로 다가갔다.

"얜 뉘여?"

할머니가 이시봉을 내려다보며 내게 물었다.

"이시봉인데요."

"그래? 요상하네. 여그 개들은 다 이름이 없는디……"

할머니는 고개를 갸우뚱거리더니 대문 안쪽을 향해 "야야, 다 나와봐라잉!" 소리쳤다. 그러자 대문 안쪽에서 이시봉을 닮은 강아지 여섯 마리가 한꺼번에 뛰어나왔다. 그 강아지들은 연신 꼬리를 흔들며 이시봉 주위로 몰려들었다. 그러자 누가 이시봉이고, 누가 이 동네 강아지인지 분간되질 않았다. 강아지들은 서로의 얼굴을 맞대고, 서로의 냄새를 맡기도 하면서 분주하게 같은 자리를 빙빙 맴돌았다.

"할머니 얘네들은 다 누구예요?"

내가 물었다.

"누구긴 누구여? 다 이 동네 개들이제."

"얘네들도 다 프랑스에서 온 거예요?"

"프랑스? 그런 거 난 모르겄고…… 야들은 다 여그서 나고 자랐는디? 여그 이런 개들 천지여."

할머니의 말이 끝나기가 무섭게 골목에서 또다른 강아지들이 달려나오기 시작했다. 모두 다 이시봉과 닮은 후에스카르 비숑 프리제였다. 목장을 막 벗어난 흰 양떼처럼 골목에 빽빽하게 들어선 이시봉들…… 아, 얘네들은 후에스카르 비숑 프리제가 아니었구나! 얘네들은 그냥 왕곡면 비숑 프리제였구나! 나는 그 많은 강아지들 중에서 이시봉을 찾아보려고 노력했지만 이내 그만두었다. 모두 다 이시봉이었고, 모두 다 강아지들일 뿐이었다. 나는 그게 보기 좋았고, 마음이 놓였다.

잠에서 깨자마자 나는 나주시 왕곡면에 가봐야겠다는 생각을 했다. 이시봉이 후에스카르 비숑 프리제가 맞다면, 한국에 처음 들어온 비숑 프리제의 후손인 게 확실하다면, 도무지 이해되지 않는 게 하나 있었다.

아빠는 어떻게……?
아빠는 어떻게 이시봉과 만나게 된 것이었을까?
도대체 무슨 인연으로 나주시 왕곡면까지 가서 이시봉을 데려온 것일까?

정채민 대표의 말처럼 김상우와 박유정이 한국에 들어와서 계속 후에스카르 비숑 프리제를 키웠다면, 그들은 나주시 왕곡면까지 내려와 지냈던 것일까? 아빠는 그들을 알고 있었던 것일까? 아빠가 무슨 인연으로……? 아빠가 옆에 있다면 물어볼 수도 있었을 텐데, 이제 그건 어려운 일이 되었다. 그게 어려우니까 더 궁금하기도 했다. 나는 정채민 대표와는 무관하게 그곳에 가보고 싶어졌다. 이시봉의 엄마 아빠와 형제를 찾는 것만큼이나 나는 아빠와 이시봉의 인연이 궁금했다.
하지만 네이버에 들어가서 나주시 왕곡면을 검색하자마자 나는 좀 멍해질 수밖에 없었다. 그저 작은 면 소재지라고 생각했는데, 나주시 왕곡면의 면적은 총 30.08제곱킬로미터였다. 비슷한 크기의 행정구역 중엔 경기도 군포시가 있었다. 거기다가 나주시 왕곡면은 덕산리와 본양리, 송죽리와 신가리, 신원리, 신포리, 양산리, 옥곡리, 월천리, 장산리, 행전리, 화정리 등 열 개도 넘는 리로 구성되어 있었다. 이걸 다 어떻게 찾아보나? 나는 네이버 지도를 눌러 확대해보았다. 야산도 많았고, 저수지도 군데군데 있었다. 석재 공장도 있었고, 정미소도 띄엄띄엄 보였다. 마을도 서로 멀찍이 떨어져 있는데…… 여길 일일이 다 가볼 수도 없고……

나는 컴퓨터를 끄고 집안일을 하기 시작했다. 아침 설거지도 하고, 세제를 풀어 욕실 바닥 타일도 열심히 닦아냈다. 그런 나를 이시봉이 욕실 문 앞에 서서 지켜보았다. 내가 "왜? 목욕할래?"라고 묻자, 이시봉은 느릿느릿 다시 내 방으로 들어갔다. 욕실 청소를 마치고 세탁기에 빨래를 넣다 말고 나는 휴대폰을 집어들었다. 그러곤 심호흡을 한 번 한 후 엄마에게 문자를 보냈다.

―엄마, 지금 바빠요?

엄마는 채 일 분도 지나지 않아서 답문을 보내왔다.

―아들! 엄마 안 바빠!

―별일 없으세요?

내가 그렇게 묻자, 엄마는 좀 길게 답했다.

—별일 있어, 아들! 네 할머니가 이번엔 사랑에 빠졌단다. 젊은 남자 트로트 가수인데, 요즘 하루종일 그 가수 노래만 듣는다. 테레비도 그 가수 나오는 프로그램만 골라 보고. 야, 이거 너무 이루어질 수 없는 사랑 아니냐? 엄마는 개 관심도 없어. 넷플릭스도 보고 싶고 아이돌도 보고 싶은데, 할머니가 도무지 리모컨을 놓지 않는다.

나는 좀처럼 하고 싶은 말을 하지 못하고 계속 휴대폰 화면만 바라보았다.

—아들! 근데 무슨 일 있니?

—아니에요. 그냥 잘 지내시나 해서요.

—무슨 일인데? 말해봐, 아들.

나는 망설였다. 그러다가 결국 묻고 싶은 말을 하고 말았다.

—엄마, 혹시 아빠가 이시봉 어디에서 데려왔는지 아세요?

문자를 보내고 나서 나는 바로 후회했다. 엄마는 오 분 넘게 답을 보내오지 않았다.

—나주시 왕곡면이라고 들었는데.

—왕곡면 어디인지는 모르세요? 왕곡면이 너무 커서⋯⋯

—그건 나도 몰라.

나는 엄마한테 미안한 마음이 들었다.

—근데 그건 왜?

엄마가 다시 문자를 보내왔다.

—그냥요…… 궁금해서요.

엄마와 나는 그 문자를 끝으로 서로 침묵했다. 나는 다시 세탁기 앞으로 갔다. 흰 빨래와 색깔 있는 옷을 구분했고, 세제와 섬유유연제를 차례차례 넣었다. 그러면서도 마음속으론 계속 '바보, 멍청이' 욕을 하며 자책했다. 할 말이 있고, 하지 말아야 할 말이 있는데…… 술도 마시지 않았는데 왜 그걸 구분하지 못했을까…… 정말 시현의 말처럼 유아기적 습성이 남아 있는 걸까? 나는 후회하고 또 후회했다. 다시 엄마한테 문자해서 신경 쓰지 말라고, 사실은 누가 이시봉을 사고 싶어한다고 솔직하게 말해볼까? 아니, 그것도 엄마 마음을 더 심란하게 만들고 말 거야…… 그렇게 오락가락하고 있을 때, 엄마에게서 또 한 통의 메시지가 도착했다.

이번엔 문자가 아니었다. 한 장의 사진이었다.

어린 이시봉을 안고 활짝 웃고 있는 아빠의 사진.

아빠의 뒤로는 멀리 흐릿하게 교회 건물이 보였다. 사다리처럼 생긴 철제 종탑이 있는 교회였다. 그 교회 앞으로 작은 다리도 하나 눈에 들어왔다. 아빠와 이시봉 바로 옆에는 커다란 느티나무 한 그루가 서 있었는데, 그 느티나무 잎사귀들이 마치 양산처럼 아빠와 이시봉의 얼굴에 그늘을 만들어주었다. 아직

배내털이 빠지지 않은 이시봉은 반쯤 눈을 감은 채 아빠 품에 안겨 있었다. 물에 둥둥 떠 있는 것처럼 이시봉은 편안하고 나른한 얼굴이었다.

―아빠가 이시봉을 처음 만난 날, 엄마에게 보낸 사진.

엄마는 그렇게 짧은 문자를 한 통 더 보내왔다. 그러곤 더이상 말이 없었다. 나는 오랫동안 그 사진을 들여다보고 서 있었다.

8

 얼떨결에 위대한 후에스카르 비숑 프리제의 선조 베로의 집사가 된 알바 공작부인은, 어린 시절 이런 교육을 받고 자란 사람이었다.

 조물주의 손에서 나온 모든 것은 더할 나위 없이 온전한 반면, 인간의 손에 들어오면서 속수무책 나빠진다. 인간은 갑이라는 땅에 억지로 을이라는 땅에서 자라는 작물을 재배하려 들거나, 갑이라는 나무에 을이라는 나무의 열매를 맺게 하려 한다. 인간은 기후와 환경과 계절을 뒤섞어버리고, 자기가 소유한 개와 말과 노예의 신체를 훼손한다. 인간은 모든 것을 뒤엎고, 모든 것을 일그러뜨리며, 기형과 괴물을 좋아한다.

인간은 무엇 하나 자연이 만든 그대로를 원하지 않는다. 심지어 같은 인간에 대해서도 그렇다. 조련된 말처럼 길들이고, 정원의 나무처럼 자기 취향에 맞게 구부려놓아야 한다고 생각한다.

우리는 이미 그녀의 할아버지가 『에밀』을 쓴 장자크 루소와 절친이었다는 것을 잘 알고 있다. 『에밀』의 도입부이기도 한 위의 문단은, 말 그대로 알바 공작부인의 사상이자 철학이었으며, 그녀가 받은 교육의 모든 것이었다. 그녀는 '아이의 상태를 있는 그대로 존중해'주어야 한다고 믿었으며, '아이는 자연과 같이, 자연이 하는 대로 내버려두는 게 좋다'고 생각했다. 또한 '하루종일 날뛰고, 뛰놀고, 달음박질하는 것'이 아이에겐 최상의 교육이며, '축제와 놀이와 노래와 장난 속에서' 아이를 키워야 한다고 가르침을 받았다. 당시 귀족 부인이 이런 교육관을 갖는다는 것은 실로 놀라운 일이자 희귀한 사례였다. 대부분의 귀족들은 아이들이 걸음마를 떼자마자 기상천외한 예의범절을 가르치기 시작했고, 아이 스스로 포크를 잡기 시작할 무렵부턴 근원도 알 수 없는 종교적 의례를 익히길 강요했다. 그리고 그렇게 성장한 아이들은 후에 의복만 갖춰 입은 버릇없는 애새끼들이 되고 말았다. 알바 공작부인은 자라면서 그런 끔찍한 애새끼들을 너무 많이 봐왔기 때문에 자신의 아이만은 그렇게 키우지 않으리라 마음먹었다.

하지만, 안타까워라. 알바 공작부인은 이런 가르침을 써먹을 기회가 없었다. 그녀는 열렬히 아이를 원했지만, 평생 자식을 낳지 못하고 죽었다.

대신 그녀는 『에밀』의 교육론을 왕궁에서 온 베로와 수캐 누네스에게 고스란히 적용시켰다(그 점에서 그녀는 그 누구보다 훌륭한 집사였던 것이다!). 알바 공작부인은 베로와 누네스를 그냥 놔두고 키웠다. 누네스가 뒷발을 들어 접견실 웅장한 벽화에 영역 표시를 해도(그건 루벤스가 그린 그림이었다), 베로가 하이든의 악보(알바 공작부인의 남편인 메디나 공작은 대단한 음악 애호가였는데, 작곡가 하이든이 한 해 동안 만든 작품을 전부 사들이기도 했다)를 하나하나 정성스럽게 찢어발겨도, 알바 공작부인은 전혀 성내지 않았다. 그녀의 하녀였던 라 베아타(신앙심 깊은 이 여자는 앞치마 주머니에 항상 나무 십자가를 넣고 다녔다)가 베로와 누네스를 향해 야 이 개놈의 새끼들아! 소리치며 나무 십자가를 휘두를 때도, 집안의 의전관을 맡고 있던 베르간사가 자신의 신발 안에 살포시 싸놓은 개똥을 뒤늦게 발견하곤(발을 넣었다가 알게 되었다) 극도의 흥분과 두려움과 분노에 휩싸여 있을 때도, 알바 공작부인은 이렇게 말하곤 했다.

"놔둬요. 다 자연의 일부일 뿐이에요."

라 베아타와 베르간사는 주인의 그 말을 들을 때마다 '자연은 왜 개새끼들에게만 이토록 관대한가!' 반감을 가졌지만, 딱히 어쩌진 못했다. 그들은 알고 있었다. 자신들의 주인이 다른 귀족들에 비해 얼마나 다정하고 또 얼마나 많은 인정을 베풀었는지를. 잔혹하지도 않고, 변덕을 부리지도 않으며, 때리지도 않는다는 것을. 그런 존중과 배려의 기억이 그들을 순응하게 만들었다.

베로와 누녜스는 낮에는 목줄 없이 집안과 정원과 담장 아래를 뛰어다니며 놀았고, 밤엔 꼭 공작부인의 침대 위에서 잠을 잤다. 덕분에 공작과 공작부인은 각방을 써야만 했다. 결핵을 앓고 있던 메디나 공작에게 개털은 그 자체만으로도 치명적이었기 때문이다.

1795년 11월, 베로와 누녜스는 부모가 되었다. 그들은 모두 다섯 마리의 순종 후에스카르 비숑 프리제 새끼를 낳았는데, 두 마리는 수캐였고 나머지는 암캐였다. 공작부인은 그들 가족을 위해 산루카르성의 가장 커다란 손님방을 내주었고, 의전관과 그의 아들인 루이스 데 베르간사로 하여금 돌봐주도록 했다. 이듬해 봄엔 일곱 마리의 개들이 산루카르성 곳곳을 정신없이 뛰어다니며 놀기 시작했는데, 그럼에도 그들 사이에는 눈에 보이지 않는 엄격한 서열이 존재했다. 정원에 낯선 토끼가 등장하거나 꿩이 날아들 때, 그들은 서로 협력하며 함께 짖어댔지만, 누군가 잠자는 공간을 침범하거나 선을 넘는 장난을 걸어올 때는 가슴으로 어깨를 밀치고 으르렁거렸다. 당연히 서열의 꼭대기엔 누녜스가 있었다. 하지만 누녜스는 베로에게 절대 함부로 하지 못했기 때문에, 맨 위 꼭짓점은 사실상 베로의 몫이었다. 알바 공작부인은 그들의 서열 또한 자연이 하는 일이라고 생각했다. 인간 역시 서열이 존재하나, 그것은 대부분 투쟁의 산물이었다. 인간은 사랑도 투쟁으로 바꿔버리는 신기한 재주를 가지고 있다고, 후에 알바 공작부인은 그 말을 중얼거리면서 죽음을 맞이했다.

하지만 그것은 아직 나중의 일이었다.

그보다 먼저 1796년 6월, 그녀의 남편인 메디나 공작이 마흔 살의 나이로 사망했다. 평생 음악만을 사랑했던 그가 죽자(이 대단한 음악 애호가는 스트라디바리우스를 포함한 육십 개의 바이올린을 유산 목록에 남겼을 정도였다), 때를 놓치지 않고 마드리드에 있던 온갖 수컷 귀족들이 몰려들기 시작했다. 그들은 알바 공작부인을 위로한다는 평계로, 메디나 공작을 추모한다는 이유로, 혹은 그냥 지나가는 길에 들렀다는 말도 안 되는 수작질을 하며 산루카르성으로 찾아왔다. 그녀는 그들에게 작은 손님방을 내주었으나, 만나주진 않았다. 연서도 쉴새없이 도착했다. 빌바오에서도 왔고, 사라고사에서도 왔으며, 멀리 이탈리아에서도 왔다. 그중에는 물론 총리 마누엘 고도이의 것도 있었다.

……당장이라도 찾아뵙고 위로의 인사를 드리고 싶으나 국사에 매여 이도 저도 못하는 처지입니다. 국왕께서는 모든 것을 저에게 일임하시고 아란후에스 별궁으로 떠난 상태이고, 프랑스는 기어이 오스트리아로 쳐들어갈 모양입니다. 저도 모든 것을 내려놓고 단 며칠만이라도 쉬고 싶은 생각이 간절합니다. 공작부인께서도 부디 건강을 지키시고, 속히 아픔을 이겨내길 바라겠습니다.
참, 베로와 누네스는 잘 지내는지요? 그 아이들도 꼭 한번 보고 싶습니다.

속이 뻔히 보이는 이 연서를 쓰는 동안 고도이의 마음은 전에 없는 기대와 들뜸, 흥분에 사로잡혀 있었다. 그는 벚꽃이 다 지고 난 후 그제야 돋아나는 잎사귀들처럼 자신의 잠들어 있던 사랑이 다시금 풍성해지는 것을 느꼈고, 그 색이 오랫동안 변치 않을 것이라고 믿었다. 물론 그는 그 안에 우월감과 긍지라는 생뚱맞은 감정까지 포함되어 있다는 사실을 전혀 알지 못했다. 그리하여 후에 그 감정이 어떤 집요한 투쟁심과 연결되었을 때, 그 역시 사랑의 일부라고만 착각하고 말았다. 물론 이는 고도이만의 잘못은 아니다. 인간은 늘 자신에게 유리한 쪽으로만 상황을 바라보고 해석하는, 어리석은 희망을 품고 산다. 희망, 얼마나 많은 사람이 그 희망이라는 단어에 기대어 불면의 밤을 지새웠던가! 얼마나 많은 사람이 그 희망에 눈이 멀어 자기 자신을 속이고 과시했던가! 개들은 보이지 않는 희망에 들뜨지 않는다. 눈앞에 놓인 희망만 면밀히 관찰하고 조심스럽게 다가간다. 그래서 그 희망이 좌절되었을 때도 서로의 관계를 지속적으로 이어나갈 수 있는 것이다. 하지만 인간은 다르다. 인간의 희망은 대부분 상대와 관계없이, 상대를 신경쓰지 않은 채, 자기 내부의 화학반응으로 만들어지는 경우가 많다(대부분의 희망은 권태에서 온다). 그래서 그 희망이 좌절되었을 땐 상대를 아예 파멸로 몰고 가는 경우도 생긴다. 그러면서도 상처받는 쪽은 되레 자기 자신이라고 스스로를 위로한다. 고도이 역시 자신의 권태 속에서 만들어내고 키운 알바 공작부인의 환영에 허우적거리며, 애써 적은 문장을 고치고 또 고친 끝에 편지를 보낸 것이었다.

하지만 그 편지는 알바 공작부인의 손에 닿지 못했다.
그 편지는 고도이의 또다른 애인인 마리아 루이사 왕비에게 최종적으로 도착하고 말았다(마리아 루이사는 총리의 부하들을 모두 자신의 심복으로 채워놓았다). 사랑은 언제나 더 사랑하는 쪽이 지게 마련이지만(그래서 왕비는 고도이가 베로와 누녜스를 알바 공작부인에게 보낸 것을 알면서도 모르는 척 눈감아주었다. '그깟 강아지들쯤이야. 나는 사냥개도 상대해봤는데……' 하는 마음이었다), 이미 확연히 드러난 증거 앞에서 왕비는 자신의 질투와 악의와 증오를 주체할 길 없었다. 그래서 그녀는 직접 그 악의와 증오를 실행에 옮겼다.

1798년과 1799년 사이, 마드리드에 있는 알바 공작부인의 집은 두 번이나 방화로 전소되었다. 마드리드 시내엔 왕비가 사람을 시켜 불을 지르게 했다는 소문이 파다했고, 왕비도 애써 그걸 부정하진 않았다(그건 말하자면 알바 공작부인이 아닌, 고도이에게 보내는 왕비의 편지였던 것이다). 다행히 알바 공작부인은 다치지 않았지만, 두번째 방화사건으로 인해 베로와 누녜스의 자손 여섯 마리가 화마에 희생되고 말았다(1795년에 처음 다섯 마리의 새끼를 낳은 베로와 누녜스는 1797년과 1798년에도 각각 네 마리, 여섯 마리의 새끼를 더 얻었다. 베로가 낳은 강아지들이 아니었다. 모두 누녜스가 자신의 딸과 근친상간해서 낳은 자식들이었다. 개들 사이에서 아버지와 딸의 근친상간은 흔하게 벌어지지만, 어미와 아들 사이의 관계는 잘 이루어지지 않는다. 어미 개가 완강히 거부하기 때문이다). 베로의 명성이 마드리드에 퍼지기 시작한 것은 바로 그 방화사건 당시, 그 개가 보여준 주저 없는 용기와 놀랄 만큼 냉정한 침착성 때문이었다. 불이 이미 후에스카르 비숑 프리제 가족이 머물던 방문 앞까지 번졌지만, 베로는 멈추지 않고 차례차례 새끼 강아지들을 입으로 물어 정원까지 옮겨놓았다. 다 큰 자신의 자식들이 아닌, 자신의 힘으로 옮길 수 있는 손자 손녀 강아지들만 살렸다(누녜스는 자기 혼자 잽싸게 몸을 피한 채 제자리에서 껑충거리며 짖기만 했다). 마지막 새끼 강아지를 옮긴 후, 베로는 탈진한 듯 이슬이 내려앉은 잔디밭 위에 모로 누웠다. 등과 꼬리는 불에 그슬려 검게 변해 있었고(그 사건 이후 베로의 털은 전반적으로 누렇게 변해버렸다. 그래서 사람들은 베로를 '해질녘의 베로'라고 부르기도 했다), 연기를 많이 마신 듯 연신 밭은기침을 해댔다.

알바 공작부인은 그런 베로의 머리를 조심스럽게 쓰다듬다가 일어나서 말했다.

"왕비께서 방화의 즐거움에 넋이 나가셨구나! 그 즐거움을 다음에는 내가 직접 맛보여드리리라!"

그녀에겐 집이 잿더미로 변한 것보다 베로의 부상이, 그 자손들의 희생이, 더 참을 수 없는 고통으로 다가왔다. 그건 자연을 거부하고 모든 것을 뒤엎는 일이었다. 아무것도 모르는 강아지들을 일그러뜨리는 일이었다. 알바 공작부인은 결국 인간의 방식대로, 똑같이 복수를 꿈꾸기 시작했다.

하지만 상대는 스페인의 왕비였다.

왕비인 마리아 루이사는 방화에 만족하지 않고 보다 직접적이고 치명적인 방법을 계획했고, 이 또한 바로 행동으로 옮겼다(그런 점에서 보면 왕비는 매우 정열적인 사람이었다). 그녀는 알바 공작부인의 하녀를 매수하여(라 베아타는 남동생을 성직자로 만들어주겠다는 제안에 너무도 쉽게 왕비 편으로 넘어왔다) 끼니마다 와인과 수프에 소량의 비소를 타게 했으며, 화장대에 있는 파우더에도 수은을 섞게 만들었다(바야흐로 18세기는 독약의 시대였다).

왕비는 1800년 4월, 고도이에게 이런 편지를 보내기도 했다.

> 알바를 오늘 우연히 마주쳤소. 삐삐 말라 거죽만 남았더군. 옛날 당신과의 사이에 있었던 그런 일은 이제 더이상 일어나지 않을 거라고 생각하오. 당신도 틀림없이 후회하고 있겠지만.

고도이는 그 편지를 받고 어떤 반응을 보였을까? 당장 왕비를 찾아가서 그만 멈추라고 화를 냈을까? 이제 더이상 당신의 종이나 다름없는 애인 역할을 하고 싶지 않다고 신경질적으로 문을 닫고 나와 그대로 고향인 카스투에라로 내려갔을까? 왜 남의 편지를 훔쳐 읽고 지랄이에요! 항의라도 한마디 했을까? 그도 아니면 알바 공작부인에게 '당신의 마음과 무관하게 나로 인해 고통을 받게 해서 미안하오. 어서 빨리 몸을 피하시오' 사과 편지라도 썼을까?

　무슨 소리. 고도이는 아무것도 하지 않았다. 아무것도 하지 않았을뿐더러, 마치 스무 마리의 사나운 개들 무리에 갑자기 내던져진 어린 강아지처럼 뒷무릎을 굽히고 왕비를 향해 더 바짝 고개를 숙이기까지 했다. 물론 그의 속마음은 매번 흔들렸을 것이다. 잠들기 직전, 알바 공작부인에게 달려가는 자신의 모습을 상상하며 달콤한 꿈을 꾸었는지도 모른다. 핍박의 강도가 더 높아질수록 공작부인에 대한 소유욕은 더 커졌을지도 모른다. 하지만 딱 거기까지만이었다. 그는 그저 공작부인이 자신으로 인해 서서히 죽어가는 모습을 침묵 속에서 지켜보기만 했을 뿐이었다. 개들도 그렇겐 하지 않는다. 개들 또한 서열 속에서 살아가지만, 그것보다 더 중요한 건 무리에 끼는 일이다. 개들은 무리 안에서 하루종일 날뛰고, 뛰놀고, 달음박질하는 것을 더 원한다. 그러다가 무리의 한 마리가 목숨을 잃는 사건이 벌어지면, 밤새 동네가 떠나가도록 울부짖으며 애도를 표한다. 서열이 높든 낮든, 함께 울어준다. 고도이는 무고한 사람의 꺼져가는 목숨을 지켜보면서도, 그러면서도 아무런 소리조차 내지 못한, 개만도 못한 인간이었다. 그가 후에 훌륭한 집사의 역할을 수행했든 그러지 못했든, 그건 분명 비난받아 마땅한 일이었다.

　1800년 6월과 7월 사이, 알바 공작부인이 데리고 있던 후에스카르 비숑 프리제 네 마리가 까닭 없이 죽어나갔다. 베로의 손자 손녀들인 그들 중에는 채 한 살도 되지 않은 강아지도 포함되어 있었다. 죽은 강아지들은 다른 동물에게 공격을 당하지도 않았고, 높은 곳에서 떨어지지도 않았다. 그저 느릿느릿 카펫 위를 걸어다니다가 어느 순간 한자리에 엎드렸고, 그대로 숨을 거두었다. 네 마리 모두 똑같이 입가에 토한 흔적이 남아 있었다.

공작부인이 프랑스의 나폴레옹 보나파르트에게 은밀한 편지를 띄운 것은 1800년 9월 초의 일이었다. 강아지들이 죽어나가기 시작한 지 삼 개월이 조금 안 되던 시점.

……이곳 에스파냐는 오직 어둠, 어둠뿐입니다. 마드리드에는 집보다 교회가 더 많고, 민중보다 성직자가 더 많습니다. 귀족들은 겁에 질려 자기 잇속 챙기기에 급급하고, 아이들에 대한 교육은 전무한 상태입니다. 모든 것이 왜곡되어 있고, 훼손된 채 버려지고 있습니다…… 무엇보다 가장 큰 원인은 왕실의 타락입니다. 그들은 본래 프랑스의 핏줄이나, 지금은 언제 어느 때 영국과 손을 잡고 프랑스로 칼날을 돌릴지 알 수 없습니다. 그들은 자신들의 자리와 권력을 위해서라면 능히 그럴 수도 있는 사람들입니다. 왕은 사냥에 빠져 있고, 왕비는 총리와 연애 놀음을 하며 애먼 사람들을 죽이려 들고 있습니다…… 통령께서 생베르나르

고개를 넘어 이탈리아를 해방시킨 것처럼, 이곳 에스파냐를 굽어살펴주시길 바랍니다. 이곳에도 통령의 뜻에 동조하는 많은 지식인들이 살고 있습니다……

이 편지의 정확한 맥락을 살피기 위해선 당시 나폴레옹의 드라마틱한 집권 과정과 그에 두려움을 느낀 여러 유럽 왕족들의 연합 논의, 후에 귀족 제도 자체를 무너뜨린 '프랑스 민법전'의 제정과 공공 교육법 등을 자세히 살펴봐야 하겠지만, 우린 그럴 필요가 없다. 알바 공작부인의 은밀한 편지 역시 국경을 넘지 못하고 주위 사람의 공작을 통해 총리인 고도이의 손에 들어갔기 때문이다(그만큼 다들 프랑스에 대한 두려움이 컸다).

우리가 궁금한 것은 고도이가 왜 그토록 공작부인의 편지에 분노했는가, 이다. 물론 그 편지에는 그에 대한 비난도 포함되어 있었다. 하지만 따지고 보면 그건 고도이 자신이 자초한 일이지 않은가. 자기로 인해 목숨의 위협까지 받게 된 한 사람이 살기 위해서 쓴 편지를 두고, 그가 가져야 할 태도는 미안함과 죄책감, 안쓰러움이 아니던가? 그게 사랑하는 사람에 대한 온당한 태도가 아니던가? 하지만 그는 그러질 않았다. 전에 없던 분노와 투쟁심으로 알바 공작부인의 편지를 다시 왕비에게 전해버렸다. 그러면서 그는 짤막하게 자신의 의견을 담기까지 했다.

알바 공작부인의 편지를 전해드립니다. 이제 공작부인은 심연의 밑바닥에 묻어버려야 합니다. 이것으로 충분합니다.

그 편지가 결정적이었다.

알바 공작부인은 1802년 7월 23일 갑자기 세상을 뜨게 된다.

마드리드 시내에는 그녀가 왕비에게 독살되었다는 소문이 돌았고, 민심도 흉흉해졌다. 하지만 아무도 그녀의 집 근처로 다가가진 못했다. 진실보다 두려움이 더 컸기 때문이었다. 모두 한목소리로 왕비를 욕했지만, 또 모두 한마음으로 왕비를 두려워했다.

오직 한 사람, 오직 한 남자만이, 그녀가 죽은 지 나흘째 되는 1802년 7월 26일 자정 무렵, 그녀의 집으로 몰래 들어갔다. 하인들도 모두 어디론가 떠나 촛불 하나 켜지 않은 집이었다. 그는 어둠과 적막에 휩싸인 그녀의 집을 둘러보다가 베로와 거의 아사 상태에 놓인 그의 후손 강아지 두 마리를 발견했다(누녜스는 이미 사망한 상태였다). 그는 그 강아지 중 한 마리를 품에 안고 있다가 갑자기 울음을 터뜨렸다. 그 울음소리는 마치 동굴에 갇힌 짐승의 그것처럼 낮고 처절하게, 오랫동안 울려퍼졌다. 그는 그렇게 한참을 울다가 바구니에 새끼 강아지들을 담아 알바 공작부인의 저택을 빠져나왔다. 베로는 천천히 그의 옆을 따라 걸었다.

마누엘 데 고도이.

이제 그가 베로의 집사가 된 것이었다.

　　　—피에르 퓌졸, 『후에스카르 비숑 프리제의 빛과 그림자』

9

풀들은 가슴 높이까지 웃자라 있었다.

여길 올라갈 수 있을까? 경사가 급한 비탈이 20미터쯤 이어지고 있었다. 나는 정용이 방금 헤치고 들어간 풀숲을 바라보았다. 정문으로 들어가지 않으려면 이 비탈을 오르는 방법밖에 없었다. 그 비탈 위에 쇠파이프와 슬레이트 지붕으로 만든 축사가 있었다. 축사 주위론 테니스 코트처럼 녹색 철제 펜스를 쳐놨는데, 우리는 그것을 타고 넘을 작정이었다. 정용은 두세 걸음 오르다 말고 나를 돌아보았다. 축사 쪽에서 개들이 숨가쁘게 짖어대고 있었다. 연속해서 빠르게 서너 번 짖는 중음과 더딘 고음이 뒤섞여 있었다. 이시봉에게선 한 번도 들어보지 못한 성량이었다.

"안 되겠는데."

정용이 목소리를 낮춰 말했다.

"개들이 너무 짖어."

나는 말없이 고개를 끄덕거렸다. 얼마 걷지도 않았는데 등이 이미 축축하게 젖어 있었다. 무덥고 습한 여름밤이었다. 내 몸에서 연한 풀비린내가 올라왔다.

정용과 나는 다시 수아와 이시봉이 기다리고 있는 차로 돌아갔다. 차는 축사가 한눈에 올려다보이는 국도변 작은 다리 옆에 세워두었다. 일부러 축사와 좀 떨어진 곳에 주차를 했다. 정용과 나는 터덜터덜 슬리퍼를 끌며 걸었다. 개 짖는 소리는 쉬이 잦아들지 않았다. 멀리 송죽교회 십자가가 깜빡깜빡 점멸하고 있는 게 보였다. 아무래도 전구 몇 개가 고장난 듯싶었다.

—

"정말 개빡치는 게 뭐냐면…… 너희들이 내 유일한 친구라는 거야."

수아는 운전을 하면서 계속 투덜거렸다. 정용은 수아 옆 조수석에 얌전히 안전벨트를 하고 앉아 있었고, 나는 이시봉과 함께 뒷좌석에서 가만히 앞유리창만 바라보고 있었다. 경차여서 그런지 아니면 정용 때문에 그런지, 앞이 꽉 막힌 느낌이었다.

"운전도 못 하지, 성격도 나쁘지, 한 명은 알코올중독이고, 또 한 명은 헬스 중독이야, 맨날 사고만 쳐대…… 이 생활만 벌써 십 년째야……"

"그래도 난 오토바이 면허는 있어."

정용이 무뚝뚝한 목소리로 말했다. 그러자 수아가 바로 주먹으로 정용의 팔뚝을 때렸다. 나는 못 본 척 이시봉 쪽으로 시선을 돌렸다. 이시봉은 마치 자기가 지금 어디를 향해 가고 있는지 다 안다는 듯, 평소보다 의젓한 자세로 어두운 창밖을 바라보고 있었다.

"너 그 오토바이 면허 딸 때도 내가 돈 다 대줬거든! 갚는다면서!"

수아가 목소리를 더 높였다.

"아니, 난 네가 됐다고 그래서……"

"됐다고 그러면? 그러면 그냥 끝이야? 응?"

정용이 머리를 긁적거렸다.

"그러면 지금이라도 갚을까?"

"됐어! 이게 이제 와서 누굴 개치사한 놈으로 만들려고."

수아는 계속 씩씩거렸다.

"에이, 개빡치는 팔자! 이젠 친구놈들로 모자라서 친구네 개 형제까지 신경써줘야 하고."

말은 그렇게 했지만, 자정 무렵 우리를 불러낸 것은 수아 그 자신이었다. 수아는 편의점 알바가 끝나자마자 미리 빌려놓은 쏘카에 우리를 태웠다.

"이시봉! 얼른 가자! 네 형제들 구해야지!"

수아는 이시봉을 보면서 말했다. 이시봉은 고개를 갸웃거리기만 할 뿐, 말이 없었다.

나주시 왕곡면 송죽리.

엄마가 보내준 아빠 사진을 옆에 두고, 나는 나흘 내내 컴퓨터 앞에 앉아 있었다. 로드뷰로 나주시 왕곡면 일대를 살피면서 마치 퍼즐을 맞추듯 교회와 작은 다리와 느티나무가 있는 풍경을 찾아보았다. 일단 그렇게 먼저 주소를 확인한 후, 직접 찾아가보는 게 내 계획이었다. 거길 가본다고 해서 뭔가를 알아낼 수 있다는 보장은 없었지만, 나는 컴퓨터 모니터에서 눈을 떼지 않았다. 사실, 그건 내가 생각하기에도 좀 이상한 집착이긴 했다. 나는 무언가를 찾기 위해서 그렇게 애써본 적이 없었다. 누군가를 그렇게 만나보고 싶어한 적도 없었다. 더 솔직하게 말하자면 누구를 만나고 싶은 것인지, 무엇을 확인하고 싶은 것인지, 그것도 명확히 알 수 없었다. 그런데도 나는 시현이 등교하고 나면 바로 컴퓨터 앞에 앉았고, 저녁 무렵이 되어서야 그 앞을 벗어났다. 그래도 뭐, 시간은 많으니까. 나는 맥주를 마시면서 왕곡면 덕산리와 본양리를 돌아다녔고, 신가리와 장산리 일대를 살펴보았다. 둘째 날엔 점심이 한참 지나서야 이시봉 밥을 챙겨주려고 자리에서 일어났는데, 컴퓨터 책상 옆에 우그러진 빈 맥주 캔 여섯 개가 뒹구는 것을 발견했다. 그걸 보고 나도 흠칫 놀랐다.

사진 속 장소를 찾는 것은 생각처럼 쉽지 않았다. 시골이어서 그런가, 로드뷰로 확인할 수 있는 장소는 그렇게 많지 않았다. 논과 밭과 아카시아나무와 농협 마크가 새겨진 창고는 많이 보였으나, 도로에서 조금 떨어진 마을이나 야산은 아예 제대로 들어가볼 수조차 없었다. 그런 경우는 위성사진을 확대해서 주변을 살폈다. 목장과 저수지 주변도 클릭해봤고, 혹시 몰라 공원묘지와 마을회관 주변도 꼼꼼히 뒤졌다. 시골엔 무덤도 많구나. 나는 마우스를 움직이면서 속엣말을 했다. 오랜만에 컴퓨터 앞에 오래 앉아 있어서 그런지 어깨가 자꾸 결렸다. 밤이 되면 눈도 벌겋게 충혈되어 있었다. 이시봉은 심심했는지 컴퓨터 책상으로 다가와 그런 나를 멀거니 지켜보았다. 나는 한 손으로 이시봉의 정수리를 쓰다듬어주면서 계속 마우스를 움직였다. 이시봉, 지금 네 고향을 찾아보는 거야. 네 아빠 엄마 형제들 찾는 거라구.

나흘째 되던 날, 나는 그곳을 찾아냈다. 송죽교회에서 조금 떨어진 곳에 23번 국도가 있고, 그 국도와 연결된 샛길에 작은 다리가 하나 놓여 있었다. 아빠 사진에 나와 있던 바로 그 다리.

정확한 주소는 나주시 왕곡면 송죽리 산46번지였다. 나는 그 화면을 바로 캡처했다.

어쩌면 정채민 대표가 벌써 찾아갔을지도 몰라.

다음날, 나는 혼자 999번 버스를 타고 나주시로 향하면서 그 생각을 했다. 광주에서 송죽리로 가려면 999번 버스를 타고 나주터미널까지 간 뒤, 그곳에서 다시 112번 버스로 갈아타야만 했다.

그래도 상관없지, 뭐.

나는 거의 텅 비다시피 한 버스에 앉아 차창 밖을 바라보았다. 맑고 무더운 날이었다. 줄지어 늘어선 키 낮은 배나무들이 보였고, 바싹 메마른 개천도 스쳐지나갔다. 혼자 버스를 타고 어딘가로 가는 것은 오랜만이었다. 예전엔 혼자 이렇게 버스를 타고 종종 담양이나 화순까지 갔다 오기도 했다. 딱히 뭘 보러 간 것은 아니었고, 그냥 버스에 앉아 있는 그 시간을 좋아했다. 초등학교 중학교 고등학교가 모두 집에서 가까운 거리에 있어 늘 걸어서 등하교를 했다. 그것도 나쁘진 않았지만, 가끔 답답하다는 생각이 들 때가 있었다. 그럴 때면 주말 오전, 아파트 앞 정류장에서 버스를 탔다. 버스에 앉아서 이 생각 저 생각 두서없이 하는 것도 좋았고, 낯선 사람들의 표정이나 옷차림을 보는 것도 재미있었다. 집으로 돌아오는 버스 안에선 대부분 정신

없이 졸았지만, 그 나른함도 나쁘지 않았다. 그런데 이런 즐거움을 잊고 있었다니. 그동안 왜 이런 것도 못 하고 살았지? 그렇게 어려운 일도 아닌데…… 나는 반사적으로 이시봉 핑계를 대려고 하다가, 거의 동시에 리다의 말을 떠올렸다.

애네들은 좀 떨어져서 살 필요가 있어.

버스에 부부로 보이는 할머니 할아버지가 힘겹게 올라타는 것이 보였다. 할아버지가 할머니에게 손을 내밀어 버스에 오를 수 있게 도왔다. 만약 그곳에 갔다가 김상우와 박유정을 만나게 된다면, 그러면 무슨 말을 해야 할까? 혹시, 이성현씨 아세요? 저희 아빠인데 이곳에서 강아지 한 마리를 분양받았거든요. 아니면 바로 정채민 대표 이야기를 해야 할까? 그 사람이 당신들을 만나고 싶어해요…… 아니지, 그러면 김상우와 박유정은 나를 피할지도 몰라. 어쨌든 그 사람들한텐 숨기고 싶은 과거일 테니까…… 그냥 이시봉의 엄마 아빠, 형제들이 거기 살고 있는지, 그것만 알면 돼. 나는 내 앞자리에 앉은 할머니와 할아버지의 뒤통수를 바라보았다. 할머니 할아버지의 뒤통수는 작고 납작했다. 나는 버릇없다는 것을 빤히 알면서도, 그 작은 뒤통수들을 만져보고 싶었다. 그리고 쓰다듬어주고 싶었다. 꼭 떨어져서 살 필요는 없죠? 그렇죠? 묻고 싶기도 했다.

—

"그래서 그냥 왔다고?"

다시 차 안으로 들어온 나와 정용에게 수아가 물었다.

"그럼 어떡해? 개들이 너무 짖는데…… 주인도 나와볼 거 같고……"

정용이 좀 지친 목소리로 말했다. 이시봉은 꼬리를 흔들면서 내 옷에서 나는 풀냄새를 맡았다. 그러다가 이상하다는 듯 내 얼굴을 바라보았다. 표정이 좀 변하는 것 같더니 더이상 냄새를 맡지 않고 제자리에 고개를 돌린 채 앉았다. 삐진 것이었다. 왜 자기는 차에 두고 혼자 냄새를 묻히고 돌아왔냐는 것이겠지.

"개빡치네…… 그냥 정문으로 돌파할까?"

수아가 자세를 고쳐 앉으면서 운전대를 잡았다.

"저기, 수아야."

이번엔 내가 수아를 말리고 나섰다.

"오늘은 그냥 가고…… 다른 방법을 찾아보는 게 어떨까?"

내가 용기를 내자, 정용도 말을 보탰다.

"그래, 수아야. 리다 누나 말처럼 동물 구조 단체도 있고, 경찰에 신고해도 되고…… 저 안에 몇 명이 있는지도 모르는데……"

솔직히 말하자면 나는 좀 두려웠다. 저 정문을 열고 축사 안으로 들어가면, 그곳에 김상우와 박유정이 있을 것만 같았다. 나는 이런 식으로 그들을 마주치기 싫었다.

"그러는 사이에 저기 있는 애들은? 쟤네들 잘못되면?"

수아가 비탈 위 축사를 바라보면서 말했다. 개들은 그때까지도 계속 짖고 있었다.

혼자 버스를 타고 송죽리를 찾은 그날, 나는 사진 속 아빠가 이시봉을 안고 있던 느티나무 아래 오랫동안 앉아 있었다. 오후 두시 무렵이었다. 날은 무더웠고, 하늘엔 구름 한 점 보이지 않았다. 느티나무 주변에선 달고 신 냄새가 났다. 가까운 곳 어딘가에서 과일이 썩고 있는 것 같았다. 나는 턱을 괸 채 송죽교회 종탑을 바라보다가 일어나서 천천히 마을 쪽으로 걸어갔다. 송죽교회에서 남쪽으로 100미터쯤 떨어진 곳에 마을회관과 저온 창고가 들어서 있는 마을이 보였다. 마을 앞쪽엔 논이 자리잡고 있었고, 그 논 가운데로 시멘트길이 길게 이어져 있었다. 나는 그 길을 따라 느릿느릿 걸어갔다. 아빠가 이시봉을 처음 만난 곳이 여기가 맞다면, 그건 아마도 저 마을의 어느 집에서였을 것이다.

"뉜겨?"

그 길 중간쯤에서 나는 할아버지 한 분과 마주쳤다. 할아버지는 턱끈이 달린 밀짚모자에 흰색 러닝셔츠, 반바지 차림이었는데, 그래서 그런지 만화 〈원피스〉에 나오는 루피가 떠오르기도 했다. 뺨이 푹 꺼진, 좀 깡마른 체격의 할아버지였다.

"아, 저는 그러니까……"

나는 말을 얼버무렸다.

"첨 보는 얼굴인디…… 울 마을에 먼 일 났는가?"

할아버지는 내 앞에 서서 담뱃불을 붙였다. 할아버지는 나를 의심스러운 눈길로 바라보았다. 좀 노골적인 표정이었다.

"제가 그러니까…… 여기서 데려온 강아지를 키우고 있는데……"

"강아지? 개? 근디?"

"그게 좀…… 물어볼 말이 있어서……"

"개 땜시 이 더위에 여기까지 왔다는겨?"

나는 잠깐 침묵을 지켰다.

"아따, 밸시럽네. 그럼 이짝이 아니라 저짝으로 가부러야지."

할아버지가 담배를 든 손으로 내가 걸어온 길 반대쪽 야산을 가리켰다. 거기 야산 중턱에 파란색 슬레이트 지붕을 얹은 축사가 보였다. 축사 정문까지는 시멘트길과 연결된 비포장도로가 나 있었다.

"저짝이 개 농장이랑게."

"개 농장이요?"

"긍게, 개 찾는다믄서?"

나는 손차양을 하고 할아버지가 가리키는 방향을 바라보았다.
"무담시 쓰잘데기없이 개를 물어보러 댕긴다고……"
할아버지는 쯧쯧 혀를 차기도 했다.

"이건 강아지 공장이 맞아."
그날 밤, 리다는 편의점 파라솔 아래에 앉아 내가 찍어온 동영상을 보면서 말했다.
내가 찍어온 동영상엔 뜬장 안에 갇힌 개들이 있었다. 철장을 마치 연립주택 쌓듯 이층으로 올린 뜬장 안에 몰티즈와 비숑 프리제와 장모 치와와와 사모예드가 갇혀 있었다. 바닥도 철망이어서 아이들은 걸을 때마다 자주 휘청거리거나 다리를 부들부들 떨었다. 이층에 있는 강아지가 똥이나 오줌을 싸면 그대로 아래로 떨어지는 구조. 그런 뜬장이 2열로 나란히 줄지어 늘어서 있었다. 그 상태에서도 강아지들은 나를 보고 꼬리를 흔들어대면서 짖어댔다. 중음으로 짧게 반복해서 짖는 소리. 안녕! 안녕!
"강아지 공장이면……?"
정용이 물었다.
"계속 강제 교배 당하고 출산하면서 새끼들을 뽑아내는 거지."
리다가 동영상을 잠깐 멈추고 확대한 뒤 다시 우리에게 보여주었다.

"이거 봐. 다 엄마 개들뿐이잖아."

나와 정용과 수아는 모두 말없이 휴대폰 화면만 바라보았다.

리다는 한 유기견 보호 단체 후원회원으로 매달 그곳 소식지를 받아보고 있다고 했다. 얼마 전엔 화순에서도 버려진 강아지 공장이 발견되어 회원들이 직접 구조에 나섰다고 덧붙였다.

"여기서 태어난 강아지들이 엄마 품에서 바로 떨어져 펫숍으로 팔려나가는 거야."

"개빡치네……"

수아가 낮은 목소리로 말했다.

"주인은? 주인은 만났어?"

나는 고개를 저었다.

그날, 시멘트길을 벗어나 할아버지가 가리킨 축사 쪽 비포장도로로 접어들자마자, 개들이 요란하게 짖어대는 소리가 들리기 시작했다. 일정한 리듬 없이, 여러 마리가 한꺼번에 짖는 소리였다. 그 소리들은 축사 뒤편 키 큰 소나무들의 가지를 넘어 멀리 야산으로 울려퍼졌다. 나는 천천히 비포장도로를 올라갔다. 땀은 계속 났는데, 그래도 목이 마르진 않았다. 목이 마르진 않았지만, 계속 술 생각이 나긴 했다. 나는 일부러 그 생각을 놓지 않으려고 노력했다. 비포장도로를 다 오르자, 트럭 한 대는 너끈히 드나들 수 있을 철문이 나타났다. 초등학교 교문처럼 생긴 철문은 곳곳이 부식되고 페인트가 일어나 있었다. 그 철문 사이로 컨테이너 박스가 눈에 들어왔다. 검게 그을린 드럼통도 하나 보였고, 부러진 삽과 휴대용 가스버너 위에 올려진 냄비, 모로 누운 오래된 에어컨 실외기도 있었다. 컨테이너 박스 반대편 소나무 두 그루엔 해먹이 묶여 있었는데, 그 아래엔 슬리퍼 한 짝과 소주병들이 널브러져 있었다.

"저기요……"

나는 철문 앞에서 한참 동안 망설이다가 조금 작은 목소리로 사람을 불러보았다. 간신히 소리를 내고 나자 가슴이 요동쳤다. 하지만 아무도 나와보지 않았다.

"저기요."

더 크게 목소리를 내봤지만, 개들만 더 요란하게 짖어댈 뿐이었다. 그 소리는 귀를 먹먹하게 만들 정도였지만, 내 가슴을 진정시키는 데는 도움을 줬다. 철문은 살짝 열린 상태였다. 나는 짧게 숨을 내뱉은 후, 안으로 한 걸음 들어갔다. 컨테이너 박스를 지나 파란 방수포로 사방이 막혀 있는 축사 안쪽으로……

그리고 그곳에서 그 공장을 본 것이었다.

강아지 공장이라는 말을 들었을 때부터, 아니 처음 그곳을 보았을 때부터, 나는 우울에 사로잡힐 수밖에 없었는데, 그건 역시 지금은 내 곁에 없는 아빠 때문이었다. 아빠는 어쩌자고 이런 곳까지 와서 이시봉을 데려온 것일까? 이런 곳을 빤히 보고 나서도, 그렇게 웃으면서 이시봉을 안고 사진을 찍었던 것일까? 그러는 게 그냥 값이 싸서…… 그랬던 것일까? 그러면서도 내게 개를 사랑하는 일은 예측 불가능한 일을 겪는 것이라고, 그렇게 말해준 것일까?

이시봉이 강아지 공장에서 태어난 것은 명백해 보였다. 평생을 뜬장에 갇혀 제대로 서보지도 못한 엄마에게서, 그 엄마 개가 강제 임신과 제왕절개를 반복한 끝에 태어난 새끼 강아지 중 한 마리…… 배설물과 악취가 가득한, 햇빛 한 점 들어오지 않는 축사에서 태어난…… 리다의 말에 따르면 그 어미 개들은 대부분 자궁축농증에 걸려 죽는다고 했다. 또 일부는 정신병에 걸려 뜬장에서 계속 같은 자리를 맴돌다가 구토 끝에 죽는 경우도 있다고 했다. 그렇게 죽은 어미 개들은 바로 도살업자의 손에 넘어가 개소주가 되기도 한다고……

나는 도무지 믿어지지 않았다.

고귀한 혈통이라면서…… 프랑스에서 건너온, 왕의 사랑을 받았던 개의 후손이라면서…… 그러면 역시 정채민 대표가 잘못 알고 있었던 것일까? 이시봉은 그저 그가 찾고 있는 개를 닮은, 오물을 뒤집어쓴 채 태어난 강아지가 아니었을까……? 한데 왜 어떤 비숑 프리제들은 층고가 높은 이층집에서 태어나 스파를 받으며 살아가고, 또 어떤 비숑 프리제들은 암모니아 가스로 가득찬 축축한 축사에서 태어나 평생을 뜬장 위에서 지내는 것일까? 이런 것도, 이런 생각도, 다 동물의 의인화일까?

—

"안 되겠어. 내가 혼자 갔다 올게."

수아가 안전벨트를 풀고는 차 밖으로 나가려고 했다. 정용이 수아의 손을 붙잡았다.

"아니, 애들이 계속 짖는다니까."

수아의 계획은 몰래 축사 안으로 들어가 뜬장 안에 갇힌 개들을 풀어주는 것이었다. 그중 몇 마리라도 우리가 차에 태워서 데려오고, 그러지 못하는 개들은 일단 그곳에서 도망치게 해주자는 것. 수아는 담배를 피우면서 그렇게 말했다. 하지만 리다는 수아의 계획에 반대했다. 그게 그 아이들을 더 위험에 빠뜨리는 일이라고 했다. 평생을 뜬장에서 지낸 아이들은 제대로 도망치지도 못할 것이고, 결국 야생동물의 표적이 되거나 얼마 못 가 다시 축사 쪽으로 되돌아올 것이라고 했다.

"그게 개의 습성이니까……"

그러면 축사 주인한테 더 학대받을지도 모르고, 어쩌면 더 빨리 처분돼버릴지도 모른다고, 리다는 담담한 목소리로 말했다. 차라리 동물 구조 단체에 연락하는 게 더 안전하다는 말도 했다.

하지만 수아는 완강했다.

"그러니까 몇 마리라도 우리가 먼저 구해내자구요. 자꾸 남에게 미룰 생각 하지 말고. 언니 같은 사람들 때문에 세상이 안 변하고 계속 이 모양 이 꼴이라구요."

수아는 평생 강아지를 키워본 적이 없었다. 하지만 누구보다 강아지를 좋아했다.

"개들한테 그게 좋을지 나쁠지 언니가 어떻게 알아요? 해보지도 않고……"

결국 수아는 이틀 후, 리다를 빼고 나와 정용만 따로 편의점 앞으로 불러냈다. 그게 지금 우리가 이곳에 와 있는 이유였다.

"저기 지금 아무도 없어. 아무도 없으니까 개들이 저렇게 짖는데도 나와보는 사람 한 명 없는 거야."

수아가 다시 축사를 바라보면서 말했다.

"그게 아닐 수도 있잖아?"

"아니어도 상관없어. 씨발, 내가 오늘 한 마리라도 구해낼 거야."

"수아야……"

수아가 또 차문을 열고 나가려고 했다. 정용이 수아의 오른팔을 붙잡았다.

"놔!"

"아니, 그러니까 잠깐만 생각을 해보자구."

"놓으라고. 너희 같은 남자 새끼들은 이게 뭔지 정확히 몰라. 저렇게 새끼만 낳는 게 어떤 의미인지 모른다구."

"우리는 네가 걱정돼서 그러지……"

"씨발, 그러면 따라오든가!"

수아가 정용의 팔을 뿌리치는 순간이었다. 차 한 대가 빠르게 비포장도로를 타고 축사 쪽으로 올라가는 것이 보였다. 수아와 정용은 굳은 듯 그 자세 그대로 그 차를 바라보았다. 나와 이시봉도 목을 길게 빼 그쪽을 바라보았다.

차는 축사 철문 앞에 멈춰 섰다. 정차만 했지 시동은 끄지 않았다. 헤드라이트 불빛 때문에 우리가 앉은 곳에서도 철문과 컨테이너 박스가 선명하게 눈에 들어왔다. 우리는 숨죽인 채 그 차를 바라보았다. 얼마 지나지 않아 조수석에서 한 사람이 밖으로 나왔다. 그는 손에 손전등을 들고 있었다. 개 짖는 소리는 더 커졌고, 이시봉도 덩달아 흥분하기 시작했다. 나는 이시봉을 꼭 끌어안아주었다.

먼저 내린 사람이 헤드라이트 앞에 서더니 타고 온 차를 향해 수신호를 보냈다. 그러자 차 안에서 네 사람이 더 내렸다. 그들은 똑같이 손전등을 들고 있었지만, 손에 든 게 그것만은 아니었다. 다른 한 손엔 쇠파이프가 들려 있었다. 그들은 망설임 없이 철문 안으로 진입해 축사 쪽으로 뛰어들어갔다. 컨테이너 박스에 난 유리창을 누군가 깨뜨렸다. 가재도구 같은 것이 발에 걷어차이는 소리도 들렸다. 그들은 철문 안 이곳저곳을 쇠파이프를 휘두르면서 돌아다녔다. 그러곤 천천히 축사 쪽으로 걸어 들어갔다.

나는 그들이 누구인지 알 것 같았다. 그들이 타고 온 차, 그 카니발도 잘 알 것 같았다. 그들은 모두 야구 모자를 쓰고 마스크를 하고 있었지만, 나는 그들이 누구인지 너무 잘 알 것 같았다.

하지만, 도무지 이해할 수 없는 것이 있었다. 강아지를 찾는 사람들이 왜 켄넬 대신 쇠파이프를 들었는가? 왜 애꿎은 유리창을 깨고, 집기를 걷어차면서, 강아지들을 겁먹게 만드는가? 왜 저렇게 당당한 몸짓인가?
나는 아무 말도 하지 못한 채 그저 축사 쪽에서 들려오는 그 소리들을 듣고만 있었다.

개 짖는 소리는 점점 더 작아져갔다.

10

일요일 아침이었다. 아파트 단지 바로 옆 성당의 오전 미사가 시작될 무렵, 나는 이시봉과 함께 천천히 호수공원 쪽으로 걸어 나갔다.

안고 가야 하나?

현관 앞에서 크록스를 신으면서 나는 잠깐 망설였다. 이시봉은 신발장 옆에 서서 나를 올려다보았다. 어제 목욕을 했는데도 그새 또 눈곱이 껴 있었다. 나는 이시봉 앞에 쪼그리고 앉아 눈곱을 떼주었다.

아무래도 좀 이상하게 보이겠지? 그래도 처음 만나는 사람인데……

나는 고민 끝에 리다가 사준 하네스와 리드 줄을 쓰기로 했다. 이시봉도 얌전히 내가 하는 대로 내버려두었다. 구름이 좀 낀 날씨였다. 무덥긴 마찬가지였지만 그래도 이따금 불어오는 바람이 제법 선선했다. 태풍이 예고되어 있었다. 아파트 단지 내 키 큰 플라타너스 잎사귀들이 흔들릴 때마다 먼 곳에서 새들의 울음소리가 들렸다. 이시봉도, 나도 잠깐 서서 그 나무들을 올려다보았다.

약속 장소는 호수공원 시계탑 바로 아래에 있는 벤치였다.
약속 시간까지는 아직 삼십 분쯤 여유가 있어서 이시봉과 나는 호수공원을 한 바퀴 돌기로 했다. 이시봉은 하네스가 불편했는지 자주 몸을 부르르 떨어댔다. 그 자리에 주저앉아 뒷다리로 목 부위를 긁기도 했다. 그러곤 다시 걸어가다가 인도 경계석 옆에 서서 영역 표시를 했다. 자기가 남긴 흔적을 물끄러미 바라보다가 같은 자리에 또 한번 표시를 하기도 했다.
이시봉은 지금 무슨 생각을 하고 있을까?
나는 이시봉의 꼬리를 바라보면서 계속 그 생각을 했다. 왕곡면 송죽리에 다녀온 이후, 나는 괜스레 엎드려 있는 이시봉 옆에 나란히 엎드리는 횟수가 잦아졌다. 그 자세 그대로 가만히 이시봉의 눈을 바라보았다. 털에 가려 잘 보이지 않는 눈. 흰자위가 거의 보이지 않는 검은 눈동자. 나는 이시봉의 이마를 위로 쓸어넘겨주었다. 이시봉은 그런 나를 무덤덤하게 바라보다가 눈을 반쯤 감은 상태로 다시 정면을 응시했다. 내가 귀찮았지만, 어쩐지 의무감에 자리를 지키고 있는 것처럼 느껴지기도 했다.

"이시봉, 괜찮니?"

나는 이시봉의 등을 쓰다듬어주었다. 안마를 하듯 앞다리도 꾹꾹 주물러주었다.

"나는 처음부터 네가 후에스카르 비숑 프리제든 아니든 아무 상관 없었어."

나는 이시봉의 귀에 대고 그렇게 말하기도 했다. 그건 사실이었으니까. 그게 뭐? 나는 그런 혈통이 귀찮기만 했다. 아니, 솔직히 조금 겁이 나기도 했다. 이시봉이 내게서 떠나갈까봐, 누군가 이시봉을 내게서 떼어낼까봐 두렵고 염려되었다.

하지만 강아지 공장은 그런 차원이 아니었다.

겁이 나고 두렵고 염려되는 게 아니라, 화가 나고 맥이 빠지고 창피해지다가 결국엔 이시봉에게 미안해졌다. 자꾸 철장 바닥에 발이 빠지는 아기 이시봉이 떠올랐고, 제 새끼를 빼앗긴 채 바들바들 뜬장 구석에서 떨고 있는, 그러면서도 어린 새끼들에게서 눈을 떼지 못하는 어미 개의 모습이 그려졌다. 그렇게 태어난 이시봉을 아빠는 싼값에 사들였고, 우리에게 새 식구라고 소개한 것이겠지…… 아빠 같은 사람들 때문에 강아지 공장은 계속 돌아가는 것이고, 어미 개들은 발정 촉진 주사를 맞고 제왕절개를 당하는 것이겠지……

수아와 정용과 함께 강아지 공장에 다녀온 다음다음 날 오후, 나는 베란다 방충망을 마른걸레로 훔쳐내다 말고 다시 거실로 돌아와 책상다리를 하고 앉았다. 그러곤 멀거니 거실 서랍장을 바라보았다. 내 안에서 좀처럼 정리되지 않는 것들이 있었다. 앙시앙 하우스 사람들이 왜……? 도대체 왜 들이닥쳐 그곳을 다 부숴버린 것일까? 이시봉의 엄마나 아빠 형제들을 찾는다고 했으면서…… 물론 그들도 화가 났을 가능성이 있었다. 어쨌든 그들은 모두 브리더이고 누구보다 강아지의 생리를 잘 아는 사람들이니까. 그래서 강아지 공장을 보고는 더 흥분하고 분노했을 수도 있었다.

"무슨 사채업자나 원한을 가진 사람들인 거 같아."

차 안에서 조용히 축사 쪽을 바라보고 있던 정용이 말했다. 우리는 계속 몸을 낮춘 채 그쪽을 바라보았다. 제법 먼 거리였지만 이따금씩 사람들의 목소리도 들려왔다. "없습니다!" "이쪽도 없어요!" 같은 목소리들. 논을 가로질러 들려오는 목소리들.

"상관없어, 씨발! 잘됐네."

수아도 그쪽에서 시선을 떼지 않은 채 뇌까리듯 말했다. 우리는 그 사람들이 강아지 공장에서 철수할 때까지 말없이 기다렸다. 그리고 그 사람들의 차가 멀어지고 난 뒤에야, 그제야 다시 시동을 걸고 광주로 돌아왔다. 아무도 축사 쪽으로 다시 가보자는 말은 하지 않았다. 철문이 활짝 열려 있었는데도 그랬다. 나는 친구들에게 그 사람들이 앙시앙 하우스의 브리더들이라는 사실을 말하지 않았다. 어둠 속이었지만, 나는 분명 미셸 브리더를 본 것만 같았다. 제일 먼저 카니발에서 내린 사람…… 카니발 전조등에 얼핏 그 사람의 얼굴이 비친 것 같았다. 그런데도 나는 침묵을 지켰다. 어쨌든 정채민 대표에게 나주시 왕곡면에 대해서 처음 말해준 것은 다름 아닌 나 자신이었다. 그들도 나처럼 나주시 왕곡면에 대해서 알아봤을 것이고, 그러다가 이곳까지 찾아오게 된 것이 분명해 보였다. 나는 마음이 좀 복잡해졌다. 그러면서 또 한편, 다른 차원의 두려움도 생겼다. 그때는 내가 정채민 대표가 무엇을 찾고 있는지, 무엇을 원하고 있는지, 제대로 알지 못했을 때였다. 내가 이시봉을 넘기지 않으면, 분양 계약서에 서명하지 않으면, 우리집에도 사람들이 들이닥칠지도 모른다는 두려움, 그 상상이 내 안에서 시작되어버린 것이다.

왕곡면 송죽리에서 돌아온 다음날, 수아는 내게 이런 문자를 보내왔다.

—내가 거기 다 신고했어. 경찰이든 뭐든 개빡치게 일처리하면 내가 또 가서 다 때려부술 거야!

나는 거실 서랍장에 있던 아빠의 스마트폰을 꺼내들었다. 아래쪽 모서리가 깨지고 액정에도 금이 간 구형 스마트폰. 사고 당시, 아빠의 바지 주머니에 들어 있던 바로 그 스마트폰이었다. 나는 괜스레 그 스마트폰을 앞뒤로 살펴보다가 충전기를 연결해 전원을 켰다.

흔적이 남아 있을지 몰라.

통화 기록이든 문자든 카톡이든, 이시봉을 처음 거래한 기록이 거기 남아 있을 거라고 나는 생각했다. 아빠가 이렇다 할 연고도 없는 나주시 왕곡면까지 찾아가 이시봉을 데려온 건 아무래도 이상한 일이었다. 물론 누군가의 소개로 갔을 수도 있고, 인터넷에 올라온 광고를 보고 연락했을 수도 있었다. 혹, 광주에 있는 펫숍에서 그쪽을 연결해주었는지도 모른다. 내가 짐작할 수 있는 것은 그런 것들뿐이었다. 하지만 나는 그런 것들이 아니길 바랐다. 어쩔 수 없는 경우 같은 것, 혹은 누군가에게 속은 흔적…… 나는 그런 기록을 찾고 싶었다. 내가 기억하고 있는 아빠는 그런 사람이 아니었으니까.

스마트폰 속 아빠의 문자는 2022년 6월 11일에 멈춰 있었다. 사고가 있던 바로 그날 오후에 엄마와 주고받은 문자였다.

—오늘은 일찍 문 닫으려구요. 날이 더워서 그런가? 손님이 없네ㅜㅜㅜ

엄마는 그런 아빠에게 이런 답신을 보냈다.

—그럼…… 저녁엔 부대찌개에 소주 한 병 오케이?

나는 그 문자들을 보는 게 힘들었다. 음성 지원이 되는 것처럼 아빠의 문자메시지에선 아빠의 목소리가 그대로 들려왔다. 미간을 조금 찌푸린 채 무덤덤하게 말끝을 내리는 목소리. 그로부터 고작 한 시간도 지나지 않아 아빠는 사고를 당했다. 그것을 예상조차 하지 못한 채 엄마와 아빠는 그렇게 평범한 문자를 주고받았다.

—두부 한 모, 비엔나소시지, 청양고추, 다진 마늘…… 스팸하고 소주는 집에 있고…… 더 필요한 거 없지요?

결국 그 문자가 아빠의 마지막 말이 되고 말았다.

나는 잠깐 아빠의 스마트폰을 바닥에 내려놓았다. 그러곤 베란다 창문으로 시선을 돌렸다. 방충망은 반쯤 열린 상태였다. 하지만 나는 신경쓰지 않았다. 이시봉이 다가와 쿵쿵, 아빠의 스마트폰 냄새를 맡았다. 이시봉은 아빠의 냄새를 기억하고 있을까? 그 냄새는 어떤 기억으로 남아 있을까? 그건 내가 알 수 없는 영역이었다. 나는 다시 아빠의 스마트폰을 들고 빠르게 스크롤해 2020년 4월과 5월 사이의 문자를 확인했다. 아빠가 처음 이시봉을 우리집으로 데려온 것이 2020년 5월의 일이었으니까, 그 무렵 문자만 확인해보면 될 것 같았다. 아빠의 다른 문자들은 보고 싶지 않았다.

명랑한 이시봉의 짧고 투쟁 없는 삶 237

하지만 그 시기에도 이시봉에 대한 기록은 남아 있지 않았다. 문자의 대부분은 은행 대출 광고이거나 전에 다니던 타이어 공장 동료들에게서 온 메시지, 그리고 엄마와 나한테서 온 것들뿐이었다(내가 보낸 건 주로 '카드 충전'이나 '데이터 충전' 요청이었다). 그 무렵 아빠는 예전 직장 동료들과도 연락을 끊고 살았는지, '섭섭하다'든지 '전화라도 한번 줘' 같은 문자들이 많았다. 카톡도 마찬가지였다. 도매상에 피자 재료를 주문하거나, 오븐 업체와 A/S 때문에 연락을 주고받은 기록들, 영산강횟집 사장님과 나눈 농담들, 그게 전부였다. 어느 대목에서도 이시봉이나 다른 강아지에 대한 언급은, 그런 흔적은 찾아볼 수 없었다. 통화 기록은 뭐…… 그것만으론 알 수 있는 것이 별로 없었다. 나주시 왕곡면의 지역번호는 061인데, 아예 그런 번호가 찍힌 기록조차 남아 있지 않았다. 남아 있는 기록은 대부분 휴대폰 번호였다. 아니, 그러면 도대체 어떻게 거기까지 가서 이시봉을 데려온 거지? 그냥 우연히, 즉흥적으로 버스를 타고 가다가 들른 게 아니라면……

나는 아빠의 통화 기록을 살펴보다가 2020년을 넘어 2019년 기록까지 내려갔다. 별다른 기대 없이, 그냥 무의식적으로 스크롤해본 것인데…… 거기에서 그만 아주 뜻밖의 이름을 발견하고 말았다. 주로 2019년 2월에 집중된 통화들.

이시봉 010-90**-22**

뭐야 이게……
나는 좀 뚱한 표정이 되고 말았다.
이시봉……?
아빠가 아는 사람 중에 이시봉이라는 이름을 가진 사람이 있었단 말이야?

나는 그 이름과 전화번호를 한참 동안 내려다보았다.
그런 사람이 있는데…… 자기 강아지 이름을 그렇게 지었단 말이야? 성까지 똑같이? 그런 경우는 좀처럼…… 좀처럼 드물지 않나……?

생각할수록 나는 더 당황스러웠다. 그전까지 나는 이시봉이라는 이름이 시현과 내 이름의 '시' 자를 따서 지은 이름이라고만 생각했다. 아빠 역시 우리에게 그렇게 소개해줬으니까. 우리 막냇동생이라고 말해주었으니까……
그러면 도대체 이 사람은 누구지?
한 손으로 이마를 짚은 채 계속 궁리해보았다. 이시봉이 그런 내 무릎 위로 올라와 앉았다. 나는 한 손으로 이시봉의 배를 문질러주었다. 어쩌면 그냥 임시로 저장해둔 이름일지도 몰라. 이름이 잘 기억나지 않거나 떠오르지 않아서…… 아니, 어쩌면 이 사람이 아빠한테 이시봉을 판 사람일지도 몰라. 강아지 공장 주인일지도 모르고…… 나는 혼자 고개를 끄덕이면서 그렇게 추측했다. 그렇게 그냥 넘어가려고 했다.

하지만 그러고도 마음이 계속 찜찜했다. 어떤 무거운 추 같은 것이 내 양어깨에 매달려 있는 것만 같았다. 아무리 그래도 이시봉이라니…… 더구나 2019년 2월이라면 아직 이시봉이 태어나기도 전인데……

나는 망설이다가 결국 내 휴대폰으로 직접 그 전화번호를 눌러보았다. 그 정도도 나로선 상당한 용기가 필요한 일이었다. 목소리를 한번 들어보면, 그러면 좀 명확해지지 않을까? 이상하면 그냥 끊어버리면 되니까…… 나는 아랫입술을 살짝 깨문 채 통화 버튼을 눌렀다.

"네, 이시봉입니다."

통화가 연결되자마자, 상대방은 분명 그렇게 말했다. 나는 심장이 빠르게 뛰는 것을 느꼈다. 귀 뒤쪽에서도 맥박이 느껴졌다. 시간이 한참 지난 후에는 우리집 이시봉과 그가 왜 같은 이름을 갖게 되었는지, 왜 같은 이름을 가질 수밖에 없었는지 조금 짐작할 수 있게 되었지만, 그래서 아빠의 마음에 대해서도 더 생각하게 되었지만, 그때는 아니었다. 단지, 그 이름, 그 이름을 말하는 낯선 음성만으로도 긴장되고 가슴이 떨렸다. 내 무릎 위에 앉아 있는 이시봉이 스마트폰 저편에서 사람의 말을 하는 것처럼 느껴지기도 했다.

"이시봉입니다. 말씀하세요."

휴대폰 너머에서 다시 한번 상대방의 목소리가 들렸다.

"아, 네…… 저는 그러니까…… 이성현씨 아들인데요……"

나는 더듬더듬 그렇게 말했다. 그러자 이번엔 상대편에서 말이 없어졌다.

이시봉 아저씨는 우리보다 먼저 약속 장소에 나와 있었다.

아저씨는 사십대 중반쯤 되어 보였는데, 중키에 턱이 좀 긴 얼굴이었다. 머리는 M자형으로 빠져 있었고, 피부는 거무튀튀하게 타 있었다. 예전에 아빠가 입고 다니던 공장 작업복에 운동화 차림이었다.

아저씨는 나를 보자마자 벤치에서 일어났다.

"네가 시습이구나."

이시봉 아저씨가 내게 악수를 청했다. 나는 고개를 숙이면서 그 손을 잡았다. 이시봉은 꼬리를 흔들면서 이시봉 아저씨를 바라보았다. 이시봉 아저씨도 말없이 이시봉을 내려다보았다. 하지만 이시봉의 머리를 쓰다듬어주지는 않았다.

"예전에 너 어렸을 때 한번 봤는데, 기억나니? 너 초등학교 다닐 때였는데……"

이시봉 아저씨가 다시 벤치에 앉으면서 물었다. 나도 따라 벤치에 앉았다. 나는 대답 대신 고개를 저었다.

"그래, 나도 네 얼굴이 가물가물한데, 뭐…… 거리에서 만났으면 못 알아봤을 거야."

이시봉 아저씨는 말을 하면서도 내 얼굴에서 시선을 떼지 않았다.

"그래도 네 얼굴에서 아빠 얼굴이 보인다. 눈꼬리 처진 게 똑같아."

나는 그 말엔 고개를 숙였다. 그런 말은 처음 들어보았다.

"엄마는? 엄마는 잘 지내시니?"

"네…… 지금은 외할머니 댁에 가 계세요."

이시봉 아저씨가 고개를 끄덕거렸다. 이시봉은 자꾸 벤치 뒤에 있는 시계탑 쪽으로 가려고 했다. 그쪽에 쓰레기통이 하나 놓여 있었다. 그 바람에 리드 줄이 팽팽해졌고, 나는 허리를 조금 숙여야만 했다. 나는 "이시봉! 그러면 안 돼!"라고 말하고 싶었지만, 지금은 차마 그럴 수가 없었다.

"아빠가 그렇게 되신 건…… 나도 나중에야 들었단다. 그래서 가볼 수가 없었어. 알았어도 갈 수 없는 몸이었지만……"

이시봉 아저씨는 아빠와 같은 직장에서 십오 년 가까이 함께 근무한 사이라고 했다. 아빠보단 아홉 살 아래였고, 그래서 늘 형님이라고 불렀다고 한다. 그게 내가 이시봉 아저씨와의 첫 통화에서 알아낸 내용이었다. 한데, 아빠 장례식에 올 수 없었던 사정이란 무엇일까? 갈 수도 없는 몸이었다는 게……

"아빠 휴대폰을 보다가…… 궁금한 게 있어서 연락드렸어요."

나는 이시봉의 리드 줄을 꽉 잡은 채 말했다.

"그래. 근데 뭐 안 먹어도 되니? 여기 말고 다른 곳으로 옮길까?"

이시봉 아저씨가 물었다. 나는 괜찮다고 사양하고 하려던 말을 마저 했다.

"2019년 초에 아빠랑 아저씨랑 통화하다가 그 이후에……"

내가 막 거기까지 말했을 때였다. 한 가지 변수가 생겼다.

리다가 데리다와 함께 우리가 앉아 있는 벤치 쪽으로 손을 흔들면서 다가온 것이다.

"이시봉! 이시봉!"

이시봉 아저씨가 조금 놀란 표정으로 리다를 바라보았다. 아저씨는…… 이시봉의 이름이 자기와 똑같다는 사실을 전혀 알지 못했던 것 같았다. 아이 씨, 저 누난 왜 늘 결정적일 때 나타나서 사람을 당황스럽게 만드는 것일까? 나는 말을 하다 말고 고개를 숙였다. 그런 내 마음도 모른 채 리다는 다시 한번 큰 소리로 말했다.

"이시봉! 안 돼! 거긴 쓰레기통이잖아! 내가 그러면 된다고 했어, 안 했어! 네가 무슨 비둘기야! 응!"

리다가 말할 때마다 이시봉 아저씨는 자꾸 움찔움찔했다. 데리다가 이시봉을 보고 컹컹, 짖기 시작했다. 이시봉도 좋다고 데리다 쪽으로 다가갔다. 이시봉 아저씨는 계속 황당한 얼굴로 이시봉과 리다의 얼굴을 번갈아가며 바라보았다.

"이시봉! 리다 똥꼬 냄새 맡지 말라고! 리다 싫어한다니까!"

"형님이 얼핏 그런 말을 한 적 있는 것 같기도 한데, 나는 뭐 농담인 줄 알았지."

이시봉 아저씨는 그 말을 하면서 이시봉의 머리를 쓰다듬어 주었다. 이시봉은 얌전히 제자리에 앉아 있었다. 리다가 다시 아파트 단지 쪽으로 돌아가서 나는 그제야 마음이 좀 놓였다(리다는 계속 내 옆에 앉으려고 했지만, 내가 사정하다시피 해서 보냈다. 그 바람에 리다는 좀 삐진 기색이었다).

"네 아빠가 원래 장난기가 좀 있었거든. 어린아이 같을 때도 많았고……"

이시봉 아저씨와 나는 잠시 말없이 호수를 바라보았다. 호수는 이제 막 접시에 옮겨 담은 젤리처럼 아무런 미동이 없었다. 한 스푼 뜨면 그대로 그 흔적이 남을 것만 같았다. 그 위로 잠자리들이 낮게 날아다니고 있었다. 이제 여름도 얼마 남지 않았다. 나는 원래 여름을 좋아했지만, 이제 더이상 여름을 좋아하지 않는다. 안 좋은 일은 모두 여름에 생겼다.

"아까 네가 물었던 거 있잖아, 아빠 휴대폰 얘기……"

이시봉 아저씨가 말했다.

"그게 왜 궁금했던 거지?"

"그냥요……"

나는 좀 자신 없는 목소리로 말했다.

"그게 알고 싶어?"

나는 고개를 끄덕였다.

이시봉 아저씨는 잠시 무언가를 생각하는 듯한 표정을 지었다. 말없이 이시봉을 내려다보기도 했다.

"그 무렵에 네 아빠가 나한테 미안한 일이 좀 있었어……"

나는 이시봉 아저씨의 얼굴을 빤히 쳐다보았다. 이시봉 아저씨는 내 눈을 보지 않고 있었다. 내가 물었다.

"어떤 일이요……?"

"회사 일이지, 뭐…… 노조 일……"

이시봉 아저씨가 내 얼굴을 바라보았다. 잠시 그러고 있다가, 아저씨는 코를 찡그리면서 쓴웃음을 지었다.

"왜 그때 네 아빠, 회사 나와서 피자집 차렸잖아? 그게 다 연결되어 있었던 거지, 뭐."

*

  2018년 가을, 한 홍콩계 회사에서 아빠가 다니던 타이어 회사를 인수하겠다고 나섰다. 카일 홍과 헨리 로버츠, 두 공동 CEO가 이끄는 'CHHR파트너스'라는 사모펀드 운용사였는데, 이미 한국 맥주 회사와 대형 마트를 인수한 전적이 있는 글로벌 유한책임 투자회사이기도 했다. 그 과정에서 그들은 경영 효율화와 수익성 개선을 앞세워 신속한 구조 조정을 진행했고, 공장 부지와 지방 매장 매각을 통해 막대한 현금을 따로 챙기기도 했다. 그들의 목표는 명확했다. 주식시장에서 몸값을 높인 후, 자본시장에 재매각하는 것. 그런 다음 바로 한국 시장에서 철수하는 것이었다.

  맥주 회사 노조와 대형 마트의 폐점 저지 대책위원회도 가만히 지켜보진 않았다. 그들은 곧바로 파업에 들어갔고, 단식투쟁과 고공 농성, 상경 투쟁을 지속했다. 하지만 석 달 동안 회사의 책임자조차 만날 수 없었다(CHHR파트너스 한국 지사는 여의도 국회의사당 건너편의 한 오피스텔을 임차해 사용했는데, 거기 근무하고 있는 직원은 달랑 두 명뿐이었다).

  "마치 종이에 대고 떠들고 투쟁하는 기분이었어요."

  당시 맥주 회사 노조를 이끌던 노조위원장은 언론에서 그렇게 인터뷰하기도 했다. 그들은 다시 방향을 틀어 회사 매각을 허가해준 산업통상자원부 앞에서 집회를 이어나갔다. 대주주와 CHHR파트너스, 그리고 정부 관계자들. 집회 참가자들이 보기에 그들은 땀 흘리지도 않고 남의 것을 약탈해가는 삼위일체 공동체일 뿐이었다. 그 공동체를 들키지 않기 위해서 법을 만들고 시행령을 손보는 일을 서슴지 않았다. 집회 참가자들은 산업통상자원부 앞에서 반나절 내내 구호를 외쳤으나, 그 어떤 책임자도 그들 앞에 나타나지 않자 청사 안으로 진입을 시도했다. 그리고 그 와중에 경찰과 충돌, 여러 명이 부상을 당하고 집회 주최자 다수가 구속되는 결과를 낳고 말았다. CHHR파트너스는 그 틈을 놓치지 않고 노조 집행부와 폐점 저지 대책위원회 측에 즉각적인 손배소를 제기, 그들이 살고 있는 집과 통장을 압류 조치했다.

아빠가 다니던 타이어 회사 노동자들은 그 과정을 모두 전해 들어 알고 있었다.

당시 타이어 회사의 실질적인 오너는 창업주 3세인 필립 최라는 사십대 중반의 남자였다. 그는 서울에서 태어나 대학교를 졸업한 이후, 곧장 하버드 경영대학원에 진학했다. 대학원 과정을 모두 마친 후에는 잠시 골드만삭스에서 애널리스트로 근무하기도 했지만 이내 그곳도 그만두었다. 그뒤 그는 미국 플로리다주의 마이애미데이드 카운티에 거주하면서 별다른 직업을 갖지 않은 채 은둔했다. 2016년 말, 타이어 회사의 대표이자 필립 최의 아버지인 최은석 회장이 노환으로 사망하자 사람들은 모두 그가 귀국해 타이어 회사의 경영권을 승계할 것이라고 예상했다. 하지만 그는 그마저도 거부하고 대신 그 자리에 전문 경영인을 선임했다. 필립 최는 일 년에 한 번씩 주식 배당금과 타이어 회사 상표권 사용료만 받아갔을 뿐, 회사의 재무제표나 인사권엔 신경쓰지 않았다. 심지어 선임된 전문 경영인조차 그의 얼굴을 본 적도, 그와 통화를 해본 적도 없다고 밝혔다(모든 것은 그의 법률 대리인이 처리했다고 한다).

그의 이름이 수면 위로 떠오른 것은 뜻밖에도 CHHR파트너스의 CEO 중 한 사람이었던 카일 홍의 홍콩 경제지 인터뷰를 통해서였다. 카일 홍은 그 인터뷰에서 이런 말을 했다.

골프요? 한때는 필드도 나가고 했지만 요즘은 거의 안 칩니다. 골프를 하는 사람들이 너무 많아지니까 좀 재미가 떨어졌다고 할까요? 하하하, 희소성 같은 게 없으면 흥미가 떨어지는 성격이라서…… 대신 요즘엔 폴로 경기에 재미를 붙이고 있어요. 제 친구 중에 필립 최라고, 아, 헨리나 필립이나 모두 하버드에서 만난 친구들이죠. 아무튼 그 필립이라는 친구가 예전부터 폴로에 미쳐 있었거든요. 어느 정도냐 하면 말레이시아에 자기 명의의 폴로 클럽을 소유하고 있을 정도예요. 해마다 두 달씩 몽골에 있는 자신의 말 목장에 가서 시합에 뛸 말들을 직접 고르고 훈련시키기도 하니까, 뭐 말 다 했죠. 그 친구 때문에 저나 헨리도 어쩔 수 없이 폴로에 입문하게 되었어요. 해보니까 이 스포츠가 좀 고전적이고 품격이 있어요. 아, 물론 운동 효과도 좋구요. 필립이 왜 물려받은 회사의 경영에도 참여하지 않고 말만 타는지 알겠더라구요.

실제로 CHHR파트너스에 회사를 매각하는 방안이 논의되던 즈음, 노조위원장은 필립 최의 법률 대리인으로부터 이런 말을 전해들었다고 한다.

"대주주께서는 타이어 회사 운영에 별다른 관심이 없으십니다. 타이어는…… 어쨌든 좀 지저분한 산업이지 않습니까? 대주주께서는 그런 걸 질색하십니다. 천박하다고 여기구요. 좀 고전적인 분이시죠."

아빠가 고민에 휩싸이기 시작한 것은 그 무렵부터였다.

그때 막 광주 공장 노조위원장에 새로 당선된 사람은 아빠와도 친분이 있던, 이전 노조 집행부에서 조직부장을 맡았던 재단공정 3라인 조장이었다(아빠는 그를 형님이라고 불렀다고 한다). 광주 공장의 노동조합에는 설립 초기부터 암묵적으로 지켜온 룰이 있었는데, 그중 하나가 연차에 따라서, 그리고 작업장별로 골고루, 집행부의 직책을 이어받는 것이었다(작업장의 조·반장들이 그 대상이었다). 노조위원장과 수석부위원장, 사무국장 이외의 직책은 늘 그런 식으로 돌아갔다. 당시 압연 공정 2라인 조장이었던 아빠가 제안받은 직책은 노동조합의 홍보부장 자리였다.

"평상시 같았으면 네 아빠도 그냥 아무 말 없이 맡았을 거야. 네 아빠 성향하곤 안 맞았지만 그래도 또 어쩔 수 없는 것들이 있었으니까. 있는 듯 없는 듯 회의 참석하고, 소식지 만드는 것도 돕고, 집회 준비하고, 뭐 그러면서 임기 이 년만 채우면 됐으니까…… 네가 알지 모르겠지만 네 아빤 싸우는 거 별로 안 좋아했거든. 목소리 높이는 것도 싫어했고…… 그냥 만화책 보는 거 좋아하고, 점심 먹고 산책하는 거 좋아했던 형님이었거든."

이시봉 아저씨는 이시봉을 들어서 자신의 무릎 위에 올려놓았다. 이시봉은 원래 잘 알고 지낸 사람을 만난 듯 순순히 아저씨의 무릎 위에 웅크리고 앉았다. 그러면서도 계속 지나다니는 사람들에게서 눈을 떼지 않았다.

"저도 알아요."

나는 이시봉을 바라보면서 말했다.

"한데, 그땐 상황이 좀 달라졌던 거야. 이전부터 매각 이야기가 나오고 있었고, 새로 노조위원장으로 뽑힌 형님은 그걸 막아내겠다고 크릴 룸에서 점거 농성에 들어가겠다고 선언하고……크릴 룸이라고, 거길 막고 버티면 공정 자체가 다 멈추거든. 그러니까 또 본사에선 집행부 전체를 고소하겠다고 나서고……그 와중에 네 아빠한테 홍보부장을 맡아달라는 제안이 들어간 거야."

아빠는 우리에겐 그런 말은 일절 하지 않았었다.

"그때 노조위원장 형님도 상황을 설명했다고 하더라구. 이번엔 좀 심각할 수 있다. 싸움이 길어질 수도 있고, 해고될 수도 있고, 잘못되면 구속도 될 수 있다. 미안하다, 그래도 어쩌겠냐? 여기가 우리 일터인데, 우리가 지켜야지……"

처음엔 아빠도 다른 집행부 아저씨들과 함께 크릴 룸의 차가운 시멘트 바닥에 스티로폼을 깔고 앉아 구호를 외치고, 시시때때로 열리는 투쟁 회의 안건을 정리하는 일을 도맡았다고 한다. 나는 이시봉 아저씨와 헤어진 후 집에 돌아와서 인터넷으로 크릴 룸을 검색해보았는데, 컨테이너 벨트가 길게 이어져 있는 어둡고 삭막한 기계들의 방이었다. 아빠는 그곳에서 일주일 가까이 철야 농성에 참가했고, 일요일 오후 집에 돌아와 우리 식구에게 파채와 골뱅이가 들어간 비빔면을 해준 다음, 타이어 공장을 그만두겠다고 선언한 것이었다. 그때 아빠의 마음이 어땠는지, 무엇이 아빠로 하여금 그런 선택을 하게 만들었는지, 나는 알 수 없었다. 어쩌면 아빠는 더이상 삭발을 하는 것도, 퇴근하지 못한 채 스티로폼 위에서 쪽잠을 자는 것도, 그냥 다 싫었는지도 모른다. 지쳤을 수도 있고, 정말 피자집을 차리고 싶었는지도 모른다. 그것도 아니면 엄마와 나와 시현이의 얼굴을 보다가 즉흥적으로 그렇게 결정을 내렸는지도 모른다. 그건 내가 알 수도 없고, 알 방법도 없는 아빠의 마음이었다. 내가 기억하는 건 그저 그때 먹었던 비빔면의 맛뿐.

당시 그 노조 집행부 간부 중에서 이탈한 사람은 아빠가 유일했다. 아빠는 아무에게도 말하지 않은 채 회사에 희망퇴직원을 냈고, 퇴직금에 더해 위로금 성격으로 삼 년 치 본봉을 한꺼번에 수령했다. 그게 2019년 2월의 일이었다. 노조에서 한참 조합원들을 대상으로 전면 파업 여부를 묻는 투표를 진행하고 있던 시기, 아빠는 회사에서 받은 돈으로 지금 우리가 살고 있는 아파트를 마련하고 피자집을 개업한 것이었다. 어쩐지 퇴직금이 좀 많더라니……

"사실 그때 공장 사람들 모두 네 아빠를 원망했어. 사측에서 일부러 파업 동력을 약화시키려고 네 아빠를 포섭했다는 말도 흘러나왔고, 위로금을 특별히 더 얹어줬다는 소문도 들렸지…… 자기 혼자만 살겠다고 동료를 배신했다는 말도 파다했고. 네 아빠 마음 돌리려고 노조위원장 형님도 찾아가고, 같은 라인 동료들도 연락하고 그랬는데, 네 아빠가 만나주지도 않고, 연락도 모두 끊어버렸나봐. 그러니 마음들이 더 그랬던 거지……"

당시 아빠와 유일하게 연락이 닿았던 동료가 바로 이시봉 아저씨였다. 퇴직을 마음먹었을 때부터, 그리고 공장을 나온 뒤로도, 아빠는 계속 이시봉 아저씨한테만 연락을 했다고 한다.

"네 아빠가 공장을 나가면…… 순번에 따라서 내가 집행부의 그 자리로 가야 했거든. 사람들도 그걸 알고 있었고, 또 그게 자연스러운 일이기도 했으니까…… 네 아빠가 그게 계속 마음에 걸렸나봐. 나한테 전화해서 자꾸 상황을 설명하고, 변명하고 그랬지, 뭐…… 싸우는 일 하고 싶지 않다, 사실 난 피자집을 하고 싶다, 아이들 엄마한테도 더이상 짐이 되기 싫다, 그런 말을 계속 하더라구. 너한텐 좀 미안한 말이지만, 사실 그때 난 네 아빠가 그런 말 하는 게 정말 싫었어. 누군 뭐 가정이 없나? 누군 싸우고 싶어서 싸우나? 직접 말하기도 했어. 형님, 우리가 동물이랑 다른 게 뭐요? 우린 그래도 우리만 생각해선 안 되잖아요? 자기 가족 소중한 거만 알면 안 되잖아요? 우리가 함께 기곗밥 먹은 세월이 십 년도 더 되는데, 그러는 거 아니에요…… 나중엔 네 아빠 전화를 일부러 안 받고 그랬어."

이시봉 아저씨가 타이어 공장 노동조합 홍보부장 자리를 이어받은 것은 2019년 3월의 일이었다.

그리고

이시봉 아저씨는 영업방해 및 재물손괴, 폭력행위 등 처벌에 관한 법률 위반 혐의로 그해 11월 구속되었다. 아저씨는 CHHR 파트너스에 회사 매각을 확정하는 조인식을 막기 위해 노조원들과 함께 서울 본사 회의실에 진입을 시도했고, 그 과정에서 필립 최의 말렛을 빼앗아 사람들에게 휘둘렀다고 한다.
"말렛이요?"
내가 묻자, 이시봉 아저씨가 어깨를 한 번 으쓱한 후 말했다.
"나도 몰랐는데, 그게 무슨 폴로 채래. 골프채처럼 생긴 거……"

조인식엔 타이어 회사 대주주 필립 최와 CHHR파트너스의 공동 CEO 카일 홍과 헨리 로버츠, 그들 세 명이 모두 참석했다. 그들은 조인식이 끝난 후 곧장 제주도로 내려가 폴로 게임을 하기로 오래전부터 약속을 잡은 상태였다. 그 게임을 위해 필립 최는 말레이시아에서 시합용 말 네 마리를 공수해왔고, 국제 심판 두 명도 섭외해두었다. 뭐가 그렇게 신이 났는지 조인식장에까지 전용 가죽가방에 담긴 말렛을 챙겨 나타났다고 한다.

조인식은 여러모로 요식행위에 가까웠다. 필립 최의 보유 주식 100퍼센트를 CHHR파트너스가 전날 주식시장 종가의 120퍼센트 가격으로 매입한다는 내용이었는데, 필립 최의 법률 대리인과 CHHR파트너스의 한국 사업 전반을 대리해주고 있는 법무법인의 대표도 함께 참석했다. 서울 본사 건물 경비원들의 제지를 뚫고 십육층 회의실까지 올라가는 데 성공한 타이어 공장 노조 집행부는 필립 최와 카일 홍, 헨리 로버츠가 의자 위에 올라가 말을 타는 자세를 취하고서 말렛을 휘두르는 광경을 목격했다.

뭐야, 저게? 저게…… 조인식이야?

회의실 벽은 모두 유리로 되어 있었다. 그래서 노조 집행부들은 밖에서도 그 모든 장면을 볼 수 있었다. 카일 홍과 헨리 로버츠는 의자에 올라탄 채 장난스럽게 어깨싸움을 시도했고, 법무법인 대표는 웃으면서 박수를 치고 있었다. 그 와중에 필립 최의 법률 대리인은 티슈를 공처럼 둥글게 말아 계속 그들 앞쪽으로 굴려주고 있었다.

씨발, 저게 뭔 미친 짓이냐구!

누군가 그렇게 화를 내자, 노조원들이 기다렸다는 듯 우르르 회의실 안으로 밀고 들어갔다.

그날, 이시봉 아저씨는 필립 최의 말렛으로 카일 홍의 얼굴을 가격했다. 그 바람에 카일 홍은 이마를 일곱 바늘 꿰매야 했고, 가벼운 뇌진탕 증세로 이 주간 병원 신세를 지기도 했다. 헨리 로버츠의 양복과 와이셔츠는 찢겨나갔고, 법무법인 대표의 안경도 박살이 났다. 회의실에 있던 2미터 크기의 도자기도 산산조각났고, 정수기와 커피머신도 바닥에 내동댕이쳐졌다. 하지만 필립 최는 아무데도 다치지 않았다. 오히려 그는 항의하는 노조원을 향해 먼저 주먹을 날렸고, 그러고 나선 마치 트라이를 시도하는 럭비 선수처럼 자세를 낮춰 회의실 밖으로 잽싸게 빠져나갔다. 사십대 중반답지 않은, 폴로광다운 날렵한 운동신경이었다.

회의실에서 곧장 경찰에 체포된 이시봉 아저씨는 이후 사건이 검찰로 송치되며 징역 사 년을 구형받았다. 그리고 1심 법원과 2심 법원을 거쳐 최종 징역 삼 년 형을 선고받아 만기 출소할 때까지 교도소에서 복역했다. 그러니까 아저씨가 아빠의 사고 소식을 듣고도 와볼 수 없었던 이유는, 그때까지도 계속 교도소에 갇혀 있었기 때문이었다.

"네 아빠하고는 교도소에서 몇 번 편지를 주고받았는데…… 그게 어느 순간 뚝 끊긴 거야. 그래서 나는 또 오해를 했는데…… 그해 7월인가, 먼저 풀려난 사무국장 형님이 면회를 와서 이야기해주더라구. 네 아빠 사고당한 이야기를……"

나는 이시봉 아저씨의 무릎 위에 있던 이시봉을 안아들어 내가 앉은 자리 바로 옆으로 옮겼다. 그러곤 이시봉의 등을 쓰다듬어주었다. 그제야 마음이 좀 차분해졌다.

"솔직히 나는…… 처음엔 그게 사고가 아닌 줄 알았어. 형님이 스스로 무슨 잘못된 선택을 하셨구나, 계속 그렇게만 여겨지고…… 설령 그게 사고라고 해도 내 책임도 있는 거니까…… 나중에 출소하게 되면 너희 집부터 찾아오려고 했는데. 그게 잘 안 되더라구……"

"그게 왜 아저씨 책임이에요? 아빠가 부주의해서 그렇게 된 건데……"

나는 좀 무뚝뚝한 목소리로 말했다.

"그래도 어쨌든…… 애를 네 아빠한테 보낸 건 나니까……"

이시봉 아저씨는 이시봉을 내려다보면서 말했다. 이시봉은 우리의 대화 따윈 관심 없다는 듯 길게 하품을 한 번 했다.

나는 좀 어리둥절한 상태가 되었다. 그리고 그 상태로 이시봉 아저씨에게 물어보았다.

"이시봉을…… 아니, 애를 아빠한테 보낸 게 아저씨라구요?"

"그럼. 그래서 날 보자고 한 거 아니었니?"

이시봉 아저씨와 나는 거의 동시에 이시봉을 바라보았다.

"아니, 아저씨는 교도소에 있었는데 어떻게……?"

내가 모르고 있던 이시봉의 또다른 이야기가 시작되고 있었다.

11

이시봉 아저씨는 구치소에서 한 남자를 만났다.

2020년 3월 초순, 신입방에서 본방으로 넘어온 사람이었는데, 한눈에 봐도 고등학교를 졸업한 지 얼마 되지 않은 것 같은 앳된 얼굴의 청년이었다. 숱 많은 눈썹과 선이 또렷한 눈매, 껑충하게 큰 키 때문인지 황토색 수의가 헐렁해 보였다.

"뭐지? 약쟁인가?"

그를 보자마자 같은 방에 있던 총무가 다 들리는 목소리로 말했다. 그래도 그는 별다른 반응을 보이지 않았다. 다른 사람들에게 인사도 하지 않고, 조용히 문 바로 앞 자리에 앉았다.

"에이 씨 진짜, 어디서 꼭 저런 것들만 우리 방으로 보내고……"

총무가 반대편 벽 쪽으로 시선을 돌리며 짜증을 냈다.

이시봉 아저씨가 수감된 방은 구치소에서 소위 '강짜방'으로 불리는 곳이었다. 경제사범들이 모여 있는 곳이 '사기방', 마약사범들이 수감된 곳은 '약쟁이방', 그리고 폭력과 강도, 강간 미결수들을 모아놓은 곳은 '강짜방'. 이시봉 아저씨는 말렛을 휘둘렀고, 피해자와 합의에 이르지도 못했기 때문에 '강짜방'으로 배정되었다.

"타이어 아저씨! 아저씨가 쟤 좀 전담해요."

총무가 이시봉 아저씨를 보며 지시했다.

미결수들이 모여 있는 방이었지만, 그곳에도 엄연히 서열이 존재했다. 노파 폭행 치사 혐의로 들어온 사십대 중반의 방장이 맨 위에 있었고, 그다음이 강간 사기로 들어온 총무였다. 총무 뒤엔 살인 및 사체 유기 혐의로 검찰로부터 무기징역을 구형받은 삼십대 초반의 남자와 강도살해죄로 십오 년 형을 구형받은 이십대 후반의 전직 유도 선수가 있었다. 그리고 그 뒤로는 모두 '평민'이라고 불렸다. 그 서열은 방장이 정했지만, 원칙 같은 것은 없었다. 방장 마음대로였다. 이시봉 아저씨는 처음 그 방에 발을 들이는 순간, 평민이 되었다. 방의 청소와 설거지, 물품 관리와 식사 당번까지, 모두 평민의 몫이었다. 이시봉 아저씨는 평민 중에서도 가장 오래 미결수방에 남아 있던 수감자였다.

방엔 모두 열세 명의 사람들이 함께 지냈다. 다들 아직 형이 확정되지 않은 상태인지라 운동 시간 삼십 분과 면회 시간을 제외하면 하루종일 얼굴을 마주한 채 앉아 있어야만 했다(일과 시간 중 방에서 눕거나 운동을 하면 경고를 받고, 경고가 쌓이면 벌점을 받았다. 벌점이 쌓이면 징벌이 뒤따랐다). 그래서 사람들은 그 시간에 책을 읽거나 편지를 쓰고, 판사에게 보내는 반성문을 작성했다. 하지만 더 많은 시간을 그냥 멍하니 앉아 있거나 잡담하며 보냈다.

"타이어 아저씨는 검찰이 사 년을 구형했다고 그랬죠?"

방장은 판사의 선고를 앞둔 사람들의 형량을 예측하기를 즐겨 했다. 방장이 입을 열면 모두 그의 말을 들었다.

"네."

"피해자하고 합의도 못 봤고, 초범이지만 흉기를 들었고…… 보자, 그러면 집행유예는 아예 어렵겠는데…… 운좋으면 이 년, 운나쁘면 삼 년이겠네."

방장은 주먹으로 탕탕, 의사봉 두들기는 흉내를 냈다.

"탁월한 판단이십니다."

총무가 장난기 섞인 목소리로 말했다.

"뭐, 방장이나 판사나 다 같은 법무부 식구니까."

대부분의 잡담은 그런 식으로 이어졌다.

그 시절, 이시봉 아저씨를 괴롭혔던 것은 어떤 수치심이었다. 가만히 있어도 저절로 귓불이 뜨거워졌고, 얼굴을 두 손으로 가리고 싶어졌다. 등뒤에서 누군가 계속 자신의 목덜미를 잡아당기고 흔들고 있는 듯한 착각도 들었다. 처음에 이시봉 아저씨는 그런 감각들이 그저 같은 방에 갇혀 있는 사람들, 그 사람들이 주고받는 말들, 그리고 마치 동물 우리처럼 생긴 방, 화장실마저 훤히 다 들여다보이는 그 공간이 주는 느낌 때문이라고만 여겼다. 사람은 동물과 처지가 엇비슷해지면 수치심을 느끼는구나. 아저씨는 그렇게 생각했다고 한다.

"하지만 그게 아니란 걸 나중에야 알았지."

아저씨는 말했다.

"곧 이곳을 나가게 될지도 모른다는 희망. 그 희망 때문에 수치심을 느낀 거더라구. 내가 카일 홍 앞에 무릎을 꿇고 사죄하기만 한다면, 그들 뜻대로 인수가 성사된다면…… 그렇게라도 해서 구치소에서 빨리 나가고 싶었던 거지. 그 마음, 그 생각이 창피하고 부끄러워질 때가 있었는데…… 그런데도 매일 그 생각을 계속 하려고 하고, 그 생각을 놓지 않으려고 하더라구……"

밖에 남아 있는 노조원들은 별도의 후원금 모금에 나섰고, 그렇게 마련된 돈으로 구치소에 갇힌 동료들에게 영치금을 보내주었다. 노조 집행부의 빈자리도 다음 순번 조합원들이 채워나갔다. 일이 시끄러워진 덕분인지 CHHR파트너스의 인수 절차

명랑한 이시봉의 짧고 투쟁 없는 삶

는 지연되고 있었다(산업통상자원부에서 절차상 하자를 따지고 있었다). 노조원들은 판사에게 탄원서를 보냈고, 수감된 동료들에게 정성껏 응원 편지도 보내주었다. 동료들이 면회하러 올 때마다 이시봉 아저씨는 깨끗하게 면도도 하고 머리도 감은 다음 접견실에 나갔지만, 그래서 제법 아무렇지 않게 그들과 농담도 주고받았지만, 다시 방으로 돌아올 때마다 격렬한 분노에 사로잡히고 말았다.

왜 하필 나인가?

왜 하필 내가 이곳에 갇혀 있어야 하는가?

왜 죄 없는 내 가족들까지 고통을 받아야 하는가?

아저씨는 주먹으로 무언가 내려치고 싶었고, 또 소리라도 지르고 싶었지만, 그럴 수가 없었다. 책상다리를 하고 앉은 채 감정을 숨기기 위해 노력했고, 그러다보면 부르르 몸이 떨리기도 했다. 그런 상태로 몇 달을 지내다보니 목 근처에 작은 사마귀 같은 것들이 여러 개 돋아났다. 머리카락이 한 움큼씩 빠지기도 했다. 죽고 싶다는 생각이 처음 든 것도 그 무렵이었다.

그런 나날중에 그 청년이 새로 들어온 것이었다.

김태형, 이라고 했다.

해가 바뀌어 우리 나이로 스물세 살이 되었고, 마약류 관리에 관한 법률 위반, 폭력행위 등 처벌에 관한 법률 위반 혐의로 검찰이 징역 이 년 육 개월을 구형한 처지였다. 후에 이시봉 아저씨가 김태형으로부터 따로 들은 이야기에 따르면, 그는 필로폰을 투약한 상태로 택시를 잡아탔고, 택시비 문제로 칠십대 고령의 기사와 실랑이를 벌이다가 주먹으로 얼굴을 때렸다고 한다. 그러고 나서도 분이 다 풀리지 않아서 보도블록을 깨 택시의 앞 유리창과 사이드미러를 모두 박살내버렸다. 그는 경찰이 현장에 출동했는데도 아무 일 없다는 듯 다시 택시 뒷좌석에 앉아 가만히 차가 출발하기를 기다렸다고 한다.

"속옷이나 양말은 영치금으로 따로 더 사두는 게 좋아요."

이시봉 아저씨는 그가 들어온 다음날 처음으로 그렇게 말을 걸었다. 구치소 내 대부분의 수감자들은 서로 존칭어를 썼고, 각자 맡은 일만 군소리 없이 해나갔다. 원칙적으론 방장이나 총무를 따로 정할 수도 없었지만, 안 그러면 오히려 더 큰 갈등이 생긴다고 했다. 그래서 방마다 봉사원이라는 이름으로 방장과 총무를 정했고, 구치소 측에서도 모른 척 눈감아주고 있었다. 모두 예민한 상태이니까 남에게 피해주지 않도록 행동하는 게 중요했다. 아침에 침구를 개키는 일부터 밤에 소리 없이 화장실을 이용하는 요령까지, 이시봉 아저씨는 김태형에게 하나하나 알려주었다. 김태형은 이시봉 아저씨의 말에도 아무런 반응을 보이지 않았다.

처음 이틀 동안 김태형은 거의 아무 말도 하지 않았다. 밥을 나눠주면 밥을 먹었고, 잠자는 시간엔 말없이 자리에 누웠다. 그는 양치질도 하지 않았고, 세수도 하지 않았으며, 운동 시간에도 밖으로 나가지 않았다. 일과 시간엔 편지를 쓰지도, 책을 읽지도 않았다. 그저 멍하니 자신의 손톱만 바라보고 앉아 있었다. 이시봉 아저씨는 그가 계속 신경쓰였지만, 내색하지 않았다. 자기와 다른 사람, 그저 인간이 덜 된 사람이라고 생각했다. 그건 김태형뿐만 아니라 같은 방에 있는 다른 사람들도 마찬가지였다. 나는 너희들과 달라. 너희처럼 막돼먹은 사람이 아니야. 아저씨는 수시로 그런 생각을 했다. 그런 생각을 해야지만 마음속에서 수시로 들려오는 어떤 바퀴 소리, 그 바퀴가 아무렇지도 않게 자신의 어깨와 배를 깔고 지나가는 듯한 모멸감으로부터 그나마 벗어날 수 있었다. 그들과 같이 밥을 먹는 순간에도, 농담을 할 때도, 아저씨는 계속 그 말들을 머릿속에서 떠올렸다. 떠올리려고 애쓰기도 했다.

김태형이 문제를 일으키기 시작한 것은 사흘째 되는 날부터였다. 아침을 먹고 모두 자리에 앉아 있는데, 김태형이 불쑥, 마치 무슨 볼일이 있는 사람처럼 일어났다. 그러곤 제자리에서 같은 방향으로 빙빙 돌면서 들릴락 말락 중얼거리기 시작했다.

"개새끼들이 내가 뭘 잘못했다고 나를 괴롭히고 지랄이야. 내가 불안해서 살 수가 없어서 그런 건데, 내가 얼마나 무서웠으면, 내가 벌벌 떨기까지 하면서 그런 건데, 아무것도 모르는 새끼들이 욕만 하고, 무시하고, 손가락질하고, 모른 척했으면서 나를……"

방에 있던 사람들이 모두 황당한 표정으로 그를 올려다보았다. 화장실 안에서 설거지를 하던 사람도 고개를 빼 김태형을 바라보았다. 그래도 김태형은 멈추지 않았다. 얼굴은 무표정했고, 목소리의 톤도 일정했다.

"타이어 아저씨, 쟤 좀 어떻게 해봐요."

총무가 미간을 구기며 말했다.

이시봉 아저씨는 일어나서 말없이 그의 어깨를 툭툭 두들기고는 붙잡아 앉혔다. 그는 별다른 저항 없이 주저앉았다. 하지만 중얼거리는 것은 멈추지 않았다.

"내가, 내가요, 억울해서 그러거든요. 내가 죄가 없는데 계속 죄인처럼 살았거든요. 죄는 다른 사람들이 다 지었는데, 씨발놈들이 나한테 다 뒤집어씌우고…… 죄가 뭔지 알아요? 죄는 뿔 같은 거예요. 돋아난 줄도 몰랐는데 이미 이마에 생긴 뿔……"

김태형이 말을 멈추지 않자, 전직 유도 선수가 성큼성큼 다가왔다. 그러곤 다짜고짜 그의 옷깃을 잡아 일으킨 뒤, 바로 엎어치기로 넘어뜨렸다.

"씨발놈이 공중도덕을 안 지켜."

전직 유도 선수는 그렇게 말하곤 자기 자리로 돌아가 다시 반성문 쓰기에 열중했다. 김태형은 넘어진 자세 그대로 가만히 누워 있었다. 아무도 그에게 다가가지 않았고, 말을 걸지 않았다. 그가 방 한가운데 누워 있었지만, 어떤 사람은 화장실로 들어갔고, 또 어떤 사람은 책을 읽었다. 그는 마치 개키지 않은 이불처럼 구겨져 있었다. 이시봉 아저씨가 다시 그를 일으켜 자리로 데려왔다.

"말하지 말고, 차라리 여기에 써요."

이시봉 아저씨가 자신의 편지지와 볼펜을 그에게 내밀었다. 그나마 그게 효과가 있었다. 그는 편지지와 볼펜을 멀거니 내려다보다가 허리를 굽히고 앉았다. 그러곤 맹렬히 무언가를 적기 시작했다. 이시봉 아저씨는 힐끔 그가 쓰는 문장을 바라보았지만, 알아볼 수 있는 글자는 거의 없었다. 그래도 그는 부지런히 볼펜을 움직였다. 아저씨는 그 모습을 보면서 그가 지금 무언가를 참고 있고 견디고 있다고, 저게 다 진이 빠지는 과정이라고, 언짢고 불편한 마음을 최대한 숨긴 채 그렇게 짐작했다. 김태형은 그러고도 일주일 내내 같은 자리에 서서 중얼거렸고, 몇 번 따귀를 맞고 엎어치기를 당한 뒤, 아무 일 없었다는 듯 잠잠해졌다.

김태형은 구치소에 들어온 지 열흘쯤 지나자 이시봉 아저씨에게도 조금씩 말을 걸어오기 시작했다. 함께 설거지 당번도 했고, 운동도 나가기 시작했다.

"두통약 같은 것도 구할 수 있나요?"

"소지한테 말하면 의무과에서 받아다줄 거예요. 왜요? 머리가 계속 아파요?"

이시봉 아저씨는 그의 눈을 보며 물었다.

"네…… 다른 곳도 아프고요……"

김태형은 자주 기침을 했고, 코를 훌쩍거렸다.

"조금만 참아봐요. 여기 들어오면 그동안 자기 몸이 어디가 어떻게 망가졌는지, 다 알게 된대요."

이시봉 아저씨는 그렇게 말하면서 영치금으로 사두었던 사탕을 그에게 내밀었다. 그는 그것을 받아 한참 동안 오물거리더니 하나만 더 줄 수 있느냐고 물었다. 이시봉 아저씨는 아예 사탕 봉지째 그에게 건네주었다. 그러자 그가 처음으로 고개 숙여 인사를 했다. 그제야 그가 스물세 살처럼 보였다.

김태형은 어린 시절부터 홀어머니 아래에서 파주와 삼척, 고흥과 정읍 등으로 자주 이사를 다니며 자랐다고 했다. 중학교 때부터 친구들과 어울려 종종 본드를 불고 술을 마시기 시작했는데, 그 때문에 학교도 그만두게 되었다. 그가 처음 경찰에 잡힌 것은 열다섯 살 때였다. 본드를 흡입한 상태에서 지나가는 학생의 휴대폰을 빼앗은 혐의였다. 그는 그때 소년재판에 회부

되어 4호 처분, 보호관찰관의 단기 보호관찰 처분을 받았다. 초범이고, 그의 어머니가 따로 소년재판부에 반성문을 제출했으며 피해자의 손해 복구를 위해 노력했다는 점이 참작되었다. 하지만 그후로도 그는 본드 중독에서 쉽게 벗어나지 못했다.

"공업용 본드엔 톨루엔이라는 성분이 들어가거든요. 그게 35퍼센트 이상 되어야지 좋은 본드예요. 그래야 탁 치는 느낌이 들거든요."

그는 열일곱 살 때부터는 주로 혼자 본드를 불었다. 자주 이사를 다녀서 친구도 없었고, 딱히 갈 만한 곳도 없었다. 폐비닐하우스나 야산 무덤가 옆에서 본드를 불다가 그대로 잠드는 날이 많았다. 본드를 하도 많이 불어서 혓바닥이 다 갈라졌고 음식을 제대로 삼키지 못할 지경까지 이르기도 했다(시신경도 많이 훼손되어서 밤에는 거의 사물을 분간하지 못할 정도였는데, 그건 본드를 끊은 후에도 한동안 나아지지 않았다고 한다). 그런데도 어머니하고는 사이가 나쁘지 않았다.

"나한테 싫은 소리를 한 번도 한 적이 없었어요, 우리 엄마가……"

김태형은 농구 코트보다도 조금 작은 구치소 운동장을 이시봉 아저씨와 함께 돌면서 그렇게 말했다.

"그래도 말려주셨으면 더 좋았을 걸 그랬네."

이시봉 아저씨는 김태형과 친해진 이후로는 반말을 썼다.

"그냥 기다려주시겠다고, 딱 그 말만 한 번 했어요."

이시봉 아저씨는 흠, 하고 하늘을 한번 바라보았다.

"그 말이 계속 생각났어요. 혼자 본드를 불 때도⋯⋯"

김태형은 열여덟 살 때 잠깐 본드를 끊었다고 했다. 그의 어머니가 위암 3기 판정을 받고 항암치료에 들어갔을 때였는데, 그때 김태형은 난생처음 대형 마트 물류 창고에서 아르바이트를 해보기도 했다. 하지만 그 생활은 채 육 개월도 가지 않았다. 그는 다시 본드에 손을 댔고, 그 상태에서 마트 창고에 들어가 고춧가루를 대량으로 빼내다가 CCTV에 딱 걸리고 말았다. 김태형은 그 일로 소년원에서 십 개월을 살다가 나왔다.

"엄마가 항암치료도 다 끝내고 괜찮아졌는 줄 알았는데⋯⋯ 작년 가을에 다시 재발했어요. 그러곤 끝이었죠, 뭐⋯⋯ 요양병원으로 들어가고⋯⋯"

"그러면 그뒤엔⋯⋯?"

"몰라요. 생각도 잘 안 나요⋯⋯ 소년원에서 만난 애들한테 필로폰도 구하고, 엄마랑 살던 집도 다 정리하고⋯⋯ 약 구하려고 집에 있던 가재도구도 다 팔아버리고⋯⋯"

"다른 친척들은 없고?"

"이모가 한 명 있다고 들었는데, 모르죠, 뭐. 얼굴 한번 본 적 없으니까⋯⋯ 아버지는 애초부터 없었구요."

그런 대화가 오고간 후, 다시 열흘쯤 지나서 김태형은 이시봉 아저씨에게 이런 부탁을 해왔다고 한다.

"아저씨, 저 돈 좀 꿔주실 수 없어요?"

"돈? 여기서?"

"영치금이 좀 있어야 할 거 같아서요."

"그래…… 근데 나도 공장을 다니다가 와서……"

이시봉 아저씨는 그렇게 말하곤 괜스레 민망하고 부끄러운 마음이 들었다고 한다. 이시봉 아저씨에겐 동료들이 보내준 영치금이 있었다. 노조 집행부에선 많진 않지만 집에도 따로 생활비를 보태주었다.

"그냥 꿔달라는 건 아니고요…… 담보가 있어요."

"담보?"

"우리 엄마가 키우던 강아지가 있는데, 그 강아지가 보통 강아지가 아니거든요."

"개?"

"그게 프랑스에서 온 건데, 혈통이 아주 좋은 강아지래요. 우리 엄마가 평생을 그 강아지들을 돌보면서 살았는데……"

김태형은 어머니가 돌아가시기 바로 직전, 그러니까 어머니가 요양병원에 입원해 있을 때, 그 강아지 한 마리를 소년원에서 만난 친구의 아버지가 운영하는 개 농장에 맡겼다고 했다. 암컷 한 마리였는데, 그때 그 강아지는 이미 임신한 상태였다.

"제가 그때 삼십만원을 미리 받았거든요. 그리고 새끼를 낳으면 그중 한 마리는 제가 다시 데려가기로 한다는 조건이었는데……"

그 한 마리, 김태형이 데려가기로 한 새끼 강아지를 담보로 돈을 융통해달라는 부탁이었다.

"글쎄…… 나도 누군가에게 부탁을 해야 하는데, 내 주변에 그럴 만한 사람이 있을지……"

이시봉 아저씨는 자신 없는 말투로 말했다.

"그게 진짜 좋은 강아지거든요. 한국엔 아예 없는……"

김태형은 이시봉 아저씨의 눈을 보며 그 어느 때보다 진지한 목소리로 말했다.

"여긴…… 돈 없으면 너무 힘든 곳이잖아요……"

이시봉 아저씨가 아빠에게 편지를 쓴 것은 그로부터 이틀 후의 일이었다.

12

 8월 둘째 주 화요일 아침, 정용이 키우던 고양이 파니가 무지개다리를 건너고 말았다.
 나는 그 연락을 수아한테 받았다.
 "걔 지금 정상 아니야. 마음 단단히 먹고 나와."
 수아는 또 쏘카를 빌렸다. 동물병원에서 바로 화장장까지 이동해야 하는데, 광주 근처에는 마땅한 곳이 없고 여수시에 딱 한 군데 있다고 했다. 죽은 파니를 데리고 버스나 택시를 탈 수도 없으니, 수아한테 제일 먼저 연락한 모양이었다.
 나는 입고 있던 반바지 차림으로 나가려다가 아무래도 마음이 걸려서 다시 아빠 제삿날 입었던 양복으로 갈아입었다. 여전히 바지 단추는 채워지지 않았다. 이시봉은 데려가지 않기로 했다.

"일요일 저녁부터 계속 병원에 있었나 봐."

수아는 내가 차에 타자마자 그렇게 말했다.

"밤엔 면회도 안 되는데, 대기실 의자에서 자고…… 암튼 심각해."

"그거야, 뭐…… 당연하지."

"복수가 차서 제대로 걷지도 못하는 애를 안고 계속 다리도 주물러주고 노래도 불러주고, 그러다가 정용이 품에서 떠났대."

나는 그러지 않으려고 했는데, 자꾸 이시봉이 떠올랐다. 개와 인간의 수명은 다르니까…… 별다른 일이 없으면 내가 이시봉의 마지막을 지켜보게 될 것이다. 나는 그 생각만으로도 울적해졌다.

동물병원 주차장에 들어서자 검은색 언더아머 슬리브리스에 같은 색 반바지를 입은 정용의 모습이 눈에 들어왔다. 정용은 라면 박스 크기의 종이 상자를 들고 있었는데, 아마도 거기에 파니가 누워 있는 모양이었다.

정용은 뒷좌석에 올라탔다. 종이 상자를 무릎 위에 올려놓고 멀거니 앞좌석에 앉은 나와 수아를 바라보더니 이내 끅끅, 잔뜩 잠긴 목으로 울기 시작했다. 나와 수아는 그런 정용에게 아무런 말도 걸지 않았다. 수아는 평소답지 않게 천천히 차를 몰았다.

한참을 울고 난 정용이 수아에게 물었다.

"저 새끼 왜 상복 입은 거야?"

우리 셋의 눈이 룸미러에서 동시에 마주쳤다. 정용의 눈은 벌겋게 충혈되어 있었다.

"우리 파니를 위해서 저렇게 입어준 거야?"

정용은 그렇게 말하곤 더 크게 꺽꺽 울었다. 나는 잠깐 양복을 입고 나온 것을 후회했지만, 그래도 잘했다는 생각이 들었다.

파니는 정용이 아홉 살 되던 해부터 함께 살았던 고양이였다. 정용의 아버지 어머니는 광주 시내에서 꽤 큰 아웃도어 매장을 운영했는데, 그해 그만 사고가 터진 모양이었다. 부도가 난 것도 난 것이었지만, 그 직전 여러 지인들과 친척들에게 돈을 융통한 게 더 큰 문제였다. 그건 거의 사기에 가까운 것이었으니까…… 결국 정용의 부모님은 야반도주하듯 베트남으로 출국했고, 정용은 미혼인 이모에게 맡겨졌다. 부모님이 베트남으로 출국하기 바로 전날, 정용에게 안겨준 것이 새끼 고양이 파니였다. 이유야 뭐 뻔했겠지. 어른들은 늘 그런 식으로 동물을 이용하니까. 초등학교 6학년 때 정용은 우리에게 그렇게 말했었다. 그 이유가 뻔하든 혹 또다른 사정이 있든, 그 이후로 정용은 늘 파니와 함께했다. 정용은 중학교 3학년 때부터 연립주택 옥탑방에서 혼자 살기 시작했는데(이모가 결혼을 했다. 방세와 생활비는 베트남에서 보내왔다고 하는데, 고등학교 졸업 이후에는 끊겼다), 그 방에 제일 처음 들여놓은 가구도 캣 타워였다. 정용은 파니 앞에서 덤벨을 들어올렸고, 파니를 목에 태운 채 팔굽혀펴기를 했다. 파니를 위해서 고등학교 때부터 알바를 뛰며 공기청정기와 가습기를 샀고, 파니가 외로울까봐 마짱도 입양해왔다. 그 파니가 열네 살의 나이로 이제 세상을 뜬 것이다.

바다 무지개 정원.

두 시간 가까이 달려 우리는 반려동물 전용 장례식장에 도착했다. 화장장까지 겸하고 있는 그 장례식장은 한적한 바닷가 국도변에 위치해 있었는데, 무슨 주민센터나 농수산물 판매장처럼 밋밋한 외관을 한 이층 건물이었다. 주차장에 차를 세우고 나니 건물 뒤편에 있는 작은 굴뚝이 눈에 들어왔다. 그 굴뚝을 보자 그제야 나는 긴장되기 시작했다. 정용은 얼빠진 표정으로 굴뚝을 바라보다가 잠깐 발을 헛딛기도 했다. 정용과 나는 그 자리에 서서 수아가 담배 한 대를 다 피울 때까지 말없이 기다렸다. 수아는 바다 쪽을 향해 선 채 천천히 담배를 피웠다.

"전화로 예약하신 분 맞죠?"

건물 안으로 들어가자 흰 와이셔츠를 입은 남자가 허리를 굽혀 우리를 맞았다. 그는 키가 작고 마른 체형이었는데, 애플워치를 차고 있었다. 가느다란 손목에서 그게 유난히 눈에 띄었다.

"자, 그럼 예를 갖추기 전에 몇 가지 확인을 해보겠습니다."

그는 우리에게 종이 한 장과 카탈로그 하나를 내밀었다. 정용은 파니가 누워 있는 종이 상자를 든 채 그가 내민 카탈로그를 바라보았다.

그의 설명에 따르면 기본 화장료는 이십만원이라고 했다. 거기에 삼베로 만든 수의를 입힐 경우 이십만원을 더 부담해야 하고, 유골을 메모리얼 스톤으로 만들면 또 이십만원, 유골을 보관할 오동나무 함을 추가하면 다시 삼십만원이 더 들어간다고 했다.

"메모리얼 스톤이요? 그건 뭐 하는 거죠?"

수아가 물었다. 그는 유골을 돌 모양으로 압축하는 것이라고 대답했다.

"아무래도 유골 상태면 변질되기 쉬우니까요. 습기도 차고 벌레도 생기면 이게 참……"

정용은 그 말을 듣고 또 울상이 되었다.

수아가 정용과 나를 끌고 화장실 앞으로 갔다.

"저거 다 개빡치는 소리인 거 알지? 유골이 씨발 무슨 두부야? 상하긴 왜 상해?"

수아가 목소리를 낮춰 씩씩대자, 정용이 고개를 저었다.

"싫어. 난 우리 파니 다 해줄 거야."

정용은 무뚝뚝한 목소리로 말했다. 그러곤 자신의 두 손에 들린 종이 상자를 내려다보았다.

"지금 네 기분이 어떤지 잘 알겠는데, 저거 다 너 슬픈 거 이용하는 거라구."

"상관없어. 넌 몰라. 이게 어떤 의미인지."

수아는 어이없다는 표정으로 나를 바라보았다. 나는 가만히 침묵을 지켰다. 나는 수아가 무엇 때문에 그러는지 잘 알고 있었지만, 그래도 이번만큼은 정용의 편에 서고 싶었다. 이건 어쩔 수 없이 이용당할 수밖에 없는 일이니까. 알면서도 속는 일, 그게 사랑의 일이니까.

"그리고 파니 듣는데 두부니 뭐니 그런 말 하지 마."

정용은 그렇게 말한 후, 흰 와이셔츠 남자 쪽으로 걸어갔다. 수아와 나는 계속 화장실 앞에 서 있었다. 흰 와이셔츠 남자는 정용에게 정중히 파니를 건네받은 후 데스크 아래로 허리를 숙였다. 그러곤 곧바로 고개를 들어 이런 말을 했다.

"이런, 체중이 이 킬로그램 초과네요. 이러면 추가 요금을 내셔야 합니다."

정용은 말없이 고개만 끄덕거렸다.

화장 절차는 두 시간이 채 걸리지 않았다.

장례식장 지하에 커다란 식기세척기를 닮은 화장 시설이 있었고, 파니는 삼베옷을 입은 차림으로(삼베 모자도 썼다) 그 안에 누워 있었다. 우리는 유리벽 너머 참관실에 서 있었다. 이윽고 철컥, 소리와 함께 붉은색 점화등이 들어오자 정용은 잔뜩 겁에 질린 표정이 되어버렸다. 그러고 얼마 지나지 않아 어깨를 들썩거리면서 울기 시작했다. 나와 수아는 그런 정용 옆에 말없이 서 있었다. 어쩐지 나도 눈물이 날 것 같았다. 자꾸 아빠의 마지막 모습이 떠올랐기 때문이다. 수아가 정용의 등을 토닥거려 주었다. 그런 우리 뒤에 서 있던 흰 와이셔츠 남자가 작은 목소리로 웅얼거리듯 말했다.

"시리야, 알람 좀 맞춰줘."

수아가 고개를 돌려 그 남자를 노려보았다. 그래도 남자는 개의치 않았다.

"오후 두시 정각."

"네. 알람을 맞췄어요."

시리는 명랑하게 말했다.

우리는 장례식장에서 나와 늦은 점심을 먹으러 갔다. 파니는 이제 유리병에 담긴 아홉 개의 초록색 스톤이 되어 오동나무 함에 들어가 있었다. 정용은 자꾸 오동나무 함 뚜껑을 열어 그 스톤들을 바라보았다.

"나도 나중에 죽으면 이렇게 똑같은 색깔 스톤으로 만들어줘, 알았지?"

정용이 말했다.

"그래서 우리 파니랑 같이 섞어줘."

수아가 룸미러를 보며 말했다.

"뭐야? 너 죽을 때까지 우리보고 뒤치다꺼리해달라는 거야?"

정용이 멋쩍은 표정을 지었다.

"그냥 나 먼저 죽을란다. 난 죽으면 편의점 앞 파라솔 근처에 대충 뿌려줘. 스톤 같은 거 만들지도 말고 거기 재떨이 담뱃재랑 대충 섞어줘."

수아 말에 정용은 웃기도 했다.

"난 나중에 딸 낳으면 이름도 파니라고 지을 거야."

정용은 차창 밖을 보면서 말했다.

"그래, 지어라. 그 딸이 창피하든 말든, 뭐 네 생각이니까 맘대로 해."

"그게 왜 창피해? 파니가 뭐가 어때서?"

"네가 딸의 마음을 어떻게 알겠니? 하지만 걱정하지 마. 넌 어차피 결혼도 못 할 테니까. 딸은 무슨……"

"내가 왜 결혼도 못 해?"

정용은 억울한 듯 말했다. 조금은 기운을 차린 듯한 모습이었다. 파니 없는 집으로 돌아가면 또 어떨지 몰라도, 그래도 그 모습에 마음이 좀 놓이기도 했다.

나는 수아와 정용이 옥신각신하는 모습을 보면서 가만히 이시봉을 생각했다. 그 이름을 지은 아빠의 마음을 떠올려보려고 노력했다. 아빠 대신 교도소에 간 사람이 있었고, 그 사람이 부탁한 강아지가 있었다. 아빠는 그 사람의 이름으로 강아지의 이름을 지었다. 그러니까 그건 매일 떠올리겠다는 뜻이기도 했고, 잊지 않겠다는 마음이기도 했겠지. 어떤 의지가 담긴 이름. 한데 그러면 이시봉은…… 그러면 이시봉은 뭐가 되는 거지? 이시봉은 그저 이시봉 아저씨의 대체물이 되는 거 아닌가? 나는 그건 아빠의 잘못이라고 생각했다. 그건 그냥 이시봉을 이용했을 뿐이라고, 이시봉과도, 이시봉 아저씨와도 멀어지는 일이라고, 나는 아빠에게 말해주고 싶었다. 그게 인간이 동물을 이용하는 일이라는 말도……

내가 그렇게 한참 이시봉을 생각하고 있을 때, 뒷좌석 정용이 말했다.

"그래도 여수까지 왔는데…… 양념게장은 먹고 가야 하지 않을까?"

정용의 말에 수아가 입술을 꽉 깨문 채 답했다.

"그래, 먹고 가자, 양념게장. 매운 게 많이 당긴다."

수아는 원래 모습 그대로 차를 거칠게 몰기 시작했다.

다시 광주로 돌아오니 어느덧 저녁 일곱시였다.

아파트 정문에서 친구들과 헤어진 후 914동으로 천천히 걸어가고 있을 때였다. 누군가 주차장 쪽에서 달려와 내 앞을 가로막았다. 남궁상민 브리더였다. 나는 나도 모르게 주춤, 뒤로 물러섰다.

"지금 오세요? 저기……"

남궁상민 브리더가 인사를 한 후, 손으로 주차장 쪽을 가리켰다. 주차장엔 익숙한 카니발 옆에 낯선 파란색 스포츠카 한 대가 서 있었는데, 거기에서 막 한 사람이 내리고 있었다. 선글라스에 다소 헐렁한 흰색 티셔츠, 감청색 반바지에 플립플롭을 신은 사람, 정채민 대표였다.

정채민 대표는 웃으면서 내게 다가왔다.

"못 만나고 가는 줄 알았어요."

그는 내게 악수를 청했다. 나는 얼떨결에 정채민 대표의 손을 잡고 고개까지 숙였다. 그의 뒤로 카니발에서 나온 미셸 브리더와 권성희 수의사가 이쪽으로 걸어오는 모습이 보였다. 아, 이 사람들은 항상 같이 움직이는구나, 무슨 컬링 팀 같네. 나는 잠깐 그런 생각을 했다.

"이쪽에 볼일이 있어서 왔다가 내가 그냥 무작정 가보자고 했어요."

정채민 대표는 아파트 단지를 둘러보면서 말했다.

"보고 싶어서 참을 수가 있어야죠."

정채민 대표는 계속 웃으면서 말했지만, 나는 그 말이 의심스러웠다. 그럼 왜 미리 전화를 하고 오지 않았을까? 전화를 하면…… 내가 피할까봐 그런 것은 아니었을까?

"저기, 잠깐 우리 비숑 좀 볼 수 있을까요?"

남궁상민 브리더가 간청하듯 물었다. 미셸 브리더는 예의 그 선글라스를 쓴 채 아파트 단지를 둘러보고 있었다.

"아, 그게 지금 좀……"

나는 말꼬리를 흐렸다. 안 된다고 단호하게 거절하고 싶었지만…… 마땅한 핑계가 떠오르지 않았다. 왜 핑계를 대지? 그냥 무시해도 되는데…… 나는 아무 말도 하지 않고 등을 돌려 집으로 올라가고 싶었다. 하지만 그게 잘 되지 않았다. 나는 주눅이 들었고, 계속 망설이기만 했다. 그건 막연한 두려움 때문이기도 했다. 나는 나주시 왕곡면에서 본 미셸 브리더의 모습을 기억하고 있었다.

"잠깐이면 됩니다. 저희 대표님이 여기서 두 시간이나 기다리셨어요."

남궁상민 브리더가 간청하듯 말했다. 나는 어쩔 수 없는 심정이 되고 말았다.

"잠시만 기다리세요."

나는 누군가에게 전화를 걸고 싶었다. 하지만 그냥 참기로 했다.

나는 이시봉을 안고 다시 아래로 내려왔다. 이시봉은 산책을 가는 줄 알고 연신 두리번거리면서 주위를 살폈다. 고개를 뒤로

젖히며 킁킁, 냄새를 맡기도 했다. 나는 이시봉을 사랑하지 않는 게 아닐까, 스스로 의심이 들었다. 이 모든 복잡하고 피곤한 관계에서, 뒤엉킨 사정과 그 끈질긴 집착과 부끄러운 기분 속에서, 그냥 다 내려놓고 벗어나고 싶었다. 까닭 없는 분노와 그에 따른 충동 같은 것이 뒤따르기도 했다. 하지만 나는 그럴 수 없었다. 연약하고 보드라운 이시봉의 털이 내 팔뚝과 목에 닿을 때마다, 그 축축한 코가 내 눈을 향할 때마다, 나는 이 생명체가 내게 더 많은 것을 요구하고 있다는 것을 깨달았다. 그게 우리 둘 사이의 어쩔 수 없는 관계였다. 나 혼자 저버릴 수 없는 관계.

정채민 대표는 내 품에 안긴 이시봉을 보자 선글라스를 벗고 두 손을 내밀었다.

"어디 보자, 우리 아가."

이시봉은 그런 정채민 대표를 보더니 그쪽으로 옮겨가려고 몸을 버둥거렸다. 내 얼굴을 쳐다보지도 않았다. 나는 어쩔 수 없이 정채민 대표에게 이시봉을 안겨주었다.

"잘 지냈니? 아픈 덴 없고?"

정채민 대표는 한 손으로 이시봉의 등을 쓰다듬어주면서 물었다. 나는 그 앞에 무력하게 서 있었다. 내 두 팔에는 온전히 이시봉의 무게가 남아 있었다. 그 무게가 헛헛해서 나는 자꾸 팔뚝을 쓸어내렸다. 미셸 브리더와 권성희 수의사, 남궁상민 브리더는 정채민 대표와 이시봉에게서 시선을 떼지 않았다. 그래서 나는 눈치보지 않고 계속 팔뚝을 긁으며 서 있었다. 내 팔뚝에 남은 벌건 손톱자국을 발견한 것은 그들과 헤어지고 난 뒤, 다시 이시봉과 함께 엘리베이터에 올라탔을 때의 일이었다. 이시봉은 그런 것은 신경도 쓰지 않은 채 다시 킁킁, 내 쇄골 쪽에 코를 들이대면서 냄새를 맡았다. 나는 가만히 이시봉을 끌어안고 서 있기만 했다. 집사처럼, 마치 충실한 하인처럼.

그날 밤 열한시쯤, 나는 낯선 번호로 걸려온 전화 한 통을 받았다.
권성희 수의사였다.
"개인적으로 조언 한마디 하려구요."
나는 좀 피곤했다. 그래서 빨리 전화를 끊고 싶었다. 그리고 나는 조언하는 사람을 싫어했다. 조언은 무슨…… 그냥 자기가 하고 싶은 말을 하는 거면서……
"아직 결정 못한 거죠?"
"뭘 말하는 거죠?"
나는 일부러 모른 척했다.
그날 저녁, 정채민 대표는 무더위 속에 이시봉을 안고 한참 동안 아파트 주차장 주변을 걸어다녔다. 나는 그 뒤를 졸졸 쫓아다녔다. 내 모습이 우습게 여겨지기도 했지만, 그러지 않을 수 없었다. 나는 계속 불안했고, 그 불안을 티내지 않으려고 안간힘을 써야만 했다. 정채민 대표는 이시봉을 안고 스포츠카에 잠깐 타기도 했는데, 그 순간 나는 하마터면 지금 뭐하는 거냐고 큰소리를 칠 뻔했다. 다행히 정채민 대표는 스포츠카 조수석에 이시봉을 앉힌 채 간식을 먹였다. 난생처음 보는 젤리처럼 생긴 것이었는데, 남궁상민 브리더가 닭고기에 홍삼을 넣어 만든 수제 간식이라고 설명해주었다. 정채민 대표는 이시봉이 간식을 먹는 동안 카 오디오로 쇼팽 연주곡을 틀어주었다. 그러곤 흐뭇한 표정으로 이시봉에게서 시선을 떼지 않았다.

"곧 또 올지도 모르겠어요."

한 시간쯤 지난 후, 정채민 대표는 이시봉을 다시 내 품에 안겨주면서 그렇게 말했다. 이시봉은 내 품에 안긴 뒤에도 계속 정채민 대표에게로 가려고 했다. 나는 그런 이시봉을 안고 어떤 적의와 좌절과 슬픔 같은 것에 빠져버렸다.

"이게 내 마음을 나도 어쩌지 못해서……"

정채민 대표는 그렇게 말한 후, 쓴웃음을 지었다.

"이시봉 말이에요."

권성희 수의사 말에 나는 침묵을 지켰다.

"혹시 돈이 더 필요해서 그래요? 그런 거라면 내가 조정을 해볼 수도 있어요."

"아니요. 그럴 필요 없어요."

나는 그녀의 말을 끊었다. 이번엔 권성희 수의사가 침묵했다.

"난 이시봉하고 헤어질 마음 없어요."

"헤어진다고 생각할 필욘 없어요. 이건 그냥…… 양육권을 넘기는 거라고 봐도 돼요."

나는 그녀가 마음에 들지 않았지만, 점점 그런 감정도 사라졌다. 대신 그 자리에 분노가 새로 생겨났다.

"보고 싶을 땐 언제든 와서 봐도 되구요."

"내가 왜 그래야 하죠? 난 지금 만족해요."

"이시봉을 생각해야죠."

또 그 소리.

"이시봉이 뭐요? 당신들이 이시봉을 뭘 얼마나 안다고……"

나는 나도 모르게 목소리를 높였다. 내 안에선 더 많은 말들이 폭발했다. 권성희 수의사가 한숨을 내쉬는 소리가 들렸다.

"이만 끊을게요."

나는 일방적으로 통보했다.

"잠깐만요."

권성희 수의사가 다급한 목소리로 말했다.

"나는 정말 걱정돼서 하는 말이었어요."

나는 마음을 가라앉히려고 노력했다. 이시봉이 내 목소리를 듣고는 천천히 다가왔다. 그러곤 내 허벅지 위로 올라와 웅크리고 앉았다. 그게 작게나마 내게 용기를 주었다.

"우리 대표님은…… 원하는 건 다 갖고 마는 사람이에요."
나는 가만히 그녀의 말을 들었다.
"그래서 꼬인 데 없고 착하죠."
그녀는 계속 말했다.
"한데, 그런 사람이 정말 무섭거든요. 무구해서 무서워요."
나는 권성희 수의사의 말을 제대로 이해할 수 없었다. 하지만 대충은 무슨 뜻인지 알아들었다.
"그래서 사고가 날까봐 걱정돼요."
"이제 진짜 끊을게요."
나는 계속 같은 목소리로 말했다.
"네, 알겠어요. 나하고 통화했다는 건 누구한테도 말하지 않았으면 좋겠네요."
권성희 수의사가 먼저 전화를 끊었다. 나는 휴대폰을 소파 테이블에 내려놓고 가만히 이시봉을 끌어안았다. 이시봉이 그런 내 손등을 몇 번 핥아주었다. 그제야 나는 와락, 무섬증이 들었다. 이시봉이 아무것도 몰라서, 그런 이시봉을 내가 더 사랑해서, 그래서 나는 무서웠다. 혼자 남겨진 것만 같았다.

13

 죽은 알바 공작부인의 방에서 베로와 그의 후손 비숑 프리제 두 마리를 데리고 나온 마누엘 고도이는 마요르광장 근처 자신의 집으로 가지 않고, 곧장 그의 또다른 연인인 페피타 투도의 저택이 있는 살라망카 쪽으로 향했다(고도이는 1797년 9월 왕비의 명에 따라 왕의 사촌 여동생인 마리아 테레사와 결혼했다. 왕비는 자신과 고도이의 불륜 관계를 들키지 않기 위해 거의 고아에 가까운, 산속 별궁에서만 살았던 마리아 테레사를 이용했다. 한편으로 그 결혼은 고도이의 난잡한 여성 편력을 잠재우기 위한 왕비 나름의 고육책이기도 했다. 하지만 고도이는 결혼 이후에도 계속 알바 공작부인에게 연정을 품었고, 안달루시아 출신의 배우였던 페피타 투도와는 아예 대놓고 살림을 차렸다. 말하자면 당시 스페인 총리였던 이 카스투에라 출신의 젊은이는 한꺼번에 세 명의 여자와 관계를 맺고 있었던 것이다. 거기에다가 얼마 전 목숨을 잃은 한 여인을 떠올리며 비탄에 빠진 참이었다! 그러니 왕비의 마음이 어떻겠는가. 그녀는 더 집요하게 고도이를 원하고 또 원했다).

자정이 넘은 거리에 사람의 흔적은 보이지 않았고, 어둠만이 마치 털을 잔뜩 곤두세운 짐승처럼 골목마다 웅크리고 있었다. 고도이는 걸으면서도 자주 새끼 비숑 두 마리가 엎드려 있는 바구니를 들여다보았다. 태어난 지 채 두 달도 되지 않은 암수 두 마리의 새끼 강아지들은 그 와중에도 깊은 잠에 빠져 있었다. 오직 베로만이 조용히, 꼬리를 허리보다 약간 내린 채, 고도이와 발을 맞추며 걸어갔다. 베로는 어느덧 열 살이 되어 있었다. 개의 일 년은 사람으로 치자면 칠 년. 그 이론이 맞는다면 베로는 이미 칠순에 가까운 할머니였다. 그동안 베로는 모두 서른여섯 마리의 손녀 손자를 보았고, 그 대부분을 눈앞에서 잃었다. 화마에 휩쓸리기도 했고, 연기에 질식사하기도 했다. 어떤 강아지들은 정원 밖으로 나갔다가 다시는 돌아오지 못했고, 또 몇 마리는 태어나자마자 숨을 거뒀다. 그때마다 베로는 묵묵히 그 옆을 지켰다. 죽은 아이들의 몸을 혀로 깨끗이 핥아주기도 했다. 베로의 시력은 이미 현저히 나빠져 있었지만, 후각만은 여전했다. 베로는 냄새로 자신의 후손과 다른 동물들을 구분했고, 낯선 자의 호의와 위협을 알아챘다. 그 후각이 베로를 여전히 의연하고 위엄을 지닌 개로 만들어주었다.

"웬 개예요?"

페피타 투도는 막 잠에서 깬 모습으로 고도이를 맞았다.

"지체 높은 개지. 당신보다 훨씬 더."

고도이는 퉁명스러운 목소리로 말했다. 그 무렵, 궁정에서는 페피타 투도에 대한 이런저런 말들이 흘러나오고 있었다. 귀족도 아닌 주제에 왜 저렇게 당당하지? 고도이의 집무실을 뻔질나게 드나든다는군. 그 안에서 뭔 짓을 하는지 누가 아나? 왕비 앞에서도 기죽지 않고 떠들고 웃는대. 저러다 또 사달이 나지. 독약쟁이들만 신나게 돈을 벌겠군(실제로 왕비는 고도이와 페피타 투도의 불륜 관계를 심판해달라고 로마의 종교재판소에 투서를 보내기도 했다. 그 투서를 가지고 가던 밀사를 로마 인근에서 체포한 사람이 바로 나폴레옹이었다. 나폴레옹은 파리에 앉아서 마드리드 왕궁에서 벌어지고 있는 모든 일을 마치 남의 일기장 훔쳐보듯 훤히 꿰뚫고 있었다. 왕비의 투서를 읽은 나폴레옹은 속으로 이렇게 생각했다. '이 여자 낯짝이 정말 두껍군! 이건 자기 자신을 고발하는 거나 마찬가지 아닌가!').

"그럼 지체 높은 나리들께서는 같은 방을 쓰시고, 미천한 저는 헛간으로 사라져드리죠."

페피타 투도는 고개를 쳐들고 말했다. 그녀는 새끼 강아지들이 들어 있는 바구니를 내려놓고 그대로 방을 나가려고 했다. 고도이가 그런 그녀의 허리를 잡았다.

"잘 들어. 신분이 높아지려면 신분에 걸맞은 걸 갖춰야 해."

"그래서 총리 나리께선 왕비의 품에서 놀아나시는군요."

페피타 투도는 비아냥댔다.

"이 개들이 당신 신분을 높여줄 거야."

베로가 그들 사이에서 킁킁, 냄새를 맡았다.

"이 개들이 뭔데요?"

"프랑스 왕가의 개들이지. 에스파냐에선 보기 드문."

고도이는 페피타 투도의 뺨을 만지면서 말했다.

"뭐예요? 그럼 선물인 거야?"

페피타 투도의 목소리가 갑자기 밝아졌다.

"당장 옷부터 갈아입어야겠어요. 애들한테 정식으로 인사를 해야죠. 머리도 좀 만지고."

그녀가 얼른 고도이의 팔짱을 끼더니 말했다. 그러곤 다시 혼자 부산스럽게 방을 나갔다.

고도이는 베로를 안고 의자에 앉았다. 베로는 얌전히 그에게 몸을 맡긴 채 눈을 감았다. 고도이는 베로가 그 옛날 자신이 처음 알바 공작부인에게 보낸 바로 그 강아지인 것을 알고 있었다. 자신의 편지와 함께 산루카르성으로 보내진 새끼 강아지 중 한 마리. 세월이 흘러 그때 함께 간 수캐는 온데간데없이 사라졌고, 그 선물을 받은 연모의 대상도 이 세상에 남아 있지 않았다. 오직 그 마음만이 낯선 방에 남아 촛불과 함께 타들어가고 있었다. 고도이는 뜻하지 않게 눈물이 날 것만 같았다.

나는 왜 그랬던 것일까?

따지고 보면 알바 공작부인을 사지로 몰아넣은 것은 고도이, 그 자신이었다. 공작부인이 나폴레옹에게 띄운 편지를 가로채 왕비에게 밀고하지 않았다면, 분노에 사로잡혀 왕비에게 '공작부인을 심연에 묻어버려라' 말하지 않았다면, 어쩌면 그녀의 운명은 또 달라졌을지도 모른다. 그는 그 편지를 조용히 불태우고 죽을 때까지 침묵할 수도 있었다. 말이 새어나올 인간들을 모조리 죽여 묻어버릴 수도 있었다. 그만한 권력이 그에겐 있었다. 하지만, 그는 그러지 않았다…… 그녀를 죽게 내버려두었다. 도대체 왜……?

고도이는 자기 자신에게 분노했고, 죄책감을 느꼈다. 스스로가 끔찍하게 여겨지기도 했고, 자기 몸속에 어떤 병균이 깃든 것은 아닐까, 두려워지기도 했다. 모든 드러난 사실이 그것을 가리키고 있었다. 하지만…… 그 마음은 그리 오래가지 않았다. 그는 자기 대신 비난을 받을 만한 대상을 찾았고, 이윽고 그 분노와 치욕을 다시 알바 공작부인에게 고스란히 되돌려주고 말았다.

"나폴레옹이라니, 한심하군. 사람 보는 눈이 그렇게도 없나?

그 시골 촌뜨기는 사람과 대화하는 법을 잘 모르지. 누가 포병 출신 아니랄까봐 대포부터 쏘고 보는 잔인한 인간인데, 그런 인간에게 편지라니. 스페인을 잡아먹지 못해 안달인 친구에게…… 이건 명백한 반역이 아닌가? 나는 조국을 택할 수밖에 없었던 거야. 잘못은 그녀에게 있다고……"

고도이는 그렇게 중얼거리곤 난데없이 베로를 안은 두 손에 힘을 주었다. 자신을 배신하지 않은 것은 오직 품안에 있는 이 강아지뿐인 것만 같았다. 그는 관대한 눈으로 베로를 바라보았다. 베로가 게슴츠레한 눈으로 그를 쳐다보았다. 푸석하고 힘없는 털과 가냘픈 다리, 생기를 잃은 코와 눈물이 잔뜩 고인 눈, 꾹 다물고 있지만 금세라도 끙끙 앓는 소리가 새어나올 것만 같은 입…… 그 늙고 가엾은 얼굴을 보자 고도이의 마음은 한결 더 너그러워졌고, 애틋해졌다. 베로가 불쌍하고 사랑스러워서 견딜 수가 없었다. 그는 베로의 얼굴에 자신의 뺨을 비비면서 속삭였다.

"죽을 때까지 내가 널 지켜줄게."

베로는 그 말에도 별다른 반응을 보이지 않았지만, 고도이는 아니었다. 그는 자신이 한 말이 너무 슬퍼서 뚝뚝 눈물까지 흘리고 말았다.

1805년 10월, 스페인 남서해안의 트라팔가르에서 영국 해군과 프랑스-스페인 연합함대의 교전이 벌어졌다. 영국에선 그 유명한 넬슨 제독이 나섰고, 프랑스-스페인 연합함대의 사령관엔 나폴레옹의 총애를 받던 빌뇌브 제독이 임명됐다(본래 나폴레옹은 사령관 자리에 고도이가 나서주기를 바랐으나, 고도이는 완곡하게 거절의 뜻을 전했다. 자신은 단 한 번도 해전에 참여해본 적 없다는 것이 그 이유였다. 고도이가 나폴레옹의 뜻을 거스른 것은 그때가 처음이었다). 영국에선 스물일곱 척의 함선이, 프랑스-스페인 연합함대에선 서른세 척의 함선이 교전에 나섰다. 결과는 참혹했다. 그 해전에서 프랑스-스페인 연합함대는 모두 스물두 척의 함선을 잃었고, 삼천이백 명이 전사했으며, 칠천 명에 가까운 해군이 포로로 잡혔다(사령관인 빌뇌브 제독 또한 포로가 되었다. 그는 후에 석방되었으나, 나폴레옹의 총애를 잃은 것에 상심해 어느 허름한 여관에서 자살로 생을 마감했다). 영국 함선은 단 한 척도 침몰되지 않았다. 전장 상황을 보고받은 나폴레옹은 크게 분노했고, 그 모든 패배의 원인을 스페인에 돌렸다(스페인 제독들이 빌뇌브의 명령을 제대로 따르지 않았다는 이유를 댔다). 아마도 그때부터 나폴레옹은 스페인을 저대로 놔둬선 안 된다고 생각했는지 모른다. 스페인이 지리멸렬하면 포르투갈은 계속 영국 편에 설 것이고, 그러면 프랑스가 위험에 빠진다. 스페인이 정신을 차려야 하는데, 왕이 저렇게 사냥에만 열중해 있으니…… 나폴레옹은 결단을 내릴 시간이 되었다고 생각했다.

그러거나 말거나 고도이는 페피타 투도의 집에서 후에스카르 비숑 프리제들과 함께 시간을 보내느라 정신이 없었다. 알바 공작부인의 집에서 데려온 강아지 두 마리는 1804년 모두 여섯 마리 새끼 비숑들의 부모가 되었다. 그리고 1806년에는 다시 다섯 마리의 새끼를 더 낳았다(우리는 이미 고도이가 훌륭한 집사 출신이라는 것을 잘 알고 있다). 고도이는 그 한 마리 한 마리에게 직접 이름을 지어줬으며, 그들을 전담할 하인을 따로 고용하기도 했다. 그는 집무실에 나갈 때도 그 강아지들 중 두 마리를 번갈아가며 데리고 가곤 했다. 왕비와의 관계는 자연 소홀해졌고(왕비는 이렇게 탄식했다고 한다. '왕은 사냥개에게, 총리는 비숑 프리제에게! 도무지 내가 이길 수가 없구나!' 그래서 그녀는 근위대에서 또다른 젊은 정부를 골라오기도 했다. 개를 별로 안 좋아하는 젊은이로!), 국사도 다른 장관들에게 떠넘기기 일쑤였다. 페피타 투도는 처음엔 자신의 집이 개똥으로 어지럽혀지는 것을 보며 미간을 구겼지만, 결국엔 그녀 역시 충실한 집사 역할을 수행해나가기 시작했다(누군들 그러지 않을 수 있을까? 새끼 비숑 프리제 열한 마리가 뛰노는 모습을 보고 있노라면, 그건 불가능한 일이었다).

"베로가 걱정이에요."

어느 날 밤, 페피타 투도가 고도이에게 말했다. 그들은 같은 침대에 누워 있었다.

"어제는 밤새 한숨도 자지 못하고 계속 발작을 하더라구요······ 발작을 하다가 지치면 그제야 잠들고······ 잠에서 깨면 다시 발작을 하고······ 저러느니 차라리······"

"차라리 뭐?"

고도이는 차갑게 물었다.

"약이 있대요. 고통 없이 눈감을 수 있는······"

베로는 어느새 열다섯 살이 되어 있었다. 사람으로 치자면 이미 백 살을 넘긴 나이. 마드리드에서 베로보다 더 오래 산 강아지는 아마도 없을 것이었다. 베로는 이제 시력을 완전히 잃어버렸으며, 청력도 사라진 듯 보였다. 혼자 힘으론 아무것도 먹지 못했고, 한 번에 네댓 걸음도 제대로 걷지 못했다(탁자 다리나 기둥에 부딪혀 그대로 넘어지곤 했다). 거기에다가 시도 때도 없이 찾아오는 발작까지······ 베로의 운명은 이제 얼마 남지 않은 듯했다.

"쓸데없는 소리 하지 마. 약이라면 이제 지긋지긋하니까······"

고도이는 반대편으로 모로 누우며 말했다.

"죽는 날까지 내가 지켜주기로 했어."

페피타 투도는 그 말에 잠시 침묵을 지켰다. 그러곤 다시 물었다.

"나는요? 나도 죽는 날까지 지켜줄 거예요?"

그 말에 고도이는 쓸쓸한 목소리로 답했다.

"그 약속은…… 당신이 내게 해줘야 할 거 같은데?"

1808년에 접어들자, 프랑스가 본격적으로 움직이기 시작했다. 이미 그 전해인 1807년, 프랑스는 포르투갈을 공격한다는 명분으로 스페인에 길을 내달라고, 영토 통과 협정을 체결하자고 요구해왔다. 고도이의 치명적인 정책 실수는 바로 그때 벌어졌다. 그는 그걸 대수롭지 않게 여겼다(그때 그는 베로의 병간호에 모든 정성을 쏟고 있었다). 거절할 명분도 딱히 없었다. 나폴레옹은 포르투갈을 점령한 후, 프랑스와 스페인이 공동으로 영토를 관리하자는 제안도 해왔다. 그러니, 뭐…… 고도이는 나폴레옹을 믿었다. 하지만 1808년 2월, 포르투갈을 완전히 손에 넣은 프랑스 총사령관 뮈라 장군은 그 이후에도 스페인에 진주해 있던 프랑스군을 철수시키지 않았다. 철수는커녕 새로 만오천 명이 넘는 병력을 증파해 마드리드에서 가까운 비토리아에 사령부를 설치했다. 그때야 고도이는 나폴레옹에게 속았다는 것을 깨달았다. 포르투갈 다음은 스페인이었다는 것을, 그도, 왕도, 왕비도 미처 몰랐던 것이다. 심지어 프랑스 총사령관이었던 뮈라 장군 또한 그 사실을 알지 못했다. 그는 그저 나폴레옹이 지시하면 그대로 움직이는 사람일 뿐이었다.

1808년 3월, 왕과 왕비와 고도이는 아란후에스 별궁으로 몸을 피했다. 프랑스군이 언제 어느 때 마드리드 왕궁으로 진격해 올지 알 수 없기도 했지만, 더 큰 문제는 스페인 민중이었다. 마드리드에는 이미 나폴레옹이 카를로스 4세를 폐위시키고 그 자리에 왕세자 페르난도 7세를 앉힌다는 소문이 쫙 퍼져 있었다(카를로스 4세와 마리아 루이사 왕비의 첫째 아들인 페르난도 왕세자는 고도이와 사이가 썩 좋지 않았다. 그도 그럴 것이 고도이는 자기 엄마와 불륜을 저지른 남자가 아니던가! 그런 남자가 십육 년째 총리 자리에 앉아 있다니…… 그 문제 하나만으로도 왕세자는 아버지인 카를로스 4세와 마리아 루이사 왕비에게 불만을 품고 있었고, 사춘기 소년처럼 반항했다. 안타까운 것은 이 왕세자의 능력은 바로 그 부모에 대한 반항심, 오직 그 한 가지가 전부였다는 사실이다. 그 유일한 능력으로 호시탐탐 왕의 자리를 노렸다). 스페인 민중은 고도이를 향해 적개심을 불태우고 있었다. 그가 스물다섯 살에 총리에 오른 것도, 알바 공작부인을 죽게 만든 것도, 그러고도 왕비와 계속 불륜 관계를 유지하고 있는 것도, 페피타 투도와 살림을 차린 것도, 나라가 이 모양 이 꼴이 된 것도, 모두 민심을 성나게 했다. 사람들은 프랑스군이 페르난도 왕세자를 도와 고도이를 물리치고 새 시대를 열어주리라 믿었다(이런 순진한 사람들을 봤나!). 어떤 사람들은 마드리드 왕궁에 쳐들어가 스페인 민중의 손으로 직접 고도이의 목을 베자고 주장하기도 했다. 우리 뒤엔 든든한 프랑스군이 있지 않은가! 우리도 프랑스혁명처럼 하지 못할 이유가 없지 않은가! 유행은 돌고 도는 법이니까(사실 나폴레옹은 그 유행을 몹시 두려워했다).

고도이는 아란후에스 별궁으로 떠나기 전, 황급히 페피타 투도의 집으로 향했다.

"당신은 일단 당신 오빠네 집에 숨어 있어. 강아지들 챙기는 거 잊지 말고."

고도이는 그 순간에도 후에스카르 비숑 프리제의 충실한 집사로서의 본분을 잊지 않았다. 그는 알고 있었다. 혁명이 일어나고 전쟁의 참화가 이어질 때, 강아지들이 어떤 운명에 처해지는지(프랑스혁명 당시 왕가와 귀족 가문에서 키우던 강아지들은 그 주인들에 앞서 대부분 참수당했다). 강아지들은 가장 먼저 바닥으로 떨어지고, 가장 먼저 짓밟힌다. 그게 바로 인간이 개들과 맺고 있는 관계의 본질이다. 본질은 늘 뜻하지 않은 사건과 사고 속에서 드러나는 법. 개들은 언제나 그런 식으로 희생되어왔다.

"그건 할 수 있는데…… 베로가 문제예요."

페피타 투도가 피아노 의자 아래 부르르, 제 몸을 떨고 있는 베로를 보면서 말했다. 베로의 눈은 가늘게 떠져 있었지만, 검은 눈동자는 보이지 않고 흰자위만 남아 있었다.

"베로는 내가 챙길 테니까, 다른 강아지들부터 어서……"

고도이는 붉은 천으로 베로를 감싸안았다. 베로의 심장은 아직 뛰고 있었다. 털이 듬성듬성 빠져 주름진 피부가 훤히 드러나 있었지만, 그래도 아직 분명히 살아 있었다. 고도이는 그런 베로를 품에 안고 아란후에스 별궁으로 향했다.

'내가 널 죽을 때까지 지켜준다고 약속했잖니.'

걱정 말렴, 걱정 말렴. 고도이는 계속 그렇게 중얼거리면서 마차에 올랐다.

—피에르 퓌졸, 『후에스카르 비송 프리제의 빛과 그림자』

14

 이것 역시 후에 알게 된 사실이지만, 김태형 또한 이시봉을 찾기 위해 혼자 애쓰고 있었다.

 그는 2022년 3월, 광주교도소에서 모범수로 가석방된 후 곧장 당진으로 올라가 그곳에서 배관 설비 기술을 배웠다. 당진에는 그가 한 번도 만나본 적 없던 하나뿐인 이모가 살고 있었다. 이모는 엄마보다 두 살 아래였다. 엄마와 마찬가지로 미술을 전공했고, 대학을 졸업한 후 줄곧 입시학원 실기 강사로 생계를 유지했다. 그러다가 십일 년 전, 우연히 선배가 하던 당진의 초등 미술학원을 보증금만 내고 인수하게 되었다. 아파트 단지 내 상가에 자리한 작은 미술학원이었는데, 그의 이모가 운영을 맡게 된 이후 점점 수강생 수가 늘어났다. 이모의 미술학원은 삼 년 뒤엔 당진 원당동에 있는 50평짜리 상가로 확장 이전했다. 강사도 네 명을 새로 뽑았고, 수강생들의 통원을 돕는 승합차도 따로 세 대나 운영했다. 그때부터 그의 이모는 이혼 후 그 행방이 묘연해진 하나뿐인 언니를 찾기 시작했다. 사실 이모는 자신의 언니, 즉 김태형의 엄마에 대해서 좋지 않은 감정을 갖고 있었다. 산업디자인을 전공한 언니는 졸업 후 광고회사에 다니다가 부모님껜 그 어떤 의논도 없이 학교 선배 남자를 따라 훌쩍 프랑스로 떠나버렸다. 그곳에서 그 선배 남자와 함께 판화를 전공하겠다는 것이 언니의 계획이었다. 뒤늦게야 사실을 알게 된 부모님은 마음에 깊은 상처를 받고 말았다. 중학교 화학 선생이었던 아버지는 어느 날 밤 술에 잔뜩 취해 돌아와선 마당의 자두나무를 도끼로 베어버렸다. 그때 생긴 상처가 평생 왼손 손바닥에 남았다. 어머니는 신경쇠약에 당뇨까지 겹쳐 오랫동안 병원 신세를 져야만 했다. 김태형의 이모는 주말마다 아버지와 교대해 어머니가 입원해 있는 병실의 보조 침대에서 잠을 잤는데, 그때마다 이런 질문을 받곤 했다.

"네 언니한테 편지 온 거 없니?"

그 언니가 프랑스에서 돌아온 것은 1997년 9월의 일이었다. 언니는 파리에서 학교도 제대로 졸업하지 못한 채 돌아와 선배 남자와 경기도 파주에 살림을 차렸다고 한다. 이모는 그 사실을 언니가 보내온 편지를 통해 알게 되었다. 그리고 그로부터 다시 이 년이 지난 후, 이모는 언니에게서 직접 걸려온 전화를 한 통 받았다. 언니는 오백만원이 급하게 필요하다고 했다. 무슨 일이냐고 묻자, 키우는 강아지들과 함께 이사를 가야 하는데 계약한 집의 잔금이 부족하다는 말을 했다.

"강아지……?"

"응. 그래서 지방으로 가게 됐거든…… 넓은 마당이 좀 필요해서……"

이모는 처음엔 기가 막혔고, 나중엔 참을 수 없이 화가 났다. 그 얘기 말고도 꽤 길게 통화했는데, 기억에 남는 대화는 그것뿐이었다. 그래도 이모는 자신의 통장에 있던 삼백만원을 언니에게 부쳐주었다. 그리고 또 소식이 끊어졌다. 그때 부쳐주지 못했던 그 이백만원이 두고두고 생각났다. 조카도 한 명 있다고 했는데……

그 언니와 다시 연락이 닿은 것은 2020년 1월의 일이었다. 언니에게서 먼저 연락이 왔다. 정확히는 언니가 아닌, 정읍에 위치한 한 요양병원에서 일하는 요양보호사를 통해서였다. 사십대 초반의 그 요양보호사는 구글링을 통해 미술학원 홈페이지에 나와 있는 전화번호를 알게 되었다며, 혹시 박유정씨를 아느냐고 물었다. 그렇게 이모는 이십 년이 훌쩍 지난 후 다시 자신의 언니를 만날 수 있게 되었다. 그때 박유정은 이미 팔뚝에 근육이 하나도 남아 있지 않고 눈과 광대만 불룩 튀어나와 있는 모습이었지만, 정신만은 온전했다. 이모는 그런 언니의 모습이 믿기지 않았지만, 그래도 다행이라고 생각했다. 뭐가 다행인지 알 수 없었는데 계속 그 말이 맴돌았다고 한다. 박유정은 여동생과 재회한 지 사십 일 만에 숨을 거뒀다. 마지막 보름 동안 이모는 언니의 병실을 지켰는데, 그래서 서로 많은 이야기를 나눌 수 있었다. 그것 역시 이모는 다행이라고 생각했다. 박유정은 스무 권 분량의 대학노트를 죽기 직전 자신의 동생에게 남겼다. 그것은 강아지들의 하루하루를 기록한 일지 같은 것이었는데, 후에 김태형이 여러 번 되풀이해서 읽어본 바에 따르면, 그것은 박유정의 일기나 다름없다. 박유정에게 세계란 바로 그런 곳이었다. 하지만 그것은 몇 년 뒤의 일이었다. 그 무렵 김태형은 엄마와 살던 집에 들러 남아 있던 마지막 강아지, 침대 아래 숨어 있던 먼지 잔뜩 묻은 후에스카르 비숑 프리제를 개 농장에 처분한 뒤 잠적한 상태였다.

그 이모가 김태형의 자취방과 직업교육 학원을 알아봐주었다. 이모는 그가 출소하기 반년 전에 처음 면회를 왔고, 그때부터 영치금을 넣어주기 시작했다. 출소한 후에는 자신의 아파트에서 함께 지내자고 했지만, 그건 그가 거절했다. 김태형은 당진경찰서 정문이 정면으로 보이는 읍내동 원룸촌에 거처를 정했다. 그게 그의 의지였다. 그는 교도소에서 나온 이후 술과 담배를 하지 않았고, TV도 보지 않았다. 슬프거나 기쁘거나, 짜증이 나거나 동정심이 생기거나, 감정의 높낮이가 커지면 저절로 약 생각이 난다는 것을 그는 잘 알고 있었다. 김태형은 한동안 휴대폰도 갖고 다니지 않았다. 그의 명의로 휴대폰을 개통하면 귀신처럼 알고 상선(딜러)들이 연락을 해왔다. 그는 직업교육 학원을 마치고 자취방으로 돌아오는 길엔 매일 수영장에 들러 한 시간씩 자유 수영을 했고, 분식집에 들러 국수와 김밥으로 식사를 해결했다. 그러곤 다시 당진경찰서 바로 옆 공원을 만 보 이상 걸은 후, 자취방으로 돌아와 밤 열시 이전에 자리에 누웠다.

 몇 번 위기도 있었다. 추석 연휴 마지막날 오후, 공원을 걷고 있을 때였다. 갈색 푸들 한 마리가 그의 앞으로 다가왔다. 일흔 살 정도 되어 보이는 할머니와 함께 산책을 나온 푸들이었는데, 꼬리를 흔들며 그의 곁을 떠나려 하지 않았다. 그는 모른 척 지나가려고 했다.

 "한번 쓰다듬어주고 가구려. 우리 모찌가 친해지고 싶은가본데."

 할머니가 그를 보며 말했다. 김태형은 그 앞에 어정쩡한 자세로 쪼그려앉아 강아지와 눈을 맞췄다. 그러곤 강아지의 머리를 쓰다듬어주었다. 그때부터 무언가 자꾸 목 아래에서 울컥 올라오는 것 같았는데, 그는 애써 그것을 모른 척하려고 노력했다.

명랑한 이시봉의 짧고 투쟁 없는 삶

"총각도 집에서 강아지를 키우나봐요? 우리 모찌가 그런 사람들은 족집게처럼 알아채는데."

김태형은 할머니의 그 말에 아무런 대꾸도 하지 않았다. 말없이 다시 자리에서 일어나 할머니와 강아지의 반대편 방향으로 빠르게 걸어갔다. 그는 한 손으로 연신 입을 막은 채 걸었는데, 머릿속으론 빨리 무언가를 해야 한다고 스스로를 재촉하고 있었다. 이상하게도 슬픈 감정이 찾아왔다. 그러면서도 한편으론 벅찬 감정이 느껴지기도 했다. 그는 그것이 약을 하고 싶다는 신호라는 것을 잘 알고 있었다. 이대로 자취방으로 돌아갔다가는 한 시간도 버티지 못하고 PC방으로 달려갈 게 뻔했다. 그곳에서 트위터 계정에 접속만 하면 금세 상선들이 DM을 보내올 것이다. 자취방이 아닌 곳, 내가 나 자신을 어찌할 수 없는 곳, 나를 가둘 곳이 필요하다…… 그는 그날 바로 당진버스터미널로 가서 부천행 직행버스를 탔다. 부천행이 가장 빨리 출발하는 버스였다. 연휴 마지막날이어서 그의 예상대로 서해안고속도로 상행선은 당진IC 부근부터 길게 정체되었다. 그는 땀을 뻘뻘 흘리고 다리를 부들부들 떨면서 직행버스 맨 뒷좌석에 꼬박 다섯 시간 가까이 앉아 있었다. 평소라면 한 시간 반이면 넉넉하게 도착할 거리였다. 그 정체와 지체가 그에겐 도움이 되었다. 버스가 부천터미널에 도착할 때쯤엔 김태형도 어느 정도 안정을 되찾은 후였다. 그는 버스에서 내려 국수와 김밥으로 식사를 해결하고 곧장 다시 당진행 버스에 올라탔다.

 2023년 3월부터 그는 한 하청업체의 배관팀 조공으로 들어가 일을 하기 시작했다. 직업교육 학원으로 인력을 뽑으러 온 팀장이 그를 찍었고, 김태형은 거절하지 않았다. 배관팀엔 그를 포함해 총 여섯 명이 있었다. 배관공인 육십대 팀장이 있었고, 그 아래로 또다른 배관공 한 명과 용접공이 두 명, 조공이 두 명이었다. 그가 팀에 들어가자마자 처음 맡은 일이 백령도 군부대 장교 숙소 설비 공사였다. 공사 기간만 총 백이십 일짜리였고, 숙식도 모두 회사에서 제공해주는 일이었다. 난생처음 경험하는 공사 현장이어서 김태형은 실수가 잦았다. 그는 주로 배관공을 도와 작업에 쓸 배관을 나르거나 와이어 브러시로 녹을 제거하는 일을 했는데, 자주 자재를 바닥에 떨어뜨렸고 팀원들의 속도를 따라가지 못했다. 한번은 체인 호이스트로 배관을 들어올리다가 손에 힘이 풀려 모두 아래로 떨어뜨리고 말았다. 그 바람에 바로 옆에서 작업하던 용접공이 다칠 뻔하기도 했다. 하지만 팀원들은 그에게 야박하게 굴지 않았다.
 "안 쓰던 근육을 써서 그런 거야."
 팀장은 저녁을 먹으면서 그렇게 말했다. 그들은 한 민박집을 통째로 빌려 그곳에서 식사도 해결하고 있었다.
 "한 달만 버텨. 그러면 좀 나아질 거야. 정 못 버티겠으면 미리 말하고. 말도 없이 도망치지만 마. 그러면 나중에 일당 계산하기 복잡해져."

팀장이 말하자, 오십대 중반의 용접공이 웃으면서 말했다.

"형님, 여기선 도망도 마음대로 못 쳐요. 우리 주민등록증, 형님이 모두 갖고 있잖아요? 그거 없으면 배 못 타요."

김태형은 그곳에서 백이십 일 공사 기간을 모두 채웠다.

팀장의 말처럼 한 달을 조금 넘기면서부터 그는 자신의 몸이 달라졌다는 것을 깨달았다. 아침에 깰 때마다 여전히 관절의 마디마디에 바늘 하나가 깊숙이 박혀 있는 것처럼 통증이 느껴졌지만, 머리를 감고 나면 이내 괜찮아졌다. 손가락 감각이 무뎌졌다고 생각했는데, 그게 아니었다. 손가락이 기계에 익숙해진 것이었다. 그는 능숙하게 슬링 벨트로 배관들을 고정시켰고, 연마석을 장착한 그라인더로 배관을 다듬는 작업도 맡게 되었다.

그해 6월엔 장마가 조금 일찍 시작되었다. 그 바람에 공사 자체도 자주 멈췄다. 팀장은 회사에 일주일 휴가를 신청했고, 팀원들 모두 뭍으로 나가게 되었다. 하지만 김태형은 민박집에 그대로 남겠다고 했다.

"왜? 휴가 끝나면 다시 들어올 자신이 없는 거야?"

팀장이 묻자, 김태형은 이렇게 대답했다.

"아니요. 그게 더 피곤한 일인 거 같아서요."

"휴가 땐 민박집 따로 계산해야 하는데? 밥값도? 회사가 내

주지 않아."

"휴가 왔다고 생각할게요."

김태형은 휴가 기간 내내 그라인더에 절단석을 장착하고 폐배관 자르는 연습을 했다. 오후엔 사곶해변까지 나가 산책을 했고, 밤엔 평상시와 같은 시간에 잠들었다. 휴가 사흘째 되는 날이던가, 그는 점심을 먹으려고 민박집 쪽으로 걸어가다가 검은색 털을 가진 믹스견 한 마리를 만났다. 야트막한 산과 산 사이로 난 비포장도로, 그 중간쯤에서였다. 네댓 살쯤 되어 보이는 강아지였다. 가슴 부근에 흰색 털이 섞인 강아지. 그 강아지는 김태형을 보자마자 달려와 코를 들이박고 꼬리를 흔들었다. 엉덩이까지 실룩거리면서 반가워했다. 그는 그 강아지를 보자마자 고개를 돌려 자신이 걸어온 길을 바라보았다. 되돌아갈까? 그는 망설였다. 주위엔 사람의 모습은 보이지 않았다. 주인 없는 개처럼 보였다. 안개비가 잘게 흩뿌리고 있었고, 바람은 해안가 쪽에서부터 약하게 불어오고 있었다. 그는 천천히 심호흡을 했다. 자신이 어떻게 변할지 알 수 없었고, 그래서 불안했다. 하지만 강아지는 김태형의 마음 따윈 상관하지 않는다는 듯 아예 그 자리에 배를 보여주며 드러누웠다. 그러면서도 계속 꼬리를 흔들었다. 김태형은 그런 강아지를 곁눈질로 훔쳐보다가 어느 순간 그 자리에 쪼그리고 앉았다. 그는 강아지의 배를 쓰다듬어주었다. 강아지가 자꾸 고개를 숙여 그의 손을 핥으려고 해서, 턱 아래도 긁어주었다. 슬픔이 찾아오진 않았다. 벅찬 감정이나 조급한 마음도 생기지 않았다. 갑자기 바람이 멈춘 것처럼 주변이 조용하게만 느껴졌다. 그리고 그제야 그는 자신의 몸뿐만 아니라 마음 또한 달라졌다는 것을 알게 되었다. 그는 한참 동안 쪼그리고 앉아 강아지의 몸 이곳저곳을 쓰다듬어주었다. 강아지는 그를 따라 비포장도로를 걸었고, 그도 모른 척해주었다. 민박집 대문 앞에 도착했을 때야 김태형은 강아지가 어디론가 사라진 것을 알아챘다. 그는 그 사실에도 별다른 마음의 동요가 일지 않았다.

백령도 공사가 끝난 후, 그는 일주일 동안 당진에서 지냈다. 오랜만에 이모를 만나서 같이 식사를 했고, 술도 조금 마셨다. 그래도 아무렇지 않았다. 이모는 자기 명의로 개통한 휴대폰을 그에게 건네주기도 했다. 그는 말없이 그것을 받았다. 얼마 후 다시 같은 팀을 따라 시흥의 자원 재생 공장의 배관 설비 작업을 했다. 시흥 일이 마무리된 후에는 바로 천안의 신축 빌라 공사장으로 내려갔고, 그뒤로도 청주의 한 대학교 신축 건물 공사, 수원의 호텔 리모델링 공사를 계속 이어나갔다.

2024년 6월, 그는 퇴근길에 팀장에게 말했다.

"이번 공사 끝나면 몇 달 좀 쉴까 해서요."

그의 팀은 그때 평택의 한 아파트 신축 공사 현장을 맡고 있었다. 그 공사가 끝나면 바로 충주로 넘어가 리조트 공사를 같이 하기로 예정되어 있었다.

"왜? 무슨 일 있나?"

"아니요. 그냥 찾아볼 게 좀 있어서요."

팀장은 한동안 생각에 잠긴 듯 말을 하지 않았다. 그러곤 다시 물었다.

"오래 걸리는 일이야?"

"잘 모르겠어요. 몇 달이 걸릴지……"

팀장은 고개를 끄덕거렸다.

"꼭 다시 와. 다른 데 가지 말고."

그는 그 말에 슬쩍 웃었다.

"몸조심하고…… 현장 밖이 더 위험한 법이야. 그래도 여기선 헬멧이라도 쓰고 있잖아."

팀장은 장갑으로 툭툭 자신의 바지를 털어냈다. 그것으로 끝이었다.

그때 그의 통장에는 대략 삼천만원 정도가 모여 있었다. 그는 그 정도면 될 것이라고 생각했다. 김태형은 평택 공사를 마치자마자 자신이 구치소에 들어가기 직전, 강아지를 넘긴 개 농장주의 아들에게 연락해보았다. 그의 트위터 DM에 그 친구의 연락처가 남아 있었다. 하지만 통화는 되지 않았다. 김태형은 나주에 있는 개 농장에 직접 찾아가보기로 했다. 그는 그 개 농장에 가본 적이 있었다. 당시엔 늘 약에 취해 있었는데, 그런데도 개 농장의 위치가 선명하게 기억났다. 눈이 제법 많이 내린 1월 중순, 김태형은 그곳까지 강아지를 데리고 갔었다. 집에 마지막으로 남아 있던 강아지 한 마리.

어린 시절부터 그는 늘 열다섯 마리 이상의 강아지들과 함께 살았다. 강아지들과 함께 밥을 먹었고, 강아지들과 함께 씻었으며, 강아지들과 함께 잠들었다. 강아지들이 제일 많았을 때는 서른 마리가 넘은 적도 있었다. 어떤 강아지들은 외출을 나갔다가 영영 되돌아오지 않기도 했고, 또 어떤 강아지들은 시름시름 병을 앓다가 죽기도 했다. 그 와중에 또다른 강아지들이 새로 태어났다. 모두 제 이름을 가진 강아지들이었다. 그의 엄마는 강아지들을 단 한 마리도 팔지 않았고, 입양을 보내지도 않았다. 제 발로 집을 걸어나가 돌아오지 않는 강아지들을 제외하곤 모두 김태형과 평등하게 키웠다. 엄마가 파주에서 삼척으로, 고흥에서 정읍으로 계속 이사를 다닌 이유도, 학교 급식실과 한과 공장에서 하루 열두 시간씩 일한 것도, 모두 그 강아지들 때문이었다. 하지만 마지막에 남은 강아지는 단 한 마리뿐이었다. 그의 엄마가 오랜 항암치료 끝에 다시 암이 재발하고, 어쩔 수 없이 요양병원에 입원했을 무렵, 강아지들은 모두 사라졌다. 당시 김태형은 돈이 떨어질 때만 집에 들어가 엄마의 지갑을 뒤지거나 자잘한 세간살이를 내다팔아서 약 살 돈을 마련했는데, 어느 날 현관에 들어서보니 모든 것이 변해 있었다. 우선 매번 그가 신발을 벗기도 전에 서로 먼저 다가오겠다고 애쓰던 강아지들이 단 한 마리도 보이지 않았다. 어떤 강아지들은 같은 자리에서 뱅뱅 돌기도 했고, 또 어떤 강아지들은 두 발로 선 채 다가오기도 했다. 그가 약을 했든, 소년원에 다녀왔든, 강아지들은 그를 반가워했다. 언제나 차별하지 않았다. 한데, 그 강아지들이 다 사라지고 없었던 것이다. 그는 콧물을 훌쩍거리면서 제일 먼저 엄마를 찾았다. 가을아! 보름아! 가장 나이든 강아지들의 이름을 불러보기도 했다. 하지만 아무도 그의 앞에 나타나지 않았다. 강아지들이 가지고 놀던 바람 빠진 축구공도, 물그릇 대신 쓰던 놋쇠 세숫대야도 보이지 않았다. 싱크대 아래 우그러진 채 남아 있는 사료 포대와 신발장 옆에 모로 누워 있는 작은 켄넬 하나. 그게 강아지들의 유일한 흔적이었다. 김태형은 사료 포대 바닥에 남은 것들을 움켜 우그적우그적 씹으면서 거실에 앉았다. 아무리 기다려도 엄마는 돌아오지 않았다. 강아지들도 모습을 나타내지 않았다. 김태형은 옷을 다 벗은 채 안방의 침대에 누웠다. 몸은 추웠지만 허벅지와 겨드랑이, 옆구리가 가려워서 견딜 수가 없었다. 그는 덜덜 떨면서 몸을 긁어댔다. 긁어대다가 문득 엄마가 병원에 갔구나, 그제야 짐작할 수 있었다. 마지막에 엄마를 봤을 때, 언뜻 그런 말을 들었던 것도 같았다. 엄마가 이제 정리를 좀 해야겠어…… 그러면 강아지들은, 강아지들은 다 어떻게 한 거지? 불쌍한 우리 엄마…… 김태형은 엄마 생각을 하면서 훌쩍

훌쩍 울었다. 감정이 격해져 큰 소리로 엄마를 부르기도 했다.

그 순간이었다. 강아지 한 마리가 침대 아래에서 조용히 기어 나왔다. 눈곱이 잔뜩 끼고, 주둥이와 다리엔 때가 꼬질꼬질하게 낀 강아지 한 마리. 김태형은 멀거니 그 강아지를 바라보았다. 강아지도 고개를 갸우뚱 한쪽으로 기울이면서 김태형을 바라보았다. 그러면서도 계속 꼬리를 흔들었다. 집에 남아 있는 강아지는 오직 그 한 마리뿐인 것 같았다. 김태형은 자리에서 일어나 주섬주섬 옷을 챙겨 입었다. 그리고 그 강아지를 안아 작은 켄넬에 넣었다.

예비군 모자를 쓴, 작고 마른 체구의 개 농장주는 그가 데려온 강아지를 힐끔 보고 나서는 '새끼 뱄네', 그 말부터 던졌다. 김태형은 그때까지도 자신이 데려간 강아지가 임신한 줄 모르고 있었다. 그랬구나, 그래서 얘가 침대 아래 숨어 있었구나. 세상모르고 계속 잠만 잤구나. 김태형은 켄넬 안에 웅크리고 있는 강아지를 바라보았다. 아무리 기억하려고 애써도 강아지의 이름이 잘 기억나지 않았다. 축사 쪽에서는 다른 개들이 악을 쓰며 짖어대고 있었다. 개 농장주는 이십만원을 불렀다. 그나마 아들 친구라서 넉넉하게 값을 쳐준 것이라고 했다. 김태형이 그 말에 가타부타 말없이 가만히 서 있기만 하자, 개 농장주는 차비 명목으로 십만원을 더 쥐여주었다. 새끼를 낳으면 그중 한 마리를 돌려주겠다는 말도 했다. 김태형은 그제야 뒤돌아섰다. 그는 그냥 좀 짜증이 났다. 못해도 백만원은 손에 넣을 줄 알았다. 개 농장주는 그의 등뒤에 대고 툭 한마디했다.

"죄짓지 말고 살아, 이놈아. 부모가 뭔 죄야."

김태형은 주먹을 쥐었다 폈다 반복하면서 다시 비포장도로와 연결된 시멘트길로 내려갔다. 눈은 그때까지도 계속 내리고 있었다. 그는 빨리 약을 하고 엄마에게 가보고 싶었다. 불쌍한 엄마, 그 곁을 지켜주고 싶었다.

근 사 년 만에 다시 찾은 개 농장이었다. 그러나 거기에서도 사람을 만날 순 없었다. 개 농장은 텅 비어 있었다. 컨테이너 박스 유리창은 모두 깨져 있었고, 축사 지붕도 한쪽으로 무너져내린 상태였다. 김태형은 고민하다가 나주터미널에서 다시 광주 시내로 나갔다. 모텔방을 잡고 들어가 한참 동안 천장을 바라보며 누워 있었다. 김태형은 이시봉 아저씨를 찾아보기로 마음먹었다. 광주에 있는 한 타이어 공장에 다녔다고 했으니까, 거길 가면 만날 수 있지 않을까? 동료들이 복직 투쟁을 하고 있다는 말을 얼핏 들은 적도 있었으니까……

김태형은 그런 과정들을 거쳐 우리집 앞으로 찾아오게 되었다.

*

처음 김태형을 본 것은 내가 아닌 시현이었다.

"내일부턴 독서실 앞으로 나 데리러 나와줘."

새벽 한시, 집으로 돌아온 시현이 말했다. 시현이 다니는 독서실은 아파트 단지에서 걸어서 십 분 거리에 있었다.

"왜? 무슨 일 있어?"

시현이 나한테 무언가를 부탁하는 것은 드문 일이었다.

"그제부터 계속 같은 사람이 아파트 단지 앞을 서성거리고 있어."

"남자가? 수상한 사람인 거 같아?"

나는 시현에게 한 걸음 더 다가서면서 물었다.

"확실한 거 아니야. 그래도 만약이라는 게 있잖아. 만약이라는 거."

시현은 그 말만 하고 방으로 들어갔다. 나는 시현의 방문 앞까지 따라가 "그 남자 혼자야? 차는? 차도 타고 온 거 같아?" 계속 물었다. 하지만 시현은 더이상 말이 없었다.

나는 냉장고에서 소주를 꺼내 연거푸 두 잔 마셨다. 정신을 차릴 필요가 있었다. 이시봉이 내 발 아래로 걸어오더니 얌전히 앞다리를 세우고 앉았다. 혼자만 뭘 먹지 말라는 뜻이었다. 이시봉, 지금 그런 상황 아니야…… 나는 이시봉을 내려다보며 한잔 더 마셨다. 나는 어쩔 수 없이 앙시앙 하우스 사람들을 떠올렸다.

다음날, 나는 자정이 되기도 전에 나갈 채비를 마쳤다. 반바지에 크록스를 신고 나가려다가 아무래도 마음에 걸려서 다시 추리닝에 운동화로 갈아 신었다. 휴대폰도 챙겼다. 현관 앞에서 나는 잠깐 이시봉과 대치했다. 이시봉은 산책을 나가는 줄 알고 나보다 먼저 현관문 앞에 서 있었다. 꼬리를 흔들면서 툭툭, 앞발로 현관문을 치기도 했다. 나는 이시봉을 데리고 나가지 않을 작정이었다. 정말 앙시앙 하우스 사람들이 맞는다면, 되레 이시봉이 위험해질 수도 있으니까…… 나는 잠깐 이시봉과 시현이 동시에 위기에 빠졌을 때 누구를 먼저 구할지 상상해보았다. 아마도 나는…… 시현을 먼저 구하려 들 것이다. 몇 번을 상상해봐도 답은 같았다. 그러니 이시봉을 데리고 나갈 수가 없었다. 그게 이시봉을 사랑한다고 말하는 나의 한계였다.

하지만…… 나는 결국 이시봉에게 하네스와 리드 줄을 채워주었다. 이시봉이 낑낑거리는 소리까지 내면서 물러나지 않기도 했지만, 언제까지 이렇게 지낼 순 없는 노릇이라는 생각이 들었기 때문이었다. 앙시앙 하우스에 다녀온 이후 나는 이시봉과 새벽 산책도 제대로 나가지 못했다. 처음 며칠 동안은 이시봉이 시큰둥해했고(하지만 사실은 내가 삐진 게 맞았다), 그뒤로는 내가 겁을 집어먹고 말았다(이시봉은 산책을 나가지 못하는 날이 길어지자, 배변 패드가 아닌 현관문 앞 내 신발 근처에 소변을 보고 똥을 쌌다. 이시봉은 그런 식으로 시위를 했다).

 이시봉의 과거를 알면 알수록 이상하게도 이시봉이 아닌, 다른 사람들의 비밀을 하나둘씩 들춰내는 기분이었다. 거기에 이시봉은 없었다. 이시봉은 없는데 사람들만 서로 얼굴을 찡그리며 비난하고 있는 듯한 느낌. 어느덧 나 역시 그 안에 발을 내디딘 기분이었다. 내가 바라는 것은 그런 게 아니었다. 그저 예전처럼 이시봉과 함께 목줄도 없이 아파트 후문 야산으로 심야 산책을 나가는 것. 야산 중턱 쉼터 벤치에 앉아 나는 맥주를 마시고, 이시봉은 잡목 사이 땅을 파헤치는 것. 그러다가 해가 뜨기 전에 집으로 돌아와 나란히 소파 위에서 잠드는 것. 나는 그것을 바랐고, 이시봉도 그걸 원한다고 믿었다. 그게 이시봉과 내가 나누는 우정이라고 생각했다. 우리가 왜 피해야 하나? 나는 이시봉의 리드 줄을 느슨하게 잡았다. 이시봉도 화가 나면 쉼없이 중음으로 짖곤 하니까, 이시봉이 나와 시현을 지켜줄 수도 있으니까…… 우리가 함께한 세월이 있으니까……

 잔뜩 긴장한 채 나갔지만 아파트 단지 정문 앞엔 아무도 서성거리고 있지 않았다. 도로에 수상쩍게 주차된 차도 보이지 않았다. 오직 수아가 일하는 편의점 간판만 환하게 불을 밝히고 있을 뿐이었다. 수아는 알바 끝났겠지. 이시봉과 나는 한동안 멀거니 단지 정문 앞에 서 있었다. 이시봉은 킁킁 정문 바로 옆 가로등 냄새를 맡다가 소심하게 영역 표시를 했다. 우리는 천천히 독서실 쪽으로 걸어갔다.

나는 독서실에서 나온 시현을 보자마자 한쪽 손을 들어 인사했다. 안심해, 오빠가 왔어. 나는 속으로 그렇게 중얼거렸다. 이시봉도 꼬리를 흔들며 중음으로 두 번 짖었다. 하지만 시현은 우리를 보고도 아무런 표정 변화가 없었다. 시현 뒤를 따라 독서실 계단을 내려오던 두 명의 학생만이 나와 이시봉을 보고 흠칫 놀랐을 뿐이었다. 그 친구들은 서둘러 우리 반대편 방향으로 걸어갔다.

"출출하진 않니? 편의점 들렀다가 갈래?"

나와 이시봉은 시현보다 한 발짝 앞서 걸으면서 주변을 살폈다. 시현은 내 말에 반응하지 않았다. 시현의 손에는 영어 단어장이 들려 있었다.

다시 아파트 단지까지 왔는데도 별다른 사람의 모습은 보이지 않았다. 나는 그제야 긴장이 좀 풀렸다. 914동 앞에 서서 공용 현관 비밀번호를 누르고 있는데, 시현이 톡톡, 팔꿈치로 내 허리를 쳤다.

"저 사람이야."

시현이 고갯짓으로 경비실 바로 뒤쪽 재활용품 수거장을 가리키며 낮은 목소리로 말했다. 나와 이시봉도 그쪽을 바라보았다. 야구 모자를 쓴 남자가 등을 돌린 채 서 있는 모습이 보였다. 검은색 면티에 청바지를 입은, 얼핏 봐도 키가 꽤 커 보이는 남자였다.

"그냥 모른 척하고 들어가."

시현이 내 팔짱을 끼면서 더 작은 목소리로 말했다. 나도 그럴 작정이었다. 그래도 시현이 그 말을 해주니까 고마웠다.

집으로 들어와 이시봉의 발을 씻긴 후, 나는 정용에게 문자를 보냈다. 문자를 보내면서도 계속 주방 유리창을 통해 재활용품 수거장 쪽을 내려다보았다. 그 남자는 재활용품 수거장 쪽에 없었다. 어느새 914동 공용 현관 앞에 서 있었다.

―지금 와줄 수 있어?

정용에게서 바로 답신이 왔다.

―왜?

―우리집을 노리는 사람이 있는 거 같아.

―십 분이면 도착해.

나는 정용을 기다리지 않고 다시 운동화를 신고 밖으로 나갔다. 이번엔 이시봉 없이 나 혼자 나갔다. 그 사람이 914동 앞까지 온 것을 보자마자 이상하게도 겁이 없어졌다. 오히려 마음이 차분해지고, 차가워지기까지 했다. 뭔가가 더 분명해진 듯한 느낌도 들었다. 나는 엘리베이터 대신 계단으로 내려갔다. 층계참에 내려설 때마다 유리창으로 그 남자의 위치를 확인했다. 머릿속에선 계속 권성희 수의사의 말이 떠올랐다.

"우리 대표님은 원하는 건 다 갖고 마는 사람이에요."

씨발, 그러면 안 되는 거 아닌가? 원하는 걸 다 가져선 안 되는 거 아닌가? 나는 속으로 그렇게 중얼거리기도 했다.

그 남자와 나는 잠깐 공용 현관 유리문을 사이에 두고 서로 마주보았다. 야구 모자 아래 숱 많은 눈썹이 보였다. 얼굴 피부가 흰, 기껏해야 나보다 서너 살 더 많아 보이는 남자였다. 그 남자는 나와 눈이 마주치자마자 황급히 고개를 돌렸고, 다시 재활용품 수거장 쪽으로 걸어가려고 했다. 짧은 순간이었지만 나는 그 남자의 얼굴에서 어떤 낯익은 표정 하나를 봤다. 뭐지? 왜 낯익지? 나는 고개를 갸우뚱거리면서 공용 현관 밖으로 그를 쫓아나갔다.

때마침 정용이 오토바이를 몰고 도착했다. 정용은 정말 십 분도 걸리지 않았다. 급하게 나왔는지 잠잘 때 입는 형광색 짧은 반바지에 감청색 언더아머 슬리브리스, 검은색 헬멧을 쓴 모습이었다. 그 와중에도 나는 정용의 그런 모습이 조금 창피하게 느껴졌다.

"이 사람이야?"

정용이 오토바이를 세우며 내게 물었다. 나는 고개를 끄덕거렸다.

"저기요, 잠깐만요."

정용이 남자를 불러 세웠다. 정용은 오토바이 짐칸에서 삼단봉도 꺼내들었다. 남자는 정용을 외면하고 계속 아파트 정문 쪽으로 가려고 했다.

"아니, 잠깐 얘기 좀 하자구요."

정용이 그 남자의 팔을 잡았다. 나도 정용 옆에 섰다. 남자는 앙시앙 하우스 사람 같아 보이진 않았다. 한데, 왜 낯익지?

"아닙니다."

남자는 그렇게 말하고 정용의 팔을 뿌리치려고 했다. 하지만 정용은 놔주지 않았다.

"아니긴 뭐가 아니야, 이 사람아. 남의 집 앞을 서성거리고 있는 이유가 있을 거 아니야?"

정용이 그렇게 말하자, 남자가 고개를 두리번거리면서 작은 목소리로 말했다.

"저는 그러니까…… 이시봉 아저씨가 알려줘서…… 그래서 잠깐 온 건데……"

남자의 말에 정용이 하! 소리를 내며 나를 바라보았다.

"너, 이 사람 얘기하는 거 들었지? 이시봉보고 아저씨란다."

정용은 이시봉 아저씨를 만난 적이 없었다. 당연 이시봉의 이름이 왜 이시봉인지도 알지 못했다.

"이시봉이 당신 아저씨야? 그럼 당신은 뭐, 당신도 비숑이야? 당신도 강아지냐구!"

나는 정용을 말리며 그 남자의 얼굴을 더 자세히 바라보았다. 그제야 나는 그 남자의 얼굴이 왜 낯익은지 비로소 깨달았다. 정채민 대표가 보여준 사진 한 장, 1997년 파리에서 찍은 사진 속 세 사람 중 한 명의 얼굴과 남자는 놀랄 만큼 닮아 있었다. 나는 그 남자의 이름을 이시봉 아저씨에게서 들어 이미 알고 있었다. 김태형. 김상우와 박유정의 아들.

"뭐, 영역 표시하러 온 거냐구!"

정용은 계속 소리쳤고, 이번엔 내가 정용의 입을 막았다.

우리는 편의점 파라솔 의자에 마주앉았다.

김태형은 파라솔 의자에 앉자마자 잠깐 야구 모자를 벗고 머리를 쓸어넘겼는데, 편의점 간판 불빛에 비친 이마가 붉게 달아올라 있었다. 그는 다시 야구 모자를 쓰고 무언가 골똘히 생각하는 듯한 표정을 지었다. 고집스럽게 아파트 단지 정문 앞 신호등을 바라보기도 했다.

김태형을 따라 편의점 앞까지 오긴 왔지만, 막상 그와 마주앉고 나니 조금 겁이 나는 게 사실이었다. 이시봉 아저씨에게서 들은 바에 따르면 김태형은 마약사범으로 구속된 적 있는 전과자였다. 열다섯이라는 어린 나이에 본드를 불고서 남의 물건을 빼앗기도 했던 사람이었다. 이시봉의 엄마 비송을 개 농장에 판 장본인, 그 사람이 바로 김태형이었다. 아마도 약값을 마련하기 위해서 강아지들을 팔아버린 것이겠지…… 그런 그가 다시 이시봉을 찾아온 것이었다.

"이시봉 아저씨가 며칠 뒤에 같이 가보자고 했는데…… 제가 먼저 와본 거예요."

김태형이 차분한 목소리로 말했다.

그는 무작정 타이어 공장으로 찾아갔고, 때마침 노조 조끼를 입고 퇴근하던 압연 공정 2라인 노조원에게 이시봉 아저씨를 아느냐고 물어보았다. 그 노조원이 친절하게도 자신의 휴대폰으로 직접 이시봉 아저씨에게 전화를 걸어주었다. 김태형은 그렇게 몇 년 만에 다시 이시봉 아저씨의 목소리를 듣게 되었다. 이시봉 아저씨는 그를 반갑게 대해주었고, 그간의 이야기를 다 들어주었다. 그리고 무심코 우리가 사는 아파트 단지 이름을 대며 일주일 후 호수공원에서 만나기로 약속했다. 이시봉 아저씨는 그때 서울에 있었다. 서울에서 산별노조 지도자 교육을 받고 있는데, 그게 일주일 후에 끝난다고 했다.

"근데, 왜 그렇게 우리를 보려고 하는 거죠?"

나는 가급적 또박또박 말하려고 노력했다. 그러면서도 자주 정용 쪽을 바라보았다. 정용은 내 옆에서 고개를 숙인 채 스마트폰만 들여다보고 있었다.

"그냥 궁금했어요."

"뭐가요?"

나는 나도 모르게 목소리에 날을 세웠다. 그러곤 또 바로 겁을 집어먹었다.

"강아지가 여기 잘 있나, 해서요."

뭐지, 이 사람? 지금도 약을 한 걸까? 나는 속으로 그를 욕했다. 그러지 않고선 도무지 이해가 되지 않았다. 자기가 판 강아지인데, 그 강아지를 판 돈을 영치금으로 받았으면서…… 혹시 돈을 더 달라고 찾아온 건 아닐까? 나는 아무래도 그렇게 의심할 수밖에 없었다. 그땐 돈이 급해서 오십만원밖에 받지 못한 것이라고, 아무래도 그 돈으론 부족하다고……

"이시봉은 여기 잘 있어요."

나는 그를 똑바로 바라보면서 말했다. 나는 더 용기를 낼 필요가 있었다. 김태형은 나와 눈이 마주칠 때마다 시선을 피했다.

"그럼 이제 된 건가요?"

내 말에 그제야 정용도 고개를 들어 김태형을 바라보았다.

"저는 그냥…… 확인만 하고 싶었을 뿐이에요."

김태형은 그렇게 말했다.

"아까 보셨잖아요? 이시봉은 저랑 잘 지내고 있어요."

나는 정용의 허벅지를 툭툭 쳤다.

"들었죠, 아저씨? 이제 오지 마세요."

명랑한 이시봉의 짧고 투쟁 없는 삶

정용이 우두둑, 손가락 관절 꺾는 소리를 내며 말했다. 나는 그 모습도 좀 창피했다.

우리는 그를 파라솔 의자에 남겨놓고 자리에서 일어났다. 나는 정용과 함께 아파트 방향으로 걸어가면서도 계속 긴장했다. 그가 다시 우리 쪽으로 다가올까봐 걱정이 되었다. 아파트 정문에 다다라 힐끔 뒤돌아보니, 그는 그때까지도 계속 그곳에 앉아 있었다. 호수공원 쪽을 바라보면서 굳은 듯 거기 머물러 있었다.

다음날 오전, 나는 이시봉 아저씨에게 전화를 걸었다. 아저씨는 교육중이라며 바로 전화를 끊더니, 십 분도 지나지 않아 다시 연락을 해왔다.

"걔가 거기를 혼자 찾아갔다고?"

나는 이시봉 아저씨에게도 좀 화가 나 있었다. 김태형에게 우리집 위치를 알려준 건, 그건 분명 아저씨의 잘못이었다.

"아이 참, 걔가 왜 그랬을까? 나랑 만나서 같이 가기로 약속한 건데…… 네가 많이 놀랐겠구나."

나는 이시봉 아저씨에게 최대한 예의를 지키려고 노력했다.

"그 사람이 왜 그러는 건지 잘 모르겠어요."

"그래, 그래."

이시봉 아저씨 주변에서 여러 사람들의 목소리가 들려왔다.

하지만 아저씨는 전화를 끊지 않았다.

"나도 정확한 건 잘 모르겠는데, 걔 이야기를 들어보니까 그냥 많이 미안해하는 거 같더라구. 걔 엄마한테도, 걔가 판 강아지한테도…… 그게 자꾸 생각나니까 확인해보고 싶은 마음이 들었나봐. 애는 괜찮아진 거 같아. 일 년 넘게 배관 공사 현장에서 일하고. 배관 공사라는 게 그게 좀 힘든 일이 아니거든. 약을 하면 그런 일을 아예 할 수도 없고……"

나는 이시봉 아저씨가 무책임하다고 생각했다. 그건 아무도 모르는 일이잖아요? 나는 그렇게 묻고 싶었다.

"내가 걔한테 따로 전화할게. 너도 무슨 일 있으면 나한테 바로 전화하고. 심성은 착한 애야. 별일 없을 거야."

이시봉 아저씨는 그렇게 전화를 끊었다. 나는 괜히 전화했다는 생각이 들었다.

그날 저녁, 마트에서 이시봉의 배변 패드를 사서 돌아오다가 아파트 단지 주차장 벤치에 앉아 있는 김태형을 발견했다. 그는 어제와 똑같은 차림으로 거기에 앉아 있었는데, 마치 유치원에 간 아이를 기다리는 아빠처럼 편안하고 여유로운 표정이었다. 그래서 그런지 그의 다리가 더 길어 보이기도 했다.

나는 멈춰 서서 그를 바라보다가, 천천히 벤치 쪽으로 다가갔다. 어제처럼 겁이 나거나 긴장이 되진 않았다. 화도 나지 않았다. 그저 좀 성가신 느낌이 들었다.

나는 벤치에 소리 나게 배변 패드를 내려놓고 앉았다. 그제야 나를 발견한 그는 좀 당황한 표정이 되었다. 우리 사이에는 배변 패드가 있었다. 나는 속으로 중얼거렸다. 원래 사람과 사람 사이에는 섬이 있지 않나?

김태형도, 나도, 한동안 말없이 앉아 있기만 했다. 그러다가 내가 먼저 입을 열었다.

"이시봉, 데리고 나올까요?"

"네? 아, 아니에요……"

그가 고개를 숙인 채 말했다. 그 상태에서 절레절레 고개를 흔들기도 했다.

"확인하고 싶다고 했잖아요? 그래서 계속 찾아오는 거 아니었어요?"

나는 그가 이시봉을 보고 싶다고 말할까봐, 걱정했다. 사실은 이시봉을 데리고 나오고 싶지 않았다.

그는 잠시 침묵을 지켰다. 그러곤 조용한 목소리로 물었다.

"근데, 강아지 이름이 이시봉이에요?"

나는 그에게 그 사정에 대해서 설명해주고 싶지 않았다. 어쩌면 이 모든 일의 시작은 그로부터 비롯된 것일지도 모른다는 생각이 들었다.

"나중에 이시봉 아저씨랑 같이 오세요. 그때 이시봉이랑 같이 나갈게요."

그가 고개를 끄덕거렸다.

"그러니까 그때 와서 확인하고……"

"저는 그걸 확인하려는 게 아니에요."

김태형이 처음으로 내 눈을 바라보면서 말했다. 그 눈을 보자 나는 다시 긴장이 되었다.

"그럼 뭐……?"

내가 묻자, 그는 또다시 머뭇거렸다. 김태형은 정문 쪽을 바라보면서 모자를 고쳐 썼다.

"다른 사람들이…… 강아지를 찾아오진 않나, 해서요."

"다른 사람들이요?"

그는 내 시선을 피하지 않았다.

"혹시 누가 강아지를 팔라고 찾아오진 않았나요?"

나는 그 말에 바로 대답하지 못했다. 그저 멀거니 그의 숱 많은 눈썹을 바라보며 앉아 있었다.

저 눈썹은 이상하게도 정채민 대표를 닮아 있구나, 그런 생각을 했다.

*

 김태형의 이모는 정읍에 있는 한 요양병원에서 자신의 언니인 박유정에게 이런 이야기를 들었다.

 1997년 3월, 센생드니주 보비니시의 오래된 아파트 칠층에 살고 있던 박유정은 한 프랑스 여자의 방문을 받게 되었다. 마리네트 피숑. 그게 그 여자의 이름이었다. 그때는 마침 남편인 김상우도 함께 집에 있었는데, 그는 전날 술을 좀 많이 마셨고 그래서 오후 늦게까지 침대에서 일어나지 못하고 있었다.
 박유정은 그날을 오랫동안 잊지 않고 있었다.
 전날, 김상우는 그들의 얼마 되지 않는 세간을 라디에이터 쪽으로 내던지며 거친 숨을 몰아쉬었고, 그러다가 신발도 벗지 않은 채 침대 귀퉁이에 웅크린 자세로 잠이 들었다. 전기 포트와 갓을 씌운 작은 스탠드가 박살이 났고, 꽃병으로 쓰던 빈 와인 병과 생투앙 벼룩시장에서 십 프랑을 주고 사온 접시와 컵들이 깨졌다. 김상우는 물건을 집어던지다가 충혈된 눈으로 박유정을 노려보기도 했는데, 박유정은 그 시선을 피하지 않았다. 문 바로 옆 벽에 기댄 채 최대한 미동도 하지 않으려고 노력했다. 하지만 그때 그녀는 두렵고 무력했으며, 무엇보다 창피했던 것이 사실이다. 아파트 같은 층에 사는 사람들에게 부끄러웠던 것은 아니었다(실제로 바로 옆집에 살던 이집트 남자는 사납게 벽을 두들겨대며 알 수 없는 욕을 해댔다). 그녀는 뜬금없이 한국에 있는 가족들의 얼굴이 떠올랐고, 그들에게 창피했다. 마치 그들이 그녀의 등뒤에서 이 모든 광경을 말없이 지켜보고 있는 것처럼 느껴지기도 했다.

왜 이렇게까지 됐지?

어디에서부터 잘못된 것일까?

박유정은 김상우 또한 스스로에게 같은 질문을 했으리라 생각했다. 아마도 그 또한 지금 창피할 것이고, 그 마음을 어쩌지 못해 저렇게 술을 마신 거라고, 그녀는 안간힘을 다해 그렇게 짐작하려고 애썼다.

사실 김상우는 좀 무모하고 감상적인 면이 있는 사람이었다. 그게 주변 사람들의 평이었다. 경기도 파주에서 태어나 그곳에서 고등학교까지 마친 김상우는 그 흔한 미술학원도 다니지 않고 오로지 독학으로만 서울에 있는 사 년제 미술대학 판화과에 입학한 사람이었다(물론 그의 고등학교 미술 선생으로부터 기본적인 입시 데생 훈련을 받기는 했다). 대학을 다니는 동안에도 그는 스스로의 힘으로 학비와 방세와 생활비를 해결해야 했는데(김상우가 대학에 입학할 당시 그의 아버지는 육십이 세였고, 그의 어머니는 오십팔 세였다. 그의 부모는 야트막한 야산을 개간한 밭에 당근과 감자 농사를 지으면서 살았다. 그들 가족의 수입원은 그것이 전부였다), 그래서 늘 주말마다 이삿짐센터에서 일하곤 했다. 잠도 학교 실습실 구석에 야전침대를 갖다 놓고 그 위에서 해결하는 날이 많았다. 하지만 그는 자신의 작업에 대한 자부심이 대단했다(그는 주로 동양화의 특징을 판화로 옮기는 작업에 집중했다. 동판화에 에칭 기법을 써서 산수화를 구현해내는 작업이었는데, 원판을 종이에 찍어낼 때마다 조금씩 색과 부식 정도를 달리 표현했다. 그는 이미 1학년 때 전공 교수로부터 '특별한 재능을 지닌 신입생'이라는 칭찬을 듣기도 했다). 비록 토요일과 일요일마다 남의 집 냉장고와 세탁기를 날랐고, 재료를 마련하지 못해 작업 속도도 지지부진했지만, 자신에겐 남들과 다른 눈이 있다고, 시간이 다소 걸리겠지만 머지 않아 그 모든 것을 보상받을 날이 올 것이라고 믿고 있었다. 그런 희망과 믿음은 그를 좀 뻔뻔한 사람으로 보이게 했다. 동료의 자취방에서 며칠 신세를 질 때도, 학생식당에서 선배들에게 빌붙어 한 끼를 해결할 때도, 그는 고마워하는 기색이나 부끄러워하는 모습을 보이지 않았다. 뭐가 저렇게 잘났지? 동료 중에는 그를 그렇게 평가하는 사람도 많았다. 반대로 그 모습을 다르게 본 사람도 있었다. 박유정이 그 대표적인 사람이었다. 박유정은 그와 같은 대학 산업디자인과 이 년 후배였는데, 같은 미술학원 출신인 판화과 동기 덕에 자주 그쪽 실습실에 드나들곤 했다(그때 김상우는 단기사병으로 군복무를 마치고 막 복학한 상태였다). 그러다가 종종 김상우의 작품 앞에 멈춰 섰고, 그가 있는 술자리에 끼어 밤늦도록 조용히 앉아 있는 날들이 늘어났다. 술자리 마지막까지 김상우와 박유정만 남은 날들이 몇 번 있었는데, 그날들 끝에 그들은 결국 연인 사이로 발전하게 되었다.

사실 박유정은 김상우와는 여러모로 다른 사람이었다. 중학교 화학 교사인 아버지 아래에서 자란 박유정은 어린 시절부터 말이 없고 혼자 방에 앉아 스케치북에 그림 그리는 것을 좋아했다. 그녀에겐 두 살 터울인 동생이 있었다. 동생은 학교 운동장에서 남자아이들과 축구를 하고 배드민턴을 치다가 해가 다 진 뒤에야 집으로 돌아올 때가 많았는데, 그래서 늘 피부도 까무잡잡했고 키도 언니보다 컸다. 그러면서도 공부도 잘했고, 친구도 많았다. 박유정은 그런 동생을 좋아했으나 딱 한 번, 얼굴이 빨개질 때까지 화를 낸 적이 있었다. 박유정은 초등학교 5학년 때부터 화곡동에 있는 미술학원을 다니기 시작했다. 미술학원 원장은 박유정의 어머니에게 "아이가 정말 끈기가 대단해요. 사실 그림은 시간과의 싸움이거든요. 유정인 한 작품이 끝날 때까지 일어나질 않아요. 그 나이 또래 아이들과는 달라요"라고 말해주었다. 박유정은 그것을 자신에 대한 칭찬이라고 생각하진 않았다. 그녀는 한번 그림을 시작하면 끝날 때까진 당연히 움직일 수 없다고 생각했다. 저절로 그렇게 되었다. 박유정은 후에 그것이 어린 시절 자신의 유일한 재능이었다고 말하기도 했다. 박유정은 중학교 3학년 때부터 본격적으로 예술고등학교 입시 준비를 시작했는데, 그때 그녀의 동생이 이런 말을 했다.

"나도 그림이나 한번 그려볼까봐."

실제로 동생은 어머니를 졸라 박유정과 같은 미술학원에 다니기 시작했다.

"넌, 내가 우습니?"

박유정은 동생의 방문을 벌컥 열고 들어가 그렇게 말했다. 그녀의 동생이 미술학원에 다니기 시작한 지 일주일째 되는 날이었다. 얼굴은 빨개지고 주먹 쥔 두 손은 벌벌 떨렸지만, 목소리는 평소와 다르지 않았다. 안방에 부모님이 있었기 때문이었다.

"내가 아무것도 못 느끼는 바보라고 생각하는 거야!"

그녀의 동생은 언니가 왜 그러는지 도무지 알 수 없다는 표정으로 침대에 앉아 있기만 했다. 박유정은 그 말만 남기고 다시 자신의 방으로 돌아갔다.

정읍에 있는 요양병원에서 박유정은 그날 일에 대해서 동생에게 사과했다. 종종 그날이 생각났다고, 파리에 있을 때도, 다시 한국으로 돌아온 후에도, 이상하게도 자꾸 떠올랐다고 깡마른 손으로 동생 손을 잡은 채 말했다. 너한테 이런 말을 할 수 있어서 다행이라고, 박유정은 살짝 웃기도 했다.

파리행을 먼저 제안한 사람은 김상우였다.

"같이 가. 나, 거기서 아예 안 돌아올 거야."

김상우는 대학을 졸업한 후 경기도 벽제 근처의 한 농가 창고를 빌려 그곳을 작업실 겸 자취방으로 쓰고 있었다. 바닥은 시멘트가 그대로 드러나 있고, 지붕엔 슬레이트를 얹어놓은, 층고가 높은 창고였다. 지붕 바로 아래 창문이 하나 나 있었는데, 유리창이 아닌 비료 포대가 덧씌워져 있었다. 바람이 심한 한겨울이나 초봄, 그 창문에선 말발굽소리 같은 것이 들려왔다. 박유정은 주말마다 신촌에서 버스를 타고 그의 작업실에 가곤 했는데, 겨울엔 늘 지붕과 창문 근처에 하얀 서리가 내려앉아 있었다. 너무 추워서 석유난로에 먼저 손을 내어줄 수밖에 없던 곳. 그 시절, 김상우의 머리와 옷에선 항상 매캐한 연기 냄새가 났다.

"저는 이제 그림을 그리지 않아요."

박유정은 김상우에게 그렇게 말했다. 그 말은 사실이기도 했다. 그녀는 대학 졸업 후 작은 광고 회사에 들어가 그곳 디자인팀에서 일하고 있었다. 말이 광고 회사지 사장과 영업팀장, 영업원, 디자인팀장과 그녀가 전부인, 영세 홍보 회사나 다름없었다. 마트 전단 광고나 전자제품 대리점 카탈로그, 신장개업한 음식점의 브로슈어를 제작하는 것이 그녀의 주업무였다. 일주일에 두 번은 을지로에 위치한 인쇄소에 들러 감리를 하고, 나머진 사무실에서 시안 스케치 작업을 했다. 월급도 적고, 사무실 환경도 좋지 않았지만(디자인팀장은 언제나 담배를 문 채 작업을 했고, 사장은 그녀에게 종종 아무렇지도 않은 목소리로 라면을 끓이라고 지시하기도 했다), 그녀는 별 불만이 없었다. 월급날을 어기지도, 시도 때도 없이 야근을 종용하지도 않는 회사였기 때문이었다.

"왜 네 재능을 썩히는 건데?"

김상우는 박유정에게 낮고 허스키한 목소리로 말했다. 박유정은 그 말에 아무런 대답 없이 뒷머리를 당겨 새로 묶었다. 그녀는 김상우의 그 말이 고맙게 느껴졌다. 자기의 재능에 대해 말해줘서가 아니었다. 같이 가자는 말, 아예 돌아오지 않을 거라는 말, 거기에 자신도 함께 있었기 때문이었다.

그로부터 정확히 일 년 후, 그들은 파리행 비행기에 몸을 실었다. 1994년 2월의 일이었다. 그들은 일 년 남짓 종로에 있는 어학원에서 프랑스어를 배웠고, 출국에 필요한 서류는 사설 유학원의 대행 서비스를 이용했다(보증인이 한 명 필요했는데, 김상우의 고등학교 시절 미술 선생이 선뜻 나서주었다. 그는 제자를 위해 유학원에서 요구한 천만원의 은행 잔액 증명서를 맞추기 위해 잠시 대출을 받기까지 했다). 첫 학기는 파리 6구에 있는 가톨릭대학교 부설 어학원의 기숙사를 이용했고, 그후론 센생드니주 보비니시로 거처를 옮겼다. 박유정은 파리에 오기 전 직장을 다니면서 모은 돈이 육백만원 정도 있었는데, 그 돈은 파리에 온 지 삼 개월 만에 거의 바닥을 드러냈다(김상우에겐 작업실 보증금 이백만원이 전부였다). 그때부터 김상우는 계속 알바 자리를 구하고 닥치는 대로 일을 하기 시작했다. 한동안 파리 시내 한인 전용 가라오케 주방에서 일했고, 그후로는 프랑스 내 한인들의 이삿짐을 옮겨주는 업체에서 알바를 시작했다.

1995년 9월, 김상우와 박유정은 베르사유 보자르에 입학했지만, 그다음 학기엔 둘 다 등록하지 못하고 휴학했다(베르사유 보자르는 사립 보자르였기 때문에 등록금이 비쌌다). 김상우는 그해 7월 메스에서 파리로 이사하는 한 대사관 직원 가정의 이삿짐을 나르다가 왼쪽 발등에 골절상을 입었는데(장식장을 옮기다가 층계에서 발을 헛디뎌 넘어지고 말았다), 그 때문에 두 달 가까이 깁스를 하고 일을 쉬게 되었다(박유정이 펫시터 일을 시작하게 된 것도 그 무렵의 일이었다). 김상우가 조금씩 변하기 시작한 것은 그때부터였다고, 박유정은 기억하고 있었다.

"돌아보니까 그냥 계속 일만 하고 있었더라구. 그리고 밤만 되면 계속 걱정을 하고……"

김상우는 점점 말이 없어졌고, 가끔씩 술을 마시기 시작했다. 그러면서도 다시 쉬지 않고 일을 했다. 보자르 입시를 준비하는 유학생들의 포트폴리오를 대신 작성해주기도 했고, 주말에는 왼쪽 발을 절뚝거리면서 이삿짐 업체에 나가기도 했다.

한데, 무엇이 변했는가?

박유정은 김상우가 인색해졌다고 느꼈다. 생활비에 대해서 인색해졌다는 뜻은 아니었다. 그건 어차피 인색하고 말고 할 것도 없었다. 박유정은 일 년 넘게 단 한 번도 카페에 앉아 크루아상과 함께 커피를 마시지 못했다는 것을 깨달았다(유학 초기, 김상우와 박유정은 가톨릭대학교 근처 카페에 앉아 그렇게 저녁을 해결했고, 각자의 기숙사로 돌아갔다). 그리고 무심결에 그 얘기를 김상우에게 했다. 그러자 돌아온 답은 이런 것이었다.

"너는 정말 나랑 출신 성분 자체가 다르구나."

박유정은 그 말을 듣고 김상우가 감정에, 타인에 인색해졌다는 것을 깨달았다. 춥고, 퍼석퍼석하고, 아무런 냄새도 풍기지 않는 마음. 그 마음은 마치 냉동실에 오랫동안 넣어두었던 빵과 비슷했다. 이미 겉이나 속이나 꽝꽝 얼어버린 빵. 전자레인지에 돌린다고 해도 금세 허물어지고 아무런 맛도 느껴지지 않는 그런 빵. 하지만 박유정은 그런 김상우를 이해하려고 노력했다. 후회스럽고 원망스러운 날들도 많았지만, 박유정은 김상우가 안쓰러웠다. 김상우가 인색해진 것은 당연하다고, 김상우가 인색해졌다고 느끼는 자신 또한 인색해진 것이라고 생각하려 애썼다. 박유정이 생각하는 인색이란, 마음이나 생각이 오직 하나뿐인 것이었다. 종교인이 종교만 생각하고, 아이 엄마가 자기 아이만 생각하고, 고리대금업자가 이자만 생각하는 것. 그 외는 아무것도 쓸데없다고 생각하는 것.

1996년 9월 김상우는 모처럼 좋은 알바 자리를 구했다고 박유정을 데리고 중국음식점에 갔다. 유학원을 통해 소개받은 미대생인데, 베르사유 보자르에 입학하길 원한다고 했다. 그 학생의 포트폴리오와 면접 고사 준비를 도와주고 만 프랑을 받기로 했다는 것이었다.

"다음 학기엔 우리 중 한 명이라도 복학할 수 있을 거야."

김상우는 가지볶음을 우물거리면서 말했다.

"걔가 겉멋에 빠져서 보자르에 입학하는 거거든."

잘하면 졸업할 때까지 계속 과외교사 노릇을 할 수도 있다는 뜻이었다. 그 학생의 아버지가 한국에서 제법 큰 산부인과를 운영하고 있다는 말도 했다.

"그러면 안 되는 거 아닌가?"

박유정은 작게 중얼거렸다. 김상우는 잠깐 말없이 박유정을 바라보았지만, 그 말을 못 들은 척했다. 대신 그는 중국술을 주문했고, 그녀에게도 잔을 건넸다. 그래서 박유정 또한 더이상 말하지 않았다. 솔직히 말하자면 박유정도 기뻤다. 그가 이삿짐 나르는 일을 하지 않아도 된다는 것도, 다시 복학할 수 있다는 것도 좋았다. 과외 학생 대신 김상우가 과제를 해준다면, 김상우가 다시 작업을 시작한다는 뜻이었다. 그녀는 그것만 생각하기로 했다. 김상우만 생각하는 것, 인색해지는 것.

하지만 김상우가 그 학생을 지도한 지 채 보름도 지나지 않았을 때 문제가 생기고 말았다. 원래 파리 교외 뱅센에 살던 그 학생은 보자르 입학을 위해 이블린으로 이사한 상태였다. 이사하기 직전 이블린 경찰청에서 서류 제출 미비를 이유로 출국 명령서를 발부했는데(그 학생은 그것을 대수롭지 않게 여겼다고 한다. 서류의 문구를 잘못 이해한 점도 있었다), 그것을 바로잡기 위해 크레테유 경찰청에 방문했다가 바로 구속되고 만 것이었다. 그리고 그다음날 열린 재판에서 칠 일 후 출국하라는 명령을 받고 말았다. 그 사건으로 인해 몸과 마음이 바빠진 것은 김상우였다(김상우는 그 학생으로부터 선금 명목으로 이미 오천 프랑을 받은 상태였다). 그는 베르사유 보자르에 재학중인 한인 학생들을 중심으로 '한인 유학생 불법구속사건 대책위원회'를 조직했고, 대책위원회 명의의 성명서와 사건 경위서를 한인회와 대사관, 교민 신문사에 발송했다. 변호사 비용 마련을 위한 일일 찻집 행사도 기획했고, 한불협회의 간부들에게도 도움을 요청했다. 다행히 변호사의 이의 제기와 대사관 직원들의 신원보증 서류를 판사가 받아들였고, 칠 일 후 출국 명령 조치는 번복되었다. 그제야 한시름 놓고 다시 포트폴리오 준비를 하던 김상우에게 그 학생이 찾아왔다. 더이상 프랑스에 머물고 싶지 않다고, 이 나라가 지긋지긋해졌다고, 미안하지만 선금으로 주었던 오천 프랑도 다시 돌려주었으면 좋겠다고 말했다. 그 돈을 한국행 비행기 티켓 사는 데 쓰겠다고 했다.

  과외 자리를 잃고 나서부터 김상우는 모든 것을 그대로 놔버렸다. 티내지 않고 간신히 참고 있던 상처 부위가 곪아터져버려 더이상 숨길 수 없게 된 것처럼, 그는 자주 넋 나간 표정이 되었다. 이삿짐 업체에도 나가지 않았고, 다른 일자리를 알아보려고 하지도 않았다. 보름 내내 술을 마시기도 했고, 알고 지내던 보자르 입학 동기의 방에서 말없이 사흘 동안 지내다 돌아오기도 했다. 술에서 깨고 난 다음엔 당혹스러운 표정을 지었고, 그 때문인지 하루종일 침묵을 지키기도 했다. 생활비는 갈수록 쪼그라들었다. 당시에 그들의 유일한 수입원은 박유정이 간간이 버는 펫시터 일당, 그것이 전부였다.
  그리고 그날들 중 하루, 김상우는 기어이 박유정에게 그 말을 해버렸다.
  "당신 부모님께…… 도움을 좀 받으면 안 될까?"
  박유정은 그 말에 침묵했다. 그녀는 그럴 수 없었다. 도저히 그럴 수 없었다. 부모님에게 도움을 요청하기 위해 국제전화를 거는 것보다, 그 말을 김상우에게 들었다는 것 자체가, 그게 더 수치스러웠다. 박유정은 그때 이미 그들의 파리 생활이 끝났다고 생각했다. 나머지는 그저 찌꺼기 같은 것이라고, 그 찌꺼기를 눈으로 확인하는 시간만 남았을 뿐이라고, 그녀는 체념했다.

그 찌꺼기 같은 시간 와중에 그 여자, 마리네트 피송이 찾아온 것이었다.
그녀는 아파트 현관문 앞에 서서 박유정에게 물었다.
"혹시 정채민씨라고 아세요?"
박유정은 처음 듣는 이름이었다.
"그분께서 꼭 만나봤으면 좋겠다는 말을 전해달라고 해서요."
언제 깼는지 김상우 또한 박유정의 등뒤에 서서 그 말을 들었다.
"무슨 일 때문에 그런 거죠?"
박유정은 조심스럽게 물었다.
"자세한 건 저도 잘 모릅니다."
마리네트 피송이 정중한 목소리로 말했다.
"다만, 중요한 사업 때문이라고 들었습니다."

15

김태형과 아파트 주차장 벤치에 앉아 긴 이야기를 하고 난 다음다음 날 오전, 엄마로부터 다급한 전화 한 통이 걸려왔다.

"시습아…… 할머니가, 할머니가……"

엄마는 말을 제대로 잇지 못했다. 나는 누워 있다가 벌떡 침대에서 일어나고 말았다. 얼굴이 화끈 달아오르고 가슴 위쪽이 답답해지는가 싶더니, 이내 눈물이 터져나올 것만 같았다. 나는 이런 감정을 이미 경험해본 적 있었다. 경험해본 적이 있어서 두려운 마음부터 먼저 들었다.

"엄마, 내가 지금 바로 출발할게요."

나는 최대한 침착한 목소리로 말했다. 그후론 어떻게 집에서 나왔는지 잘 기억이 나지 않았다. 숨을 가다듬고 주위를 둘러보니 어느새 광주송정역 앞이었다. 세수를 하는 둥 마는 둥 대충 마친 후, 아파트 단지 앞까지 뛰어나와 택시를 잡아탄 것 같은데, 그게 마치 꽤 오래전 일처럼 느껴졌다. 전날 꾼 꿈처럼 희미하고 중간중간 장면이 끊겨 있었다. 이시봉이 꼬리를 흔들며 한껏 기대에 찬 표정으로 현관 앞까지 따라 나온 것 같은데, 그것 또한 명확한 기억은 아니었다. 분명한 것은 나는 뒤돌아보지 않았고, 그 어떤 말도 건네지 않았다는 것이다. 시간이 흐른 후, 나는 자꾸 그때 이시봉에게 아무런 말도 건네지 않았다는 사실을 곱씹게 되었다. 아빠는 미안한 것과 억울한 것을 뒤섞지 말라고 했지만, 거기에는 그 어떤 억울함도 들어올 자리가 없었다. 아마도 그 마음 때문에 후에 나는 다시 용인 앙시앙 하우스까지 찾아갈 용기를 낸 거겠지. 단순히 이시봉을 되찾겠다는 마음만이 아닌.

할머니가 온몸에 경련을 일으키며 의식을 잃은 것은 그날 새벽 여섯시쯤의 일이라고 했다. 옆에 누워 있던 엄마가 할머니의 양팔을 잡은 채 진정시키려고 노력했지만 아무런 소용이 없었다. 할머니의 입에선 멀건 침이 흘러나왔고, 이마는 뜨거웠으며, 눈꺼풀은 바르르 떨리기만 했다. 엄마는 물수건으로 연신 할머니의 이마와 얼굴을 닦아내며 119를 불렀고(그 와중에 휴대폰이 보이지 않아 계속 '하이, 빅스비' '하이, 빅스비' 외쳐야 했다고 한다), 할머니는 오전 일곱시쯤 청평에 있는 한 병원 응급실로 옮겨졌다. 엄마가 나에게 전화를 건 것은 그곳 의사로부터 '다른 가족들도 다 부르시는 게 좋겠습니다'라는 말을 들은 직후였다. 그날 저녁 나는 할머니의 얼굴을 병실에서 보고 난 후, 그동안 엄마가 나에게 거짓말해왔다는 것을 알게 되었다. 암환자 같지 않다더니, 아무렇지도 않다더니…… 할머니의 얼굴은 몰라보게 변해 있었다. 손목은 마치 그늘에 떨어져 있는 작은 나뭇가지처럼 앙상했으며, 두 뺨은 비탈에 드러난 마른 흙더미처럼 거칠고 거무튀튀했다. 할머니는 산소호흡기를 입에 문 채, 턱이 조금 들린 상태로 누워 있었다. 아마도 이번이 처음은 아니었겠지, 이곳에 몇 번 실려왔겠지, 그러고도 우리에겐 아무 일 없는 것처럼 말했겠지…… 나는 엄마가 왜 그랬는지 알 것만 같아서 아무런 말도 하지 못했다. 그저 말없이 깍지 낀 내 두 손만 내려다보며 서 있었다.

용산역으로 향하는 KTX 안에서 나는 비로소 이시봉 걱정을 했다. 집에 혼자 남겨진 이시봉이 그제야 생각난 것이다.

나는 리다에게 전화를 걸었다.

"며칠만 이시봉 좀 돌봐줘요."

"이시봉? 나 바쁜데."

리다는 지난번 호수공원에서 이시봉 아저씨를 만났을 때, 그때 모른 척한 일을 두고 계속 삐져 있었다.

"할머니가 위독하세요. 지금 가평 가는 길이에요."

"할머니? 어머, 어머! 언니 어떡해……"

리다의 목소리가 바로 바뀌었다.

"아직 몰라요…… 괜찮으실 거예요."

나는 되레 리다를 진정시켰다. 리다는 항상 이런 방식으로 나를 슬픔에서 건져줬다.

"이시봉 걱정 말고, 언니 좀 잘 챙겨줘."

"이시봉 너무 야단치지 말구요."

리다와 전화를 끊은 후 시현에게도 연락하려고 하다가, 마음을 바꿔 먹었다. 시현에게도 소식을 전하면…… 그땐 정말 할머니가 잘못될 것만 같았다. 나는 자꾸 기도하는 심정이 되었다. 기도는 혼자 침묵하는 것. 내가 그때 할 수 있는 것은 오직 그것뿐인 것 같았다.

엄마는 병원 응급실 앞 앰뷸런스 주차 공간 한쪽에 놓인 플라스틱 의자에 앉아 있었다. 처음 보는 꽃무늬 나염이 들어간 녹색 계열의 긴 치마에 살구색 면티 차림이었는데, 좀 커 보이는 삼선 슬리퍼를 신고 있었다. 그 슬리퍼 속 엄지발가락이 자꾸 눈에 들어왔다. 작고 뭉툭한, 연분홍색 매니큐어를 바른 엄지발가락.

"왔니?"

엄마는 좀 잠긴 듯한 목소리로 말했다.

"할머니는요?"

"지금은 면회가 안 된대."

나는 숨을 한번 길게 들이마셨다.

"아직은 괜찮아. 아직은."

엄마와 나는 한동안 묵묵히 앉아 있기만 했다. 병원은 청평버스터미널에서 걸어서 오 분 거리에 있었는데, 낡은 오층짜리 건물을 통째로 쓰고 있었다. 주차장은 넓었으나 깨진 콘크리트 바닥이 군데군데 보였다. 가끔씩 보자기를 든 할머니들이 병원 앞으로 지나갔고, 흡연 구역으로 만들어놓은 정자 옆 버드나무에선 매미 소리가 시끄럽게 들려왔다. 이따금 습하고 더운 바람이 불어왔다.

"커피 마실래?"

엄마가 물었다. 나는 아무런 대꾸도 하지 않았지만, 엄마는 이미 자리에서 일어났다.

엄마와 나는 병원 정문 도로 건너편에 있는 작은 프랜차이즈 커피 전문점에서 아이스 아메리카노 두 잔을 사서 돌아왔다. 엄마는 냅킨을 두둑이 챙겨왔는데, 마치 그것 때문에 커피를 산 사람처럼 보일 정도였다. 엄마는 커피를 한 모금 마신 후 냅킨 한 장을 반으로 접어 직사각형을 만들었다.

"집엔 별일 없고?"

"네. 아무 일 없어요."

"시현이는? 시현이도 잘 지내지?"

나는 엄마가 괜한 질문을 하고 있구나, 일부러 그러는구나, 생각했다.

"시현이한텐 아직 연락 안 했어요."

엄마는 말없이 고개를 끄덕거렸다.

또 잠깐의 침묵이 흐른 후 엄마가 말을 이었다.

"야, 우린 연락할 다른 가족이 한 명도 없더라."

엄마는 짐짓 명랑한 어투로 말했다.

"네 할머니가 그러는데…… 네 할아버지가 엄마 낳고 엄마면 됐다고, 더이상 애 낳을 생각을 안 했대."

나는 아이스 아메리카노를 잠깐 뺨에 대보았다. 뺨이 차가워지자 그제야 두 눈이 뻑뻑해졌다. 나는 잠을 제대로 자지 못한 상태였다.

"어렸을 땐 외동딸이라는 게 꽤 괜찮았는데, 나이드니까 이게 영 못 해먹을 짓이네."

엄마는 직사각형이 된 냅킨의 모서리를 다시 접어 오각형을 만들었다. 냅킨은 금세 종이비행기 모양이 되었다.

"어젯밤엔 할머니가 뜬금없이 네 아빠 얘기를 꺼내는 거야."

나는 엄마의 얼굴을 바라보았다.

"나도 몰랐는데, 네 아빠가 몇 년 전에 혼자 여기 가평에 들른 적이 있었나봐. 그때 얘기를 하더라구."

"……"

"아마 타이어 공장 그만두고, 막 그 무렵이었나봐. 할머니가 오전에 밭일하고 집에 돌아와보니까 네 아빠가 부엌에서 한솥 가득 국을 끓여놓고 기다리고 있더래. 소고기뭇국을."

엄마는 차분한 목소리로 말했다.

"할머니가 웬일로 왔냐고 물으니까, 네 아빠가 꼭 이렇게 해보고 싶었다는 거야. 평일에, 아무렇지 않게 가평에 와서 밥 한번 차려드리고 싶댔대. 그래서 할머니가 네 아빠랑 마주앉아서 그렇게 맛나게 밥을 먹었대. 엄마한텐 따로 전화도 안 하고."

나는 다른 생각을 했으나, 엄마한텐 내색하지 않았다.

"아빠가 그렇죠, 뭐."

"네 아빠 잘못되고 나서…… 할머니가 그 소고기뭇국이 자꾸 떠오르더래. 아, 그 소고기뭇국이 참 고마웠는데……"

엄마의 어깨는 그 순간 작게 떨렸다.

"할머니가 그러면서 나한테 그러더라…… 야야, 그러니까 네가 더 불쌍해지더라…… 너는 그런 음식이 많을 텐데…… 밥 먹을 때마다 생각날 텐데, 어쩌냐, 우리 딸……"

나는 일부러 먼 곳을 바라보았다. 엄마의 말들이, 그 단어들이, 마치 젠가처럼 차곡차곡 내 몸 위에 쌓이는 기분이 들었다.

"야, 근데 우리 좀 웃기지 않냐?"

엄마는 종이비행기 모양이 된 냅킨을 잠깐 내려다보다가 그것으로 소리 나게 코를 한 번 풀었다.

"할머니는 지금 저렇게 누워 있는데, 계속 네 아빠 얘기만 하고……"

나는 다시 엄마의 눈을 바라보았다.

"근데, 내가 여기 와서 계속 그런 거 같아…… 할머니 간병하러 와서 계속 네 아빠 얘기만 한 거 같아."

엄마는 좀 애처로운 목소리로 말했다.

저녁이 다 되었을 때, 간호사 한 명이 우리에게 다가왔다.

"일단 위기는 좀 넘기신 거 같아요."

엄마는 그 말을 듣자마자 내 손을 꽉 잡았다. 나도 잡은 엄마의 손을 힘주어 쥐었다.

간호사는 일단 일반 병실로 옮기겠다고 말했다. 한데 며칠 더 조심스럽게 지켜봐야 한다는 말도 덧붙였다. 노인분들은 금세 상황이 변하기도 하니까요. 간호사는 차트를 보면서 그렇게 말했다.

"엄마."

간호사가 다시 응급실 쪽으로 돌아간 뒤, 내가 말했다.

"오늘은 내가 여기 있을 테니까, 엄마는 집에 들어갔다가 내일 오세요."

엄마는 내 눈을 바라보았다.

"너도 피곤하잖아?"

"그러고 싶어요."

"그러고 싶어?"

"네."

엄마는 잠깐 생각하더니 말했다.

"그래 그럼. 나도 오늘은 아들 덕분에 늘어지게 잠 좀 자지, 뭐."

엄마는 예전처럼 내 어깨를 주먹으로 툭 치며 "뭐야, 이거. 우리 아들 너무 컸잖아"라고 말하기도 했다.

병실은 4인실이었지만, 할머니 침대를 제외하곤 모두 비어 있었다. 할머니의 침대는 창가 쪽이었다. 창가 너머로는 오래된 모텔 건물이 하나 보였고, 그 뒤로는 바로 북한강이었다. 그 물줄기를 따라 올라가면 청평댐이 나왔다. 할머니는 영양제 링거, 항생제 링거, 소변줄과 복부에서 물을 빼내는 줄까지 주렁주렁 달고 있었는데, 어쩐지 그것들이 되레 할머니의 몸속에 남은 물기를 서서히 빨아내고 있는 것처럼만 여겨졌다. 나는 보호자 침대에 앉아 할머니의 얼굴을 조용히 바라보았다. 할머니는 잠들어 있었지만 산소호흡기 때문인지 몹시 고된 일을 하고 있는 사람처럼 보이기도 했다. 내가 어떻게 자랄지 늘 궁금해했던 할머니. 하지만 할머니는 이제 아무것도 궁금해하지 않는 사람이 되어버린 것만 같았다. 그 사실이 나를 우울하게 만들었다. 할머니한테 나는 고등학교를 자퇴했을 무렵, 그 무렵의 모습으로만 기억되겠지. 하긴 그때의 나와 지금의 나는 달라진 것도 거의 없으니까, 억울할 것도 없었다. 억울하지 않으니까 우울은 당연한 것이었다.

"위생장갑이 필요하실 거예요."

간호사 한 명이 병실 안으로 들어와 내게 말했다. 그러면서 티슈처럼 뽑아 쓸 수 있는 위생장갑 한 통을 내밀었다.

"링거액 다 맞으면 말씀해주시고요, 소변통과 여기 배에서 나오는 물은 직접 비워주셔야 해요. 감염되지 않게 위생장갑 꼭 하시구요."

간호사는 할머니의 체온과 혈압을 체크한 후, 다시 병실 밖으로 나갔다.

나는 시현과 문자를 주고받았다. 며칠 가평에 있다가 돌아간다고 문자를 보냈는데, 시현은 뭔가 이상하다고 여겼는지 자기도 내일 학교 안 가고 이쪽으로 오겠다고 바로 답변을 보내왔다. 나는 잠시 고민하다가 거짓말을 했다. 엄마가 몸이 안 좋아서 내가 도우려고 온 거야. 금요일에 내려갈게.

밤 아홉시 무렵, 나는 할머니의 소변과 복부에서 빠져나온 물을 버리러 병실에 딸린 화장실에 들어갔다. 소변통은 아직 절반도 차지 않았지만, 나는 그렇게 하고 싶었다. 소변통을 비울 땐 아무렇지도 않았는데, 할머니의 배에서 나온 물, 그 물이 담긴 비닐 팩을 버릴 땐, 나도 모르게 헛구역질을 하고 말았다. 연한 갈색과 붉은색이 감도는 그 물은 점성이 높은 듯 느리게 흘러내렸다. 나이테처럼 비닐 팩에 무늬를 남기는 노폐물, 그 물에선 소독약 냄새와 바나나가 부패하면서 나는 냄새, 그 두 가지가 섞여 올라왔다. 엄연히 할머니의 쓸개에서 나온 물. 나는 비닐 팩을 수돗물로 헹궈내다가…… 기어이 토하고 말았다. 구역질을 하면서도 할머니한테 미안한 마음이 들어 계속 수돗물을 틀어놓았다. 이게 뭔가? 나는 왜 이 모양인가, 생각하다가, 갑자기 눈물까지 흘러내려 그냥 아무 생각 없이 변기 앞에 한참 동안 쪼그려앉아 있기만 했다.

"할머니."

나는 할머니의 소변통과 비닐 팩을 갈아 끼운 후, 보호자 침대에 앉아 있다가 조용한 목소리로 말을 꺼냈다. 할머니의 왼손 아래 내 손을 살짝 넣고, 허리를 앞으로 조금 숙였다.

"할머니, 죽지 마요."

병실 중앙 형광등은 꺼져 있었고, 오직 할머니가 누워 있는 침대의 보조등만 켜져 있었다. 푸르스름한 빛을 내는 그 보조등 때문에 할머니의 얼굴은 좀 딱딱해 보였다.

"시현이 대학 가는 것도 보고, 엄마한테도 시간을 좀 주세요…… 그리고 나도, 나도…… 진짜 미안한데 할머니…… 우리 가족 위해서라도 더 살아주세요."

나는 좀 울먹거리면서 말했다. 그러지 않으려고 했는데도 말은 계속 나왔다.

"할머니, 나는 진짜 생각이라는 게 없는 거 같아. 쪽팔리고 미안하고 화만 내면서 사는 거 같아. 그게 짜증나서 술도 더 마시고. 술을 마시면서 계속 정신 차려야 한다고 생각했는데…… 요즘엔 그것도 잘 안 되는 거 같아. 나한테도 소중한 것들이 있었는데 그게 자꾸 사라지는 거 같고…… 그건 생각한다고 지킬 수 있는 게 아니잖아, 할머니…… 내 힘으로 안 되는 일이 너무 많잖아, 할머니…… 그러니까 할머니는 그러지 마. 아빠도 할머니 그래서 찾아온 거였잖아? 아빠도 공장 퇴직하고 무서워서 여기까지 온 거잖아? 사람들이 자꾸 연락해오니까…… 내 말 맞지, 할머니? 할머니는 그냥 모른 척해준 거지? 나도 그렇게 해줘, 할머니. 나도 이제 그렇게 좀 해주라고……"

나는 어린아이처럼 손등으로 연신 눈물을 훔치면서도 말을 멈추지 않았다. 뜬금없이 이시봉 이야기도 했다가 리다 이야기도 꺼냈다가 쓸개가 없는 노루 이야기도 했다. 할머니, 노루도 쓸개 없이 잘만 살잖아? 걔가 겁이 많은 건 다 사람들 때문이잖아…… 그런 말도 웅얼거렸다. 그리고 마치 무슨 기도를 드리는 것처럼 할머니랑 팥죽 먹으러 가게 해달라고, 딱히 누구라고 정해지지 않은 신에게 부탁드리던 그 순간…… 아주 작게, 거의 떨림이나 다름없게 톡톡, 할머니의 검지가 내 손바닥을 토닥여주었다. 나는 분명히 그것을 느꼈고, 말을 멈춘 채 할머니의 얼굴을 가만히 바라보았다. 할머니는 똑같은 표정, 똑같은 자세로 누워 있었다. 하지만 나는 그것을 할머니의 말이라고 여겼다. 여전히 나를 궁금해하는 할머니의 말. 나는 그제야 말을 멈추고 책상에 엎드려 잠을 자는 학생처럼, 할머니의 침대에 이마를 댔다. 두 눈은 여전히 뻑뻑했지만, 나는 무언가 평범해진 느낌이었다. 평범한 하루, 평범한 일상이 되어버린 것 같았다.

나는 가평에서 사흘을 더 머물렀다. 이틀은 병원에서 잤고, 하루는 청평 병원에서 버스로 삼십 분 떨어진 할머니 집에서 혼자 잤다. 할머니 집은 방 두 칸짜리 오래된 한옥이었는데, 내가 초등학교 다닐 무렵 리모델링을 해 욕실과 부엌이 거실 옆에 붙어 있었다. 부엌 식탁에는 엄마가 적어놓은 메모가 붙어 있었다.

―아들, 냉장고에 미역국하고 오징어볶음 있어. 그거 데워 먹고, 다른 반찬도 꼭 같이 먹어. 출출하면 싱크대 아래 비빔면 있으니까 그것도 먹고. 고마워 아들! 외동딸이지만 아들이 있어서 정말 좋다!

나는 샤워를 마치고 냉장고에서 반찬을 꺼내다가 홈바에 가지런히 세워져 있는 맥주와 소주를 발견했다. 생수병과 우유,

치즈와 버터도 그 옆에 놓여 있었다. 나는 맥주 한 병과 소주 한 병을 꺼내 식탁에 앉았다. 밥을 먹으면서도 자꾸 시선이 그쪽으로 갔다. 하지만 나는 그 술들을 마시지 않았다. 마시지 않으려고 참은 게 아니라, 날 위해 냉장고에 술을 놔둔 엄마의 마음과 싸웠다. 그것들을 마시지 않았지만, 나는 아무렇지도 않았다. 별로 힘들지도 않았다.

다음날, 나는 병원 응급실 앞 벤치에서 엄마와 헤어졌다.

"다음주에 다시 올게요."

내가 그렇게 말하자, 엄마는 고개를 저었다.

"여기는 걱정 말고 시현이나 잘 챙겨줘."

"그래도……"

"할머니, 말은 못하시지만 의식 돌아오셨어. 의사 선생님도 안정 상태라고 그랬고. 나도 간만에 밥 안 하고 좋아."

내가 계속 머뭇거리자, 엄마는 필요할 때마다 병원에서 안내해준 주간 간병인 서비스를 이용할 거라고 말했다. 주간만 이용하면 그렇게 비싸지 않다고 했다.

"그러면 이 주 후에 다시 올게요."

나는 그 말을 한 후 엄마에게 손을 흔들고 돌아섰다. 몇 걸음 병원 정문 쪽으로 걸어가다가 다시 엄마에게 다가갔다.

"엄마, 나 통장에 있는 돈 좀 써도 돼요?"

"그럼, 써도 되지. 그건 아들이 알아서 하면 되는 거야."

나는 잠깐 아랫입술을 깨물고 서 있었다. 그러곤 말했다.

"가을부터 인강 들으려구요."

"인강?"

"내년엔 검정고시를 볼까 해서요."

엄마는 그 말을 듣고 아무 말 없이 내 얼굴을 바라보았다. 그러곤 내 등을 두어 번 두들겨준 후, 다시 병원 쪽으로 천천히 걸어갔다.

그때부터 나는 좀 걱정에 사로잡혔다. 괜한 말을 먼저 꺼낸 것은 아닐까? 좀더 생각한 뒤에 말했어야 하는데…… 엄마는 할머니한테도 바로 말하겠지? 시작했다가 바로 포기할지도 모르고, 돈만 날리게 될 수도 있는데…… 나는 한자리에 오래 앉아 있지도 못하고, 공부를 시작하면 바로 졸음부터 쏟아지는데, 아이 씨 맞다, 수학은 또 어쩌려고…… 나는 그렇게 걱정을 하면서도 그 생각을 쉬이 놓을 수가 없었는데, 어쩐지 그게 할머니와의 약속처럼 여겨졌기 때문이었다. 그래서 용산역을 거쳐 다시 광주송정역으로 오는 내내 인터넷으로 검정고시를 검색해보기도 했다. 아, 그래도 이게 다 객관식이구나, 과락 없이 평균 60점만 넘으면 합격이구나, 그러면 어떻게 될 수도 있지 않을까? 수학은 과감하게 포기하거나, 시현이나 수아한테 따로 과외를 받아도 되고…… 아닌가? 그러면 시현이랑 수아가 화를 내려나……?

명랑한 이시봉의 짧고 투쟁 없는 삶

나는 집에 도착하고 난 뒤에도 계속 그 생각만 했다. 나흘 만에 도착한 집은 어둡고 조용했다. 마치 꽤 오랫동안 비어 있던 집에 도착한 느낌이었다. 이시봉의 모습도 보이지 않았지만, 그러나 나는 걱정하지 않았다. 당연히 리다 집에 있을 거라고 여겼기 때문이었다. 나는 짐을 풀고 옷을 갈아입은 후, 잠깐 소파에 널브러져 있었다. 그래도 내가 국어는 좀 괜찮지 않았나, 생각하다가 에이, 그게 괜찮은 거면 세상에 안 괜찮은 게 도대체 뭐란 말인가, 스스로 한심하다는 마음이 들었고, 그래서 한숨을 내쉬며 리다에게 전화를 걸었다. 하지만 리다는 전화를 받지 않았다. 또 드라마를 보고 있나? 나는 리다에게 문자메시지를 보냈다.

—지금 막 집에 돌아왔어요. 이시봉 말썽 안 부렸어요?

리다는 문자에도 답이 없었다. 그래도 나는 별걱정을 하지 않았다. 그저 계속 내 국어 성적만 반올림하면서, 스스로를 속이려 애쓰고 있었을 뿐이었다.

그러니까 그때까지만 하더라도 나는 리다가 어떤 사고를 쳤으리라곤, 그런 상상조차 하지 못했던 것이 맞았다. 상상이라니? 그런 건 상상도, 공상도 아니었다. 그저 또하나의 예측 불가능한 일일 뿐.

16

리다가 앙시앙 하우스 인스타그램 계정으로 DM을 보낸 것은 내가 가평으로 떠난 바로 그다음날 밤의 일이었다.

2024년 8월 20일

j_rida_*** · 오후 11:52
이시봉 정말 잘 키워주시는 거 맞죠?
우리가 찾아가면 언제든 볼 수 있는 것도 맞구요?

2024년 8월 21일

ancien-house · 오전 09:54

관리자가 메시지를 늦게 확인했네요. 죄송합니다. 저희가 정말 최선을 다해서 예우하도록 노력하겠습니다. 국내 최고의 브리더들이 보살필 거구요, 프랑스에도 한번 데려갈 생각을 하고 있습니다. 그리고 찾아오신다면 1박 2일이든 2박 3일이든 언제든 함께하실 수 있도록 저희가 조치를 취해놓겠습니다.

j_rida_* · 오전 10:15

돈도 많이 주세요.

ancien-house · 오전 10:17

어느 정도를 생각하고 계신지, 먼저 말씀해주신다면 저희가 최대한 맞추도록 하겠습니다.

j_rida_* · 오전 10:34

몰라요. 그냥 많이 주세요.

ancien-house · 오전 10:37

네. 그러면 저희가 언제 찾아뵈면 될까요?

j_rida_*** · 오후 12:41

지금 오세요.

ancien-house · 오후 12:44

지금이라고 하면…… 몇시까지 도착하면 될까요?

j_rida_*** · 오후 12:45

그냥 지금 빨리 오라구요. 마음 바뀌기 전에.

ancien-house · 오후 12:46

네. 지금 출발합니다.

   그날 저녁 일곱시 무렵, 리다는 아파트 주차장에서 미셸 브리더와 남궁상민 브리더를 만났다. 미셸 브리더는 검은색 정장 차림이었고, 남궁상민 브리더는 반바지에 검은색 면티, 하얀색 자외선 차단용 토시를 하고 있었다. 리다는 리드 줄을 쓰는 대신 일부러 데리다가 쓰던 켄넬 안에 이시봉을 넣은 채 그 자리에 나갔는데, 그건 일종의 의지 같은 것이기도 했다. 약해지지 않고, 구부러지지 않겠다는 마음.
   리다는 그들이 타고 온 카니발 안에서 계약서에 서명을 했다.

그 서류에 적힌 이시봉의 입양 금액은 오천만원으로 정정되어 있었다(그들은 바로 리다의 계좌로 계약금 오백만원을 보냈고, 나머지 돈은 그다음날 보내왔다). 리다가 계약서를 살펴보고 있을 때, 켄넬에서 나온 이시봉은 남궁상민 브리더에게서 큐브형 육포를 받아먹느라 또 한번 혼이 쏙 빠져 있었다고 한다. 명랑하게 꼬리를 흔들며, 남궁상민 브리더가 하이파이브를 하자고 하면 하이파이브를, 왼발을 달라고 하면 왼발을 내밀었다. 리다는 그 모습을 멀거니 바라보다가 무덤덤한 표정으로 단숨에 서명을 해버리고 말았다.

리다는 카니발에서 내리기 전, 이시봉의 양발을 잡고 말했다.

"이시봉."

리다가 그렇게 불렀지만, 이시봉은 리다의 얼굴을 보지 않았다. 계속 운전석에 앉은 남궁상민 브리더의 뒤통수만 쳐다보았다.

"이시봉, 내 눈 똑바로 봐."

카니발 안엔 잠시 정적이 흘렀다.

"이제부터 완전히 다른 삶을 살아야 해."

리다는 꾹꾹 자신의 감정을 누르면서 말했다.

"알았지? 꼭!"

리다는 그 말을 끝으로 카니발에서 내렸다. 미셸 브리더도 리다를 따라 차에서 내렸다. 그는 리다에게 정중하게 인사하면서 쇼핑백에 든 와인을 한 병 건넸다. 나한테 주는 정채민 대표의 선물이라고 했다(리다는 그날 밤, 그 와인을 혼자 다 마셔버렸다고 한다). 그러고 나서 무슨 말인가 더 하려고 했지만, 어디선가 걸려온 전화를 받느라 거기서 멈추고 말았다. 그리고 그것으로 끝이었다. 리다는 혼자 아파트 주차장에 남겨졌고, 카니발은 낮은 엔진소리를 내며 멀어져갔다. 리다가 그 자리에 주저앉아 울기 시작한 것은 그때부터였다. 슬퍼서 그런 것은 아니었다. 그제야 자신이 무언가 큰 잘못을 저질렀다는 것을 깨달았기 때문이었다. 나한테 미안해서가 아니라, 이시봉에게 잘못했다는 생각.

그날 밤부터 리다는 물을 마시거나 데리다를 볼 때, 멍하니 드라마를 보거나 과자를 먹을 때, 양치를 하거나 설거지를 할 때, 그리고 침대에 누울 때마다, 미셸 브리더가 카니발에 올라타면서 휴대폰에 대고 한 말, 그 말만 계속 떠올리게 되었다고 한다.
"네. 방금 막 확보했습니다."

그 말 때문이었는지, 내가 912동까지 찾아가 만나본 리다의 얼굴은, 그녀의 두 눈은, 마치 이제 막 통조림에서 꺼낸 복숭아 과육처럼 퉁퉁 부어올라 있었다.

*

"이건 일종의 사기 같은 거잖아?"

정용이 뒷좌석에 앉은 나를 돌아보며 물었다.

"그렇지. 사기지."

나는 정용의 눈을 바라보면서 짧게 말했다. 아닌가? 사기가 아니고 그냥 납치 같은 건가? 나는 말을 하고 나서도 계속 혼자 생각했다. 시현이 예전에 말한 재물손괴죄 같은 건가? 그러나 나는 차마 그런 이름은 붙일 수가 없었다. 그것이 무엇이 되었든, 어쨌든 이시봉이 여기에 없다는 것, 그들이 나에겐 말 한마디 없이 이시봉을 데리고 갔다는 것, 그것이 중요했다.

"이 답답이들아, 그래서 내가 너희들만 생각하면 횡격막 아래가 저절로 뻐근해진다는 거야. 사기죄는 그 사람들이 걸 수 있는 거지. 그 사람들이 리다 언니한테. 아니면 시습이가 리다 언니를 고발하거나, 안 그래?"

수아는 룸미러를 다시 조정하면서 말했다. 자동차는 막 호남고속도로로 진입하고 있었다. 수아는 이렇게 먼 곳까지 운전하는 것은 처음이라고 했다.

"리다 누나도 속은 거잖아?"

정용이 수아를 보면서 말했다.

"속긴 뭘 속아? 자기가 먼저 연락했다는데."

리다는…… 할머니가 금세 돌아가실 거라고 예상했다고 한다. 그러면 엄마도 곧 광주로 돌아올 거고, 다시 이시봉과의 불편한 동거가 시작될 거라고, 그렇게 먼저 짐작했다고 한다.

"시습이, 넌 또 아무것도 못 했을 거잖아?"

리다는 그렇다면 자신이 무언가 대신 결단을 내려줘야 한다고 생각했다. 어쩐지 그 이유 때문에 자신이 지금 이시봉을 맡고 있는 것이라고, 그런 믿음까지 들었다고 한다. 하지만 그 모든 것들은 다 핑계고…… 더 큰 이유는 이시봉에게 있었다. 더 이상 혼자 있지 않아도 되는 것, 엄마가 집에 있을 때 방에만 갇혀 있지 않아도 되는 것, 마음대로 짖어도 되고, 새벽에만 산책을 나가지 않아도 되는 것. 지금까지와는 완전히 다른 삶을 사는 것. 그게 이시봉에게도 더 좋은 일이라고, 그게 맞다고, 리다는 울면서 내게 말했다.

나는 그런 리다에게 아무런 말도 할 수 없었다. 화를 낼 수도 없었고, 왜? 왜? 왜 그랬냐고! 소리 내어 다그칠 수도 없었다. 그저 리다가 내민 휴대폰 은행 앱의 입금 내역만 노려보다가 조용히 고개 숙여 돌아 나올 수밖에 없었다. 리다의 말도 다 맞았고, 리다의 마음도 다 이해되었다. 하지만 또 그런 만큼 이시봉이 너무 보고 싶었다. 나는 이시봉의 얼굴을 떠올려보려고 애썼지만, 그게 잘 되지 않았다. 자꾸 이시봉을 외면한 채 서둘러 아파트 현관문을 나서던 내 모습만 그려졌다. 나쁜 새끼, 나쁜 새끼…… 나는 연신 나 자신에게 욕을 했다.

"그래서 이게 개빡치는 상황이라는 거야. 너희들이 가자고 해서 가긴 하지만, 딱히 기대는 하지 말라고."
수아는 룸미러로 내 얼굴을 흘깃 한 번 바라보면서 말했다.
"그래도 어쨌든 시습이가 주인이니까…… 주인이 싫다고 하면……"
정용이 좀 자신 없는 목소리로 말하자, 수아가 더 차가운 목소리로 말했다.
"설사 그 사람들이 양보한다고 해도…… 위약금을 내라고 하겠지."
"위약금?"
"아마 십 프로쯤 달라고 할 거야."
"십 프로면…… 오백만원인데……"
정용이 말끝을 흐리면서 한숨을 내쉬었다.
"그러니까 너희들은 오늘 절대로 흥분하면 안 된다고. 오늘은 그냥 말을 잘 해보려고 가는 거니까."
흥분은 항상 자기가 먼저 하면서…… 나는 수아의 뒤통수를 보면서 생각했다.
"제가 한번 말해볼게요."

내 옆에 앉아 있던 김태형이 처음으로 입을 열었다. 그러자 모두의 시선이 그에게로 쏠렸다. 김태형은 딱 그 말만 하고 나선 다시 침묵을 지켰다. 야구 모자를 더 깊이 눌러쓴 채 가만히 자기 무릎만 내려다보았다.

리다에게 자초지종을 듣고 나는 바로 수아와 정용을 찾아갔다. 친구들 앞에서 스피커폰을 켜고 미셸 브리더에게 연락했지만, 그는 전화를 받지 않았다. 문자도 남기고 앙시앙 하우스 인스타 프로필에 나와 있는 대표전화로도 연락해보았지만 모두 허사였다(대표전화를 받은 직원은 미셸 브리더와 남궁상민 브리더는 오늘 출근하지 않았다고 말했다). 그래서 우리는 다음 날 직접 찾아가보기로 마음먹었다. 정용이 슬쩍 웃으면서 "뭐야, 이거. 이시봉 원정대인가?" 농담했지만, 나는 웃지 않았다. 수아도 웃지 않았다. 수아는 다음날이 모처럼 알바 쉬는 날인데 너희들 때문에 또 망쳤다고 투덜대다가, 내 얼굴을 보곤 더는 아무런 말도 하지 않았다.

나는 친구들과 헤어져 집으로 돌아오다가 김태형에게도 연락을 했다(그의 연락처는 이시봉 아저씨가 알려주었다). 왜 그랬는지 몰라도, 그에게도 알려야 할 것만 같았다. 아파트 주차장 벤치에 앉아 그의 긴 이야기를 들은 이후, 나는 그의 말을 더 믿고 싶어졌다. 정채민 대표의 말이 아닌, 그의 말. 그의 이모가 해주었다는 이야기. 어쩐지 나는 김태형도 나와 비슷한 처지인 것처럼 느껴졌다.

"그 사람들이 진짜 이시봉을 데려가버렸어요."

나는 김태형이 전화를 받자마자 그렇게 말했다. 김태형은 내 말을 듣기만 할 뿐, 별다른 대꾸를 하지 않았다.

"친구들하고 내일 직접 찾아갈 거예요."

나는 아무것도 바라지 않는 마음으로 말했다. 무언가 계속, 누구에게라도 계속, 이시봉에 대해서 말하고 싶었을 뿐이었다.

"가서 이시봉을 꼭 데리고 올 거예요."

나는 거기까지 말하고 전화를 끊으려고 했다. 그때 그가 조용한 목소리로 말했다.

"나도 같이 가도 될까요?"

우리는 신탄진휴게소에서 늦은 아침 겸 점심을 해결했다. 수아와 나는 어묵우동을 먹었고, 정용은 편의점에서 산 닭가슴살과 에너지바를 먹었다. 김태형은 우리 바로 옆 테이블에 혼자 앉아 김밥을 먹었다. 그는 작은 배낭 하나를 메고 왔는데, 밥을 먹을 때도 그것을 어깨에서 내려놓지 않았다. 먼저 식사를 끝낸 김태형이 커피를 사서 우리 테이블에 올려놓고 말없이 돌아섰다.

"오, 까리한데."

수아가 휴게소 건물 밖으로 나가는 김태형의 뒷모습을 보면서 말했다.

"키도 크고 몸도 적당히 말랐고, 딱 내 스타일이야."

정용과 나는 그런 수아의 얼굴을 멀거니 바라보았다.

"저 사람은 왜 따라온 거야?"

정용이 내게 물었다.

"너희 집 스토킹했던 그 사람 아니야?"

정용의 말에 수아도 내 얼굴을 바라보았다.

"이시봉 친아빠 친엄마 키운 사람이야. 이시봉 친부모 원래 주인."

나는 딱 거기까지만 말했다. 내 말을 들은 정용은 고개를 갸웃거리다가 이내 깜짝 놀란 표정으로 되물었다.

"뭐야, 그럼. 저 사람 개 농장 주인이야?"

수아가 모는 차는 안성IC 부근부터 가다 서다를 반복하더니 신갈분기점을 지나고 나서부턴 아예 멈춰 있는 시간이 더 길어졌다. 토요일 정오를 막 넘어서고 있었다. 고속도로는 뜨거웠고, 하늘은 높아만 보였다. 우리가 탄 차 안에는 정용의 플레이리스트가 흘러나왔지만(주로 붐붐! 고고! 하는, 도입부부터 심장박동이 빨라지는 힙합이었다), 아무도 그 음악에 신경쓰지 않았다. 나는 고개를 뒤로 젖힌 채 두 눈을 감았다. 서울에 가까워질수록 나는 이시봉이 서울이 아니라 용인에 있을 것만 같았다.

거기가 진짜 앙시앙 하우스였으니까…… 하지만 친구들에겐 그 말을 하지 않았다. 용인까지 가는 길이 제대로 떠오르지 않기도 했고(나는 그날 숙취로 차 안에서 계속 고개를 숙이고 있었다), 무엇보다 미셸 브리더나 남궁상민 브리더, 그도 아니면 권성희 수의사를 먼저 만나보고 싶었다. 그들에게 따져 묻고, 그들에게 최선을 다해 사정해보고 싶었다. 그게 맞다고 생각했다. 아니, 더 솔직하게 말하자면…… 나는 정채민 대표를 만나는 것을 겁내고 있었다. 가급적 그를 만나고 싶지 않았다. 그를 만나면 왠지 모든 게 다 그 사람의 뜻대로 될 것 같았다. 거기에서 모든 게 다 끝나버릴 것만 같았다. 나는 이시봉에 대한 그 사람의 애정이 무서웠다.

서울 앙시앙 하우스의 자갈 깔린 주차장에 도착한 시간은 오후 두시 무렵이었다.

차에서 먼저 내린 정용이 앙시앙 하우스 건물을 바라보면서 말했다.

"이야, 무슨 꼭 교회처럼 생겼네."

수아도 운전석에서 내리면서 건물을 바라보았다. 그러곤 담배를 입에 물며 말했다.

"하여간, 지랄들을 해요, 지랄들을."

나와 김태형은 말없이 정용과 수아 옆에 섰다. 휴일이었지만 주차장엔 차가 예닐곱 대 세워져 있었다. 주차장 좌측 배롱나무 앞에는 플래카드가 하나 내걸려 있었는데, 거기엔 '루크! 리키! 생일 축하해!'라고 적혀 있었다. 플래카드엔 아마도 루크와 리키인 듯한 비숑 프리제 두 마리의 사진도 인쇄되어 있었다. 오늘이 바로 그 친구들 생일인 것 같았다.

우리는 앙시앙 하우스 건물 입구에서부터 제지를 당했다.
"생일 파티 오신 건가요?"
고깔모자를 쓴 여자 직원이 입구 유리문을 열고 나와 밝은 표정으로 우리에게 물었다.
"아니요. 미셸 브리더님을 만나러 왔는데요."
내가 그렇게 말하자, 그녀는 '아' 소리를 내며 잠깐 무언가 생각하는 듯한 표정을 지었다.
"미셸 수석님은 오늘 출근하지 않으셨는데요."
나는 남궁상민 브리더와 권성희 수의사의 이름도 댔다.
"그분들도 오늘 나오지 않으셨어요."
수아가 그 여자 쪽으로 한 발 다가서면서 말했다.
"그러면 그 사람들한테 연락 좀 해주시겠어요? 광주에서 지금 이시봉 아빠가 찾아왔다고."
"저희가 내부 규정상 휴일엔 따로 연락을 할 수가 없어서요……"

사무실에 있던 다른 남자 직원 두 명도 우리 쪽으로 다가왔다. 그 사람들도 모두 고깔모자를 쓰고 있었다.

"아, 진짜 졸라 개빡치네."

수아는 점점 흥분하기 시작했다.

"이거 봐요. 우리가 지금 겁나 먼 길을 운전하고 왔다구요. 그 사람들이 주인 허락도 없이 함부로 강아지를 데려가는 바람에."

"저희는 거기에 대해선 아는 바가 없습니다."

키 큰 남자 직원이 말했다.

"그러니까 연락해서 확인을 좀 해달라고요. 그게 뭐 그렇게 어려운 일이라고······"

건물 위층에서 폭죽 터지는 소리가 들리고 요란한 음악소리가 흘러나오기 시작했다. 사람들의 환호성과 박수 소리도 들렸다. 하지만 강아지들 소리는 들려오지 않았다.

수아는 잠시 소리 나는 쪽을 올려다보다가 말했다.

"저기 올라가서 확인해봐도 되죠?"

"그건 안 됩니다."

이번엔 여자 직원이 나섰다.

"견주가 허락한 분이 아니면 입장하실 수가 없어요."

"아, 진짜 다 안 된다고만 하네."

수아가 헛웃음을 지었다.

"그러니까 빨리 연락을 해달라고요. 그러지 않으면 우리가 직접 확인할 수밖에 없으니까."

그 말에도 직원들이 아무런 반응을 보이지 않자, 수아는 건물 유리문 쪽으로 한 발 더 다가서려고 했다. 남자 직원 두 명이 그런 수아의 앞을 막아섰다. 그러자 이번엔 정용이 그 사람들의 어깨를 손으로 밀쳤고, 남자 직원 중 한 명이 정용의 손목을 잡았다.

"흥분하지 마! 흥분하지 마!"

수아가 정용을 보면서 말했다. 그러곤 그 틈을 타서 수아는 다시 잽싸게 유리문 안쪽으로 뛰어들어가려고 했지만, 이내 잡히고 말았다. 여자 직원이 입을 앙다문 채 수아의 팔을 잡았다.

"저기요."

그 소란 속에서 김태형이 입을 열었다. 모두의 시선이 김태형에게로 쏠렸다.

"정채민씨에게 연락 좀 해주시겠어요."

김태형은 야구 모자를 벗은 후 말했다.

"박유정씨의 아들이 지금 만나러 왔다고."

건물 위층에서 이번엔 팡파르 소리가 요란하게 들려왔다.

*

센강이 내려다보이는 16구의 아파트에서 김상우와 박유정, 그리고 정채민, 세 사람은 처음으로 마주앉았다. 그 점에 대해선 정채민과 박유정의 기억이 일치한다. 날짜도 1997년 3월 초순이나 중순, 그즈음의 어느 하루로 둘 다 엇비슷하다. 그들은 그곳 소파에 앉아 차를 마셨고, 눈 내리는 센강 선착장 풍경을 바라보기도 했다(박유정은 그날 그곳에 흐르던 음악도 정확히 기억하고 있었다. 라흐마니노프의 첼로 소나타 G단조였다). 하지만 '누가 먼저?'의 문제에서부터 두 사람의 말은 엇갈린다. 정채민은 김상우와 박유정 두 사람이 먼저 찾아와 자신에게 혈통 좋은 강아지 두 마리를 구입해 한국으로 들어가는 일을 도와달라고 부탁했다는 입장이고, 박유정은 정읍에 있는 요양병원에서 여동생에게 '마리네트 피숑'이라는 프랑스 여자의 이름부터 댔다. 그녀가 자신들의 집으로 찾아와 정채민이 사업차 만나자고 제안해왔다고 했다.

죽음을 앞두고 있었지만, 박유정의 기억은 비교적 구체적이었다. 그 기억은 그녀가 남긴 대학노트 곳곳에도 남아 있었다.

정채민은 그들 두 사람과 마주앉자마자 "기억하실지 모르겠지만 작년 한인 유학생 불법구속사건 일일 찻집 행사 때 만난 적 있습니다"라는 말부터 꺼냈다. 그 말을 듣자마자 김상우는 "아, 그 이천오백 프랑!" 하고 놀란 표정을 지어 보였다. 김상우는 정채민의 아파트에 들어서기 전까지만 하더라도 숙취에 시달리느라 계속 인상을 쓰고 있었지만, 어느새 목소리의 톤이 바뀌어 있었다. 박유정 또한 그 행사장에 있었지만, 그녀는 그를 기억해내지 못했다. 당시 그녀는 김상우의 부탁으로 저녁 내내 음식을 나르고 설거지를 도맡아 했기 때문이었다.

정채민과 김상우는 잠시 그때 일로 대화를 나누었다. 그때 모인 돈으로 그 친구 비행기 티켓을 대신 사주었다니까요. 그 친구가 돈이 없는 친구도 아닌데…… 산부인과 병원 원장 아들이거든요. 김상우의 말이 길어지자 박유정은 좀 불안한 마음이 되었다. 도대체 이 사람은 누구인데 우리를 여기까지 부른 것일까? 김상우가 또 무슨 실수를 저지른 것은 아닐까? 돈 문제일까? 박유정은 가만히 앉아 있는데도 저절로 숨이 가빠지는 기분이 들었다.

계속 이어지던 두 사람의 대화는 어느 순간 멈추었고, 이내 짧은 침묵이 흘렀다. 그제야 정채민은 소파 테이블 아래에 있던 두툼한 책자에서 사진 한 장을 꺼내 두 사람 앞으로 내밀었다.

"이걸 좀 봐주시겠어요?"

정채민이 내민 사진에는 두 마리의 새끼 강아지가 붉은색 카펫 위에 잠들어 있는 모습이 담겨 있었다. 배내털이 아직 그대로 남아 있는 작은 강아지들이었다.

"루시와 카이라는 아이들입니다."

김상우와 박유정은 사진 속 강아지들을 유심히 내려다보았다.

"정통 후에스카르 비숑 프리제들이죠."

정채민의 말은 계속 이어졌다.

프랑스 남부 뤼베롱 지역에서 엄격하게 관리되어온 비숑 프리제들이 있다. 후에스카르 비숑 프리제라고 하는데, 기존의 카나리아 군도 계열의 비숑 프리제들과는 두부의 크기나 안면부 털의 형태, 체고가 완전히 다른 강아지들이다. 부르봉 왕가 시절부터 왕실의 보살핌을 받았고, 나폴레옹 시대와 제1차세계대전, 제2차세계대전 속에서도 살아남고 이어져온 아이들이다. 당연히 한 마리 한 마리 인증서가 발급되고 원칙적으론 뤼베롱 이외의 지역에선 키울 수도 없는 강아지들이다. 하지만 1980년대 이후 프랑스 부유층 사이에서 입소문을 타면서 은밀하게 거래되고 입양되고 있다. 보름 전, 뤼베롱에서 후에스카르 비숑 프리제 여섯 마리가 새롭게 태어났다. 암컷 네 마리, 수컷 두 마리인데, 그중 두 마리가 바로 이 아이들, 카이와 루시이다. 내가 어렵게 이 아이들의 소유권을 인수했다. 다음주에 이 아이들은 뤼베롱을 떠나 바로 여기, 파리의 이 아파트에 도착할 것이다. 사실 이건 좀 먼 계획이긴 하지만 나는 이 아이들을 한국으로 데려갈 작정이다. 한국에서 이 아이들을 기반으로 한 새로운 애견 문화 사업을 펼칠 계획을 갖고 있다. 애견 호텔, 애견 놀이터, 애견 미용실, 애견 추모시설, 여기 파리에 있는 것들을 모두 다 서울에서 해볼 생각이다. 문제는 한국으로의 통관절차인데, 그게 좀 복잡하고 어려운 문제인지라 최소 삼사 개월, 아니 그 이상의 시간이 걸릴지도 모른다. 나는 아직 학생 신분이고, 사실 강아지들을 제대로 키워본 적도 없는 사람이다. 그래서⋯⋯

"펫시터 일을 하신다고 들었습니다."

정채민은 박유정 쪽을 바라보면서 말했다. 그 말을 듣는 순간, 박유정은 비로소 마음이 놓였다. 아아, 그 일 때문이었구나, 안심이 되었지만 동시에 지겨운 기분이 든 것도 사실이었다. 또 그 일, 그 시간, 그 멍한 상태가 저절로 떠올랐기 때문이었다.

김상우는 좀더 노골적으로 속마음을 드러냈다.

"그 일 때문에 지금 저희를 여기까지 부른 겁니까? 펫시터 맡기려고?"

"아아, 물론 그게 전부는 아닙니다."

정채민은 손사래를 쳤다. 잠깐 당황한 표정이 스쳐지나가면서 그의 앳된 얼굴이 고스란히 드러나 보였다.

"저는 형이, 제가 형이라고 불러도 되죠?"

김상우는 그 말에 아무런 대답도 하지 않았다.

"형이 제 사업 파트너가 되어주셨으면 해서, 그래서 만나자고 한 거예요."

"사업 파트너요?"

"한국도 더이상 개고기를 먹어선 안 되잖아요?"

정채민의 설명은 이랬다.

어쨌든 자신은 졸업할 때까진 한국에 들어갈 수 없는 처지이다. 최소 이 년 동안 누군가 한국에서 이 아이들을 도맡아서 키워줘야만 한다. 그 일을 두 분께서 해주셨으면 좋겠다. 당연히 적절한 보상을 할 생각이다. 이 아이들이 새끼를 낳으면 그중 두 마리의 소유권도 넘겨드리겠다. 또 원한다면 나중에 그 사업체에 일자리도 만들어드리겠다.

"물론 지금 당장 결정하시라는 건 아니구요. 며칠 충분히 고민하신 후에……"

정채민은 다시 여유로운 표정으로 말했다.

"글쎄요."

김상우는 잠시 무언가 고민하는 듯한 표정을 짓는가 싶더니, 마른세수를 한 번 했다.

"솔직하게 말해도 될까요?"

정채민은 말없이 고개를 끄덕거렸다.

"사실 좀 황당한 느낌이 드네요."

"네?"

"아니, 지금 좀 모욕을 받은 기분인데…… 도대체 나를 얼마나 엉망으로 봤으면 이런 제안을 하나, 생각이 들기도 하고."

"저는 그런 게 아니고……"

"하하 참, 그러니까 나를 보고 한국에 들어가서 개나 키우고, 개똥이나 치우라는 얘기 아니에요?"

김상우는 소파에 등을 기대며 한번 더 소리내서 웃었다. 박유정은 김상우가 허세를 부리고 있다고 생각했다.

"이거 봐요. 그쪽이 뭐 얼마나 대단한 사람인지는 모르겠지만, 사람 잘못 봤습니다."

거실에 흐르던 음악이 뚝 끊기고, 라디에이터에서 증기 빠지는 소리가 들렸다. CD가 다 돌아간 듯했다.

"나는 판화를 전공하는 사람이구요, 그거 하나 믿고 여기까지 온 사람입니다."

"알죠, 아는데……"

정채민은 무슨 말인가 더 보태려고 했지만, 하지 않았다. 대신 그는 박유정 쪽을 바라보았다. 그녀에게 무언가 도움을 구하는 눈빛이었다.

"알면 됐습니다."

김상우는 쓰고 왔던 비니를 손에 쥐고 소파에서 일어났다. 박유정도 엉거주춤 그 옆에 따라 섰다.

"한국으로 다시 돌아가실 거라고 들었어요."

정채민은 소파에서 일어나지 않은 채 말했다.

"누가 그따위 소릴 합니까?"

김상우가 사나운 태도를 보였다.

"아니, 뭐…… 여기 한인 유학생 사회가 워낙 좁으니까…… 그런 소문을 들었습니다."

박유정은 김상우가 술만 마시면 그런 말을 하는 것을 잘 알고 있었다. 실제로 이젠 한계가 왔다는 것을 그들 부부는 실감하고 있었다.

"그런 일 없어요."

김상우는 등을 진 채 말했다. 그는 잠깐 두 눈을 감고 서 있다가 현관문 쪽으로 걸어갔다. 박유정도 말없이 그의 뒤를 따랐다.

"생각이 바뀌시면 언제든 연락 주세요. 이게 개를 키우고 개똥을 치우는 일은 맞지만…… 어쨌든 한 마리에 삼만 프랑도 넘는 개는 보통 개가 아니니까요. 조금 과장해서 말하면 프랑스가 통째로 한국으로 들어가는 거나 마찬가지라서……"

정채민은 그제야 소파에서 일어났다.

김상우는 대꾸하지 않고 현관문을 열었다.

그들의 첫 만남은 그렇게 끝이 났다.

그로부터 한참의 시간이 지난 뒤, 박유정은 때때로 생각해보았다. 그 모든 것이 다 처음부터 의도된 것이었을까? 그렇지 않으면 우연과 우연으로부터 시작돼 걷잡을 수 없는 감정의 소용돌이에 휘말려버리고 만 것일까? 한동안 그녀는 전자라고만 생각했다. 그도 그럴 것이 김상우와 함께 정채민의 아파트에 처음 찾아간 날로부터 채 일주일도 지나지 않아 그녀는 빌쥐프루이아라공역 부근에서 우연히 정채민과 다시 맞닥뜨리게 되었다. 카르푸의 스포츠 매장에서 일하는 한 고객의 갈색 푸들을 인계해주고 나서는 길이었는데, 누군가 그녀의 어깨를 톡톡 건드렸다.

"맞죠? 우와, 우리 여기서 또 보네요."

돌아보니 정채민이 서 있었다.

그는 주황색 계열의 체크무늬 스웨터에 면바지 차림이었고, 선글라스를 쓰고 있었다. 그래서 박유정은 그를 바로 알아볼 수가 없었다. 정채민이 선글라스를 콧잔등 쪽으로 내리며 자신의 눈을 보여주고 난 후에야 비로소 그를 기억해냈다.

"뒷모습만 보고 누나일지도 모른다고 생각했는데, 와, 세상에!"

정채민은 대뜸 누나, 라고 불렀는데, 누나, 라는 그 한국어 발음이 모르는 사람의 이름처럼 낯설게 들리기도 했다. 그래서 박유정은 어색한 표정으로 목례를 했다.

"여기 볼일 있었던 거예요?"

정채민은 계속 말을 걸었다. 박유정은 말없이 고개만 한번 더 끄덕인 후, 지하철역 쪽으로 걸어갔다.

"내가 누나를 보고 왜 놀랐냐 하면요."

정채민은 박유정을 따라 걸었다. 그러면서 양손에 들려 있던 쇼핑 봉투를 살짝 올려 보였다.

"와, 나 진짜 눈물이 다 나려고 하네."

박유정은 잠깐 멈춰 섰다. 왜 그러는지 물으려고 했던 것은 아니었다. 누나, 라고 부르지 말라고 말하려고 했다.

하지만 정채민은 틈을 주지 않았다.

"어제 그 아이들이 왔거든요. 카이와 루시……"

그는 울상을 지으면서도 웃으려고 노력했다.

"한숨도 못 자고, 뭘 어째야 하는지도 모르겠고……"

박유정은 그런 정채민의 얼굴을 바라보다가 다시 걷기 시작했다. 빠르게 노르망디니에멘 공원 철제 울타리 옆을 지나갔고, 교차로 신호를 놓치지 않고 길을 건넜다. 삼 주네, 삼 주. 이제 태어난 지 고작 삼 주 된 아이들…… 정채민도 그녀의 보폭에 발을 맞춰 걸었다. 아라공 종합병원과 자동차 정비소를 지났고, 실업 상담소 입간판 옆을 지나쳤다. 뭐 그렇게 바쁘다고…… 어미 곁에 더 둘 것이지…… 걷지도 못하고 배변 활동도 제대로 못하는 애들일 텐데…… 그녀는 베트남 발마사지사가 운영하는 가게 옆을 지나면서 생각했다. 구충제는 따로 챙겨 먹였을까? 박유정은 이상하게 자꾸 그런 게 궁금해졌다.

 그날 그들은 빌쥐프루이아라공역에서 오 분 거리에 있는 튀르키예 음식점에서 늦은 점심을 함께 먹었다. 정채민이 먼저 식사 이야기를 꺼낸 것은 맞지만, 박유정도 딱히 마다하진 않았다. 그건 박유정에겐 좀 의외의 결정이기도 했다. 어떤 충동 때문이기도 했지만(그 충동 속엔 정채민의 아파트에서 돌아온 날 저녁, 그녀에게 보였던 김상우의 이상한 태도도 분명 한몫했다), 그것 이외의 다른 것도 분명 있었다. 그것 이외의 다른 것. 그녀는 한동안 그것에 대해서 부정했다.
 그들은 그곳에서 케밥과 쾨프테, 오징어튀김을 주문했고, 아이란과 차이를 마셨다. 박유정에겐 그 식사가 그날의 첫 끼였다.
 "누나, 누나는 원래부터 강아지를 좋아했던 거예요?"
 정채민은 무구한 표정으로 물었다.
 그런 게 세상에 있을 수 있을까? 원래부터 좋아한다는 거……
박유정 또한 예전엔 그런 것을 믿었던 적이 있었다. 하지만 그즈음의 박유정은 아니었다. 원래부터 좋아한다는 거, 그런 건 있을 수 없다, 모두 시간이 만드는 거짓말이고 속임수일 뿐이다. 원래, 라는 말 자체엔 교묘하게 시간이 숨어 있다.
 "아니요. 지금도 좋아하지 않아요."
 박유정은 야채에 쾨프테를 싸 먹으면서 말했다.

"좋아하지 않아요? 어, 그럼……"

"파리에서 동양인 여자가 할 수 있는 일은 많지 않으니까요."

정채민은 '아' 소리를 내면서 고개를 끄덕거렸다. 박유정은 그런 정채민에게 시선을 주지 않았다. 대신 한국에 있는 부모님과 동생을 생각하려고 애썼다. 화학 교사인 아버지, 자두나무가 있는 마당. 나는 가난하지 않다, 나는 가난하지 않다.

"누나, 부탁인데요, 누나만이라도 저 좀 도와주시면 안 돼요?"

정채민은 허리를 앞으로 숙이면서 말했다.

"사업 파트너, 뭐 이런 거 안 하고 그냥 아르바이트 같은 거라도……"

박유정은 그제야 정채민을 바라보았다.

"누나, 누나는 강아지 안 좋아하는데도 그냥 한 거잖아요? 그러니까 내 강아지들도……"

정채민은 애원하듯 말했다. 박유정은 냅킨으로 입술을 닦았다.

"정기적으로 돌보는 거는 시급 외 수당을 더 받아요. 주말에 나가면 거기에 50프로가 더 추가되구요."

박유정은 그렇게 말하면서 테이블 아래로 주먹을 살짝 쥐었다. 수치스러워서 그런 것은 아니었다. 그 일자리가 꼭 잡혔으면 하는 바람 때문이었다.

박유정이 정말로 이해할 수 없었던 것은 김상우의 태도였다.

"그 친구한테서 다시 연락이 올 거야. 그땐 당신이 못 이기는 척하고…… 알았지?"

정채민의 아파트에서 돌아온 날 저녁, 김상우는 밥을 먹으면서 마치 내일 날씨를 얘기하는 것처럼 말했다.

"뭘 알았냐는 거죠?"

박유정은 정말 모르겠다는 표정으로 물었다.

"그냥 그 풋내기 강아지들 돌봐주라고. 시급도 더 쳐달라고 해서."

김상우는 그 말을 한 후, 혼자 피식 웃기까지 했다.

"개 한 마리에 삼만 프랑도 넘는다니, 세상 정말 웃기지 않니?"

"정말 제가 그 강아지들을 돌봐주길 바라요?"

박유정은 차가운 목소리로 물었다.

"당신도 그게 더 편하지 않겠어? 이곳저곳 아무때나 먼 곳까지 불려다니지 않아도 되고."

박유정은 말을 아꼈다. 종아리가 조금 당기는 느낌이 났는데, 그건 그녀가 화를 참을 때마다 나타나는 오래된 증상 중 하나였다. 그래, 이 사람은 더이상 나를 존중하지 않지.

"잘하면 한국 가는 비행기푯값은 따로 마련하지 않아도 될 거 같아."

김상우는 그러면서 또 한번 혼잣말을 했다.
"애견 사업이라…… 정말 개 같은 생각이지."

그 모든 게 다 처음부터 의도된 것이었다면, 도저히 설명할 수 없는 것들이 있었다. 그것은 그녀의 마음, 박유정의 감정이었다. 어떻게 그것을 의도할 수 있다는 거지? 당시 만 서른 살이 채 되지 않았던 그녀는 그것이 불가능하다고 생각했다. 하물며 강아지 마음 또한 사람의 의도대로 되지 않는데…… 하지만 정읍에 있는 요양병원에서 그녀는 자신의 여동생에게 웃으면서 이렇게 말했다.

"사람 마음처럼 손쉬운 게 또 있을라고……"

의도가 먼저든 우연이 먼저든, 그런 건 이제 박유정에게 더이상 중요하지 않았다. 그 시간만 쌓였을 뿐. 그 시간 안에 모든 게 뒤섞여 있었을 뿐.

박유정은 처음엔 일주일에 나흘씩 정채민의 아파트로 출근했다. 그가 학교에 나가 있는 동안 강아지들을 돌봤고, 그가 아파트로 돌아오면 퇴근했다. 카이와 루시는 워낙 어린 아이들인지라 육체적으로 힘든 일은 거의 없었다(그렇게 어린 강아지들을 돌보는 건 그녀에게도 처음이었다). 세 시간에 한 번씩 분유를 먹여주고 배변 활동을 도와주는 일(분유를 먹인 후 등을 계속 토닥거려주다보면 조금씩 일을 보았다), 그것이 전부였다. 카이와 루시는 명랑하고 활발한 아이들이었는데, 제대로 걷지 못하면서도(계속 낑낑거리며 뒷다리를 뒤뚱거렸는데 한 달이 지난 뒤부턴 뒷다리에도 제법 힘이 붙었다) 이곳저곳 집안 냄새를 맡으며 돌아다녔고, 박유정의 작은 움직임 하나에도 호기심을 보였다. 그러다가 지치면 꼭 그녀의 허벅지에 기대 잠이 들었다. 수컷인 카이는 등에 검은 점이 하나 나 있었고, 암컷인 루시는 왼쪽 귀에 갈색 털이 섞여 있었다. 박유정은 그 아이들이 잠들어 있는 시간엔 거의 움직이지 않았는데, 그러다가 종종 같이 잠들기도 했다. 수면 시간이 부족한 것도 아니었는데도 자주 그렇게 되었다. 그 외 시간엔 거실 책장에 꽂혀 있는 정채민의 전공 서적을 읽거나 음악을 듣고 창문 밖을 무심히 바라보았다. 그 아파트에 가 있는 동안엔 어쩐지 일을 한다기보다 휴식을 취하고 숨을 돌린다는 느낌이 들었다. 그게 좀 미안한 마음이 들어서 쓰레기통을 비우고 카펫 위를 청소기로 밀기도 했다.

"누나, 누나 앞으로 그런 거 하지 마요."

카이와 루시를 돌본 지 보름쯤 되었을 때였던가, 퇴근하려는 그녀에게 정채민이 말했다.

"뭘요?"

박유정은 그때까지도 정채민에게 말을 놓지 않고 있었다.

"청소 같은 거요. 쓰레기도 버리지 말구요."

현관문 앞에 서 있던 그녀의 손에는 쓰레기가 담긴 검은색 비닐봉투가 들려 있었다.
"아이들한테서 나온 거예요. 청소도 아이들이 어지럽혀서 그런 거구."
"그래도 그러지 마요."
정채민은 좀 냉정한 목소리로 말했다.
"그러면 아무 의미 없잖아요."
박유정은 정채민이 하는 말을 제대로 이해할 수 없었다. 그래서 계속 현관문 앞에 서 있었다.
"그냥요…… 제가 싫어서 그래요."
정채민은 그 말을 끝으로 자신의 방으로 들어갔다. 박유정은 오랫동안 그 말을 궁리했다. 궁리하다가 저도 모르게 자주 정채민에 대해서 생각하게 되었다.

김상우는 박유정이 카이와 루시를 돌보기 시작한 지 한 달쯤 지난 뒤, 다시 정채민과 마주앉았다. 마치 근처에 볼일이 있어서 들른 것처럼 행동했지만(박유정의 퇴근 시간에 맞춰 아파트 현관문 앞에 서 있었다), 모두 다 계산된 일이었다. 박유정은 그것을 알고 있었고, 죄의식을 느꼈지만, 끝끝내 침묵했다. 어쩌면 그 침묵이 박유정의 감정을 더 알 수 없는 쪽으로 몰고 갔는지도 모른다.

"이 개들인가보죠?"

김상우는 소파에 앉아 카이와 루시를 바라보면서 물었다.

"엄청 활발하죠?"

정채민은 미소를 지으며 아이들과 박유정을 번갈아가며 쳐다보았다.

"누나 덕분에 애들이……"

"지난번엔 내가 너무 흥분했어요."

김상우는 정채민의 말을 끊으면서 말했다.

"전날 과음을 해서……"

정채민은 무슨 말인지 모르겠다는 표정을 지었다가 "아, 그거요?" 하면서 손사래를 쳤다.

"그때 말한 거…… 아직도 유효한 거 맞죠?"

김상우는 바로 본론으로 들어갔다. 그는 전혀 부끄러워하지 않았고, 또 망설이지도 않았다.

"형, 한국…… 들어가실 생각이에요?"

정채민이 조심스럽게 물었다.

"방도 이미 내놨어요."

김상우는 아파트 거실 창을 힐끔 바라본 후 말했다.

"파리라면 이젠 지긋지긋해서."

박유정은 몇 번인가, 정채민에게 말해주려고 했다. 너는 지금

속고 있는 거다. 김상우는 사실 강아지들을 키울 생각이 없다. 저 사람에게 카이와 루시는 그저 비행기푯값 대신 의뢰받은 수하물 그 이상도 이하도 아니다. 어쩌면 한국에 도착하자마자 그 아이들을 팔아버릴지도 모른다. 그리고 너와의 모든 연락을 끊어버릴지도 모른다. 그는 인색한 사람이다……

하지만 박유정은 그렇게 말할 수 없었다. 그녀는 그 모든 것을 이미 알고 있는 상태로 카이와 루시를 돌보기 시작했고, 그래서 결과적으로 김상우와 같은 사람이 되고 말았다. 그녀는 그 죄의식에 오랫동안 시달렸다. 그리고 어떤 죄의식들은 손쉽게 사랑으로 변해버리고 만다는 것을, 그땐 미처 알지 못했다. 그녀는 후에 자신의 동생에게 "그런 사랑이 제일 위험한 거 아니니?"라고 묻기도 했다.

김상우와 박유정은 센생드니의 보비니시에 있는 오래된 아파트에서 짐을 빼 2구에 위치한 게스트하우스로 거처를 옮겼다. 방 하나에 침대 여섯 개가 놓인 남녀 혼숙 도미토리였는데, 장기 거주자에 한해 할인을 해주는 곳이었다. 그 방에는 건축 공사장에서 일하는 모로코와 알제리 출신 남자들이 있었는데, 여자는 박유정 혼자뿐이었다. 그래서 그녀는 정채민의 강아지들을 돌보는 일 외에 이탈리아 식당에서 저녁 타임 아르바이트를 새롭게 시작했다. 가급적 그 방에 늦게 들어가기 위해서였다. 김상우는 앙리뒤낭병원에서 의약품 폐기와 청소 일을 시작했는데, 그 일은 밤 아홉시에 끝났다. 박유정은 항상 김상우보다 한 시간 늦게 게스트하우스에 들어갔다.

김상우는 정채민의 아파트에 자주 들렀다. 병원에 출근하기 전에 잠깐 들러 박유정과 함께 점심을 먹기도 했고, 주말엔 아예 그곳에서 맥주를 마시고 영화를 보다가 거실 소파에서 잠들기도 했다(물론 박유정도 함께였다). 정채민은 그런 그들을 위해 따로 접이식 매트리스를 구입해 거실 한쪽에 놓아두었다.

"저런 걸 왜들 보는지 모르겠어."

언젠가 한번 셋이 함께 트뤼포의 영화를 보다가 김상우가 불쑥 그렇게 말한 적이 있었다.

"왜요, 형? 마음에 안 드세요?"

정채민이 맥주를 마시면서 물었다.

"저거 그냥 다 거짓말이잖아. 거짓말을 잘하려고 엄살떨고 똥 싸지 않은 척 애써 포장하고, 그러는 거지, 뭐."

김상우는 이죽거리듯 말했다.

"형, 저는 그러면 똥 싸는 거 배우려고 프랑스에 온 셈이네요?"

정채민이 농담하듯 말했다.

"예술이라는 게 결국 다 자기가 싼 똥 냄새 맡는 거거든. 동물들은 다 자기 똥 냄새를 맡아보는데, 인간만 아닌 척하는 거지."

김상우는 TV 화면을 보면서 눈살을 찌푸렸다.

그렇지. 저 사람도 그림을 그리고 판화를 했던 사람이었지. 박유정은 김상우를 보면서 생각했다. 그걸 놓게 된 순간부터 김상우는 세상 모든 예술가를 자의식덩어리에 엄살쟁이, 똥덩어리들로 여기게 되었다. 그리고 종종 그 화살은 애꿎게도 박유정에게 향했다.

"당신, 저 자식 마음에 들어?"

정채민은 외출하고 아파트에 둘만 남았을 때, 김상우가 그렇게 물어온 적이 있었다. 그들은 부엌 식탁에서 라면으로 점심을 해결하고 있었다.

"그게 무슨 뜻이에요?"

박유정은 차분한 목소리로 물었다.

"아니, 그냥 혹시나 해서."

김상우는 시선을 피하면서 말했다.

그 순간 박유정은 폭발했다. 그녀는 손에 들고 있던 유리컵을 주방 바닥에 내던지면서 말했다.

"미친 소리 좀 작작 해요!"

김상우는 깜짝 놀란 듯 그녀를 바라보았으나, 이내 태연한 표정으로 다시 라면을 먹었다.

"당신이 싼 똥 치우느라 여기까지 따라온 사람한테……"

박유정은 식탁 의자에서 일어나 김상우를 노려보았다. 그러다가 참지 못하고 욕실 안으로 들어갔다. 그녀는 한참 동안 욕조 모서리에 앉아 있다가 다시 밖으로 나왔다. 김상우는 그녀가 내던진 컵을 말끔히 치우고, 설거지까지 모두 한 뒤 자리를 비운 상태였다. 그가 아파트에서 나간 것을 확인한 후에야, 그녀는 비로소 소리내어 울기 시작했다.

김상우가 그렇게 말한 이유가 분명 있었을 것이다.

박유정은 정채민과 단둘이 아파트에 머물 때가 종종 있었는데, 어떤 순간, 마음이 차갑게 굳어버려 퇴근 시간이 되기도 전에 게스트하우스로 되돌아온 적이 몇 번 있었다. 정채민과 함께 카이와 루시를 목욕시킬 때도 그랬고, 함께 장을 봐온 식재료들을 냉장고에 정리할 때도 그랬으며, 그와 가만히 차를 마시다가도 그랬다. 그것은 그녀가 생각하기에도 느닷없는 감정의 변화였다. 아무 이유 없이 간질간질 웃음이 터져나올 것만 같다가도 갑자기 민망하고 부끄럽고 벅찬 감정이 차례차례 스쳐지나갔다. 그러고 나면 마음이 서늘해졌다. 그녀는 그때마다 퍼뜩 잊고 있던 무언가를 떠올린 사람처럼 "오늘은 좀 일찍 가볼게요" 말한 후, 황급히 그의 아파트를 벗어나곤 했다. 박유정은 그 감정의 변화가 카이와 루시로 인해 생긴 것인 줄 알았지만, 아니, 일부러 그렇게 생각하려고 애썼지만, 게스트하우스 좁은 침대에 시체처럼 누워 있다보면 그것이 정채민으로 인해 생긴 것임을 부인할 수 없게 되었다. 그 부인할 수 없는 마음이 원망스러워서 김상우가 게스트하우스에 들어오는 소리를 뻔히 듣고도 자리에서 일어나지 않았다. 그가 제시간에 돌아오는 것이 괜스레 짜증날 정도였다.

한번은 정채민과 함께 강아지들 먹일 통조림 간식을 사러 나갔다가 공원 벤치 바로 옆에서 좌판을 벌인 채 서 있는 십대 여자아이를 만난 적이 있었다. 빛바랜 갈색 코트에 검은색 헤어밴드를 한, 키가 껑충한 동유럽 여자아이였는데, 박유정과 정채민이 다가가도 계속 팔짱을 낀 채 무표정한 얼굴로 담배만 피워댔다. 좌판에는 오래된 배지와 조잡한 냉장고 자석, 목걸이와 반지, 작은 종 등이 놓여 있었다. 정채민은 박유정에게 "잠시만요, 누나" 하더니 그 앞에 오랫동안 서 있었다. 그는 신중하게 물건을 고르는가 싶더니, 마침내 검은색 묵주 두 개를 들어올렸다. 여자아이는 여전히 담배를 문 채 그건 수녀회에서 수제로 만든 것이라서 값이 좀 나간다고 말했다. 그러더니 말도 안 되는 가격을 불렀다. 박유정은 말렸지만, 정채민은 군말 없이 값을 치렀다. 그는 그중 하나를 바로 자신의 손목에 찼고, 나머지 하나는 박유정에게 내밀었다.

"저 아이가 일부러 우리를 무시하는 거야."

박유정은 좌판 앞에서 한국말로 말했다.

"알아요."

정채민은 손목에 찬 묵주를 이리저리 돌려 보며 말했다.

"알면서 왜?"

"값어치는 항상 나중에 정해지는 거니까요."

그는 그렇게 말한 후 앞서 걸어나갔다.

박유정은 그동안 정채민과 많은 이야기를 나누었다. 그가 지금은 할머니의 도움을 받고 있지만 십대 시절 이미 고아가 된 것도 알게 되었다. 친척들과 사이가 썩 좋지 않다는 사실도, 그래서 프랑스로 유학을 오게 된 사연도 듣게 되었다. 시간 날 때마다 동물원에 가서 기린을 보는 것도, 때론 자기도 모르게 죽음에 대해서 오랫동안 생각하다가 퍼뜩 놀란 적이 몇 번 있다는 것도, 사람들과 어울리는 시간을 좋아하지만 실은 그게 다 두려움 때문이라는 것도, 정채민의 입을 통해서 알게 된 사실이었다. 박유정은 자신의 이야기를 거의 하지 않았다. 다만, 프랑스가 싫어졌지만 그렇다고 한국으로 되돌아가고 싶은 마음도 없다는 말을 한 적은 있었다. 그녀는 정채민이 건넨 묵주를 손목에 차지 않았다. 대신 늘 메고 다니는 배낭 안주머니에 넣고 다녔다. 박유정이 그 묵주를 손목에 하게 된 것은 프랑스를 떠난 직후였다. 후에 파주에서 다시 만난 김상우가 그 묵주의 출처를 물어왔지만, 그녀는 대답하지 않았다. 그것을 손목에서 빼지도 않았다. 그때 그녀는 이미 모든 것을 내려놓았기 때문이었다.

일은 카이와 루시가 정채민의 아파트로 온 지 삼 개월 차에 접어들었을 때부터 빠른 속도로 진행되기 시작했다(정채민은 카이와 루시를 곧 한국으로 복귀하는 상사 주재원 가족의 강아지들로 서류 등록을 마쳤다. 자연스럽게 그 주재원 가족이 귀국하는 날이 디데이가 되었다). 그때는 강아지들도 1차 예방접종을 모두 마친 상태였고, 첫 산책도 무난하게 치른 직후였다. 카이와 루시는 자신들이 곧 켄넬에 갇혀 긴 비행 시간을 견뎌야 한다는 것도 알지 못한 채 깨어 있는 내내 거실과 방 사이를 분주하게 뛰어다니며 이것저것에 호기심을 보였다. 사정상 김상우가 먼저 한국으로 들어가고, 박유정은 한 달 뒤에 따라가는 것으로 일정이 잡혔다. 박유정이 6월부터 이탈리아 식당 일을 그만두고 새롭게 한인 식당 주방에서 아르바이트를 시작한 이유도 있었지만(한인 식당 주인은 일을 시작하기 전부터 휴가 시즌이 마무리되는 9월 중순까지는 꼭 근무를 해야 한다고 못을 박았다), 사실 그건 별다른 걸림돌이 되지 못했다(그녀는 그냥 그만둘 생각이었다). 더 큰 이유는 김상우에게 있었다. 김상우는 정채민에게 미리 받은 두 사람분의 항공료로 자신의 티켓만 예약했다.

"당신 혹시 모은 돈 좀 없어?"

김상우는 정채민이 없는 자리에서 박유정에게 물었다. 그녀가 대답 없이 그의 얼굴을 빤히 바라보자 김상우는 다시 이렇게 말했다.

"아니, 한국으로 돌아가서도 당장 목돈이 좀 필요할 거 같아서……"

그러면서 그는 카이와 루시를 자신의 허벅지 위에 올려놓았다. 그 무렵, 김상우는 카이와 루시 앞에선 전혀 다른 모습을 보이곤 했다. 그 아이들 앞에선 눈빛이 달라지고 목소리의 톤이 변했다. 병원에 출근하기 앞서 꼭 한 시간씩 정채민의 아파트에 들러 카이와 루시와 놀아주고, 그 아이들의 배변 패드를 정리했다.

"어우, 형. 우리 아이들이 형을 제일 잘 따르는 거 같아요. 나 왜 섭섭하지."

정채민은 그렇게 말했지만, 그게 싫지만은 않은 표정이었다.

하지만 박유정은 그렇지 않았다. 그녀는 김상우의 그 눈빛과 말투가 모두 위선으로만 느껴졌고, 사기와 협잡으로만 여겨졌다. 한국에 도착하자마자 아이들을 버릴 사람, 아이들을 내다 팔 사람…… 그래서 그녀는 김상우가 정채민이 건넨 돈으로 자신의 항공기 티켓을 사지 않았다는 말을 듣고도 화를 낼 수 없었다. 화가 나기보다는 두렵고 부끄러운 마음이 먼저 들었다.

"제 티켓은 제가 알아서 할게요."

그녀는 간신히 그렇게 말하고 말았다.

"모두 이쪽으로 모여봐."

카이와 루시가 한국으로 떠나기 이틀 전, 김상우가 삼각대 위에 카메라를 설치한 후 박유정과 정채민을 불렀다. 김상우와 박유정은 보름 전부터 정채민의 아파트에 들어와 살기 시작했는데, 김상우는 카이와 루시의 심리적 안정을 위해서라는 이유를 댔다(정채민은 김상우의 제안을 흔쾌히 받아들였다. 박유정은 게스트하우스에서 나와 정채민의 아파트로 거처를 옮기는 것이 좋기도 했고, 또 싫기도 했다).

"기록으로 남겨놔야지. 한국으로 들어가는 최초의 비숑 프리제인데."

박유정은 본능적으로 그 사진을 찍고 싶지 않았다. 무엇인지 정확히 말할 수 없지만, 두렵고 뻔뻔하고 부패한 마음의 찌꺼기가 거기에 다 담길 것만 같았다. 자신의 무력함과 그에 따른 침묵, 말하지 못하고 말할 수 없는 욕망과 충동까지, 거기에 모두 기록될 것만 같았다. 하지만 그녀는 말없이 소파에 가서 앉았다. 이미 카이와 루시가 카메라 앞에 포즈를 취하고 앉았기 때문이었다.

카이와 루시.

그녀는 그 아이들이 사랑스러웠다. 하지만 동시에 그 아이들을 볼 때마다 슬퍼졌다. 그 아이들을 그 아이들로 보지 못하고, 자꾸 자신의 처지에 빗대 바라보게 되었다. 그녀가 그것을 극복하게 된 것은 그로부터 십 년 가까운 세월이 흐른 뒤의 일이었다.

"무슨 독립운동 하러 가는 것 같네."

김상우가 카메라를 보면서 말했다. 그 말에 정채민이 웃었고, 박유정도 억지로 미소를 지으려고 애썼다. 카이와 루시는 의젓하게 카메라를 응시했다.

찰칵.

날카로운 무언가가 그녀의 마음을 싹둑, 썰고 지나갔다.

김상우가 카이와 루시와 함께 샤를드골공항에서 출국한 날, 박유정 또한 정채민의 아파트에서 짐을 빼려고 했다. 그녀는 가까운 곳에 있는 한인 유학생들의 셰어하우스에 들어가기로 이미 예정돼 있었다. 정채민과 함께 공항까지 배웅을 나갔다가 돌아온 그녀는 바로 짐을 꾸리기 시작했다. 짐이라고 해봤자 캐리어 하나와 배낭 하나가 전부였다. 짐을 거의 다 챙겼을 때쯤, 소파에 앉아 있던 정채민이 입을 열었다.

"누나."

박유정은 정채민을 말없이 바라보았다.

"가지 마요, 누나."

정채민의 목소리는 심하게 떨리고 있었다. 그는 그 말을 한 후 고개를 숙였다.

"가지 말고…… 여기서 나랑 같이 있어요, 누나."

박유정은 그에게서 시선을 떼지 않았다. 그의 이마는 이미 벌겋게 달아올라 있었고, 어깨는 잔뜩 옹송그린 모습이었다. 아파트 거실 창으로 들어오는 오후의 햇살 아래, 모든 것이 선명해지고 있었다.

17

1808년 3월 17일, 스페인 마드리드에서 민중 봉기가 발발했다. 시민들의 요구 사항은 간단했다.

'고도이를 죽여라!'

'왕과 왕비를 폐위하고, 그 자리에 우리의 희망 페르난도 왕세자를 앉혀라!'

후에 시민들은 그 봉기가 가져온 더 큰 비극과 재난, 즉 프랑스군에 의한 전면적인 스페인 점령과 그에 따른 유혈 사태, 나폴레옹 형의 스페인 국왕 취임(그가 바로 호세 1세다) 등을 목도하게 되지만, 당장은 그런 것이 눈에 들어오지 않았다. 그들에게 필요한 것은 오직 피였다. 다른 사람도 아닌 고도이의 피!

시민들의 낌새를 눈치채고 잽싸게 아란후에스 별궁으로 피신해 있던 카를로스 4세 국왕과 마리아 루이사 왕비 그리고 고도이 총리, 이 세 명의 삼위일체는 미래에 닥쳐올 위협과 불안, 분노를 안고 말없이 각자의 방에서 서성거렸지만, 그 속사정은 조금씩 달랐다. 국왕은 자신의 아들이 모반의 숨은 주인공이라고 확신했으며, 그에 대한 분노를 나폴레옹에게 보낼 편지의 문장 속에 꾹꾹 담아냈다(말하자면 나폴레옹에게 자신의 아들을 혼내달라고 일러바치는 편지였다). 반면 왕비인 마리아 루이사는 좀더 복잡하고 현실적인 고민에 몰두했는데, 어떻게 하면 고도이도 살리면서 이 관계를 계속 유지할 수 있는가, 결국 권력이고 뭐고 다 팽개치고 아르헨티나로 도주하는 방법밖에 없지 않을까, 거기에까지 생각이 미치고 있었다. 세비야 항구에는 이미 왕실의 도주를 위한 배가 마련되어 있었다.

그리고 그 시각 고도이는…… 아란후에스 별궁의 별채 삼층에 마련된 총리 집무실에서 당시 최신 유행인 르댕고트에 조끼까지 갖춰 입은 채…… 스페인에서 가장 유명한 후에스카르 계열 비숑 프리제인 베로, 만으로 열다섯 살이 된 베로니카 코레데라 히아단스를 품에 안고 슬픔과 우울에 빠져 있었다. 베로는 이미 마차 안에서부터 축 늘어져 있었으나, 이따금 땅콩 껍질이 바스러지는 듯한 소리를 내며 기침을 해댔다. 그 작고 연약한 기침소리에 베로의 고통이 더 생생하게 느껴졌다. 고도이는 오히려 그 고통을 다행이라고 여겼다. 고통 속에 있지만 그래도 아직 살아 있다. 고통이 죽는 것보다는 더 낫다. 고도이는 의식적으로라도 계속 그 고통에만 마음을 쏟으려고 노력했다. 다른 감정은 그의 내면에 끼어들 틈이 없었다.

"아무래도 오늘밤 안으로 떠나는 게 좋을 거 같아요."
왕비는 직접 고도이의 집무실까지 찾아와 말했다. 그녀는 바로 직전 국왕을 찾아가 자신의 생각을 말했으나, 돌아오는 답은 이것이었다. 거, 얼른 가서 고도이하고 의논해봐요. 고도이가 하자는 대로 합시다.
"내부 첩자들도 있는 것 같고, 또 왕세자도……"
왕비는 그렇게 말하다가 문득 고도이의 표정을 바라보았다. 고도이는 붉은색 천으로 온몸을 친친 휘감은 강아지 한 마리를 안은 채 집무실 책상 바로 옆에 서 있었는데, 마치 이제 막 잠에서 깨어난 아이를 바라보는 젊은 아빠처럼 엷은 미소까지 띠고 있었다. 그 미소가 창가를 통해 들어오는 석양과 함께 어쩔 수 없이 죽음을, 모든 것의 종말을 떠올리게 했다. 왕비는 온몸의 힘이 쑥 아래로 꺼져버리는 듯한 기분이 들었다.
"당신, 정말 너무하는군요."
마리아 루이사 왕비는 주먹을 쥔 채 말했다.

"내가 지금 누구 때문에 이러는데……"

그녀는 억울했지만, 억울한 것을 들키지 않으려고 안간힘을 썼고, 그러다가 종내에는 화가 나고 말았다. 이런 상황에서도 품에 강아지를 안고 있는 고도이의 모습은 좀 끔찍하게 다가왔는데, 그 끔찍한 모습이 한때 자신이 열렬히 사랑했던 시절의 고도이와 별다를 바 없어서, 그녀를 더 좌절하게 만들었다. 저 사람은 마지막까지도 나에게 모든 것을 다 내놓으라고 요구하고 있구나, 나한테 없는 것까지도 빼앗아버리려고만 하는구나.

"너무 걱정하지 마십시오. 다 신의 뜻대로 될 겁니다."

고도이는 무심한 목소리로 말했다.

"내 말은 그게 아니잖아!"

왕비는 비명 같은 고함을 질렀다. 고도이는 반사적으로 베로의 몸을 창가 쪽으로 돌렸다. 그런 다음 토닥토닥 강아지를 달래주었다. 그는 잠깐 왕비를 노려보기도 했다.

"그래, 다 끝내자고! 다 끝내!"

왕비는 그렇게 소리치며 고도이의 집무실 밖으로 나왔다. 하지만 그 순간에도 그녀는 끝내 포기하지 못했다. 어떤 맹목과 충동, 끈질긴 고집 같은 것들을 계속 총리의 집무실에 남겨두고 나온 것만 같았다. 그녀는 그런 자신이 두렵기까지 했다.

사실, 고도이는 믿는 구석이 있었다. 그는 페피타 투도의 집을 나서기 전, 가장 믿을 만한 부하 한 명을 은밀히 프랑스군 총사령관인 뮈라 장군에게 보냈다. 아란후에스 별궁에서 서둘러 협상을 마무리하자는 정중한 서신과 함께였다. 그래서 그는 왕비의 도주 계획에 대해서도 이렇다 할 반응을 보이지 않았다. 아르헨티나라니, 거기가 정말 세상의 끝이라고 생각하는 건가? 순진하긴…… 고도이는 모든 것을 나폴레옹의 뜻대로 해줄 마음을 먹고 있었다. 왕을 폐위하고 그 자리에 왕세자를 앉히라고 하면 그렇게 해줄 생각이었고, 프랑스가 통째로 스페인을 점령하겠다고 하면 또 그대로 따를 계획이었다. 그렇다고 해도 왕가와 귀족들의 삶은 그다지 변하지 않을 것이었다. 국왕은 프랑스의 어느 한적한 성에 머물면서 풍족한 연금을 받을 것이고, 거기에서도 계속 토끼 사냥을 할 것이다. 왕비는 변함없이 젊은 남자들과 연애를 할 것이며, 다른 귀족들도 버릇없고 야비한 성질 그대로 살 수 있을 것이다. 그리고 자신 또한 베로와 그의 자손들과 함께할 수 있을 것이다. 그것이 고도이가 생각하는 세상의 끝이었다. 고도이는 그런 끝도 나쁘지 않겠다고 마음먹고 있었다. 투쟁도 없고, 변화도 없는 삶. 단지, 나폴레옹 앞에서 약간의 치욕과 수치, 모욕과 모멸을 감당하기만 하면 될 뿐. 그 정도는 충분히 감당할 수 있었다. 인간은 늘 그런 것들을 감당하면서 사는 존재들인걸 뭐…… 고도이는 당연히 뮈라 장군이 프랑스군을 이끌고 아란후에스 별궁에 먼저 도착할 것이라고 믿었다.

프랑스군이 이곳을 지키고 서 있으면, 이곳이 곧 프랑스였다.

하지만 고도이의 예상과는 달리 프랑스군보다 스페인 민중들이 더 빨리 움직였다(나폴레옹은 일부러 그 모든 것을 그냥 지켜만 보고 있었다. 아무것도 하지 않았다).

1808년 3월 18일 새벽, 칼과 몽둥이로 무장한 스페인 민중 수백 명이 아란후에스 별궁의 담을 넘었다. 흥분한 사람들은 곧장 국왕과 왕비의 침실 앞까지 몰려갔지만, 차마 그들을 죽이진 않았다. 그저 그들을 문밖으로 나오지 못하게 감금했을 뿐이다. 대신 사람들은 고도이를 찾았다. 별궁의 모든 방과 별채 집무실의 유리창과 문을 부수며 고도이의 이름을 부르고 또 불렀다(나와, 고도이 이 개자식아!). 하지만 고도이의 모습은 보이지 않았다. 빠져나간 흔적은 없었지만, 그의 마지막 모습을 본 사람도 없었다(고도이의 부관은 별관 로비에 거꾸로 매달린 채 사람들의 몽둥이세례를 받아야만 했다). 성난 사람들은 팬스레 별궁의 정원 잔디밭을 쿡쿡, 칼로 찌르며 돌아다녔다. 활짝 열어젖힌 별궁의 정문을 통해 더 많은 사람들이 몰려들었고, 주방 지하에 보관되어 있던 국왕의 와인을 서로 먼저 맛보겠다고 주먹질을 해대는 패거리들도 생겨났다. 하지만 대부분의 사람들의 마음은 한결같았다. 고도이를 찾아야지만 비로소 편히 잠들 수 있다는 것. 그들의 흥분엔 알게 모르게 두려움과 공포가 함께 자리잡고 있었다. 그 두려움과 공포가 마치 깊고 깊은 구덩이에서 피어오르는 연기처럼 온몸을 휘감을 때마다 그들은 더 크게 소리쳤고, 더 거칠게 허공을 향해 몽둥이를 휘둘렀다.

고도이는 그 시간에도 계속 아란후에스 별궁에 머물고 있었다. 그는 사람들이 몰려드는 소리를 듣자마자 반사적으로 자신의 부관도 그 존재를 알지 못했던 집무실 다락방으로 뛰어올라갔고, 그곳에서 양탄자로 둘둘 몸을 감싼 채(말하자면 양탄자인 척하면서) 숨을 죽였다. 물론 베로를 품에 안은 채였다. 고도이에게 죽음의 공포가 현실적으로 다가온 것은 바로 그때부터였다. 그는 의식하지 못했지만 숨이 제대로 쉬어지지 않아서 내내 입을 벌리고 있어야만 했다. 두 눈은 질끈 감고 있었지만 눈썹은 계속 경련을 일으키듯 바르르, 떨렸다. 불과 몇 시간 전까지만 해도 그는 이런 사태를 전혀 예상하지 못했다. 그저 수치나 모욕 같은 감정에만 마음을 쓰고 있었을 뿐이었다. 하지만 이제 더이상 그에게 그런 감정은 남아 있지 않았다. 슬픔과 우울도 마찬가지였다. 그에겐 오직 턱과 무릎, 팔꿈치처럼 관절로 이루어져 있는 신체기관만이 의식될 뿐이었다(그곳들이 덜덜덜, 저절로 떨려왔던 것이다). 몸 안의 장기들이 내는 소리는 더 선명하게 들려왔으며, 자신의 작은 뒤척임에도 화들짝 겁먹었다. 웅크린 채 오직 냄새만 맡고 있는 시간.

그 와중에 베로는…… 점점 숨소리가 작아져만 갔다. 기침소리도 내지 않았고, 경련도 더이상 일어나지 않았다. 고도이의 품안에서 그대로 숨을 거둔 것처럼, 미동도 신음소리도 내지 않았다. 고도이는 그런 베로를 신경쓰지 못했다. 죽은 것일까? 아마도 죽었겠지? 잠깐 그런 생각을 했지만 차마 확인해볼 용기를 내진 못했다. 그것을 확인하는 순간, 자신이 잡고 있던 작은 끈 하나가 그대로 끊어져버릴 것만 같은 두려움이 일었다. 아직은, 아직은 아니다, 뮈라 장군이 곧 올 것이다, 프랑스군이 우릴 구해주러 올 것이다, 그때까지만…… 고도이는 계속 속으로 중얼거렸다. 그런 식으로 그는 그곳에서 꼬박 사흘을 버텼다. 먹지도 마시지도 않고 양탄자처럼, 정물처럼, 움직이지도 않은 채…… 그는 잘 몰랐겠지만, 그의 투쟁심과 권력욕은 그 순간에도 계속 작동되고 있었던 것이다.

하지만 베로는 죽지 않았다.

죽지 않았을뿐더러…… 마지막 순간 거의 기적과도 같은 행동을 했다.

고도이가 양탄자에 몸을 숨긴 지 사흘째 되는 날 아침, 몇몇 사람들이 총리 집무실로 들어왔다. 그들은 밤새 별궁의 정원에서 모닥불을 피워놓은 채 술을 마셨고, 그래서 모두 취한 상태였다. 수레 제조공과 주물공, 제화공과 테바 백작 집안의 마부(사실, 이 봉기의 배후에는 테바 백작이 깊숙이 개입되어 있었다), 이발사 등 모두 마드리드 시내에서 몰려온 평범한 시민들이었다. 그들은 추위를 피해 잠시 눈을 붙일 생각이었다. 이런 기회가 아니면 우리 같은 사람들이 언제 총리 집무실에 들어오겠나, 역적이 근무하던 곳이지만 거긴 냄새부터 다르다네. 발바닥이 뽀송뽀송해지는 기분이 들어. 사람들은 총리 집무실의 소파와 카펫 위에 아무렇게나 누웠고, 커튼을 떼어내 이불로 삼았다. 잠들기 전, 가장 취해 있던 제화공이 성호를 긋고 기도를 올렸다.

"하느님, 제발 이 개놈의 새끼 좀 빨리 잡히게 해주십시오. 그놈이 신고 있는 구두를 제일 먼저 제 손으로 벗기게 해주십시오."

그의 기도에 몇몇 사람들이 웃었다. 또 몇 명은 큰 소리로 함께 아멘! 하고 외쳤다.

그 순간이었다.

집무실 바로 위 다락방에서 베로가 꿈틀, 하고 움직였다. 베로의 두 눈은 백내장 때문에 마치 하얀 서리가 내려앉은 것처럼 회백색으로 변해 있었지만, 그 순간 마치 무언가를 본 것처럼, 누군가의 부름을 받은 것처럼, 고개를 쳐들었다. 킁킁 냄새를 맡기도 하더니, 이내 고도이의 품에서 쪼르르 빠져나와 다락방의 정중앙까지 걸어갔다. 아픈 몸이 다 나은 것처럼, 이제 막 산책을 나온 강아지처럼 명랑하게 꼬리까지 흔들면서…… 고도이는(그때 탈수 증세를 겪고 있었다), 자신이 지금 베로의 환영을 보고 있다고 믿었다. 천국으로 걸어가는 베로의 영혼이 저기 있다고…… 베로, 가지 마…… 고도이는 속으로 그렇게 중얼거렸다.

하지만 그것은 환영도, 영혼도 아닌, 분명한 베로였다. 베로는 다락방의 정중앙에 멈춰 서서 바로 아래 총리 집무실을 향해 경쾌하게 짖기 시작했다.
"멍! 멍! 멍! 멍!"
단음으로 짧게 네 번. 그리고 다시 또 네 번.
"멍! 멍! 멍! 멍!"
고도이는 소스라치게 놀라서 하마터면 비명을 지를 뻔했다. 이게 뭔가? 이게 어떻게 가능한가?

아마도 그것은 섬망 증세였을 것이다.
베로는 그 순간 예전 알바 공작부인과 함께 살았던 산루카르 성을 떠올렸는지도 모른다. 그곳에서 수캐 누녜스와 함께 꿩을 쫓던 기억을 떠올렸는지도 모르고, 걸핏하면 나무 십자가를 흔들던 하녀 라 베아타의 목소리를 들었을지도 모른다. 아니, 어쩌면 정말 신의 목소리를 들었을지도 모른다. 신의 목소리는 사람과 사람 아닌 것을 차별하지 않을 테니, 베로는 그에 응답한 것일지도 모른다. 아무것도 따지지 않고 충실하게, 또 명랑하게.

베로는 바로 몰려든 사람들에게 목덜미가 잡혔다. 고도이 또한 사람들에게 발각되었다. 그는 수레 제조공과 주물공에 의해 다락방 아래로 질질 끌려내려갔다. 그의 멋진 르댕고트와 조끼는 찢어졌고, 신발도 벗겨졌다(기도를 올린 제화공이 그의 신발을 차지한 후, 다시 한번 성호를 그었다).
"소시지 장수를 잡았다! 우리가 잡았다!"
테바 백작 집안의 마부가 소리치자 우르르, 사람들이 별궁의 정원으로 몰려들었다. 그 와중에 누군가 고도이의 허벅지에 창을 찔렀다. 고도이는 비명을 질렀지만, 사람들의 환호에 묻혔다. 또다른 누군가가 그의 얼굴을 향해 주먹을 휘둘렀다. 신발을 벗어 그의 뒤통수에 내리치는 사람도 있었다. 고도이의 얼굴은 이내 피범벅이 되었고, 머리카락은 흙투성이로 변해버렸다.

그리고 누군가 베로를 허공 높이 들어올렸다.
또다른 누군가의 칼이 베로의 목을 그었다.
베로는 비명조차 내지르지 못한 채 그대로 고개가 꺾였다.
베로는 별궁 정원의 잔디밭에 툭 아무렇게나 내버려졌다.
사람들이 그 위를 밟고 지나갔다.
와와, 함성 소리가 들렸다.

베로의 최후였다.

베로. 페르디낭 드 마르타의 후손이자, 세르히오 로드리게스 혹은 호세 칼데론과 홀리아 라몰리노 사이에서 태어난 순혈 후에스카르 비숑 프리제. 베로니카 코레데라 히아단스는 그렇게 사람들의 발에 밟힌 채 생을 마감하게 되었다. 1808년 3월 20일 오전의 일이었다.

—피에르 퓌졸,『후에스카르 비숑 프리제의 빛과 그림자』

18

여름의 태양은 참 길기도 하지.

오후 다섯시가 넘었는데도 모든 것이 그대로 멈춰 있었다. 차창 밖으로 지나치는 식당의 간판도, 아카시아나무도, 묘지의 비석들도, 하나같이 열기 안에 갇혀 속부터 서서히 물크러져가고 있는 듯했다. 어느 곳이든 손가락으로 살짝 누르기만 해도 폭삭 그 자리에 주저앉을 것만 같은 풍경. 그 위로 아무렇지도 않게 구름이 지나가고, 산그림자가 지기 시작했다.

수아가 모는 차 안에는 에어컨이 시원하게 나오고 있었지만, 우리 모두는 좀 지쳐 있었다. 청담동에서 나와 다시 고속도로에 진입해 용인IC로 빠져나오기까지 장장 두 시간 반이 넘게 걸렸다. 토요일 오후의 끔찍한 교통체증이었다. 정용의 플레이리스트는 어느 순간 멈춰 있었고, 분위기 파악 못하는 내비게이션 안내 음성만이 끈질기게 우리 사이를 비집고 들어왔다. 수아는 연신 껌을 씹어댔고, 정용은 졸다가 깰 때마다 자꾸 마른세수를 해댔다. 김태형은 야구 모자를 벗은 채 눈을 감고 있었는데, 그렇다고 잠든 것 같지는 않았다. 가끔씩 까닥까닥 그의 손가락이 가방 위에서 움직이는 것이 보였다. 나는 내 친구들과 김태형의 모습을 번갈아 바라보다가 슬쩍 눈을 감고…… 뜬금없이 우리 모두 이대로 쭉 에버랜드로 가는 상상을 했다. 거기 가서 남들처럼 사파리월드도 보고, T익스프레스를 타고 소리도 지르고, 범퍼카도 타는 상상. 그러지 못할 것도 없었다. 그곳은 아주 가까운 곳에 있었고, 우리에겐 수아가 모는 차도 있었다. 나는 판다와 함께 돗자리에 앉아 피크닉을 하는 모습을 그려보기도 했다. 대나무를 안주 삼아 시원한 맥주도 마시고, 가끔 같이 하늘도 쳐다보고, 그런 판다 곁으로 슬금슬금 이시봉이 다가와 똥꼬 냄새도 맡고…… 응? 이시봉? 그제야 나는 내가 꿈을 꾸고 있다는 것을 깨달았다. 이런 와중에 잠이 들고 꿈까지 꾸고 있는 내 모습이 한심하기 짝이 없었지만…… 그래도 나는 눈을 뜨고 싶지 않았다. 어쩐지 그러면 눈물이 터질 것만 같았기 때문이다. 하지만…… 결국 눈을 뜨고 말았고, 깜빡 졸았을 뿐이라고 생각했는데 어느새 용인 앙시앙 하우스의 거대한 철문 앞이었다. 나는 저절로 잠이 싹 달아나버리고 말았다. 눈물도 흘리지 않았다. 오후 다섯시 삼십분을 막 넘어서고 있었다. 철문은 자동으로 열렸고, 수아는 속도를 줄인 채 천천히 그 안으로 차를 몰았다. 남궁상민 브리더가 이마 위로 손차양을 한 채 걸어나오는 모습이 보였다. 올리브는 보이지 않았다.

우리는 곧장 정채민 대표의 집으로 안내되었다. 안에는 미셸 브리더와 권성희 수의사가 미리 와 대기하고 있었다. 그들은 다이닝 룸의 널따란 테이블 앞에 앉아 있었는데, 정작 집주인인 정채민 대표의 모습은 보이지 않았다.
"모두 이쪽으로 앉으시지요."
미셸 브리더가 자기 자리를 양보하면서 말했다. 수아와 정용은 현관 앞에 멈춰 서서 잠시 거실과 주방 쪽을 두리번거렸다. 김태형은 배낭을 멘 채 그 뒤에 그림자처럼 서 있었다. 정채민 대표의 집은 예전처럼 어둡고 서늘했다. 거실 창문은 우드 블라인드로, 다이닝 룸 뒤쪽 창문은 루버 셔터로 모두 가려져 있었다. 거실 소파와 스피커 옆 그리고 다이닝 룸 테이블 왼쪽과 오른쪽으로 각각 스탠드 조명이 켜져 있었는데, 마치 달걀들이 나란히 서 있는 듯 모두 은은한 주황색 불빛을 냈다. 그 불빛 때문인지 몰라도 미셸 브리더와 권성희 수의사의 얼굴엔 반쯤 그늘이 져 있었다.

"저기, 이시봉은……?"

미셸 브리더를 보면서 내가 먼저 말을 꺼냈다.

"자자, 일단 앉으시고."

우리는 일렬로 테이블에 앉았다. 의자는 모두 여덟 개였다. 김태형이 맨 끝 의자에 먼저 앉았다.

"이렇게 연락도 없이 일요일 오후에 우르르 찾아오는 건, 좀 아니지 않나요?"

권성희 수의사가 팔짱을 낀 채 말했다.

"그러면 연락을 좀 받으시든가."

수아가 테이블 아래로 시선을 돌리면서 작은 목소리로 말했다. 거실의 면적 때문인지, 그도 아니면 테이블의 크기 때문인지, 수아는 좀 주눅이 들어 보였다. 하지만 최대한 아무렇지도 않은 척 용기를 내고 있었다.

"우린 그렇게 한가한 사람들이 아니에요."

권성희 수의사의 시선이 수아에게로 향했다.

"아, 한가하지 않으신 분들이라서 그렇게 이시봉을 데려갔나 보네요. 주인 허락도 없이."

수아는 지지 않았다. 중얼거리듯 계속 말을 이었다.

"허락 없이? 지금 뭔가 단단히 착각하고 있는 거 아니에요? 우리는 분명 먼저 제안을 받아서 내려간 거라구요."

"네네. 어련하시겠어요."

권성희 수의사는 잠시 침묵을 지켰다. 그러곤 다시 수아에게 물었다.

"그쪽은 누구신데 같이 오신 거죠?"

"저요? 전 이시봉 고모 되는 사람인데요."

수아의 말에 권성희 수의사는 헛웃음 소리를 내며 미셸 브리더 쪽을 바라보았다.

"일단, 뭘 좀 마시는 게 좋겠습니다."

미셸 브리더가 그렇게 말하자, 남궁상민 브리더가 냉장고 쪽으로 걸어갔다.

"사실 우리도 도착한 지 몇 분 안 됐어요. 워낙 갑작스럽게 연락을 받아서……"

그는 정용과 수아를 번갈아 바라보았다.

"하지만 종종 있는 일이지요. 강아지들을 돌본다는 게, 이게 허허……"

미셸 브리더는 웃으면서 말했다. 하지만 그 말에 같이 웃어주는 사람은 아무도 없었다. 남궁상민 브리더가 유리컵에 냉녹차를 담아 한 사람 한 사람 앞에 놓아주었다. 그는 능숙한 카페 알바생처럼 실리콘 코스터를 깔고 착착 컵을 내려놓았다.

"자, 그러면 말씀하고 싶으신 게……"

미셸 브리더가 내 쪽을 보면서 말했다. 나는 슬쩍 곁눈질로 김태형을 바라보았다. 김태형은 고개를 숙인 채 원목 테이블의 어느 한 부분을 집요하게 바라보고 있었다. 그는 마치 사람 많은 지하철에서 책을 읽는 사람처럼 침착해 보였고, 또 평온해 보였다. 나는 미셸 브리더나 권성희 수의사가 의도적으로 김태형을 무시하고 있다는 생각이 들었다. 서울 앙시앙 하우스에서 용인 앙시앙 하우스의 제대로 된 주소를 얻을 수 있었던 것은 모두 김태형 덕분이었다. 그가 '박유정의 아들'이라고 말을 꺼내고, 그로부터 다시 십 분 정도 지난 다음부터 직원들의 태도가 눈에 띄게 달라졌다. 그 말은 아마도 미셸 브리더나 권성희 수의사에게도 전해졌을 것이다. 하지만 그들은 김태형에겐 눈길조차 주지 않았다. 아예 없는 사람처럼 취급했다.

"이시봉을 돌려받았으면 해서요. 그게 제가 없을 때……"

나는 좀 비굴한 목소리로 말을 꺼냈다. 왠지 그래야 할 것만 같았다.

"권하영씨는 잘 지내시죠?"

미셸 브리더가 팔꿈치를 테이블 위로 올리며 말했다. 나는 리다의 본명을 듣는 게 낯설었다. 리다는 지금 무엇을 하고 있을까? 리다는 오늘 내가 앙시앙 하우스에 찾아간다는 것을 알고 있었다.

"권하영씨가 보통이 아니시더라구요. 덕분에 우리가 예상한 것보다 지출이 훨씬 더 늘었습니다."

"그 돈은 그대로 돌려드릴게요."

미셸 브리더는 혼자 고개를 끄덕거렸다.

"예전에 저희 켄넬에서 강아지를 분양받으신 분이 있었어요. 분당에서 꽤 크게 치과를 하시는 분이었는데…… 임치과였던가?"

"맞아요. 임치과. 서현동에 있는." 권성희 수의사가 짧게 덧붙였다.

"부부가 다 치과 의사이신 분들인데, 초등학교 4학년인 딸아이한테 친구를 만들어준다면서 우리한테 의뢰를 해왔었어요. 분양 대금도 그렇게 높지 않았는데, 오백만원쯤이었나? 뭐, 그냥 평범한 수준이었죠."

"아니, 저는 이시봉을……"

내가 끼어들었지만, 미셸 브리더는 듣지 않았다.

"이분들이 강아지를 분양받고 일주일 만이었던가, 저희한테 환불 요청을 해왔어요. 명목상의 이유는 허위 정보 제공이었는데, 뭐 자기들 보기엔 순종이 아닌 비숑 프리제를 팔았다는 거지요. 하자가 있는 물건을 받았다, 이 뜻인데……"

미셸 브리더는 냉녹차를 조금 마신 후 말을 이었다.

"우리가 어떻게 했을 거 같습니까?"

나는 대답하지 않았다.

"끝까지 갔습니다."

미셸 브리더가 미소를 지으며 말했다.

"아이 진짜, 개빡치네."

수아가 툭 미셸 브리더의 말을 끊었다.

"지금 저희 협박하시는 거예요?"

"저는 단지 있었던 일을 말씀드리는 것뿐입니다."

미셸 브리더는 흔들리지 않았다.

"그러니까 그게 협박하려고 하는 말이잖아요?"

"이봐요, 예의 좀 지켜줄래요?"

권성희 수의사가 수아를 향해 말했다. 미셸 브리더가 그런 권성희 수의사를 진정시켰다.

"제가 드리고 싶은 말씀은…… 저희는 켄넬 차원에서 움직인다는 거예요. 개인의 감정이나 처지를 생각하는 게 아니고."

그때 정용이 처음으로 미셸 브리더에게 말을 걸었다.

"그래서 그분들은 나중에 어떻게 되셨는데요?"

"나중에…… 변호사를 통해서 저희한테 합의를 해달라고 간청해오셨습니다. 간곡한 사과와 함께."

모두가 짧은 침묵에 빠졌다.

"저희는 돌려드리고 싶어도 돌려드릴 수가 없습니다. 켄넬 차원에서 이미 다 끝난 일이에요. 예산도 집행되었고, 또 서류 작업까지 모두 마친 상태입니다."

미셸 브리더는 말을 마친 후, 만족스러운 표정을 지었다.

"돌려주시죠."

김태형이 나직한 목소리로 말했다. 그러자 모두의 시선이 일순 김태형에게로 향했다. 그는 계속 테이블을 내려다보고 있었다. 정수기 쪽에서 별안간 얼음이 다 채워졌다는 알림음이 들려왔지만, 아무도 그쪽을 바라보는 사람은 없었다.

"돌려주실 수 있잖아요?"

김태형은 이번엔 미셸 브리더를 정확하게 바라보면서 다시 한번 말했다. 미셸 브리더는 그의 시선을 피했고, 아무런 대답도 하지 않았다.

"그쪽이 뭔데 돌려주라 마라, 하는 거죠?"

남궁상민 브리더가 신경질적으로 물었다.

그 순간이었다. 우리의 등뒤에서 또다른 목소리가 들려왔다.

"누가 왔다고?"

정채민 대표였다. 그가 어느새 테이블 바로 앞까지 다가와 있었다. 미셸 브리더와 권성희 수의사, 남궁상민 브리더는 그의 모습을 보자마자 반사적으로 자리에서 일어났다.

—

나는 숨이 멎을 것만 같았다.

그건 정채민 대표 때문이 아니었다. 그의 품에 안겨 있는 이시봉, 이시봉의 모습 때문이었다.

 이시봉은…… 모든 것이 달라져 있었다. 늘 헝클어져 있던 머리털은 마치 컴퍼스를 대고 그린 것처럼 한 치의 오차 없이 둥글게 다듬어져 있었고, 귀는 찜질방 양 머리 수건처럼 그 위로 볼록 솟아 있었다. 네 다리는 모두 사각기둥을 감싸고 있는 스티로폼처럼 도톰하고 가지런하게 미용되어 있었으며, 꼬리는 흡사 공중으로 떠오른 제기처럼 복슬복슬 탐스러운 반원 모양이었다. 그리고 눈과 코…… 하얀 눈 위에 떨어진 검은색 콩처럼 깊고 윤기 나는 눈과 코…… 나는 눈물이 날 것만 같았다. 이시봉이 반가워서 그런 것은 아니었다. 정말 이시봉이 내 곁을 떠났다는 것이, 그 순간 실감났기 때문이었다. 느닷없이 아빠 생각이 나기도 했다.
 "이시봉……"
 나는 최대한 감정을 억누르면서 이시봉을 불러보았다. 하지만 이시봉은 반응하지 않았다. 성까지 같이 불렀지만, 그저 고개를 두리번거리면서 주위를 살필 뿐 꼬리를 흔들지도 않았다. 내가 알던 이시봉은 그러지 않았다.
 "누가…… 누가 유정이 누나 아들인 거야?"
 정채민 대표는 미셸 브리더의 자리에 앉으면서 말했다. 그는 외출을 했다가 막 돌아왔는지 옅은 베이지색 정장 차림이었다.

재킷 소매 밖으로 드러난 손목엔 예의 그 검은색 묵주가 채워져 있었다.

"저쪽에 앉은 분이……"

권성희 수의사가 김태형 쪽을 바라보면서 말했다.

"진짜야? 진짜 유정이 누나 아들인 거야?"

정채민 대표는 딱히 김태형에게 묻는 것처럼 보이지 않았다. 그저 자기 자신한테 무언가를 확인하는 듯한 말투였다. 그는 마치 연기하는 배우처럼 한 손으로 이마를 가린 채 눈을 감고 있다가 그 상태로 입을 열었다.

"누가 나 마실 거 좀 갖다줄래요?"

이번에도 남궁상민 브리더가 움직였다.

"물 말고 좀 독한 걸로."

같은 공간 안으로 단지 한 사람과 한 마리의 강아지가 들어섰을 뿐인데, 공기의 질량 자체가 완전히 달라져버렸다. 바닥에 난 작은 틈새로 눈에 보이지 않는 수증기가 계속 뿜어져나오는 것만 같았다. 수아와 정용은 달라진 이시봉에게서 눈을 떼지 못하고 있었다.

"그래…… 그러니까 유정이 누나 아들이 왔다는 거지…… 와, 나 진짜…… 이거 무슨 말부터 해야 하지?"

정채민 대표는 김태형을 제대로 보지 못했다. 계속 미셸 브리더 쪽을 힐끔힐끔 바라보며 말했다. 그러다가 숨을 한 번 크게 내쉰 후, 김태형에게 말을 걸었다.

"이름이……?"

김태형은 잠시 정채민 대표를 쳐다보았다. 그러곤 침착한 목소리로 말했다.

"김태형이요."

김태형이라, 김태형이란 말이지. 정채민 대표는 작은 목소리로 중얼거렸다.

"나이는?"

"저기, 잠시만요."

수아가 갑자기 끼어들었다.

"두 분 이야기는 두 분이서 따로 하시면 안 될까요? 저희는 이시봉 이야기를 먼저 좀 해야 할 것 같은데요."

정채민 대표는 수아를 가만히 바라보았다. 그게 끝이었다. 그는 아무 말 없이 다시 김태형에게로 시선을 돌렸다.

"누나를 많이 닮았네, 많이 닮았어."

남궁상민 브리더가 위스키 한 병과 얼음통을 내왔다. 정채민 대표는 얼음 없이 잔에 위스키를 채웠다. 그의 품에 있던 이시봉이 쿵쿵거리면서 술잔 쪽으로 고개를 내밀었다.

"안 돼, 카이!"

정채민 대표는 이시봉을 향해서 말했다.

"예의바르게 굴어야지."

정채민 대표의 말에 이시봉은 시무룩한 표정이 되었다. 순순히 다시 그의 무릎에 턱을 기댄 채 엎드렸다.

나는 좀 충격을 받았다. 그건 수아와 정용도 마찬가지인 것 같았다. 이시봉을 카이라고 부르다니, 그걸 또 이시봉이 알아듣다니…… 나는 정신을 단단히 차려야 한다고 생각했다. 그 며칠 사이에 도대체 무슨 일이 있었기에……

"가만, 이거 손님 대접이…… 저기, 호텔에 연락해서 두 명만 보내달라고 하지. 음식도 좀 준비해서."

정채민 대표가 그렇게 말하자, 남궁상민 브리더가 휴대폰을 들고 걸어나갔다.

"음악도, 음악도 트는 게 좋겠어. 이거 너무 딱딱하잖아."

그 말엔 권성희 수의사가 움직였다.

"아니야 아니야, 내가 직접 틀게. 내가 지금 듣고 싶은 게 있어."

정채민 대표가 이시봉을 안은 채 거실 쪽으로 걸어갔다.

"저 사람이 그 사람이야?"

수아가 내게 귓속말로 물었다. 나는 말없이 고개만 끄덕였다.

"저거 완전 개또라이 아니야? 정신이 하나도 없어."

나는 그건 아니라고 생각했다. 그는 단지 꼬인 데가 없는 사람, 무구해서 무서운 사람일 뿐이었다. 순수한 건 늘 무섭다. 쏟아지는 하얀 눈처럼, 처음엔 아무렇지 않지만 계속 쳐다보고 있으면 저절로 무서워진다.

"이 음악 알아요?"

정채민 대표가 다시 다이닝 룸으로 돌아오면서 김태형에게 물었다. 거실 스피커에선 웅장한 오케스트라 선율이 흘러나오기 시작했다.

"누나가 좋아했던 곡인데…… 〈마지막 지하철〉 엔딩 크레디트 음악."

김태형은 계속 말이 없었다. 그렇다고 정채민 대표의 시선을 피하지도 않았다. 그는 참을성 많은 초등학교 교사처럼 그 모든 소란을 묵묵히 지켜보고만 있었다.

한동안 모두 그 음악소리를 듣고 있을 수밖에 없었다. 그만큼 스피커의 성능도 좋았다. 마치 오래된 교회에 앉아 있는 것처럼 바이올린과 첼로 소리가 높은 곳에서 아래로 쉼없이 흘러내리는 것만 같았다. 이곳저곳에 물웅덩이가 생기고, 다시 그 위로 떨어지는 수많은 빗방울들.

한참 클라이맥스로 올라가던 연주는 어느 순간 갑자기 뚝 끝나버리고 말았다. 다시 더 커다란 정적이 찾아왔다.

"이런 순간이 다 오네."

정채민 대표는 이시봉을 쓰다듬으면서 말했다.

"카이, 세월이 이렇게 많이 흘러버렸다."

아무도 정채민 대표를 방해하지 않았다. 이시봉은 잠이 들어 버린 듯 고개를 들지 않았다.

"호텔에서 다시 전화를 준다고 하는데요?"

남궁상민 브리더가 테이블 쪽으로 다가오면서 말했다.

"전화를 준대? 바로 출발하는 게 아니고?"

정채민 대표가 짜증 섞인 목소리로 물었다.

"지금이 피크 타임이어서…… 지배인이 직접 연락드린다고 합니다."

"미쳤군."

권성희 수의사도 다시 의자에 앉았다. 그녀는 정채민 대표에게 짧은 귓속말을 건넸다.

"거기 지배인이 누구였지?"

"그쪽 대표님이 직접 채용한 사람인데……"

"아, 뉴욕에서 공부했다는 그 친구."

"네, 맞습니다."

미셸 브리더가 정채민 대표의 말에 호응해주었다.

"그 친구, 공부는 좀 했는지 모르겠지만, 사람이 영 여유가 없더라구. 인색해. 장학금을 받고 공부했나?"

정채민 대표가 재킷 안주머니에서 휴대폰을 꺼내 시간을 확인했다.

"그럼 어쩌지? 우리가 직접 할까?"

"저기요."

김태형이 침묵을 깨고 말했다. 모두의 시선이 그를 향했다.

"저한테 하실 말씀 없으세요?"

그는 날카롭게 정채민 대표를 바라보았다.

"많아요, 아주 많아. 그러니까 천천히."

정채민 대표는 웃으면서 김태형의 시선을 피했다.

정용이 테이블 아래로 손을 내리고 수아와 내가 모여 있는 단톡방에 메시지를 썼다.

—배고프지 않니? 나, 화장실도 가고 싶은데……

수아가 바로 답장을 보냈다.

—개빡치는 소리 좀 하지 마.

"고기도 굽고 파스타도 하고, 뭐 그러면 되지."

남궁상민 브리더와 권성희 수의사가 다시 냉장고 쪽으로 걸어갔다. 미셸 브리더는 움직이지 않았다.

"엄마한테…… 내 이야기 들은 적 있어요?"

정채민 대표는 술잔을 든 채 김태형에게 물었다. 목소리는 조심스러웠지만, 그의 두 눈은 마치 그해 첫눈을 본 사람처럼 묘하게 흥분되어 있었다.

"없어요."

김태형은 무뚝뚝하게 대답했다.

"없어요? 한 번도?"

"네."

정채민 대표는 슬쩍 미소를 지었다.

"에이, 거짓말. 그럼 날 어떻게 알고 찾아왔을까?"

"이모한테서 들었어요."

이모? 정채민 대표는 혼자 중얼거렸다.

"이모한테는 엄마가 뭐라고 했대요? 나에 대해서?"

정채민 대표는 한껏 기대에 찬 표정이 되었다.

"미친놈이라고."

김태형은 감정 없는 목소리로 말했다. 순간 모두의 시선이 다시 한번 김태형 쪽으로 향했다. 그는 흡사 음식점에 들어와 주문을 마친 사람처럼 무덤덤한 표정이었다. 반대로 정채민 대표는 완전히 얼음이 되어버렸다. 그는 잠시 멍한 표정 그대로 멈춰 있었다.

"하하하하."

정채민 대표는 곧 얼음에서 풀려났다. 그는 위스키를 조금 마신 후 또 한번 소리내어 웃었다. 하지만 그 표정은 그리 오래가지 않았다.

"하여간 누나도 참……"

정채민 대표는 고개를 절레절레 흔들었다.

"변하지가 않네, 변하지가 않아……"

누구도 쉽게 입을 열지 않았다. 정채민 대표의 얼굴은 시간이 지날수록 차츰차츰 무표정하게 변해갔는데, 조명 때문인지 눈썹 아래 움푹 파인 곳이 마치 멍든 것처럼 유난히 어두워 보였다. 얼음이 저절로 녹으면서 몇 번 딸깍 딸깍, 소리를 냈다.

"아무래도 마트를 한번 다녀와야 할 거 같은데요?"

남궁상민 브리더가 그렇게 물었지만, 정채민 대표는 대답하지 않았다. 권성희 수의사가 말없이 툭, 남궁상민 브리더의 팔을 건드렸다.

정용이 다시 한번 단톡방에 메시지를 썼다.

―우린 그냥 나가는 게 낫지 않을까?

수아도 나도 그 말엔 아무런 답을 달지 않았다.

"물어보고 싶은 게 있었어요."

김태형이 낮고 차가운 목소리로 말했다.

"얼마든지." 정채민 대표는 술잔을 권하는 사람처럼 한쪽 팔을 내밀었다.

김태형은 망설이는 것 같았다. 그는 잠시 눈을 감았다가 떴다.

"도대체 우리 엄마한테 왜 그러셨어요?"

정채민 대표는 의자 등받이에 등을 기댔다.

"왜 그렇게 우리 엄마를 괴롭히셨냐구요?"

"괴롭혀? 내가?"

이시봉이 잠에서 깨 고개를 두리번거렸다. 나와도 짧게 눈이 마주쳤지만, 그대로 다시 엎드리고 말았다.

"하 참, 미치겠네."

정채민 대표가 짧게 웃었다.

"누나가…… 누나가 내가 맡긴 강아지들을 데리고 숨어버린 건 알고 있어요?"

김태형은 대답하지 않았다.

"그거 일종의 재물손괴죄인데?"

정채민 대표는 비꼬는 듯한 목소리로 말했다.

"그쪽 엄마가 나를 괴롭혔다는 생각은 안 해봤어요?"

김태형은 계속 대답하지 않았다. 복잡하고도 미묘한 표정이 그의 얼굴을 스쳐지나갔다.

이윽고 그는 정채민 대표가 아닌 미셸 브리더 쪽을 바라보며 말했다.

"아저씨, 아저씨 저 만난 적 있지요?"

갑작스러운 김태형의 질문에 미셸 브리더는 당황스러운 표정이 되었다.

"저 어렸을 때, 삼척 우리 동네에서 만난 적 있었잖아요?"

"그게 무슨……"

"아니요. 그때 아저씨가 저한테 강아지 팔지 않겠냐고 직접 물어봤잖아요? 그때도 선글라스 쓰고."

미셸 브리더는 김태형의 시선을 피했다.

명랑한 이시봉의 짧고 투쟁 없는 삶

"고흥에서도 정읍에서도, 우리 동네까지 온 적 있었잖아요?"
"저는 그런 적 없습니다."
"우리 엄마 병원에 있을 때도……"
김태형은 말을 다 잇지 못했다.
"그래서? 그게 어쨌다는 거지?"
정채민 대표가 조금 신경질적인 말투로 물었다.
"그랬으면서…… 왜 강아지들을 데려가든, 엄마를 신고하든 하지 않고 계속 쫓아다니기만 한 거냐구요?"
김태형의 목소리가 처음으로 떨렸다.
―저게 뭔 소리야?
수아가 단톡방에 메시지를 썼다. 수아는 분명 내게 묻고 있었지만, 정용이 나보다 더 빨리 답장을 올렸다.
―저 사람 엄마가 강아지들을 빼돌렸나봐.
정채민 대표는 한결 느긋한 표정으로 술잔을 들었다.
"나는 기회를 준 거야."
그는 술잔을 입으로 가져가지 않고 빙빙 돌리기만 했다.
"내가 차마 누나를 신고할 순 없었으니까…… 누나한테 기회를 준 거라고."
"그게 무슨 기회예요!"
김태형이 버럭 소리를 질렀다. 그 바람에 수아와 정용의 어깨가 움찔 떨렸다.

하지만 정채민 대표는 아무런 표정 변화가 없었다. 그는 천천히 술 한 모금을 마신 후, 잔을 내려놓으면서 말했다.
"나한테 용서를 빌 기회."

나는 사람들의 표정을 하나하나 살펴보았다. 미셸 브리더는 흐트러짐 없이 계속 정채민 대표 옆에 서 있었지만, 어딘지 모르게 인상이 변해 있었다. 마치 눈에 보이지 않는 어떤 힘이 그를 계속 밀어붙이기라도 하듯, 그는 그것을 견디는 표정이었다. 권성희 수의사와 남궁상민 브리더는 나란히 주방 쪽 장식장 옆에 서 있었는데, 마치 깊은 물속으로 잠수한 사람들처럼, 그래서 아무런 말도 듣지 못한 사람들처럼, 비스듬히 고개를 숙이고 있었다. 나는 수아와 정용의 얼굴도 보려다가 어쩔 수 없이 김태형에게 먼저 시선이 갔는데, 그래서 덜컥, 마음이 내려앉고 말았다. 그는, 그의 손가락은, 테이블 아래 자신의 무릎 위에서 계속 무언가를 바쁘게 쓰고 있었다. 나는 이시봉 아저씨에게서 그가 처음 구치소로 들어왔을 때 어떤 행동을 했는지 들은 적 있었다. 무언가를 계속 쓰고 있다는 것, 그건 그가 마음속에서 무언가를 연신 폭발시키고 있다는 뜻이었다. 나는 그게 불안했다.

"아저씨…… 사실 그런 것도 없었잖아요?"
김태형이 다시 조용한 목소리로 정채민 대표에게 물었다.
"후에스카르 비숑…… 그런 건 원래부터 없었잖아요?"

권성희 수의사와 남궁상민 브리더가 동시에 고개를 들어 김태형을 바라보았다. 수아와 정용도 마찬가지였다.

"그런 비숑은 없는데…… 아저씨가 다 만든 거잖아요?"

"하, 나 원, 진짜……"

정채민 대표는 어이없다는 표정을 지었다.

"그걸 속이려고 책까지 쓰면서……"

"이래서 사람들은 사회생활을 해야 한다는 거야. 이건 뭐, 자신들이 믿고 싶은 것만 믿으려고 드니……"

정채민 대표가 권성희 수의사, 남궁상민 브리더를 돌아보면서 말했다.

"엄마가 프랑스에도 다 확인해봤다고 했어요."

"하하, 참."

"그런 인증서는 아예 없다고."

"비밀리에 이어져왔으니까!"

정채민 대표가 벌떡 자리에서 일어났다. 그 바람에 그의 무릎에 엎드려 있던 이시봉도 황급히 바닥으로 뛰어내리고 말았다. 나는 그 틈에 이시봉이 내 쪽으로 다가와주기를 기대했지만, 그런 일은 벌어지지 않았다. 이시봉은 천천히 미셸 브리더 쪽으로 걸어갔다. 미셸 브리더가 조심스럽게 이시봉을 안아올렸다.

"네 엄마가 뭘 알아! 네 엄마가 뤼베롱에 가보기라도 했대? 거기 사람들을 만나보기라도 했대?"

김태형은 말없이 정채민 대표를 바라보았다. 정채민 대표도 그 눈을 피하지 않았다. 둘은 침묵 속에서 계속 서로를 원망하고 비난하며 대치했다. 눈에 보이지 않는 실 하나를 두 사람이 팽팽하게 당기고 있는 듯했다.

"저기, 죄송한데요."

정용이 쭈뼛쭈뼛 자리에서 일어나면서 말했다.

"여기 화장실이……? 제가 좀 급해서요."

남궁상민 브리더가 굳은 표정으로 정용을 안내했다.

덕분인지 몰라도 김태형은 다시 시선을 돌렸고, 정채민 대표는 의자에 앉았다.

수아가 단톡방에서 한마디했다.

—쟤 왜 저러니, 눈치 없이?

정용은 화장실에서 답문을 보냈다.

—나 일부러 그런 거야. 숨막혀서.

나는 정용이 잘했다고 생각했다. 나 역시도 마찬가지였기 때문이었다.

또 한번의 짧은 침묵이 흐른 후, 이번엔 정채민 대표가 먼저 말을 꺼냈다.

"나야말로 정말 궁금한 게 있는데."

김태형은 고개를 들어 다시 정채민 대표를 바라보았다.

"약은, 약은 정말로 끊은 게 확실한가?"

정채민 대표는 노골적으로 김태형을 공격했다. 그는 이제 더 이상 무언가를 숨기지 않으려고 작정한 사람처럼 보였다. 수아가 조금 놀란 표정으로 김태형을 바라보았다.

"그게 교도소에서 나온 뒤에는 더 생각난다고 하던데……"

김태형은 침묵했다.

"내 사촌동생이 중독자 신세여서 내가 잘 알지. 걔가 입양한 강아지 이름이 뭐였더라?"

"레베카입니다."

미셸 브리더가 건조한 목소리로 대답했다.

"맞아. 레베카."

정채민 대표는 고개를 끄덕였다.

"웃기는 일이지. 우리 작은아버지가 늘그막에 본 자식 때문에 고생깨나 하다가…… 뭐 어디서 강아지 키우는 게 치료에 도움이 된다고 들었나봐. 그래서 우리 하우스에도 부탁을 한 건데……"

화장실에 갔던 정용과 남궁상민 브리더가 다시 다이닝 룸으로 돌아왔다. 정용은 그새 세수까지 했는지 이마 위 머리칼이 모두 젖어 있었다.

"자네 생각도 그런가? 정말 강아지 키우는 게 도움이 된다고 생각해?"

김태형은 계속 대답하지 않았다.

"내 생각엔 더 안 좋을 거 같은데."

정채민 대표는 슬쩍 이시봉을 바라보았다. 이시봉은 미셸 브리더의 품안에서 다시 꾸벅꾸벅 졸기 시작했다.

"감정적으로도 이게 영……"

"하고 싶은 말이 뭐죠?"

김태형이 차갑게 물었다.

"내가 정말 궁금한 건……"

정채민 대표는 잠시 말을 끊고 우리를 쭉 한번 둘러보았다.

"그 강아지들은 다 어쨌냐는 거야. 네 엄마가 마지막까지 키웠던 그 강아지들."

후에 생각해보니 바로 그 말이었다. 그 말이 모든 파국의 시작 버튼 역할을 한 셈이었다.

김태형은 무서운 표정으로 정채민 대표를 노려보았다. 당장이라도 일어나 그쪽으로 달려들 것처럼 두 발이 부르르 떨리기도 했다. 하지만 그것이 다였다. 그는 결국 고개를 푹 숙이고 말았다.

"그게 한 열다섯 마리는 넘었을 텐데."

정채민 대표는 김태형에게서 시선을 떼지 않았다.

"약 사려고 팔아치웠나?"

김태형은 말없이 고개를 절레절레 흔들었다.

"아니면 다 죽인 건가? 다 죽여서 어딘가에 파묻어버린 거야? 약에 취해서?"

"아니에요……"

나는 그만 마음이 덜컥 내려앉는 것 같았다. 그건 내가 미처 생각하지 못한 부분이었다. 하지만 내 마음을 더 심란하게 만든 것은 그가 <u>정말 그랬을지도 모른다는 생각</u>이었다. 그는 그때 분명 약에 취해 지냈으니까, 엄마가 항암치료를 받고 있는 와중에도…… 그는 계속 약을 했으니까.

"내가 뭘 더 알아냈는지 아나?"

정채민 대표는 오른쪽 손목에 채워져 있는 묵주를 만지작거리면서 말했다.

"자네가 팔아치운 우리 카이의 엄마…… 그리고 카이와 함께 태어난 카이의 형제들…… 걔들이 모두 어떻게 됐는지 아나?"

김태형은 계속 고개를 들지 못했다. 나는 더 무서운 말이 기다리고 있다는 예감이 들었고, 그래서 그 말을 듣고 싶지 않았다. 정용처럼 화장실로 도망치려 했지만…… 한발 늦어버리고 말았다.

"그 망할 놈의 개장수가 모두 건강원에 팔아치워버렸다고 하더군. 개소주용으로…… 오 개월도 안 된 어린 새끼들까지 모두 다."

아, 하는 소리가 수아에게서 터져나왔다. 수아는 한 손으로 입을 가린 채 김태형을 바라보았다.
"남은 건 오직 우리 카이…… 이놈 한 놈뿐이라구."

정채민 대표는 천천히 자리에서 일어났다.
"더 할말 없으면 난 이제 좀 쉬었으면 좋겠는데."
미셸 브리더가 정채민 대표의 품으로 다시 이시봉을 넘겼다. 이시봉은 저항하지 않고 순순히 그의 손에 안겼다. 정채민 대표의 턱을 몇 번 핥기도 했다.
"잠시만요."
김태형이 그를 불러 세웠다. 그러더니 자신의 배낭에서 무언가를 주섬주섬 꺼내 테이블 위에 올려놓았다.
"이거 가지고 가세요."
그것은 통장이었다. 비닐 커버 안에 얌전히 들어 있는 통장과 현금카드. 남궁상민 브리더가 그 통장을 정채민 대표에게 가져다주었다.
"뭐지 이게?"
정채민 대표가 통장을 든 채 물었다. 이시봉이 킁킁, 그 통장의 냄새를 맡으려 고개를 내밀었다.
"돈이요. 엄마가 처음 데리고 왔던 강아지들의……"
김태형은 말끝을 흐렸다. 그 하지 못한 말들 때문인지, 그도 아니면 다른 이유 때문인지, 김태형은 갑자기 울음을 터뜨리고 말았다. 그 울음은 곳곳에 놓인 스탠드의 불빛을 따라 천천히, 끊어질 듯 끊어질 듯 끊어지지 않고 거실 쪽으로 퍼져나갔다. 낮고 서러운 울음이었다. 나도 수아도 정용도 그를 차마 달래지 못한 채, 가만히 그 울음소리를 듣고만 있었다.

"이건……"

정채민 대표는 통장을 힐끗 펼쳐보고 나더니, 다시 남궁상민 브리더에게 건네주었다.

"좀 부족한데."

김태형은 눈물을 그치려고 애썼다. 하지만 잘 되지 않았다. 그는 어린아이처럼 연신 손등으로 눈가를 훔쳤다.

"이자가 빠졌잖아?"

정채민 대표는 멀거니 김태형을 바라보았다. 그리고 그 말만 남긴 채 거실을 지나 맨 안쪽 방으로 천천히 걸어갔다. 수아가 일어서서 "아니, 우린 아직 시작도 못했는데요!"라고 말했지만, 그는 끝내 돌아보지 않았다. 남궁상민 브리더가 성난 얼굴로 우리 쪽으로 다가왔을 뿐이었다.

—

우리는 거의 쫓겨나다시피 밖으로 나올 수밖에 없었다.

"이렇게 나오시겠다 이거지?"

수아는 정채민 대표의 집 현관문을 바라보면서 말했다.

"사람 개빡치게 만들고 해볼 테면 해보라?"

집안에선 아무런 소리도 들려오지 않았다. 대신 풀비린내 섞인 끈적한 열기만이 우리를 향해 달려들었을 뿐이었다. 어디선가 매미도 시끄럽게 울어댔는데, 그 소리가 우리를 더 작고 초라한 존재로 만들어주었다.

"해보지, 뭐. 법적으로든 SNS로든."

수아는 그렇게 말하고 주차된 자동차 쪽으로 걸어갔다. 정용은 발끝으로 현관 디딤석 근처에 있는 하얀 자갈들을 툭툭 치다가 조용히 그 뒤를 따랐다. 나는 김태형의 얼굴을 살폈다. 그는 언제 울었냐는 듯 다시 차분한 표정으로 돌아왔다. 한 손엔 남궁상민 브리더가 건네준 통장을 여전히 쥐고 있었다.

"안 갈 거야?"

수아가 운전석 문을 연 채 우리를 향해 외쳤다.

해는 아직 다 떨어지지 않았지만, 먼 곳의 하늘엔 이미 하얀색 초승달이 제 모습을 드러낸 상태였다. 이제 곧 어둠이 내리면 주위의 열기도 고만고만해질 것이었다. 우리는 다시 용인에서 광주까지 먼 길을 가야만 했다.

나는 느릿느릿 그쪽으로 걸어가기 시작했다. 걸어가다가 힐끗 김태형 쪽을 돌아보니, 그 또한 나처럼 천천히 이쪽을 향해 걸어오고 있었다. 그의 큰 키 때문인지 마치 마른 나무 한 그루가 걸어오는 것처럼 느껴지기도 했다.

 수아가 모는 차가 앙시앙 하우스의 정문을 통과하기 직전이었다.
 "잠시만요."
 김태형이 룸미러를 바라보면서 말했다. 수아가 급하게 브레이크를 잡았다.
 "전 여기서부터 따로 갈게요."
 그는 그러더니 정말 자기 배낭을 어깨에 다시 멨다.
 "여기서 어떻게 따로 가요? 그냥 같이 가요."
 내가 먼저 그를 말렸다. 나는 그가 무엇을 하려는지 대충 짐작이 갔다.
 "맞아요. 이런 데는 택시 불러도 아무도 안 와요."
 정용도 말을 보탰다.
 하지만 김태형은 이미 결심이 선 모양이었다. 그는 우리를 보고 슬쩍 한번 웃어주었다.
 "생각해보니까…… 아직 하지 못한 말이 남아 있어서요."
 수아는 침묵을 지켰다. 고집스럽게 룸미러를 통해 김태형을 바라보기만 했다.
 "그래도……"
 나는 무슨 말인가 더 하려고 했지만, 아무 소용이 없었다.

김태형은 차에서 내렸고, 다시 정채민 대표의 집 쪽으로 걸어가기 시작했다.

우리는 망설였다. 정문은 이미 활짝 열려 있었고, 누군가 보이지 않는 곳에서 우리의 차가 지나가기만을 지켜보고 있는 듯했다. 수아는 여전히 브레이크 페달에서 발을 떼지 않은 상태였고, 나는 차 뒷유리창을 통해 김태형의 뒷모습을 바라보았다. 그 모습은 마치 먼 사막을 향해 걸어가는 사람처럼 흐릿하고 일렁이기까지 했는데, 그래서 마치 그가 어떤 공간이 아닌 시간 속으로 빨려들어가는 듯한 묘한 착각이 들기도 했다.

"저대로 혼자 내버려두면 안 되지 않을까?"

정용이 먼저 솔직하게 말했다. 하지만 수아와 나는 계속 침묵했다. 어떻게 해야 할까? 나는 쉽게 결정할 수가 없었다. 마음속에선 그를 말려야 한다는 생각과 그의 일에 섣불리 끼어들어선 안 된다는 생각이 계속 다투고 있었다. 수아도 그러지 않았을까? 나는 괜스레 앙시앙 하우스 정문 기둥에 달려 있는, 커다란 개구리 눈알을 닮은 조명을 노려보았다. 누군가와 눈싸움을 하듯 지루하게, 또 안간힘을 쓰면서.

"우리도 가자."

수아가 기어를 R로 옮기며 말했다.

"우리도 아직 해결 못 한 게 있잖아?"

수아는 우리의 대답을 기다리지 않고 바로 브레이크 페달에서 발을 뗐다.

차는 낮은 기계음을 내면서 후진하기 시작했다.

19

 박유정이 남긴 노트에 따르면 그녀가 다시 한국으로 돌아온 것은 1997년 9월 4일 오전 여섯시의 일이었다. 직항을 타지 못해서 꼬박 스물여덟 시간이 걸린 여정이었다. 김포공항에 도착한 후, 그녀는 잠시 파주가 아닌 부모님이 계신 화곡동으로 갈까 고민했다. 버스로 이십 분 거리에 자두나무가 심어진 부모님의 옛집이 있었다. 봄마다 하얀 꽃잎을 피워내던 자두나무. 지금은 열매도 모두 떨어지고, 잎도 하나둘 붉게 변하기 시작했을 자두나무. 박유정은 중학교 시절, 그 자두나무를 수십 장 그린 기억을 갖고 있었다. 그 그림들도 그 집 다락방 한쪽에 쌓아둔 박스에 모두 남아 있을 것이었다.
 그녀는 망설이다가 결국 지하철역 쪽으로 걷기 시작했다. 파주시 조리읍 오산리 산72번지. 그곳이 그녀가 가야 할 곳이었다. 김상우가 보증금 이백만원을 내고 구한 거처. 집주인 할머니가 돌아가셔서 그 자식들이 싸게 월세로 내놓은 집. 그녀가 파리를 떠나기 직전, 마지막 통화에서 김상우는 그곳 주소를 알려주었다. 김상우뿐만 아니라 카이와 루시가 있는 곳. 박유정은 계속 그 생각만 했다. 그 생각만 하려고 노력했다.

지하철과 시외버스를 두 번 갈아탄 후, 아침 아홉시 무렵 집에 도착한 박유정은 허기와 피로로 인해 금방이라도 무너져내릴 것만 같았다. 자꾸 발에 무언가가 걸렸고, 그때마다 몸이 휘청거렸다. 박유정은 대문 앞에 서서 김상우가 구해놓은 집을 바라보았다. 낡은 회색빛 기와를 얹은 집이었다. 니스칠이 군데군데 벗어진 마루 미닫이문과 한쪽 귀퉁이가 떨어져나간 댓돌, 작은 마당 정중앙엔 붉은색 고무 다라이와 수도, 작은 나무 기둥에 매달아놓은 칫솔통과 양치컵, 거울 등이 보였다. 박유정은 선뜻 대문을 열고 안으로 들어가지 못했다. 프랑스에서 삼 년을 넘게 보내고 돌아왔는데, 모든 것을 다 바쳤는데, 결국 마주한 것은 고작 그런 것들이 전부였다. 나는 완전히 실패했구나, 사금파리 같은 것이 되어버렸구나. 박유정은 계속 그런 말들을 속으로 중얼거렸고, 그러다가 까닭 없는 분노를 느끼기도 했다. 그 감정이 피로와 허기마저 짓눌렀다.

"왔어?"

대문 안쪽에서 불쑥 김상우의 이마가 튀어나왔다. 박유정은 소스라치게 놀라 반사적으로 뒷걸음질쳤다. 알고 보니 대문 바로 옆에 외부 화장실과 창고가 붙어 있었다. 김상우는 손에 신문을 든 채 수도가 있는 쪽으로 걸어갔다.

"아침 아직 안 먹었지?"

박유정은 그 말에 겨우 대문 안으로 들어설 수 있었다.

김상우는 좀 낯설게 변해 있었다. 못 본 것은 겨우 두 달 남짓이었지만, 마치 오랫동안 왕래가 없던 친척 어른을 우연히 길에서 만난 것처럼 생경했고 또 어색했다. 박유정은 후에 그 낯섦이 정채민 때문에 온 것임을 스스로 인정했지만, 그때는 아니었다. 박유정은 말없이 김상우를 지켜보았다. 피부는 목덜미까지 까맣게 그을려 있었고, 몸은 파리에 있을 때보다 조금 더 불은 것 같았다. 짧은 머리카락은 여전했지만, 어쩐지 숱이 듬성듬성해진 것처럼 보이기도 했다. 그리고 목소리…… 목소리가 변해 있었다. 파리에 있을 때 김상우의 목소리는 늘 길쭉하고 어둡고 좁은 통로를 지나가는 사람들의 발소리를 닮아 있었다. 짧고 무신경하고 바쁘기만 한 단절음. 그 목소리가 다시 예전, 학교 실습실에서 그녀를 알 수 없는 모랫구덩이 안으로 자꾸만 끌어당기던, 푹푹 빠지고 늘어지는 그것으로 변해 있었다. 그래서 그녀는 저도 모르게 경계하고, 두려워했다.

"애들은요?"

박유정은 마당에 선 채 물었다.

"일단 좀 쉬고 있어."

김상우는 수돗가 바로 옆에 있는 부엌으로 들어가면서 말했다.

박유정은 짐부터 내려놓으려고 조심스럽게 마루 미닫이문을 열었다. 그리고 그 문을 열자마자 똑같은 자세로 앉아 그녀를 바라보고 있는 카이와 루시, 그 두 아이와 눈이 마주쳤다. 앞다리는 똑바로 세운 채 무언가를 잔뜩 기대하는 듯한 표정으로 앉아 있는, 그새 훌쩍 더 커버린 카이와 루시. 박유정은 털썩, 저도 모르게 가방을 내려놓고 두 손으로 얼굴을 가린 채 울기 시작했다. 왜 그런지 알 수 없었으나, 그녀는 그 순간 보이지 않는 누군가에게 빌고 애원하고 매달리고 싶었다고, 자신의 노트에 썼다. 나를 자꾸 시험에 빠지지 말게 해달라고, 선택의 기회를 주지 말고 차라리 무너지게 해달라고, 그런 문장 또한 거기에 적혀 있었다. 그런 그녀의 마음을 상관하지 않은 채 카이와 루시는 박유정 곁으로 다가와 꼬리를 흔들며 안아달라고 떼를 썼다.

김상우는 본격적으로 다시 판화 작업을 해보겠노라고 말했다. 거창한 거 말고, 처음부터 하나하나씩. 실제로 그는 대문 옆 창고에 백열등을 밝힌 채 밤새 그곳에서 머물기도 했다. 김상우가 외출했을 때, 박유정은 조심스럽게 그 창고 안으로 들어가본 적이 있었는데, 그림은 하나도 보이지 않았고 오직 폐목재를 깎아 만든, 작고 둥근 구슬 같은 것들만 여러 개 눈에 띄었다. 그녀는 그 구슬들을 바라보다가 무의식중에 손목에 차고 있던 묵주를 여러 차례 쓸어보았다. 까끌까끌한 촉감이 어쩐지 좀 섬뜩하게 다가왔다. 그래도 그녀는 그 묵주를 손목에서 빼지 않았다.

김상우는 일주일에 나흘씩 인근 농공단지 안에 있는 중고차 정비 공장에서 일했다. 그곳에서 받는 월급이 그들의 주 생활비가 되었다. 폐차 직전의 자동차들을 싸게 사들여 외판 작업을 한 후 중동이나 러시아, 동남아 등지로 수출하는 일이라고 했는데, 박유정은 그 이상은 알지 못했다. 다만 김상우의 작업복에서 늘 시너 냄새가 진동했다는 것, 자려고 누울 때마다 그가 오랫동안 기침을 멈추지 않았다는 것은 그후로도 오랫동안 잊히지 않았다.

박유정 또한 귀국한 지 채 이 주일도 지나지 않아 일산 대화역 근처 입시 미술학원에서 파트타임 강사로 일하기 시작했다. 면접을 볼 땐 화목토 사흘만 근무하는 것으로 이야기가 되었지만, 일을 시작한 지 삼 주 차에 접어들자마자 원장이 일요일도 출근해달라고 부탁해왔다. 입시 실기가 얼마 남지 않았다는 이유를 댔다. 박유정은 그 미술학원을 두 달 만에 그만두었다. 일이 힘들었기 때문은 아니었다. 입덧이 시작되었기 때문이었다.

김상우는 박유정의 임신 사실을 알고 난 후에도 별다른 표정 변화가 없었다. 마치 잊고 있었던 타이머 소리를 들은 사람처럼 고개 들어 그녀를 한번 바라봤을 뿐이었다. 그는 박유정을 데리고 파주읍에 있는 산부인과에 다녀왔으며, 병원에서 준 임신수첩에 직접 초음파사진을 오려 붙여주기도 했다. 주말엔 공장에서 막 정비를 마친 자동차를 빌려와 양주나 연천까지 드라이브를 나가 칼국수나 순두부찌개 같은 것을 먹고 돌아왔다. 그는 공장 일을 하루 더 늘렸고, 그만큼 창고 작업실로 들어가는 횟수는 줄어들었다.

박유정은 김상우가 잘 챙겨주면 챙겨줄수록 불안해졌고, 이내 사나운 마음이 들기도 했다. 어쩐지 자신이 나쁜 사람이 된 것만 같은 느낌이 들 때가 많았고, 예전 프랑스에서 아무 말 하지 못하고 지나갔던 기억들, 그 시간들에 대해서 뒤늦게 적의를 품기도 했다. 호르몬의 변화 때문이라고 생각을 다잡으려고 했지만, 금세 왜 잘해줘? 또 뭘 집어던지려고? 눈을 부릅뜨고 묻고 싶어질 때가 많았다. 박유정은 대부분의 낮시간엔 그런 생각을 하며 누워 있었다. 카이와 루시는 가만히 그녀 옆으로 다가와 목덜미 근처나 팔꿈치에 턱을 괸 채 엎드리곤 했는데, 박유정은 그 순간만큼은 그 아이들도 끔찍하게 여겨졌다. 이 아이들 때문에 모든 것이 엉망이 되어버린 것 같았고, 자신이 지금 여기, 천장 도배지가 울고 침대를 놓을 수도 없는, 작고 오래된 방에 누워 있는 것 또한 모두 이 강아지들 때문인 것처럼 여겨졌다. 이 아무것도 모르는 명랑함, 모든 것이 정직, 정직 그 자체이기만 한 아이들. 그녀는 카이와 루시를 보지 않으려고 모로 누웠고, 그 상태로 잠에 빠져들 때가 많았다. 잠에서 깨면 어쩔 수 없는 좌절감과 죄책감 같은 것들이 먹물처럼 밀려들어오기도 했다.

 그녀가 임신 칠 개월 차에 접어들었을 때, 하루는 김상우가 정장을 차려입고 구두를 찾아 신었다. 토요일인가 일요일인가, 그가 출근하지 않은 날이기도 했다. 그래서 박유정은 그에게 누구 결혼식 있어요, 라고 물어봤다.
 "우리 공장 사장 친구인데, 일산에서 크게 뷔페를 하는 사람이 있대. 자기 명의로 된 건물도 있고. 그 사람이 우리 강아지들에게 관심이 있나봐."
 박유정은 마루까지 걸어나왔다.
 "아이들을…… 팔아버리려고 그러는 거예요?"
 김상우는 구둣솔을 든 채 그녀를 바라보았다.
 "원래 그러려고 했던 거 아닌가? 당신도 다 알고 있었잖아?"
 그는 다시 구두를 닦기 시작했다.
 "하지 마요."
 김상우는 대답하지 않았다.

"하지 말라고요!"

박유정은 비명처럼 소리질렀다.

김상우는 잠시 구두 닦는 것을 멈췄고, 그 자세 그대로 한동안 고개를 숙이고 있었다. 그런 후 물었다.

"그 자식 때문이야?"

박유정은 손까지 부들부들 떨면서 그를 바라보았다. 그러나 거기에 대해선 아무런 대답도 할 수 없었다. 그동안 잘 감춰왔다고 믿었던 것들이 예고 없이 튀어나와버렸다. 찢어진 이불에서 툭툭 떨어진 하얀 솜 같은 것들. 그것들은 엄연히 바닥에 나뒹굴고 있었지만, 그들은 애써 모른 척했다. 이미 더러워졌고, 때에 절어 사방으로 굴러다니기만 할 뿐인 것들을.

"갔다 올게."

김상우는 박유정을 돌아보지 않고 대문밖으로 빠져나갔다. 그녀는 그제야 그 자리에 주저앉고 말았다. 카이와 루시가 그런 그녀 옆으로 조심스럽게 다가왔다. 그 아이들은 박유정 옆에 엎드린 채 길게 하품을 했다. 그녀는 자신이 정말 혼자 남은 것만 같은 외로움을 느꼈다.

그날 김상우는 술에 취한 채 밤늦게 집으로 돌아왔다. 그는 방으로 들어오지 않고 곧장 대문 옆 작업실로 갔으며, 그곳 석유난로 옆 테이블 위에 신문지를 깐 채 잠들었다. 다음날도, 그리고 그다음날도, 그는 공장 사장 친구를 만난 일에 대해선 말하지 않았다. 그는 계속 늦게 들어왔고, 창고에서 잠을 잤다. 그래서 박유정은 더 불안하기만 했다. 무슨 일이 벌어지고 있는데, 그녀는 속수무책이었다. 움츠러들고, 아직 내뱉어지지 않은 질문들에 대해서 반복적으로 부인하고, 스스로를 비난하려는 마음들과 계속 싸워야만 했다. 그녀는 매일 그 안에서 버텨내야만 했다.

1998년 7월, 박유정은 스물두 시간의 산통 끝에 김태형을 낳았다. 그리고 그해 10월엔 카이와 루시도 다섯 마리 새끼 비숑의 부모가 되었다. 박유정은 갓난 김태형이 누워 있는 안방 한쪽에 담요를 깔고 라면 박스 두 개를 이어 붙여 새끼 비숑들의 잠자리를 만들어주었다. 그녀는 김태형을 안아 젖을 물릴 때마다 저절로 같은 엄마가 된 루시에게로 시선이 가곤 했는데, 때때로 루시는 맹목적으로 달라붙는 새끼들을 모두 물리친 채 박유정에게 다가오기도 했다. 그녀는 그게 미안해 루시를 한 손으로 밀치곤 했다. 가. 네 새끼들한테 가. 하지만 몇 번 그러고 난 뒤엔 그러지 않게 되었다. 어쩌면 루시에겐 지금 다른 것이 필요할지도 모른다. 루시 또한 자기가 낳은 새끼가 낯설고 끔찍할지 모른다. 박유정은 아무 말 없이 루시의 머리를 쓰다듬어주었다. 그때마다 루시는 책상다리를 하고 앉은 그녀의 종아리에 턱을 괴고 엎드렸다. 그제야 조금 쉬는 듯한 표정이 되었다.

박유정과 김상우는 1999년 6월 최종적으로 이혼 서류에 도장을 찍었다. 그 이전 해 11월부터 중고차 정비 공장을 그만두고 새로 인테리어 업체에 취업한 김상우는 한두 달씩 지방 출장을 다니곤 했는데, 집에 돌아올 때마다 안방이 아닌 작업실에서 잠을 잤다. 그는 김태형을 잘 보려고도 하지 않았다. 마찬가지로 카이와 루시, 그들의 아이들도 쳐다보지 않았다. 김상우가 집에 들를 때마다 카이는 마당까지 뛰어나가 계속 같은 자리를 뱅뱅 돌면서 반가워했지만, 그는 알은척하지 않고 곧장 작업실로 들어갔다. 그리고 그곳에서 나오지 않았다. 박유정은 그때부터 이미 어떤 각오를 하고 있었다.

김태형의 양육권과 살고 있는 집의 보증금은 모두 박유정이 갖기로 했다. 거기에 더해 김상우는 현금 삼백만원을 박유정에게 따로 건넸다. 서류가 최종적으로 마무리된 날, 김상우는 처음이자 마지막으로 김태형을 안아보았다.

"잘 자라렴."

김상우는 특유의 허스키한 목소리로 말했다.

"엄마한테도 잘하고."

박유정은 그 모습을 옆에서 지켜보았다. 그녀는 김상우가 마지막까지도 하고 싶은 말을 하지 않는다고 생각했다. 그게 고맙기도 했고, 또 한편 비겁해 보이기도 했다.

그해 9월 박유정은 하나뿐인 동생에게 전화를 걸었다.
"나야……"
그녀는 최대한 아무렇지도 않은 목소리를 내려 했지만, 그게 잘 되지 않았다.
"……"
"잘 지냈니?"
박유정은 한국으로 돌아온 직후, 동생에게 편지 한 통을 보낸 적이 있었다. 부칠까 말까 끝까지 망설였지만, 그녀는 누구에게라도, 아무 말이라도 전하고 싶었다. 편지를 보내고 난 이후에는 거기에 무슨 내용을 썼는지도 잘 떠오르지 않았다. 한국으로 돌아온 이야기, 프랑스는 생각보다 더 안 좋았다는 말들, 여기는 파주인데 벌써부터 날이 선선해, 같은 문장들을 적은 것은 분명한데, 그 외에 무슨 내용을 썼는지 기억이 나질 않았다. 편지가 무사히 동생에게 도착했는지도 알 수 없었다. 그녀는 보내는 사람 난에 주소를 적지 않았다.
"엄마 아빠는? 엄마 아빠도 잘 지내셔?"
"그걸 언니가 왜 궁금해하는데?"
동생은 싸늘한 목소리로 물었다.
"그래…… 그래도 궁금해서 그래. 엄마…… 많이 속상해하지?"

동생은 한동안 말이 없었다. 그러곤 말했다.

"신경쇠약에 당뇨까지 왔고…… 그래서 입원중이야. 됐어?"

이번엔 박유정이 침묵을 지켰다.

"아빠랑 내가 번갈아가면서 입원실을 지키고…… 언니, 너는 진짜……"

동생은 말을 잇지 못했다.

"그래, 그랬구나……"

하지만 엄마한텐 아빠도 있고, 너도 있잖니? 박유정은 속으로 그렇게 되물었다.

"저기 있잖아, 나 한 오백만원만 보내줄 수 있니? 내 예전 통장으로……"

그녀는 뻔뻔해지기로 마음먹었다. 박유정은 그것이 유일한 해결책이라고 생각했다.

"하!"

"내가 좀 급해서 그래."

김상우가 박유정에게 주고 간 월세 계약서에 따르면 그 이듬해 8월이 계약 만기였다. 하지만 그녀는 예정보다 빨리 이사갈 결심을 했고, 곧장 파주읍에 있는 부동산중개소를 찾아갔다. 박유정은 동생에게 전화를 걸기 며칠 전, 김태형을 안고 읍내에 있는 마트에 나가 분유와 기저귀, 그리고 강아지들에게 줄 달걀과 참치캔을 샀다. 양손 가득 그것들을 들고 마트 출입문을 빠져나오다가 그녀는 주차장에 서 있는 한 남자를 보았다. 자동차에 비스듬히 기댄 채 누군가와 통화를 하고 있는 남자의 뒷모습. 키가 크고 조금 마른 체형의, 뒷머리가 긴 남자. 박유정은 저도 모르게 몸을 돌렸다. 그녀는 다시 마트 안으로 들어가 그곳 여자 화장실에서 오랫동안 머물렀다. 다행히 김태형은 그녀의 품안에서 새근새근 잠들어 있었지만, 박유정의 마음은 쉽게 진정되지 않았다. 그녀는 두려웠다. 자신이 어떤 돌이킬 수 없는 죄를 지었고, 그 죄로 인해 이 아이, 지금 품안에서 잠든 이 아이와 영영 헤어질지도 모른다는 걱정과 불안이 성큼 문 뒤에 와 있는 것만 같았다. 후에 그녀는 그것이 스스로에게 한 또하나의 거짓말일 수도 있다는 생각을 하게 되었지만, 그때는 분명 그것을 사실로 믿었다. 그날, 박유정은 한 시간 가까이 그곳에 더 머물다가 마트의 다른 출입문을 통해 집으로 돌아왔다.

"내가 지금 아이랑 강아지랑 같이 키우고 있거든. 강아지가 일곱 마리인데 얘들이 다 예뻐…… 얘들이랑 다 같이 살려면……"

박유정은 안간힘을 다해 동생에게 사정을 말했다.

그녀는 자신이 눈물을 흘리고 있는 줄도 알지 못했다.

＊

　후에 그날, 그 사건에 대해서 비교적 정확하게 진술한 사람은 남궁상민 브리더이다.

　그는 충청남도 소재의 한 대학교 반려동물학과를 졸업하고, 이 년 가까이 전공과 무관한 배달 알바와 한과 공장 알바, 카페 알바 등을 전전하다가 삼 년 전 학교 선배의 소개로 앙시앙 하우스 인턴 브리더에 지원, 그의 표현을 빌리자면 '운좋게' 입사한 사람이었다. 당장 서울 시내에 따로 방을 구할 형편이 되지 못했던 그는 미셸 브리더의 허락을 받아 앙시앙 하우스 삼층 비숑 프리제 전용 호텔 비품실에 간이침대를 놓고 그곳에서 숙식을 해결했는데, 새벽 무렵 낑낑거리며 잠들지 못하는 어린 강아지들을 만날 때가 종종 있었다. 그때마다 남궁상민 브리더는 그 강아지들을 안고 앙시앙 하우스 이곳저곳을 돌아다녔다. 이층 강아지 유치원에서 함께 터그 놀이를 하기도 했고, 허밍으로 자장가를 부르면서 배롱나무 정원을 돌기도 했다. 그런 밤들 중 몇 번인가 주차장에 차를 세워두고 가만히 앉아 있던 정채민 대표와 만나기도 했다. 남궁상민 브리더는 정채민 대표를 만날 때마다 강아지를 안은 채 허리 숙여 인사했고, 그때마다 정채민 대표는 짧게 손을 들어 알은척을 했다. 정채민 대표는 늘 술을 마신 상태였다.

한번은 대리기사 대신 남궁상민 브리더가 정채민 대표의 스포츠카를 몰고 용인 앙시앙 하우스까지 간 적도 있었다.

"바람 좀 쐬라고 일부러 부탁한 거예요."

정채민 대표는 조수석에 앉아 그렇게 말했다.

"네?"

"맨날 그 안에만 갇혀 사는 거 같아서."

"아, 네."

남궁상민 브리더는 그 말을 듣고 나서 왠지 울적한 기분에 사로잡혔다. 하지만 그보다 더 감격한 마음이 되었다.

"상민씨, 상민씨는 강아지 많이 좋아해요?"

정채민 대표는 어두운 도로를 바라보며 물었다.

"네. 그런 거 같습니다."

"원래부터 좋아했던 거예요?"

"제 또래들은…… 다 그렇지 않았을까요?"

차 안에는 작게 라디오가 켜져 있었고, 도로에는 차들의 모습이 거의 보이지 않았다. 남궁상민 브리더는 속도를 내지 않고 정속 주행했다.

"그렇죠? 좋아하지 않으면 이 일이 좀 많이 힘들겠죠?"

"일도 재미있습니다. 다른 브리더님들도 다 잘해주시고요."

정채민 대표는 말없이 고개를 끄덕거렸다.

"상민씨는 복 받은 사람이군요."

그날 밤, 남궁상민 브리더는 서울로 다시 돌아가지 못하고 용인 앙시앙 하우스 이층집 남은 빈방에서 잠을 잤다. 그가 숙소로 들어가기 전, 정채민 대표는 지갑에서 돈을 꺼내 그에게 건넸다. 인턴 월급의 거의 절반에 달하는 돈이었다.

"대리비예요. 덕분에 잘 왔어요."

정채민 대표는 남궁상민 브리더의 어깨를 가볍게 두 번 두들겨주었다. 남궁상민 브리더는 그 돈을 받아들고 정채민 대표가 집안으로 들어갈 때까지 우두커니 그 자리를 지키고 서 있었다. 그는 그날 밤 쉽게 잠들지 못하고 새벽녘까지 계속 뒤척거리기만 했는데, 잠자리가 바뀌었기 때문이기도 했지만, 그건 명백히 정채민 대표가 준 돈, 그 돈 때문이었다. 복 받은 사람, 복 받은 사람. 그 돈을 떠올릴 때마다 자꾸 정채민 대표의 목소리가 먼저 들려왔다. 그는 정말 좋은 직장에 들어왔다고, 그게 자신의 인생에 찾아온 흔치 않은 기회라고 생각했다. 후에 그는 그 일 또한 담당 경찰관에게 숨김없이 진술했다.

광주에서 온 일행이 집에서 빠져나간 직후, 정채민 대표는 다시 다이닝 룸으로 이시봉을 안고 걸어나왔다. 그는 그때까지도 계속 테이블 옆에 서 있던 미셸 브리더에게 다가가 뺨을 한 대 때렸는데, 그 소리에 권성희 수의사가 짧게 비명을 질렀다. 미셸 브리더가 쓰고 있던 선글라스가 바닥으로 떨어졌고, 정채민 대표의 얼굴은 분노로 일그러졌다.

"이게 뭐죠?"

정채민 대표는 차가운 목소리로 물었다.

"왜 이렇게 나를! 왜 이렇게 나를 우습게 만드는데요!"

미셸 브리더는 허리를 굽혀 떨어진 선글라스를 다시 주워들었을 뿐, 말이 없었다.

"병원까지 찾아갔어요?"

남궁상민 브리더는 일부러 개수대 쪽으로 몸을 돌렸다. 개수대 위 작은 창문은 붉게 변해 있었다. 노을이 지고 있었다.

"그만하시죠."

미셸 브리더가 그 특유의 낮고 허스키한 음성으로 말했다.

"뭘 그만해요?"

정채민 대표는 한 발 더 다가서며 다그치듯 물었다. 하지만 미셸 브리더는 답하지 않았다.

"아이 씨발, 내가 진짜!"

정채민 대표는 거실 쪽을 바라보며 소리질렀다. 그러곤 다시 미셸 브리더를 노려보았다.

"이거 봐요, 미셸 브리더님! 미셸 형!"

남궁상민 브리더는 마음이 조마조마했다. 그는 정채민 대표에 대한 자신의 마음이 무너지는 게 두려웠다.

"그런 말은 내가 해야 하는 거잖아!"

정채민 대표가 안고 있던 이시봉을 바닥에 집어던졌다.

이시봉은 새된 비명을 질렀고, 이내 서럽게 울어댔다.

하지만 권성희 수의사도, 남궁상민 브리더도, 아무도 그쪽으로 다가가지 못했다.

김태형이 다시 집안으로 들어선 것은 바로 그 순간이었다.

그는 잠시 현관에 멈춰 서서 정채민 대표와 미셸 브리더, 그리고 스피커 바로 앞에 마치 오래된 인형처럼 누워 끊길 듯 끊길 듯 영원히 끊어지지 않을 것만 같은 신음을 내고 있는 이시봉을 우두커니 바라보았는데, 남궁상민 브리더는 그때 김태형의 표정이 마치 늙은 개와도 같았다고, 핏기라곤 하나도 없는 낯빛에 가만히 서 있는 것조차도 불안정해 보였다고 진술했다.

이윽고 그는 신발도 벗지 않은 채 거실로 걸어들어왔고, 정채민 대표는 주춤주춤 뒤로 물러섰다. 하지만 김태형의 목표는 그가 아니었다. 김태형은 곧장 미셸 브리더 쪽으로 달려들었고, 그의 멱살을 잡은 채 그 자리에 나뒹굴었다.

"당신이지! 당신이 그런 거지!"

김태형은 미셸 브리더의 옷깃을 놓지 않은 채 소리쳤다.

남궁상민 브리더는 그제야 황급히 달려가 김태형을 떼어내려고 애썼다.

"열다섯 마리가 남아 있었다는 거! 그거 어떻게 알았어! 그거 어떻게 알았냐구!"

미셸 브리더는 별다른 저항을 하지 않았다. 그래서 남궁상민 브리더가 더 힘을 쓸 수밖에 없었다.

우리가 등장하는 것은 바로 그다음 대목부터다.

남궁상민 브리더는 광주에서 온 나머지 세 명의 일행도 들개떼처럼 순식간에 집안으로 몰려들어왔다고, 모두 자신과 미셸 브리더를 향해 달려들었다고 진술했지만, 그것은 조금 정정이 필요한 사항이다. 우리는 아주 잠깐이었지만 현관에서 얼떨떨하게 거실 풍경을 바라보기만 했다. 수아가 "아, 진짜 개빡치네!"라고 소리친 후에야 비로소 사태를 제대로 파악했고, 그뒤에야 약속이라도 한 듯 함께 뛰어들었다(그 와중에도 우리 셋은 모두 신발을 벗고 안으로 들어갔다). 정채민 대표가 등을 돌려 황급히 방으로 들어가는 것을 보았고, 권성희 수의사가 "나가요! 당장 나가지 않으면 경찰을 부를 거예요!"라고 소리친 것도 들은 기억이 있지만, 나는 남궁상민 브리더나 미셸 브리더, 김태형이 있는 쪽으로 가지 않았다. 그쪽으로 달려간 것은 수아와 정용이었다. 나는 그때까지도 계속 고통스럽게 울고 있는 이시봉에게로 달려갔다. 그건 당연한 일이었다. 생각조차 필요 없는 일. 저절로 그렇게 되는 일. 수아의 욕설이 들렸고, 권성희 수의사가 방문 앞으로 달려가 "대표님! 대표님!" 하고 연신 부르는 소리도 들렸지만, 그뒤로 나는 아무것도 듣지 못했다. 둥둥 둥. 마치 커다란 타악기 소리 같은 것만 계속해서 들려왔다. 후에 생각해보니 그것은 내 심장소리였다. 귓불에서 빠르게 뛰던 내 허망한 맥박소리.

　나는 무릎을 꿇은 채 조심스럽게 이시봉을 안아들었다.
　"이시봉……"
　나는 어쩔 줄 몰랐다. 이시봉은 계속 내 눈을 바라보면서 작게 낑낑거렸는데, 도무지 무엇을 어떻게 해야 할지 알 수 없었다. 꽉 끌어안아줄 수도, 볼을 어루만져줄 수도 없었다. 오직 이시봉의 무게만 온전히 감당한 채 계속 그 자리에 무릎 꿇은 채 앉아 있을 수밖에 없었다. 이시봉은 신음을 내면서도…… 그러면서도 내 왼손을 힘겹게 핥았는데, 그게 내겐 어떤 목소리처럼 다가왔다. 걱정 마라, 걱정 마라. 할머니가 톡톡 검지로 내 손바닥을 두들기듯 건네는 목소리. 나는 기어이 어린아이처럼 엉엉 큰 소리로 울기 시작했다.

　그 모든 소란이 일순 멈춘 것은 정용과 남궁상민 브리더가 서로 뒤엉킨 채 스탠드 바로 옆에 있는 스피커 쪽으로 넘어진 직후의 일이었다. 스피커도 함께 넘어지면서 공명판이 맥없이 떨어져나갔고, 그 안에서 무언가가 와르르 쏟아져나왔다. 작고, 파랗게 반짝이는 수백 개의 알갱이들.

메모리얼 스톤.

모두 돌처럼 굳어 그것을 바라보았다.
뭐야, 진짜 관이었던 거야.
그 와중에도 나는 그 생각을 했다.
이시봉을 안은 두 손이 두려움에 덜덜 떨리기 시작한 것은 그 다음의 일이었다.

20

베로는 죽었지만, 고도이는 죽지 않았다.

그것이 위대한 후에스카르 비숑 프리제 베로의 집사, 고도이의 운명이었다.

날카로운 창에 허벅지가 찔리고, 누군가의 주먹에 맞아 입술이 터졌으며, 두 눈은 제대로 떠지지도 않을 만큼 부어올랐지만, 그는 분명 살아 있었다. 분노한 스페인 민중들은 반죽음 상태에 이른 그를 마구간에 가둔 채 새롭게 권력을 잡은 페르난도 왕세자의 명령을 기다렸다. 그들이 기다린 것은 고도이의 완전하고 선연한 피였다. 오직 왕세자만이 그 핏값을 제대로 셈해주리라. 사람들은 창을 흔들며 고함을 질러댔다. 일부는 마구간의 거무튀튀한 흙벽에 대고 침을 뱉거나 오줌을 싸기도 했다.

그런 고도이의 목숨을 위해 마리아 루이사 왕비가 바쁘게 움직였다. 그녀는 자신의 아들이기도 한 왕세자 앞에 무릎을 꿇고 손등에 입을 맞추었다.

"고도이를 살려주렴. 그러면 내가 아버지를 설득해 양위 각서를 써줄게. 아니, 당장 그걸 먼저 해주마."

왕세자는 눈물을 흘리는 어머니를 무표정한 얼굴로 내려다보기만 할 뿐, 별다른 말은 하지 않았다.

마리아 루이사 왕비는 왕을 찾아가 설득했다.

"국왕 자리 따윈 다 줘버려요. 그래야 고도이도 살고, 우리도 살아요. 당신, 이제 사냥도 못 한다구요!"

국왕인 카를로스 4세는 아들에 대한 분노로 사냥 때 쓰던 짧은 채찍을 계속 허공에 대고 휘둘러댔으나, 결국 왕비의 말을 따르고 말았다. 그는 왕비의 말을 한 번도 거스른 적 없는, 마음 좋은 빵집 주인과도 같은 남자였으니까(그는 죽는 순간까지도 고도이와 자신의 부인 사이를 의심하지 않았다). 국왕은 그날 저녁 일곱시, 대신들이 모두 모인 자리에서 양위 각서에 서명했다. 페르난도 왕세자가 새롭게 스페인의 국왕으로 즉위한 순간이었다.

마리아 루이사 왕비가 자신을 살리기 위해서 백방으로 노력하고, 국왕의 자리가 왕세자에게 넘어갔으며, 성난 민중들은 계속 아란후에스 별궁으로 몰려들고 있었지만…… 고도이는 마구간에 누운 채 지붕의 낡은 나무판자 사이로 보이는 밤하늘을 바라보며 오직 한 가지 생각만 거듭했다.

베로는 어째서…… 베로는 어째서 그때 뛰어나갔을까?

사람들은 베로 때문에 고도이가 발각되고, 그로 인해 곤죽이 된 상태로 마구간에 갇혀버렸다고 생각했지만, 고도이의 입장은 달랐다. 만약 그때 베로가 뛰어나가 유언처럼 혹은 비명처럼, 사람들을 향해 짖어대지 않았다면, 그랬다면 고도이와 베로는 꼼짝없이 그곳에서, 총리실 다락방 구석에서 생을 마감하고 말았을 것이다. 실제로 당시 고도이는 손가락 하나 움직일 힘도 남아 있지 않았고, 의식은 점점 짙은 안개가 깔린 늪지대 아래로 가라앉고 있었다. 베로가 아니었다면 양탄자가 꼼짝없이 그의 관이 되었을 것이었다.

베로가, 그 늙은 베로가, 나를 살리려고 움직였구나!
사람들한테 도와달라고, 그렇게 마지막 힘을 썼구나!

고도이는 마구간에 갇혀 있는 그 순간까지도 모든 것을 자기중심적으로, 터무니없는 감상과 그에 따른 상심으로 받아들였으나, 후에스카르 비숑 프리제의 혈통사적 관점에서 보면 그것은 실로 다행스러운 일이 아닐 수 없었다. 실제로 그후 고도이의 삶은 오로지 베로의 후손들, 그 아이들의 평화로운 성장과 번식에 바쳐졌다. 인간은 그런 식으로 오해하고 오독하면서 동물들의 삶에 관여한다. 그것이 인간의 유일한 장점이자, 집사로서의 자격 요건이다. 집사란 직위는 대개 그런 사람들, 자기애가 충만하지만 그걸 잘 모르는 사람들, 그 사람들이 세상을 살아나가는 한 방식이다.

왕세자가 새롭게 왕위를 물려받았지만, 스페인 정국은 더 어지럽고 혼란스럽게 돌아갔다. 왕세자는 고도이를 마드리드까지 끌고가 프라도 거리 한가운데에서 교수형에 처할 생각이었지만(그는 원래 엄마 말을 잘 안 듣는 아들이었다), 어쩐 일인지 쉽게 결단을 내리지 못했다. 왕과 왕비는 여전히 아란후에스 별궁에 감금 상태로 머물러 있었고, 실제로 호기롭게 고도이를 수레에 묶어 마드리드까지 질질 끌고 오라는 포고령까지는 내렸으나, 그것이 끝이었다. 아란후에스 별궁에서 마드리드까지는 채 50킬로미터가 되지 않는 거리였다. 넉넉잡고 사흘이면 도착할 여정. 하지만 고도이는 그 중간에 있는 핀토 마을에 갇힌 채 일주일 넘게 대기 상태에 머물렀다. 뭐지? 왜 소시지 장수가 오지 않는 거지? 마드리드 시민들은 기다림에 지쳐 왕궁 앞까지 몰려갔으나, 왕세자는 계속 침묵을 지켰다. 그 어떤 해명도, 변명도 내놓지 못한 채, 계속 와인만 마셔댔다.

물론 왕세자에겐 그럴 만한 이유가 있었다. 프랑스가, 나폴레옹이, 도무지 자신을 왕으로 인정해주지 않고 있었다. 스페인에 주둔하고 있던 프랑스 총사령관 뮈라 장군에게(그는 나폴레옹의 매제이기도 하다) 소식을 넣었으나, 그는 새 국왕을 예방하러 오지 않았다. 그러기는커녕 핀토 마을로 프랑스군을 보내 모든 도로의 출입을 막아버렸다(그게 어디 뮈라 개인의 뜻이었겠는가!). 아란후에스 별궁에 갇혀 있던 카를로스 4세 국왕은 양위 각서는 모두 무효라고 선언했고(아들의 강압에 의해 어쩔 수 없이 서명했다고, 이래서 자식 교육이 중요한 것이라고 엉뚱한 소리를 늘어놓았다), 일주일 넘게 핀토 마을에 잘(?) 갇혀 있던 고도이의 허벅지 상처는 차츰차츰 아물고 있었다(고도이는 프랑스군의 호위를 받으며 핀토 마을에서 비야비시오사 마을로 옮겨졌다. 그곳은 고도이의 영지이기도 했다). 왕세자는 분노했으나, 그가 할 수 있는 일이라곤 아무것도 없었다. 나폴레옹의 뜻이 무엇인지, 자신에게 무엇을 원하는지, 추리에 골몰했지만 쉬이 떠오르는 것은 없었다(당연히 그럴 수밖에. 다시 한번 말하지만, 그는 할 줄 아는 게 부모에 대한 반항이 전부인, 그저 그런 애새끼에 불과했다).

나폴레옹이 진정으로 의도한 것은 침묵이었다. 그 침묵으로 말미암아 스페인 정국이 더 파국으로 흘러가기를 바랐다. 스페인 민중의 삶이 더 피폐해지기를, 귀족들과 성직자들이 철저히 분열되기를, 분노와 불안이 쌓이고 가중되기를, 원하고 또 원했다. 그런 다음 스페인을 완벽하게, 피 한 방울 흘리지 않은 채 프랑스의 영지로 삼을 계획을 품고 있었다.

1808년 4월 13일, 나폴레옹은 스페인의 난맥상을 타개하기 위해 전 국왕과 왕비, 스스로 스페인의 유일한 국왕이라고 굳게 믿고 있는 왕세자, 그리고 고도이를 프랑스 바욘으로 불러들였다. 함께 머리를 맞대고 갈등을 풀어나가보자는 정중한 초대장을 보내왔지만, 그건 거의 소집 명령장이나 다름없었다.

고도이는 초대장을 받자마자 은밀하게 페피타 투도를 비야비시오사 마을로 불러냈다.

"여기 남은 재산 다 정리하고 당신도 서둘러 따라와."

"재산을 다요? 잠깐 협상하러 가는 거 아니에요?"

페피타 투도는 고도이의 허벅지 붕대를 갈아주면서 물었다.

"이번에 가면…… 우린 다시 에스파냐로 돌아오지 못할 거야."

고도이는 우울한 목소리로 말했다. 그는 나폴레옹의 의도를 정확하게 파악하고 있었다.

"강아지들도. 강아지들 잘 챙기는 거 잊지 말고."

페피타 투도는 베로의 마지막 모습을 묻고 싶었지만, 차마 그릴 순 없었다.

"강아지 열한 마리를 옮기려면 따로 수레와 인부가 필요할 거예요."

"걔네들은 원래 고향으로 돌아가는 거니까…… 땅도 팔고 보석들도 미리 좀 팔아."

고도이는 페피타 투도의 무릎을 베고 누웠다.

"이제 예전과는 완전히 다른 삶을 살게 될 거야."

그해 5월 5일, 나폴레옹은 바욘에서 그들 네 사람과 마주앉았다. 하지만 그는 말을 많이 하지 않았다. 주로 듣는 편을 택했는데, 그도 그럴 수밖에 없었던 것이 카를로스 4세 국왕이 대뜸 그의 아들인 왕세자의 따귀부터 갈겼기 때문이었다.

"이 개망나니 같은 놈의 자식! 아비 자리를 차지하려고 우매한 백성들을 끌어들여! 네가 한 짓이 무엇인지 똑똑히 보라고!"

왕비인 마리아 루이사도 한몫 거들었다.

"너는 반역자야! 다른 아버지 같았으면 벌써 교수형에 처해 버렸을 거라구!"

왕세자도 지지 않았다.

"어머니가 그렇게 하라며! 고도이를 살려달라며! 시키는 대로 했더니 왜 딴소리인데!"

나폴레옹은 위엄 있는 자세를 유지하려고 노력했지만, 상대

방은 듣던 것보다 훨씬 더 엉망진창이었다. 그는 샤펠 샹베르탱을 홀짝거리며 한 손으로 이마를 가렸다.

고도이는 그들의 모습을 지켜보다가 조용히 다른 방으로 자리를 옮겼다. 그곳에서 그는 나폴레옹의 부관인 사바리와 함께 왕위 양도와 그 이후의 생활에 대해서 협상을 진행했다. 풍족한 연금과 호사스러운 거처, 스페인 국왕 폐하라는 명칭의 영구적 사용 등등. 고도이는 나폴레옹이 제시한 조건을 대부분 수용했다. 수용하지 않을 이유가 없었다. 이미 모든 것은 그렇게 예정되어 있었다. 그는 스페인을 떠올리지 않았다. 그곳의 민중들도 생각하지 않았다. 그의 허벅지에 창을 꽂은 사람들이었다. 고도이는 베로의 후손들이 머물 공간, 오직 거기에만 관심을 기울였다. 나폴레옹의 부관이 제시한 곳은 파리에서 그리 멀리 떨어지지 않은 콩피에뉴 별궁이었다. 우아즈강과 커다란 숲이 있는 곳. 그는 별 이의 없이 협정문에 서명했다.

6월 6일, 나폴레옹의 형인 조제프 보나파르트가 스페인의 새로운 왕으로 즉위했다(피 한 방울 흘리지 않고, 스페인 민중의 뜻과는 상관없이, 카를로스 4세 국왕과 왕세자가 모두 왕위 양도에 동의하는 방식으로 진행되었다). 카를로스 4세 국왕과 마리아 루이사 왕비, 그리고 고도이와 페피타 투도는 바로 콩피에뉴 별궁으로 이동했고(시종만 백 명을 넘게 거느린 대규모 이사

행렬이었다), 왕세자는 프랑스 발랑세의 화려한 성으로 거처를 옮겼다. 콩피에뉴 별궁에 다다르기 직전, 카를로스 4세는 마차에서 내려 자신이 지나온 길을 말없이 바라보았다. 시종들과 그를 따라가던 귀족들은 모두 국왕이 지금 어떤 애환에 사로잡혀 있는 것이라고 생각했지만, 우리는 카를로스 4세 국왕이 어떤 생각을 하고 살아왔는지, 아니 생각이라는 것을 과연 하긴 하고 살아온 사람인지, 이제는 잘 알고 있다.

"여긴 정말…… 토끼가 많겠는걸. 사냥하기 딱 좋은 곳이야!"

카를로스 4세는 자신의 배를 두드리며 흡족한 듯 그렇게 말했다.

그것이 마지막이었다. 그때부터 카를로스 4세 국왕과 마리아 루이사 왕비, 그리고 고도이, 이 세 사람의 삼위일체는 인간의 역사에서 그 존재감을 잃고 조용히 사라지게 되었다.

하지만 후에스카르 비숑 프리제의 혈통사적 관점에서 보면 아직 아니었다.

고도이의 회고록에 따르면, 1811년 이미 스물두 마리에 달했던 후에스카르 비숑 프리제는 그 이듬해 서른일곱 마리까지 그 개체수가 늘어났다. 그로 인해 마리아 루이사 왕비와 작은 갈등을 빚던(이 코딱지만한 별궁에서 어쩌라구! 프랑스 귀족들에게 선물로 주라니까!) 고도이는 아예 자신의 재산을 털어 별궁에서 5킬로미터쯤 떨어진 곳에 있는 저택을 매입, 그곳을 후에스카르 비숑 프리제들만의 새로운 거처로 삼았다(고도이는 그곳을 '베로 하우스'라고 명명했다). 그는 단 한 마리의 후에스카르 비숑 프리제도 입양 보내지 않았고, 단 한 마리도 허투루 돌보지 않았다. 그의 생의 목표는 이제 단순해졌다. 자신이 돌보는 후에스카르 비숑 프리제들이 자연사하는 것. 그 누구도 칼에 베이거나 사람들의 발에 밟히지 않은 채 나이들어 죽는 것. 그것을 위해 고도이는 자신의 하루를 온전히 다 쏟아부었다(딱히 할일도 없었다). 강아지들은 언제나 명랑하게 다가와 고도이가 가진 모든 것을 다 내놓으라고 요구했다. 고도이는 때때로 그것이 힘들었지만(스페인을 통치하는 것보다 강아지들을 돌보는 게 더 어렵다고, 그는 회고록에 적었다), 그때마다 베로의 마지막 모습을 떠올리곤 했다. 자신을 위해 다락방에서 짖어대던 베로의 목소리. 넌 신이 보낸 아이야. 고도이는 누이의 말을 떠올리면서, 비로소 신이 자신을 왜 이 땅에 보냈는지 그 뜻을 조금이나마 알게 된 기분이라고, 페피타 투도에게 말하기도 했다.

하지만 그 시간들도 얼마 지나지 않아 끝이 나고 말았다. 이번에도 역시 나폴레옹이 문제였다.

1814년, 나폴레옹이 라이프치히전투에서 패배한 후 엘바섬으로 추방되었을 때까지만 해도 별다른 문제는 없었다. 나폴레옹의 실각 후 프랑스의 국왕으로 즉위한 루이 18세는 카를로스 4세 국왕이나 마리아 루이사 왕비, 그리고 고도이에게 아무런 관심을 보이지 않았다(그는 카를로스 4세 국왕의 먼 친척뻘 동생이었다). 사는 곳도, 연금도 이전과 똑같이 유지되었다. 하지만 1815년 엘바섬을 탈출한 나폴레옹이 다시 권력을 잡고 워털루전투에 나서면서부터 분위기가 완전히 달라졌다. 나폴레옹은 가용한 모든 자원을 다 동원해 전투에 임했지만, 불과 며칠도 지나지 않아 궤멸적 타격을 입고 말았다. 결국 그는 세상 사람들이 다 아는 것처럼 남대서양 세인트헬레나섬에 유배되었고, 그곳에서 생을 마감하게 되었다. 고도이와 후에스카르 비숑프리제들에게 닥친 비극은 바로 그때부터 시작되었다. 1815년 12월 프랑스 국왕은 카를로스 4세와 마리아 루이사 왕비에게 콩피에뉴 별궁에서 나가줄 것을 정중하게 요청했다(프랑스 국왕은 나폴레옹의 모든 그림자를 지우려고 들었다). 국왕이 새롭게 제시한 거처는 마르세유의 한 귀족 저택이었다. 그 저택도 방이 열 개나 되는 꽤 큰 규모였지만, 마리아 루이사 왕비는 거의 히스테릭한 반응을 보였다. 죽으라는 거지, 우리 보고 가서 다 죽으라는 거야! 그 코딱지만한 집에서 뭘 어쩌라고! 하지만 문제는 거처가 아니었다. 더 큰 시련은 연금에 있었다. 프랑스 국왕은 카를로스 4세와 마리아 루이사에게 주던 연금을 반토막 냈으며, 고도이에게 지급하던 연금은 아예 전액 삭감해버렸다. 연금 하나 믿고 스페인을 통째로 내줬는데, 약속은 휴짓조각이 되어버렸고, 아무도 그들의 억울함이나 곤란한 사정에 관심을 기울이지 않았다. 인간의 역사에서 그들은 어쨌든 나라를 팔아버린, 비열한 위정자 그 이상도 이하도 아니었다.

고도이는 스페인 국왕 부부와 함께 마르세유로 떠나지 않았다. 그는 베로 하우스에 그대로 남는 것을 선택했다. 마리아 루이사 왕비가 고도이의 가족(그는 첫번째 부인 사이에서 낳은 딸을 한 명 기르고 있었다. 페피타 투도 사이에서도 두 명의 아들을 낳았다)을 위해서 방 두 칸을 따로 내주겠다고 했으나, 그는 차분한 목소리로 거절했다.

"그래서 여기 남겠다고? 저 개들 때문에?"

마리아 루이사 왕비는 직접 베로 하우스까지 찾아와 고도이에게 물었다.

"그렇다고 이 아이들을 다 데리고 마르세유까지 갈 순 없지 않습니까?"

고도이는 평온한 얼굴로 그렇게 말했다.

"또, 또 나를 무시하는군요."

마리아 루이사 왕비는 더이상 소리를 지르거나 화를 내지 않았다. 이제 그녀의 열정도 굳고 곱은 손처럼 주름지고 무뎌져 있었다.

"이 강아지 기억나십니까?"

고도이가 이제 막 젖을 뗀 후에스카르 비숑 프리제 한 마리를 들어올리며 물었다.

마리아 루이사 왕비는 알지 못하는 강아지였다. 그녀는 강아지들의 차이를 구별하지 못했다.

"제가 처음 왕실 근위대에 들어갔을 때 맡아 키웠던 아이들의 후손입니다."

고도이는 강아지를 품에 안았다. 그러곤 그 머리에 짧게 입맞췄다.

"우리는 이렇게 나이들었지만, 이 아이들은 계속 태어나고 자라납니다."

왕비는 그제야 강아지를 자세히 바라보았다. 고도이와 처음 마드리드 왕궁에서 마주쳤을 때, 그때도 그는 지금처럼 강아지를 품에 안고 있었다. 그때 고도이는 또 얼마나 아름다웠던가! 왕비는 눈물이 날 것만 같았다. 이제 다 지나간 시절의 일이었다.

"건강하십시오. 종종 편지 드리고 찾아뵙겠습니다."

고도이는 고개 숙여 정중하게 마리아 루이사 왕비에게 인사했다. 그의 품에 안겨 있던 후에스카르 비숑 프리제 강아지는 눈을 감고 짧게 하품을 한 번 했다.

이제 고도이에게 남은 재산이라곤 베로 하우스로 쓰고 있는 저택과 스페인에서 떠나올 때 챙긴 보석류와 그림, 그리고 마리아 루이사 왕비가 마르세유로 거처를 옮기면서 마지막으로 건넨 얼마 안 되는 프랑스 돈이 전부였다. 그럼에도 그는 후에스카르 비숑 프리제들에겐 언제나 좋은 것을 먹이기 위해서 돈을 아끼지 않았다(주로 양고기를 잘게 다진 후 양파와 함께 오랜 시간 끓인 스튜를 먹였으나, 말년엔 양배추와 다진 감자로 대체하기도 했다. 그는 늘 강아지들과 같은 것을 먹었다). 1821년, 후에스카르 비숑 프리제들은 모두 마흔여덟 마리까지 늘어났다. 그와 함께 살던 페피타 투도는 더이상은 이렇게 살 수 없다며 두 아들과 함께 이탈리아 피사로 떠났다. 회고록에 따르면 고도이는 이후 꽤 오랜 시간 베로 하우스에서 혼자 살았다. 고도이는 스페인에 남은 자신의 재산을 되찾기 위해 긴 소송을 진행하기도 했다. 모두 후에스카르 비숑 프리제들을 제대로 돌보기 위한 그의 투쟁이었다(다행히 스페인 정부로부터 몰수된 재산의 일부를 돌려받는 데 성공했지만, 그것은 한참 후의 일이었다. 그 재산은 모두 고도이의 아들들 몫이 되었다). 이제 베로 하우스에 남은 사람은 늙은 고도이뿐이었다. 고도이는 관절염 때문에 잘 걷지도 못했지만, 매일 후에스카르 비숑 프리제들의 똥을 치우고, 물을 떠주었다. 그의 소원처럼 조용히 늙어간 후에스카르 비숑 프리제들은 한 마리씩 한 마리씩 세상을 떠나기 시작했다. 고도이는 지팡이를 짚은 채 그 강아지들을 베로 하우스의 뒤뜰에 묻어주었다. 들짐승들이 땅을 파헤쳐 사체를 물고 가는 일이 생길까봐 항상 그 주위엔 일정량의 비소를 뿌려두기도 했다.

 1849년, 고도이는 한차례 계단에서 쓰러진 후 정신을 잃었고, 그뒤로는 왼손과 왼쪽 다리를 거의 쓰지 못하는 몸이 되고 말았다. 다행히 연락을 받고 급히 베로 하우스로 찾아온 페피타 투도가 그를 파리의 한 요양원으로 옮겼다. 고도이는 그곳으로 가지 않으려고 애썼으나, 뜻대로 되지 않았다. 고도이의 하나뿐인 딸 카를로타 루이사가 베로 하우스를 찾은 것은 그로부터 한 달 더 지난 뒤의 일이었다. 주인 없이 방치된 베로 하우스엔 악취와 오물, 그리고 이미 죽은 개들의 사체가 즐비했다. 카를로타 루이사는 집안과 마당 뒤편을 뒤져서 거의 뼈만 남은 후에스카르 비숑 프리제 일곱 마리를 구조했다. 그녀는 그 강아지들을 데리고 자신이 살고 있던 프랑스 남부 뤼베롱으로 향했다. 그것이 그녀의 아버지가 간호사를 통해 보내온 편지에 적힌, 간절한 부탁이었다.
 "저택은 팔아서 네 살림에 보태도록 하렴. 그리고 그곳에 혹 남아 있는 아이들이 있다면, 잘 부탁한다. 거기 벽장에 고야가 그린 그림도 한 점 있을 거야. 그것도 팔고. 아무한테도 들키지 말고."

 고도이는 1851년 세상을 떠났다. 그는 페르라셰즈 공동묘지에 쓸쓸히 묻혔다.
—피에르 퓌졸, 『후에스카르 비숑 프리제의 빛과 그림자』

*

　그로부터 다시 일주일이 지날 동안 앙시앙 하우스에선 아무런 연락도 오지 않았다.
　그래서 내심 더 불안해진 것도 사실이었다. 정용은 매일 아침 단톡방에 안부 인사처럼 '별일 없지?'라고 물었고, 나는 짧게 '응'이라고만 대답했다. 수아는 별다른 말을 하지 않았다. 그쪽에서 연락처를 아는 사람은 오직 나 하나뿐이었다. 전화가 곧 올 것도 같은데, 침묵이 길어지니 속수무책 거기에만 신경을 쏟게 되었다. 기억이 뒤죽박죽인 것도 문제였다. 정용이 남궁상민 브리더와 함께 스피커 쪽으로 넘어진 것은 확실하게 떠오르는데 그뒤에 어떻게 되었는지, 어떻게 다시 수아가 모는 차를 타고 용인버스터미널 근처까지 가게 되었는지, 그 시간들이 마치 깨져버린 스마트폰 액정 화면처럼 깜빡깜빡거리기만 했다. 김태형도 분명 그곳까지 함께 간 것 같은데, 어느 순간부터 그는 보이지 않았다.

　하지만 이시봉에 대한 기억은 어느 것 하나 빠짐없이 선명했다.

　나는 계속 이시봉을 안고 있었고, 이시봉의 눈만 바라보고 있었다. 수아가 스마트폰으로 가장 가까운 야간 진료 동물병원을 찾았고, 그곳으로 차를 몰고 가는 내내 나는 무섭고 두려운 마음 때문에 다리를 덜덜 떨었다. 그래서 자주 이시봉의 이름을 불러주었다. 이시봉, 이시봉. 나는 이시봉과 눈이 마주칠 때마다 웃으려고 노력했다. 그런데도 자꾸 끔찍한 상상이 떠올랐다. 동물병원은 용인버스터미널 근처 아파트 상가 이층에 있었다. 우리가 접수한 지 이십 분쯤 지나 간호사의 연락을 받은 수의사가 도착했다. 수의사는 사십대 중반의 조금 뚱뚱한 남자였는데, 술자리에 있다가 달려왔는지 얼굴이 불콰했고 매운 냄새가 났다. 나는 그게 또 걱정이 되었다.

이시봉의 상태는 생각보다 더 심각했다.

구강 출혈이 있었고, 조심스럽게 털을 쓸며 살펴보니 왼쪽 뒷다리가 벌겋게 부어올라 있었다. 수의사가 그쪽을 만지자 이시봉은 고통스럽게 사지를 비틀었다.

"높은 곳에서 떨어진 건가요?"

수의사가 물었지만, 나는 바로 대답하지 못했다. 수아가 대신 "네"라고 짧게 말해주었다.

"엑스레이 찍고 혈액검사하고 복부초음파도 같이 진행해야 할 거 같아요."

"혈액검사도요?"

수아가 뜨악한 표정으로 물었다.

"높은 곳에서 떨어졌으면 장기도 손상됐을 가능성이 크거든요. 사실 그게 더 급해요."
 나는 누워 있는 이시봉의 머리를 가만히 쓰다듬어주었다. 이시봉은 눈을 자주 깜빡거렸는데, 그래서 눈동자가 더 새까맣게 보였다. 더 겁을 먹은 것처럼 보이기도 했다.

 엑스레이 결과, 이시봉은 좌측 대퇴골 골절 판정을 받았다. 더 무서운 것은 혈액검사 결과였다. 이시봉의 간 수치는 정상보다 60배 이상 높게 나왔고, 단백질이나 전해질 수치는 평균보다 훨씬 더 낮은 것으로 나왔다. 급성 간 손상과 복수가 의심된다고, 수의사는 이시봉의 배 근처에 작은 플래시를 비춰보면서 말했다. 오늘 입원하고 내일 바로 수술해야 한다고, 일주일 정도 입원이 필요하다는 말도 덧붙였다.
 "저기, 저희는 여기 사는 게 아니고, 광주광역시에서 왔거든요."
 수아가 그렇게 말하자, 수의사가 우리 모두를 한번 훑어보았다.
 "에버랜드 왔다가 다친 거예요?"
 그 말엔 아무도 대답하지 않았다.
 "저희가 여기 일주일 동안이나 있기 어려워서요."
 나는 말없이 수아의 손을 잡았다. 수아가 내 눈을 바라보았다.
 "너희들은 먼저 가 있어. 내가 여기 있을게."
 수의사는 내 말을 듣더니, 자리에서 일어났다.

"깁스 꼼꼼하게 해줄 테니 집에 돌아가서 내일 바로 수술 받아요."

"간 수치도 안 좋고 복수도 찼다고 하셨잖아요?"

"진통제하고 항생제 맞고 갈 거예요."

간호사가 전기바리캉과 주사기를 들고 진료실 안으로 들어왔다.

"그래도 입원하는 게……"

수의사는 능숙하게 이시봉의 왼쪽 다리와 엉덩이 근처 털을 깎아냈다. 이시봉이 불안한 듯 고개를 들어 계속 그쪽을 바라보았다.

"강아지 입원 안 시켜보셨죠?"

수의사가 물었다.

"네."

나는 작은 목소리로 대답했다.

수의사는 계속 이시봉의 털을 깎아내면서 턱으로 회복실을 가리켰다.

"그냥 저런 곳에서 계속 재우는 거예요."

우리는 그가 가리킨 곳을 바라보았다. 칸칸이 쌓아올린 작은 케이지 안에 포메라니안 한 마리가 모로 누운 채 잠들어 있었다.

"저게 무슨 입원이야, 보관이지."

수의사는 혼잣말처럼 중얼거렸다. 그러곤 이렇게 덧붙였다.

"아유, 지랄. 이러니 내가 망하지, 안 망해?"

간호사가 그에게 소독솜을 건네며 거들었다.

"같이 망한다는 게 참⋯⋯ 더 지랄 같네요."

우리는 그 두 사람의 대화를 묵묵히 듣기만 했다. 둘 다 목소리는 심드렁했지만, 호흡은 잘 맞았다. 그게 나를 조금 안심시켰다.

우리는 밤 열한시가 넘어서 다시 광주광역시로 출발했다. 출발하기 직전, 진료비를 내려고 안내데스크 앞으로 다가갔더니, 이런 말이 돌아왔다.

"같이 오신 남자분 있잖아요, 그분이 내고 가셨는데요?"

나는 그제야 김태형의 모습이 보이지 않는 것을 알게 되었다.

이시봉은 다음날 광주 남구에 있는 한 동물병원에서 수술을 받았다. 그곳에 이틀 동안 입원해 있었고(수의사는 꼭 입원을 해야 한다고 말했다), 사흘째 되던 날 아침 퇴원했다. 다행히 간 수치와 복수는 첫날에 비해 많이 좋아졌고, 단백질과 전해질 수치도 정상에 가까워졌다. 왼쪽 뒷다리는 조금 구부러져 있는 상태였고(검은색 부직포 같은 보호대로 고정되어 있었다), 발을 땅에 전혀 딛질 못했는데, 그래도 이시봉은 그 자세로 뒤뚱뒤뚱 걸으려고 노력했다. 사흘에 한 번씩 병원에 가야만 했고, 한 달

뒤에는 뼈를 고정시켜놓은 플레이트 제거 수술을 따로 받아야 한다고 했지만, 나는 마음이 놓였다. 걱정도 없이 저절로 그렇게 되었다. 그리고 그 상태에서 느닷없이 걸려온 전화 한 통을 받게 되었다. 앙시앙 하우스에서 돌아온 지 일주일째 되는 날 저녁의 일이었다.

"저예요."

권성희 수의사였다. 나는 잠시 아무런 말도 하지 않은 채 휴대폰만 귀에 대고 있었다. 그녀 역시 말이 없었다. 나는 다시 심장이 빠르게 뛰기 시작했다. 어떤 각오 같은 것들을 마음속에서 반복하기도 했다.

"이시봉은, 이시봉은 괜찮나요?"

"그게 왜 궁금하죠?"

나는 사나운 말투로 되물었다.

"골절인가요? 대퇴부 쪽?"

그녀는 지지 않고 물었다.

"난 신고할 거예요."

나는 마치 나 스스로에게 다짐이라도 하듯 그렇게 말했다.

"수술은요? 수술은 했나요?"

"이건 엄연히 동물학대예요."

"맞아요, 동물학대. 신고할 수 있어요."

권성희 수의사는 순순히 인정했다.

"한데, 그러면 이쪽에선 가만히 있을까요?"

나는 소파 바로 옆, 쿠션을 벤 채 누워 있는 이시봉을 바라보았다. 이시봉은 마치 어린 강아지처럼 세상모르고 잠들어 있었다. 슬픈 꼬리, 똑같은 고통, 혼자 남은 아이. 나는 괜스레 그런 말들이 떠올랐다.

"재물손괴나 사기로 걸 수도 있어요. 이시봉도 다시 찾아올 거구요."

"그렇게 못 할 거예요. 내가 진짜…… 내가 진짜 가만히 있지 않을 거예요."

"그러니까 그렇게까지 하지 말자구요."

권성희 수의사는 나를 달래듯 말했다.

"사실 그날…… 우리 대표님도 많이 다치셨어요……"

나는 그녀의 말이 무슨 뜻인지 제대로 이해하지 못했다. 마음을 다쳤다는 건가? 그 사람이 왜? 이시봉을 젖은 수건처럼 집어던진 사람이 왜? 그러고선 혼자 방으로 숨은 사람이 무엇 때문에? 나는 정채민 대표의 이야기가 나오자 저절로 적개심이 일었고, 그래서 또 참고 있던 술 생각이 났다.

우리가 몰랐던 건, 그 이후의 상황이었다.

우리가 차를 타고 급하게 용인터미널 근처로 가고 있을 무렵, 또다른 차 한 대가 빠른 속도로 앙시앙 하우스 쪽으로 올라갔다. 그 차에는 서울 청담동에 위치한 한 호텔의 젊은 대표와 그가 키우는 비숑 프리제 한 마리, 그리고 호텔 지배인과 두 명의 건장한 요리사들이 동승했다. 그들은 앙시앙 하우스에 도착하자마자 담배를 한 대씩 나눠 피우고는 차 트렁크에서 커다란 웍과 중식도, 곤봉처럼 생긴 묵직한 반죽 밀대 등을 꺼내들었다(젊은 대표는 비숑 프리제를 품에 안은 채 담배를 피웠다). 그런 다음 젊은 대표의 사인에 따라 우르르 집안으로 들어갔다.

젊은 대표는 한 손엔 웍을 들고, 또다른 손으론 비숑 프리제를 품에 안은 채, 큰 소리로 말했다.

"형! 형 나와봐! 맛있는 거 만들어달라고 했다며!"

그는 웍으로 탕, 탕, 소리 나게 거실 벽을 때렸다. 그때마다 품안의 비숑 프리제가 움찔움찔했다.

"씨발, 동생이 왔는데 왜 얼굴도 안 비쳐! 오늘 아주 끝장을 내보자구!"

미셸 브리더와 남궁상민 브리더가 젊은 대표를 막아보려고 했지만, 소용없었다. 중식도를 든 호텔 지배인과 요리사들이 그들 앞으로 다가갔기 때문이었다.

"가만히들 계시죠. 제가 브루클린 출신이어서 심성이 좀 거칠어요."

젊은 대표는 정채민 대표가 들어간 방문 앞까지 갔으나, 안으로 들어가진 못했다. 방문은 굳게 잠겨 있었다.

"나와보라니까! 레베카도 왔다구!"

그는 방문에 대고 거칠게 발길질을 해댔다. 하지만 문은 끝내 열리지 않았다.

그 시각, 정채민 대표는 실내용 슬리퍼를 신은 채 방 창문을 열고 조용히 밖으로 빠져나갔다. 그는 차고에 있던 자신의 스포츠카를 몰고 위기를 모면하려고 했지만, 그 스포츠카의 엔진소리가 지나치게 크다는 사실을 간과했다. 호텔의 젊은 대표는 엔진소리가 들리자마자 들고 있던 웍을 내팽개치고, 레베카만 품에 안은 채 집밖으로 뛰쳐나갔다. 정채민 대표의 스포츠카 성능이야 말할 나위 없었지만, 호텔의 젊은 대표가 몰고 온 자동차 또한 토크가 뛰어난 쿠페형 세단이었다. 그렇게 한밤에 광란의 추격전이 벌어졌다. 하지만 그 카 레이싱은 그리 오래가지 못했다. 정채민 대표의 스포츠카가 98번 지방도의 삼거리 코너 길에서 속도를 줄이지 못한 채 그대로 전복되고 말았기 때문이다. 뒤쫓아오던 젊은 대표는, 전복된 정채민 대표의 스포츠카를 보고도 아무런 조치를 취하지 않은 채 유유히 서울 방향으로 사라졌다. 물론 나는 그 사실을 후에 남궁상민 브리더의 진술서를 통해 알게 되었다.

"대표님은 지금 입원중이세요."

권성희 수의사는 내게 짧게 그 사정에 대해서 말해주었다.

"의식은 있지만, 척추하고 다리를 크게 다치셨어요. 어쩌면…… 평생 못 걸을 수도 있고요."

"그게 나하고 무슨 상관이죠?"

나는 계속 긴장을 풀지 않았다. 그가 안쓰럽다는 생각은 들지 않았다. 무언가 또 나를 속이려고 하는 말은 아닐까, 의심만 들었다.

"아마 조만간 경찰에서 연락이 갈 거예요."

권성희 수의사는 사무적인 어투로 말했다.

"그때…… 가급적 다른 이야기는 하지 않았으면 해서요."

"다른 이야기요?"

내가 되물었다.

"이시봉 엄마 아빠에 대한 이야기 같은 것들 말이에요. 대표님이 시습씨한테 해줬던 이야기들."

나는 그 말들이 무엇을 뜻하는지 속으로 따져보았다. 그러곤 이내 그게 말이 안 된다고 생각했다. 그걸 말하지 않으면 우리가 앙시앙 하우스를 찾아간 이유를 제대로 설명할 수가 없었다. 그러면 정말 재물손괴나 사기가 되고 말았다. 이시봉 때문에 일어난 일에 이시봉 이야기를 하지 말라니……

하지만 권성희 수의사는 그게 가능하다고 생각하는 모양이었다.

"그렇게만 해준다면 더이상 이시봉에 대해선 거론하지 않겠다는 게 대표님의 뜻이에요."

"거론하지 않겠다는 게 무슨 뜻이죠?"

"그냥 이시습씨가 키우시라구요. 예전처럼."

나는 침묵을 지켰다. 그동안 나와 이시봉 사이에 있었던 많은 일들이 마치 2배속, 3배속으로 돌린 영상처럼 빠르게 스쳐지나갔다. 그리고 알 수 없는 모멸감이, 분노가, 그 자리를 대신 채웠다. 뭐지? 뭐가 이렇게 쉽지? 당신들은 왜 모든 게 이렇게 쉽기만 하지? 나는 소리를 지르지 않으려고 안간힘을 썼다.

"내 말 듣고 있어요?"

권성희 수의사가 물었다.

"나 정말 궁금한 게 있어요."

나는 목소리를 가다듬고 간신히 말했다.

"그게 뭐였죠? 스피커에서 나온 그거?"

그녀는 내 말에 바로 대답하지 않았다.

"그거…… 메모리얼 스톤이잖아요? 걔들은 다 누구죠?"

"그건 저도 알 수 없어요."

권성희 수의사는 귀찮은 듯한 목소리로 대답했다.

"그렇게 많은 메모리얼 스톤이라면……"

"무슨 말을 하고 싶은 거죠?"

"걔들은 다 누구냐구요! 왜 걔들을 그렇게 모아두었냐구요!"

"말했잖아요. 그건 나도 모른다고."

그녀가 신경질적으로 반응했다. 그러곤 이렇게 덧붙였다.

"여기선 단 한 마리의 강아지도 죽어나가지 않아요. 단 한 마리도 죽지 않는다구요."

나는 혼자 고개를 끄덕거렸다. 그러면서 생각했다.

그게 씨발, 정말 이상한 일 아닌가? 강아지를 그렇게나 많이 키우는데, 그런데 어떻게 한 마리도 죽는 강아지를 보지 못한다는 거지? 그러면 늙고 병든 개들은 다 어디로 간다는 거지?

"이시봉을 지키고 싶다면 제 말 잘 기억해줬으면 좋겠어요. 그거 어려운 일 아니잖아요?"

권성희 수의사와의 통화는 그렇게 끝났다. 나는 처음으로 그녀가 무섭다는 생각을 했다. 자신이 지키고 싶어하는 것만 바라봐서, 다른 사람의 마음은 헤아리지도 못하는구나. 그게 인색한 거구나. 나는 그렇게 중얼거리기도 했다.

용인동부경찰서에서 참고인으로 나와달라는 전화를 받은 것은 그 다음다음 날의 일이었다.

*

참고인 조사는 경찰서 이층에 있는 형사3팀에서 진행됐다.

사십대 중반에 무테안경을 쓴 최승우 형사가 내 담당이었는데, 그는 자신의 명함을 건네고 난 후 길게 기지개를 한 번 켰다.

"뭐 긴장할 건 없구요, 일종의 형식적인 절차라고 생각하시면 됩니다."

나는 그의 책상 앞에 놓인 철제 의자에 앉았다. 몸에서 최대한 힘을 빼려고 했지만, 그게 쉽지 않았다. 저절로 허리에 힘이 들어갔다. 마치 자퇴 서류를 내던 고3 시절로 되돌아간 듯, 모든 것에 눈치가 보였다.

"대충은 들었는데, 약간 소란이 있으셨다구요?"

"소란이 아니고……"

"아, 참고삼아 말씀드리는 건데 저쪽에선 일단 이 문제에 대해선 조용히 넘어가고 싶어하세요."

"이게 저희도 문제가 될 수 있는 건가요?"

"문제가 될 수도 있지요. 가택침입도 될 수 있고, 재물손괴나 쌍방폭행 여부도 조사해볼 수 있고…… 문제삼으려고 하면 다 문제지요."

최승우 형사는 무심한 목소리로 말했다.

"한데 저쪽에선 지금 이게 급한 게 아니라서……"

"무슨 다른 문제가 있나요?"

나는 아무것도 모르는 척 물었다.

"뭐 호텔 지분 싸움 문제가 오래전부터 깊었던 거 같은데, 어휴, 복잡해요. 살인미수 이야기까지 나오는 걸 보면……"

최승우 형사는 그러면서 불쑥 이시봉 이야기를 꺼냈다.

"무슨 강아지 때문에 그랬다고 하던데?"

나는 고개를 조금 숙였다. 최승우 형사가 날카롭게 나를 한 번 쏘아보았기 때문이다.

"네."

"왜요? 강아지한테 무슨 문제가 있었어요?"

그 대목에서 나는 잠깐 침묵했다. 권성희 수의사의 말이 떠올랐기 때문이었다. 마치 어떤 어려운 시험문제를 마주한 것처럼 나는 주저하고 망설일 수밖에 없었다. 부러진 다리에 깁스를 한 채, 거실 한쪽에 누워 있을 이시봉의 얼굴도 떠올랐다. 용인까지 올라온 나 대신 정용과 수아가 돌아가면서 이시봉을 돌보고 있을 터였다. 오전엔 수아, 오후엔 정용, 하는 식으로.

"아니요. 강아지는 아무 문제가 없구요, 저희들이 실수를 좀 했어요."

나는 그렇게 말했다. 나는 내가 좀 비겁하다는 생각이 들었다.

"젊은 사람들이 조심해야죠. 이건 뭐 사람보다 강아지가 먼저라고 생각하니, 쯧쯧."

최승우 형사는 다시 노트북 화면으로 시선을 돌리며 혀를 찼다.

"그래서 친구들 세 명과 함께 찾아갔다?"

"네."

"뭐 위협을 한 거예요? 강아지를 다시 돌려달라고?"

"위협은 아니고, 서로 말을 하다가 그만……"

그는 무표정한 얼굴로 마우스의 스크롤을 계속 내렸다.

"그럼 여기 이 김태형씨도 이시슾씨 친구인 거예요?"

갑자기 김태형의 이름이 튀어나와서 나는 조금 당황했다. 무언가 거짓말을 들킨 것만 같은 기분이었다. 하지만 나는 계속 버텨내려고 노력했다.

"네. 맞아요. 친구."

"나이가 대여섯 살 더 많던데? 폭행 전과도 있고?"

"……"

"이 사람이 주도한 거예요? 거기 같이 가자고?"

"아니에요."

"아니에요?"

"네…… 친구, 맞아요. 제가 같이 가자고 했어요."

최승우 형사는 멀거니 내 얼굴을 바라보았다. 그러더니 무언가를 고쳐쓰는 듯 노트북 자판을 몇 번 두드렸다.

"뭐 직접 물어보면 되니까…… 이 친구도 지금 여기 와 있거든요."

그와 나의 눈이 마주쳤다. 나는 아무 말도 하지 않았다.

"몰랐어요? 친구라면서?"

나는 끝내 입을 다물었다. 이상해 보일 것이 뻔했지만, 그래도 좀처럼 말이 나오지 않았다. 말하지 않는 것도 거짓말의 일종이라면, 그렇다면 그쪽을 택하는 게 낫다고 생각했다.

그게 거의 마지막이었다.

최승우 형사는 더이상 다른 질문은 하지 않았다.

"자, 이제 돌아가 계셔도 좋습니다. 다른 일이 생기면 그때 또 연락드릴게요."

그는 마치 다음달을 기약하는 가스검침원처럼 그렇게 말했다.

나는 엉거주춤 자리에서 일어나 인사도 하지 않고 그곳에서 빠져나왔다.

그날 나는 바로 광주로 내려오지 않고, 경찰서 정문에서 김태형을 기다렸다.

김태형은 나보다 한 시간 정도 늦게 경찰서 건물에서 빠져나왔는데, 나를 보자마자 멈칫, 놀란 사람처럼 가만히 서 있었다. 그러곤 다시 천천히 내 앞으로 걸어왔다.

"아직 안 갔어요?"

나는 그의 말에 고개만 끄덕였다.

"이시봉은, 이시봉은 좀 어때요?"

"수술하고 집에 있어요."
"수술은 잘됐어요?"
"네."
"다행이네요."
그는 슬쩍 웃어 보였다.
"저기……"
내가 무슨 말인가 꺼내려고 했을 때, 그가 말허리를 잘랐다.
"우리 밥 먹고 갈래요?"
"밥이요?"
"하루종일 아무것도 못 먹어서……"
나는 집에서 기다릴 이시봉의 얼굴이 떠올랐지만, 순순히 그의 말에 따랐다. 생각해보니 나 역시 아침부터 제대로 먹은 게 없었다.

우리는 경찰서 정문에서 얼마 떨어지지 않은 곳에 위치한 칼국숫집에 들어갔다. 주문을 끝내고 김태형과 마주앉아 있자니, 어쩐지 좀 어색한 기분이 들었다. 그는 일주일 사이 무언가 달라진 것 같았는데, 그게 무엇인지 처음엔 제대로 알 수 없었다.
"친구라고 했다면서요?"
김태형이 먼저 말을 걸었다.
"네?"

"형사한테……"

"아, 네……"

나는 그에게 조금 쑥스러운 마음이 들었다.

"나는 그냥 아는 사람이라고 그랬어요."

김태형은 물컵을 들면서 그렇게 말했다.

우리는 열심히 칼국수를 먹었다. 말도 없이 각자의 칼국수에 집중했고, 먹다보니까 허기가 져 따로 공깃밥까지 추가했다. 귀밑머리 아래로 땀이 조금 흘러내렸는데, 그 느낌도 나쁘지 않았다. 열심히 산다는 것, 몸이 움직인다는 것, 그리고 거짓말을 한다는 것.

"근데 진짜 그런 종은 없는 거예요?"

둘 다 식사를 다 마칠 때쯤, 내가 물었다.

"후에스카르……"

내 말에 김태형은 말없이 또 슬쩍 웃었다. 그제야 나는 김태형이 무엇이 달라졌는지 깨닫게 되었다. 이 사람도 웃네. 웃으니까 또 완전히 다른 얼굴이네. 누굴 닮은 게 아닌, 다른 얼굴. 밝고 환한 빛.

"원래 종이라는 게 다 사람들이 만들어내는 거잖아요."

김태형은 씁쓸한 목소리로 말했다.

"그게 사랑인 줄 알고……"

우리는 용인버스터미널 앞에서 헤어졌다. 그는 충주로 간다고 했다. 그곳 리조트 공사 현장에서 일하게 될 것이라고 말했다.

헤어지기 전, 김태형이 손을 내밀었다.

"미안했어요."

나는 잠깐 그 손을 내려다보았다.

"뭐가요?"

"그냥 그 말을 하고 싶었어요."

그는 내 얼굴을 제대로 바라보지 못한 채, 고개를 조금 숙이고 있었다.

"이시봉한테도 전해주세요. 내가 많이 미안해하고 있다고."

우리는 짧게 악수했다.

돌아서는 그에게 내가 물었다.

"나 정말 궁금해서 그러는데요……"

김태형은 말없이 나를 바라보았다.

"맞죠? 그 미셸이라는 분이……"

내 말에 그는 아무 대답 없이 손만 슬쩍 들었다.

나 역시 굳이 답을 들을 생각은 없었다.

나 또한 그에게 손을 흔들었다.

우리는 그렇게 헤어졌다.

남궁상민 브리더로부터 따로 카톡을 받은 것은 그로부터 한 달이 더 지난 뒤의 일이었다. 그는 더이상 앙시앙 하우스에 근무하지 않는다면서, 자신이 본 모든 것을 솔직하게 SNS에 털어놓을 것이라고 말했다. 그러면서 자신의 경찰 진술조서를 따로 파일로 첨부했다.

—정채민, 이 새끼는 정말 개새끼예요!

그는 그런 말도 덧붙였다.

나는 그의 카톡에 아무런 답신도 보내지 않았다.

무언가 나를 또 시험하는 게 아닐까, 의심했기 때문이었다.

21

 박유정은 생의 마지막 며칠 동안 계속 같은 꿈을 꾸었다. 그리고 그 꿈 이야기를 느리게, 또 힘겹게, 자신의 동생에게 들려주었다.

카이는 2012년 3월에 죽었고, 루시는 2015년 11월에 죽었다.

 그녀는 꿈속에서 반복적으로 죽기 며칠 전의 루시를 만났다.
 루시는 그때 이미 만으로 열여덟 살이었다. 그해 봄부터 방광결석과 신부전증을 앓고 있었으며, 시력과 청력, 후각을 모두 잃어버린 상태였다. 사료와 자신의 똥을 구분하지 못했고, 밤마다 심한 발작에 시달렸다. 박유정은 그런 루시를 위해 따로 방

한 칸을 내주었다. 그리고 그 방에서 함께 잠들었다. 나머지 루시의 자손들, 그 아이들은 작은방과 거실에 둥그렇게 모여 잠들었다. 모두 스물한 마리였다. 모두 이름이 있는 강아지들. 김태형도 그 아이들 틈에서 함께 잠들었다.

박유정은 당시 고흥 녹동항 근처 생선구잇집 주방에서 일하고 있었다. 오전 열시에 출근해서 저녁 여덟시에 퇴근했으며, 한 달에 두 번 쉬었다. 거기에서 번 돈으로 사료를 사고, 배변 패드를 사고, 구충제를 사고, 아이들이 좋아하는 고구마와 양배추를 샀다. 그것만으로도 늘 돈이 모자랐다. 박유정은 파리 시절의 그 오래된 베이지색 코트를 그때까지도 버리지 못했으며, 왕복 10킬로미터도 넘는 출근길을 걸어다녔다. 고흥군 도양읍 용정리. 그녀는 그곳 야산 기슭에 있는 낡은 축사를 개조한 집에서 살고 있었다. 월세는 십오만원이었지만, 가끔씩 못 내고 밀리는 달도 있었다.

하지만 그해 10월, 그녀는 생선구잇집 일을 그만두었다. 모아둔 돈은 따로 없었지만, 박유정은 그렇게 했다. 아무래도 루시가 그달을 넘기지 못할 것만 같았기 때문이었다. 간병을 해줘야지. 혼자선 아무것도 먹을 수 없는데…… 그건 꼭 루시를 위해서만은 아니었다. 그녀에게도 그 시간이 꼭 필요했다.

"루시."

박유정은 잠든 루시의 이마를 내려다보며 작게 중얼거렸다. 11월에 이르자 루시의 발작은 더욱 심해졌다. 깨어 있는 내내 발작했고, 그 발작에 지쳐 겨우 잠드는 날들이 이어졌다. 루시에겐 고통만이, 오직 고통만이 남은 듯했다. 그 고통을 보는 고통. 루시와 박유정은 고통으로 서로 연결되어 있는 것 같았다.

"루시. 내가 많이 미안해."

그녀는 계속 같은 말을 했다.

루시가 나에게 오지 않았다면, 그랬다면 루시의 삶이 더 괜찮지 않았을까? 질 나쁘고 딱딱한 사료가 아닌 부드럽고 영양가 있는 음식들, 웃풍이 없는 포근하고 따뜻한 잠자리, 깨끗한 물로 하는 목욕. 그게 다 돈이네. 루시는 충분히 그럴 수 있었다. 그럴 기회도 있었다. 그런 기회를 막아선 것은 다른 사람도 아닌 그녀 자신이었다.

처음엔 카이와 루시, 그 두 아이를 보호해주고 싶었다. 잘 챙겨주고 싶었다. 자신의 아이와 그 아이들을 똑같이 키우는 것, 그것 이상도 이하도 생각하지 않았다. 카이와 루시의 아이들이 태어났을 때도 그 마음은 변하지 않았다. 다섯 마리였다. 엄마가 된 루시가 안쓰럽고 걱정되고 또 사랑스러웠을 뿐이었다. 하지만 그 아이들이 다시 아이들을 낳고, 다른 아이들도 동시에 새끼를 뱄을 땐 아무런 생각도 들지 않았다. 생각할 틈도 없었다. 그 아이들을 씻기고, 그 아이들의 똥을 치우고, 그 아이들의 밥을 챙기다보면 어떻게 하루가 갔는지, 자신이 지금 무슨 일을 하려고 했는지, 가물가물해질 때가 많았다. 자신이 그 아이들의 할머니가 된 듯 확 늙어버린 기분이 들기도 했다. 그리고 무엇보다 더 많은 돈이 필요했다. 그 아이들을 먹이고 챙기려면 그 식구 수만큼의 돈이 더 필요했다. 그녀는 세탁 공장에도 다녔고, 딸기 비닐하우스에서 야간작업 아르바이트를 하기도 했다. 국도 공사 현장 신호수 역할도 해보았고, 고등학교 급식실에서 단기 계약직으로 일하기도 했다. 그렇게 일을 나가려면 아이들을 집에 가둘 수밖에 없었다. 그녀는 아이들을 자유롭게 풀어놓을 수가 없었다. 조금만 나가면 바로 차도였고, 사람들이 많은 시장이었다. 박유정은 그것이 무서웠다. 그 사람들 사이에 정채민이, 그에게 의뢰받은 사람들이, 꼭 있을 것만 같았다. 결과적으로 카이와 루시의 종이 보존된 것은 그 때문이었다. 다른 이유는 없었다. 그녀의 두려움, 그녀의 고단함, 그녀의 죄책감. 박유정은 어느 순간부턴 사랑에 대해선 생각하지 않게 되었다. 돈만 생각하게 되었다. 하루하루 드는 돈, 월말에 내야 할 돈, 사료가 줄어드는 주기 같은 것들. 그 생각이 오히려 그녀를 덜 힘들게 했다.

딱 한 번, 박유정은 아이들을 팔 생각도 해보았다. 삼척시 가곡면에서 살 때였다. 월세도 밀렸는데, 다니던 세탁 공장에서 예고도 없이 해고를 당했다. 세탁 공장 사장 부부는 억척스러웠지만 속정은 깊은 사람들이었다. 박유정의 어린 아들을 위해 누군가 입던 패딩이나 청바지를 깨끗하게 세탁해 따로 쇼핑백에 넣어 챙겨주기도 했다. 그런 그들이 그녀를 해고했다.

"태형 엄마, 개 키워요?"

여자 사장이 퇴근길에 박유정을 포터 트럭으로 읍내까지 데려다주면서 꺼낸 말이었다. 사장 부부는 아침저녁 하루 두 번씩 포터 트럭으로 모텔과 요양병원을 돌면서 침대 시트를 받아왔다. 그 침대 시트를 세탁 기계에 넣고 돌리고 다시 건조한 후 잘 개키는 일이 박유정의 주된 업무였다.

"네…… 근데 그건 어떻게 아셨어요?"

"아니, 뭐…… 소문이 좀 났나봐. 태형 엄마가 부업으로 개를 판다고."

박유정은 잠시 고개를 돌려 백미러를 바라보았다. 눈 쌓인 둔덕 사이로 작은 새 한 마리가 날아오르는 것이 보였다.

"아니에요."

"아니야? 아니지?"

"개를 팔지는 않는다고요."

여자 사장은 그 말에 침묵했다. 오롯이 앞유리창만 바라보았다.

"저기, 태형 엄마…… 이런 말 하기는 좀 그렇지만…… 우리가 세탁업이잖아. 이게 사실 청결보다도 평판이 더 중요한 사업이거든. 애들 아빠랑 나랑 배달하러 다닐 때도 꼭 위생모 쓰고 다니는 것도 그것 때문인데……"

사장은 기어코 다음 말을 했다. 미안하지만 내일부터 나오지 말아달라고, 작은 동네라서 소문 하나하나 신경쓰지 않을 수 없다고, 이번달 급여는 따로 계산해서 넣어준다는 말도 들었다.

"아유, 나도 개 알레르기가 있잖아. 나는 정말 싫더라구."

여자 사장은 애써 웃으면서 고개를 절레절레 흔들기도 했다.

그로부터 사흘 후, 박유정은 우체국 5호 박스에 수건을 세 장 깔고, 이제 태어난 지 삼 개월밖에 되지 않은 강아지 두 마리를 그 안에 넣었다. 그 강아지들을 데리고 강릉에 있는 한 펫숍으로 갈 작정이었다. 그녀는 이미 그쪽에 전화를 넣어둔 상태였다.

"비숑이요? 그런 강아지도 있어요?"

펫숍 사장은 그렇게 되물었다. 2006년의 일이었다. 그때는 아직 한국에 비숑 프리제가 잘 알려지지 않았을 때였다.

"네. 프랑스 강아지예요."

박유정은 담담한 목소리로 말했다.

"우리는 그런 거 모르죠. 그냥 몰티즈나 치와와 같은 애들이 좋은데. 걔들은 없어요?"

펫숍 사장은 박유정이 침묵하자, 일단 가져와보라고 말했다.

예쁘고, 삼 개월 미만이면 값을 후하게 쳐주겠다는 말도 덧붙였다.

"애들은 다 예뻐요."

박유정은 그렇게 말한 후, 전화를 끊었다.

못해도 백만원씩은 받을 거야.

그녀는 혼자 그렇게 생각했다. 그 돈으로 당장 밀린 월세를 내고, 필요한 것들을 사야지. 태형이 운동화도 사주고, 아이들 안약도 사야지. 박유정은 일부러 계속 사야 할 것만, 돈 나갈 것들만 헤아렸다. 가을이와 보름이. 그게 그 아이들의 이름이었다. 그녀의 어린 아들이 직접 지어준 이름. 박유정은 그 아이들의 어미에게도 눈길을 주지 않았다. 자두. 그게 그 어미의 이름이었다. 루시의 딸 자두. 자두의 두 딸 가을이와 보름이.

결과적으로 박유정은 그날 그 아이들을 팔러 가지 못했다. 루시가, 루시가 막아섰기 때문이었다. 물론 그것은 그녀의 오해이고 착각일 수도 있었다. 하지만 그날 분명 루시에게는 평상시와 다른 무언가가 있었다. 루시는 계속 가을이와 보름이가 들어 있는 박스 주위를 맴돌았다. 냄새를 맡아보고, 앞발로 툭툭 박스 모서리를 건드려보다가 멀거니 그녀의 얼굴을 바라보았다. 박유정은 그 눈길을 피한 채 부지런히 옷을 갈아입고 아이들 밥을 챙겼지만, 루시는 그 자리를 떠나지 않았다. 종내 그녀를 향해 짖고 또 짖었는데, 그것 역시 흔치 않은 일이었다. 오랜 세월 함께 살아온 루시. 박유정은 루시의 꼬리 움직임이나 걸음걸이로 그 마음을 짐작하곤 했다. 그리고 그 짐작은 대부분 틀리지 않았다. 그녀는 지금 루시가 무슨 말을 하고 있는지 잘 알고 있었다. 하지만 그 말들을 무시했다. 하루종일 집을 비울 테니 사료도 많이, 물도 많이 떠놓았다. 아들을 위해선 김치볶음밥을 해놓았다. 집안엔 맵고 기름진 냄새가 진동했고, 그녀의 마음속엔 요란한 소음이 계속 이어졌다.

박스를 든 채 미닫이문을 열려던 박유정 앞에 다시 루시가 섰다.

"루시, 나와."

그녀는 명령하듯 말했다.

하지만 루시는 피하지 않았다. 오히려 경중경중 제자리에서 뛰어올랐다. 루시를 보고 다른 아이들도 몰려왔다. 그 사이에 자두도 있었다. 그 아이들은 아무것도 모른 채 같이 뛰어올랐다. 명랑하게, 즐겁게, 놀이하듯 짖었다.

"엄마. 그러지 마."

박유정의 어린 아들도 그 아이들 앞에 섰다. 아들은 그때 초등학교 2학년에 다니고 있었다.

"우리도 다 알아."

박유정은 그런 아들의 눈을 말없이 바라보다가 박스를 그 자리에 내려놓고 조용히 돌아섰다. 그녀는 화장실 안으로 들어가 한참을 울었다. 울면서 루시를 원망했다. 아무것도 못하게 하는 루시가, 다 내놓으라고 하는 루시가, 원망스러웠고 미웠다. 미웠지만 그녀는 또 어쩔 수 없었다. 이미 돌이킬 수 없는, 늙어버린 마음 같은 것이 루시와 자신을 연결하고 있다는 것을, 그녀는 외면할 수 없었다.

그런 루시가 이제 마지막 순간을 맞이하고 있었다.
루시는 이틀 내내 잠들지 못했다. 그건 곁에 있던 그녀도 마찬가지였다. 루시는 잠시도 경련을 멈추지 않았고, 밭은 숨을 계속 내쉬었다. 감긴 눈에선 진물 같은 눈물이 성긴 털을 축축하게 적시며 흘러내렸다. 고통에 일그러진 얼굴, 가냘프게 이어지는 신음. 박유정은 루시를 품에 안은 채 믿지도 않는 신을 향해 기도했다. 이제 그만 이 생명을 거두어달라고, 이 심장을 그만 멈추게 해달라고. 그건 루시를 위한 기도이자, 또한 그녀 자신을 위한 염원이기도 했다. 그녀는 최선을 다했지만, 그런다고 고통이 줄어드는 것은 아니었다. 그 고통은 또다른 것이었다. 고통은 한결같지 않았고, 익숙해지거나 무덤덤해지지도 않았다. 고통엔 혈통도, 종도 없었다. 그 고통, 그 통증이 박유정의 꿈에서도 반복되었다.

루시는 11월 9일 오전 8시 22분에 죽었다. 그날이 루시의 기일이 되었다.

박유정은 루시를 집 앞마당 양지바른 텃밭에 묻었다. 루시를 묻고 있는 동안 루시의 자손들이 우르르 몰려와 그녀 옆에 서서 구경했다. 어린 강아지들은 까불거리며 서로 쫓고 쫓으면서 담벼락 근처에서 뛰어놀았지만, 이젠 나이가 들어버린 자두와 가을이, 보름이는 가만히 그녀의 모습을 지켜보기만 했다. 그녀는 루시를 다 묻은 후, 그 옆에 작은 동백나무 하나를 심었다. 그 나무가 루시의 묘비가 되어주었다. 누군가의 묘비를 세워주는 일. 박유정은 그것이 사람의 일이라고 생각했다. 그 누군가가 사람이든 동물이든, 기억하는 것이 사람의 책임이라고. 그녀는 계속 그 일을 해나갔다.

박유정은 그 동백나무 아래에서 루시와 함께 한가롭게 앉아 있는 꿈을 꾸었다. 자신은 앉아서 그림을 그리고 있고, 어린 루시는 그녀의 허벅지에 턱을 기댄 채 졸고 있는 장면이었다. 루시가 깨어나 동백나무 잎사귀를 올려다보았다. 그 눈을 따라 박유정도 함께 동백나무를 올려다보았다. 잎사귀 사이사이에서 하얀 빛이 쏟아져내렸다.

그것이 박유정이 동생에게 들려준 마지막 꿈 이야기였다.
박유정은 그로부터 이틀 후 숨을 거두었다.

2020년 3월 7일 오전 4시 16분의 일이었다.

*

그리고 리다. 이제 리다의 이야기만 남았다. 나의 사랑, 나의 불행, 나의 한숨, 리다.

리다는 이시봉과 내가 다시 집으로 돌아온 이후에도 좀처럼 모습을 드러내지 않았다. 나는 그게 마음에 걸려서 '이시봉 집에 잘 돌아왔어요. 수술을 했는데, 지금 재활중이에요'라고 DM을 보냈다. 리다는 분명 내 메시지를 읽었는데도, 그런데도 아무런 반응이 없었다. 그래서 나는 다음날 다시 DM을 보냈다.
—누나 잘못 아니에요.
나는 한 시간쯤 후에 또다른 DM을 전송했다.
—이시봉은 그래도 명랑해요.

그날 저녁, 리다가 집으로 찾아왔다. 리다는 못 본 사이 조금 핼쑥해진 인상이었는데, 그래서 그런지 눈매가 더 선명해 보였다. 평상시와 다르게 검은색 추리닝을 입고 있었고, 머리도 뒤로 질끈 묶은 모습이었다.

리다는 나를 보자마자 짧게, 그러나 힘없는 목소리로 "안녕"이라고 말한 후, 곧장 소파 옆 이시봉에게로 다가갔다. 이시봉은 고개를 들어서 리다를 바라보았다. 하지만 자리에서 일어나

진 않았다. 그냥 그대로 꼬리만 살랑살랑 흔들 뿐이었다.

"정말 괜찮은 거야?"

리다가 이시봉 옆에 앉으면서 물었다.

"재활을 잘해야 한대요."

"따로 병원에 다녀야 하는 건 아니고?"

"평상시에 잘 딛는 훈련을 해야 한대요. 그게 중요하대요."

리다는 고개를 끄덕거렸다.

"잘 딛는 게 중요하긴 하지."

그녀는 이시봉의 머리를 쓰다듬어주었다.

"돈은 내가 그 회사 계좌로 다시 보냈어."

나는 가만히 그녀의 옆얼굴을 바라보았다. 거실 형광등 불빛이 그녀의 눈 아래에 짙은 음영을 만들어냈다. 그 검정과 갈색, 흰색이 나를 우울하게 만들었다. 나는 그 눈가를 만져주고 싶었다.

"언니한테도 잘해줘."

리다는 내 얼굴을 보지 않은 채 말했다.

"내년에 검정고시도 볼 거예요."

"아니, 그런 거 말고."

그녀는 내 눈을 바라보았다.

"그냥 있는 그대로 이해해주라고. 언니도, 이시봉도."

우리는 잠시 침묵을 지켰다. 그녀는 다시 한번 이시봉의 등을 쓰다듬어준 후, 자리에서 일어났다. 벌써 가려고 하나? 나도 엉거주춤 일어나 그 앞에 섰다.

"내가 예전에 자기가 어떤 상태인지 자기 자신은 잘 모를 때가 있다고 했던 거, 그거 기억하니?"

"기억해요."

"그거 사실 너한테 한 말이 아니고, 나한테 한 말이야."

그게 무슨 상관이란 말인가. 나는 작은 목소리로 "상관없어요"라고 말했다.

"그래서 난 완전히 다른 삶을 살게 되는 거, 그런 게 정말 좋더라구."

리다는 희미하게 웃으며 그렇게 말했다.

아마 그때부터였을 것이다. 나는 리다가 먼 곳으로 떠나려고 한다는 것을 직감했다. 그때는 막연한 추측과 불안으로만 알아챘지만, 돌아보니 거기에는 분명한 신호가 있었다. 리다의 말투, 리다의 목소리, 리다의 눈빛. 리다는 처음부터 작정하고 내게 작별인사를 하러 온 것이었다.

"잘 지내."

리다는 두 팔을 벌려 가볍게 나를 안아주었다. 그리고 그 상태에서 내 등을 두어 번 토닥거려주었다. 나는 그게 싫었지만, 또 한편 지금 이 순간이 끝나지 않기를 바랐다. 더 꽉, 숨이 막힐 정도로 안아주었으면. 그래서 내가 그대로 꽉, 소리를 내며 터져버렸으면. 나는 바라고 또 바랐다. 하지만 그게 끝이었다. 리다는 현관 쪽으로 걸어갔고, 나는 그 자리에 돌처럼 굳은 채 서 있었다. 바보처럼, 방금 지나간 리다의 손길을 잊지 않으려고 안간힘을 쓰며, 인사도 하지 못한 채 그렇게 리다를 보내고 말았다.

리다의 인스타그램에 짧은 동영상 하나가 더 올라온 것은 그다음날 저녁의 일이었다.

그 동영상은 이전에 올라온 적 있었던 '고양이를 구한 노숙견!'의 후속편에 해당되는 것이었는데, 리다는 그 점을 명확히 하려는 듯 첫 화면을 형집행인이 이시봉에게 쫓겨 재활용품 수거장 뒤편으로 뛰어가는 장면에서부터 시작했다. 그러곤 잠시 암전. 다시 켜진 리다의 아이폰 카메라는 창가에서 조심스럽게 자신의 집 현관으로 이동했다. 현관에는 누군가 등산화 한 켤레를 벗어두었는데, 바쁘게 뛰어들어왔는지 한 짝이 모로 누워 있는 상태였다. 그리고 그 옆에 아무렇게나 내팽개쳐진 비둘기색 범용 케이블 한 묶음. 그것들을 클로즈업해서 비추던 카메라는 다시 방향을 바꿔 안방 쪽으로 향했다. 화면은 조금 흔들렸지만, 숨소리도 발소리도 들리진 않았다. 마치 프레임에 어떤 의지가 깃든 듯 조용하지만 거침없이, 한 방향으로 움직였다. 이윽고 방문이 열리고 침대와 오래된 협탁, 그 위에 놓인 턴테이

불을 비추던 카메라는 다시 안방에 딸린 욕실 앞으로 이동했다. 그때부터 동영상에는 샤워기에서 떨어지는 요란한 물소리가 배경음악처럼 깔렸는데, 간간이 무언가 벽을 내리치는 듯한 둔탁한 소리도 섞여 들려왔다. 욕실문에 잠시 멈춰 있던 카메라는 다시 아래로 내려와 그 앞에 놓인 야구 모자와 후드티, 남색 계열의 바지와 속옷을 비췄다. 이로써 한 가지가 분명해졌다. 이 동영상의 주연은 바로 형집행인이라는 것. 그 주인공이 리다와 같은 집에 사는 남자라는 것. 리다는 그것을 더 확실하게 해두고 싶어서였는지 동영상의 마지막에 자신의 집주소가 적힌 아파트 관리비 명세서를 따로 편집해서 넣어두었다. 그 동영상의 제목은 '누가 데리다를 위협하는가!'였다.

그 동영상은 이틀 후 가이드라인 위반이라는 이유로 리다의 인스타그램에서 삭제되었다.

하지만 이미 많은 사람이 그 동영상을 본 후였고, 실제로 누군가는 리다의 아버지를 경찰에 고발했다. 그뿐만이 아니었다. 지역 방송사에서 이 문제를 다룬 뉴스를 내보냈고, 아파트 내에서는 긴급 입주자대표회의도 소집되었다. SNS에선 리다 아버지의 실명과 교수 이력, 재직 당시 학생들의 증언 같은 것들이 우후죽순 퍼져나갔다.

하지만 리다의 아버지는 여전히 그 집에 머물고 있었다. 그건 아파트 경비 아저씨에게 내가 직접 들은 말이기도 했다.

"그 교수님, 어제도 재활용장에 나오셨던데? 얼마나 꼼꼼하게 분리수거를 하시는지 몰라."

나는 그게 제일 걱정이었다. 같은 집에 리다와 리다의 아버지가 함께 살고 있다는 점이…… 그러면 안 되는 거 아닐까? 아니, 그래선 안 되지 않나? 나는 어쩔 수 없이 예전에 수아한테 들었던 말, 그 언니 아직도 아빠한테 맞고 산다는 말, 그 말을 자꾸 떠올릴 수밖에 없었다. 나는 계속 리다에게 문자도 보내보고, 전화도 걸어보았다. 하지만 아무런 연락도 되지 않았다. 걱정만 하고 있을 순 없어서 직접 리다의 집에 찾아가보기도 했다. 몇 번 심호흡을 하고 초인종을 누르자, 누군가 인터폰을 받았다.

"누구요?"

나는 그때 리다의 아버지 목소리를 처음 듣게 되었다.

"아, 저는 그러니까…… 리다, 아니 저 그러니까…… 하영이 누나 아는 동생인데요……"

"하영이 없소."

"아, 그러면 누나…… 언제 오는지 알 수 있을까요? 제가 오늘 누나를 꼭 봐야 해서……"

그러자 스피커 반대편에서 잠시 침묵이 흘렀다.

"뭣 땜에 그러는 거요?"

"아, 그게…… 그러니까 제가 누나한테 과외를 받기로 해서……"

나는 거짓말을 했다. 그 거짓말이 조금이라도 누나를 지켜주길 바랐다.

"과외비를 냈소?"

"아니, 그건 아닌데요…… 그래도……"

"그럼 됐소."

인터폰은 그 말을 끝으로 끊어졌다. 나는 다시 초인종을 누르려고 하다가 이내 그만두었다. 아무런 소용도 없을 것 같았기 때문이다.

그날 밤, 나는 리다로부터 장문의 DM을 받았다.

2024년 9월 9일

j_rida_* · 오전 01:52**

'시습아, 나 집 떠나왔어. 벌써 일주일도 넘었어. 그러니까 괜히 찾아가고 그러지 않아도 돼. 어휴, 그래도 그렇지 과외는 다 뭐니? ㅋㅋㅋ 우리 아빠가 지금도 계속 카톡 보내오는데, 과외 학생 찾아왔다고 살살 나를 꼬시더라^^ 그게 뭐야? 한참 혼자 웃었다ㅋㅋㅋㅋㅋ 너한테 말은 안 했는데…… 사실 우리 아빠는 내가 자기 곁을 떠날까봐 늘 전전긍긍했거든. 리다도 그래서 입양해온 건데…… 그 이상한 짓 있잖아, 불쌍한 고양이들한테 했던 변태 같은 나쁜 짓, 그것도 다 나 위협하려고 했던 짓이야…… 너 떠나면 리다도 그렇게 된다, 뭐 그런 뜻으로…… 근데, 내가 바보같이 그걸 무서워했다ㅠㅠ 무서워서 아무것도 못하고 갇혀만 산 거지, 뭐ㅠㅠ 사실 몇 번 리다 데리고 도망도 쳐봤는데, 야, 우리나라는 여자 혼자 강아지랑 살 만한 곳이 정말 없더라. 모텔도 안 되고, 고시원도 안 되고, 원룸도 잘 안 받아주고ㅠㅠ 강아지랑 같이 갈 데가 없어요ㅠㅠ 뭐, 이딴 나라가 다 있나 몰라^^ 그래서 계속 아빠 옆을 떠나지 못했어…… 그러니까 내가 죄를 지은 거나 다름없는 거야. 나 땜에 불쌍한 고양이들이…… 한데, 이시봉이 고양이를 살려줘서 내가 얼마나 기뻤는지 몰라. 나 지금은 리다와 함께 있어. 여기는 그냥 시골이고…… 그냥 시골이라는 것만 알아둬ㅎㅎ 내가 도망쳐 나오면서 우리 아빠가 애지중지하던 레코드판하고 무슨 희귀 서적이라는 거하고, 뭐 그런 것들 싹 다 당근에 팔아버렸거든. 그래서 아빠 카드 없이도 잘 지내고 있어! 그러니까 너도 걱정하지 마. 나는 지금 완전히 다른 삶을 살고 있으니까! 나중에, 나중에 또 연락할게. 이시봉한테도 안부 전해주고!

나는 그 DM을 읽고 또 읽었다. 그리고 답신을 길게 썼다가 이내 다 지워버렸다. 그러면 너무 쉽게 끝나버릴 것만 같았기 때문이다. 대신 마음속으로 하루에 몇 번씩 리다와 데리다의 안부를 물었다. 누나! 오래오래 버텨요! 기도처럼 같은 말을 반복했다.

―

이시봉이 수술을 받은 지 보름째 되던 날, 우리는 함께 산책을 나갔다.

새벽 한시가 조금 넘었을 때였는데, 조용히 나가려다가 그만 주방 식탁에서 인강을 듣고 있던 시현에게 딱 걸리고 말았다.

"어디를 가려는 거야?"

시현은 에어팟을 빼면서 그렇게 물었다.

"어, 그러니까…… 재활훈련."

나는 거짓말을 들킨 아이처럼 말꼬리를 내렸다.

"그걸 왜 한밤에 가? 다리도 불편한 애를 데리고."

"음, 그러니까…… 일상 회복 훈련 같은 거야."

"술 마시려는 건 아니지?"

시현은 그렇게 묻고는 다시 노트북으로 시선을 옮겼다.

"나 이제 술 끊었어."

나는 그렇게 말했다. 그렇게 말하고 난 뒤에도 계속 같은 자리에 서 있었다.
"초록입홍합이라는 게 있대."
"응?"
"강아지 관절에 좋은 건데, 내가 주문했어."
시현은 그렇게 말하고 나선 다시 에어팟을 꼈다.
이시봉과 나는 잠깐 시현의 눈치를 보다가 천천히 현관문을 열고 밖으로 나왔다. 언제나처럼 목줄은 하지 않은 채였다.

아무래도 이시봉의 다리가 불안해서, 나는 자주 이시봉을 안아들었다. 아파트 후문까지는 이시봉 혼자 절룩절룩 걸었지만, 그 뒤 나무 계단부터는 줄곧 내가 품에 안고 올라갔다. 9월이었지만, 아직 열대야가 지속되고 있었다. 습도 높은 밤과 우중충한 구름들, 때 아닌 소나기가 계속 이어졌다. 얼마 가지 않아서 등허리가 땀에 흠뻑 젖었는데, 그래도 딱히 힘들진 않았다. 이시봉은 계속 두리번거리며 풀냄새를 맡았다.

우리는 쉼터 벤치까지 올라간 뒤 서로 조금 떨어져 앉았다. 그리고 그 상태로 소나무와 밤나무 가지들을 바라보았다. 나무는 언제나 가만히 있는 것 같지만, 자세히 보면 늘 어느 한쪽이 작게 흔들리고 있었다. 작은 가지나 잎사귀들, 나무의 꼭대기나 가장 멀리 뻗어나간 가지의 끝, 그곳들이 항상 흔들렸다. 나는 그 나무들의 움직임을 보았다.

낮에 보면 저 흔들리는 잎사귀들 사이로 밝고 환한 빛이 쏟아지겠지.

나는 나무들의 움직임을 오래도록 바라보았다.
거기 뭐가 있나?
이시봉이 내 얼굴을 바라보며 마치 그렇게 묻는 것 같았다.
거기 뭐가 있지.
나는 이시봉의 까만 눈동자를 바라보며 그렇게 대답했다.

작가의 말

 실제로 우리집에서 팔 년째 함께 살고 있는 강아지 이름이 이시봉이다.
 이시봉의 까만 눈동자를 바라볼 때마다 이야기 하나 들려주고 싶은 마음이 들었는데, 그만 이렇게 길어지고 말았다.

 소설은 강아지에 대해 말하기엔 적합하지 않은 장르일지 모른다.
 하지만 강아지를 둘러싼 인간의 책임을 묻기엔, 여전히 유효한 장르이다.

 이 소설을 쓰는 동안 내게 많은 도움과 영감을 준 책들은 다음과 같다.

하재영, 『아무도 미워하지 않는 개의 죽음』, 창비, 2018.
홋타 요시에, 『고야』(전4권), 김석희 옮김, 한길사, 2010.
피터 싱어, 『동물 해방』, 김성한 옮김, 연암서가, 2012.
메리 올리버, 『개를 위한 노래』, 민승남 옮김, 미디어창비, 2021.
유계영 외, 『나 개 있음에 감사하오』, 아침달, 2019.
아이샤 아크타르, 『동물과 함께하는 삶』, 김아림 옮김, 가지, 2021.
조너선 사프란 포어, 『동물을 먹는다는 것에 대하여』, 송은주 옮김, 민음사, 2011.
로맹 가리, 『흰 개』, 백선희 옮김, 마음산책, 2012.
셸리 케이건, 『어떻게 동물을 헤아릴 것인가』, 김후 옮김, 안타레스, 2020.
장자크 루소, 『에밀』, 황성원·고봉만 옮김, 책세상, 2022.
도나 J. 해러웨이, 『해러웨이 선언문』, 황희선 옮김, 책세상, 2019.
수지 그린, 『나의 절친』, 박찬원 옮김, 아트북스, 2021.

특별히 하재영, 홋타 요시에 두 작가의 책에 대해선 따로 언급하고 싶다. 이 소설에 등장하는 '뜬장'에 대해서는 하재영 작가의 『아무도 미워하지 않는 개의 죽음』에서 처음 접하게 되었다. 그 책을 처음 읽은 2018년 여름 이후, 그 이미지가 오랫동안 마음에서 사라지지 않았다. 결국 이 소설을 써야겠다고 마음먹는 계기가 되었다. 마누엘 데 고도이와 알바 공작부인, 마리아 루이사 왕비의 이야기는 훗타 요시에의 『고야』에 빚진 바가 크다. 그 책에 서술된 역사적 장면들을 전개축 삼아, 소설적으로 변형하고 재구성하였다. 물론 그 책에는 '베로'와 그의 가족 이야기는 나오지 않는다. 마누엘 고도이가 강아지를 키웠다는 기록 또한 존재하지 않는다.

이 소설이 완성되도록 지면을 마련해준 문학동네에 감사드린다. 특별히 이 소설의 시작을 함께해준 정민교님과 마지막을 책임져준 정은진님께 각별한 인사를 전한다. 추천사를 써준 김화진 작가님껜— 이 우정, 두고두고 갚아나가겠다는 약속을 여기에 적어놓는다.

독자분들에게 내 오랜 시간을 보내드린다.
그 시간들은 모두 진심이었다.

2025년 여름
이기호

문학동네 장편소설
명랑한 이시봉의 짧고 투쟁 없는 삶
ⓒ이기호 2025

1판 1쇄 2025년 7월 17일
1판 6쇄 2025년 12월 15일

지은이 이기호
책임편집 정은진 | 편집 여승주 김미혜
디자인 엄자영 유현아 | 저작권 박지영 형소진 주은수 오서영 조경은
마케팅 정민호 서지화 한민아 이민경 왕지경 정유진 정경주 김혜원 김예진 이서진
브랜딩 함유지 박민재 이송이 박다솔 조다현 김하연 이준희
제작 강신은 김동욱 이순호 | 제작처 한영문화사

펴낸곳 (주)문학동네 | 펴낸이 김소영
출판등록 1993년 10월 22일 제2003-000045호
주소 10881 경기도 파주시 회동길 210
전자우편 editor@munhak.com | 대표전화 031)955-8888 | 팩스 031)955-8855
문학동네카페 http://cafe.naver.com/mhdn
인스타그램 @munhakdongne | 트위터 @munhakdongne
북클럽문학동네 http://bookclubmunhak.com

ISBN 979-11-416-1086-9 03810

* 이 책의 판권은 지은이와 문학동네에 있습니다.
  이 책 내용의 전부 또는 일부를 재사용하려면 반드시 양측의 서면 동의를 받아야 합니다.

잘못된 책은 구입하신 서점에서 교환해드립니다.
기타 교환 문의 031)955-2661, 3580

www.munhak.com